無事の効用

茂木　繁

まえがき

コロナ禍で覆面の世界と化し、生活環境が一変した。人々が絆を深め合う冠婚葬祭も、移動がままならずソーシャル・ディスタンスが求められるとあって、縮小を余儀なくされるか，お祝い事の多くは中止のやむなきに至った。母の三回忌への出席も断念せざるを得なかった。最晩年に制約される生活の面倒に遭遇しなかっただけでも、両親はまだ不幸中の幸いであったのかもしれない。

自粛を求められる生活が続けば、どうしても内向きで過ごす時間が多くなる。筆のすさびにはパソコンが道連れとなる。しかも、コロナ禍の渦中にあって、世の中は急速に動いている。関係する法人の制度改正や制度創設五十周年に際して所感をまとめる機会もあり、それらをきっかけに書下ろしたものも多くなった。映画を巡る旅も道半ばだ。その一方で、『母の歌心 親心』と題する編者のコラムを所々に配置した本を令和元年六月に刊行したのを皮切りに、翌年七月には『生き方のスケッチ 55の小宇宙』と題する本を上梓《じょうし》したが、ストックはまだ豊富にある。そこで、本を送付した一部の方から頂戴した続編の期待にもあえて応える形で、また一冊の本に仕立てることにした。

顧みるまでもなく、人類の営みが豊かさを増していくのと連動するかのように、喧伝される地球環境の深刻化と共に感染症や温暖化がもたらす脅威は日に日に強まっている。昨日も今日もそして明日も、同じような日常が繰り返されて過ぎゆくことをごく当たり前のこととして、さして気にも留めることなどなかった無事であることの価値は、今では誰しも最高位に位置付けたくなるほどで、臨済録にある本来の意味とは違っていても「無事是貴人《ぶじこれきにん》」に究極されていくかのようである。無事であることのイメージには謙抑的なつつましさが伴い、暗黙の前提として節度が求められているように思われる。そのことを人類全体が生き方の有り様《あ よう》として問われているのだ。

本の題名は民法・労働法の大家末弘厳太郎の名著『嘘の効用』にヒントを得たが、富士と思《おぼ》しい美しい装丁は無事と語呂を合わせて選定したものだ。無事であることの効用とは何か。それはかけがえのない人生を味わう時間を与えられたということであり、広大な宇宙を旅したアームストローグ船長の「I believe every human has a finite number of heartbeats. I don't intend to waste any of mine.」という有限の拍動する時間を無駄に使いたくない切なる思いは無限の説得力を持つ。こうした警句も随所にちりばめながら、誰でも親しめるような広範な話題を提供するよう心がけた。

学生時代に読んだ北杜夫の『どくとるマンボウ青春記』には、「一見役立たずのように見えようとも、その中に自分と無関係でないと思われる一行があれば本棚に並べておく価値があるものだ」とあって、書斎は本の重みで書棚がしなるほどになってしまったが、拙著の中からもそんな一行を見いだしていただければ誠に幸いだと思っている。

目次

I　映画の旅

親はなくとも子は育つのか

人は育てられ方一つだ。物心つかないうちに植え付けられた思考法と行動様式は人生を支配する。親と見込んだ周囲の手を借りずには生きられない赤子にとって、生育環境は絶対的な影響力を持つ。

ゾリタン・コルダ監督の『ジャングル・ブック』は、よちよち歩きの幼子がジャングルに紛《まぎ》れ込み、探しに来た父親は人食い虎の犠牲になってしまう。幼子は狼の穴に辿り着き、家族として迎え入れられて狼に育てられる。動物とも話ができてターザンのように逞しくなったモーグリが、人食い虎に追われて村に現れると、我が子と察した母から人間の言葉と躾《しつけ》を教わり、村の娘と気持ちが通い合ってジャングルに眠る財宝のアドベンチャーに興ずるなどするが、人食い虎への復讐に執念を燃やし続け、母からもらったお金で手に入れたナイフで仕留めると、警戒されて処刑されかかるところを、母に助けられて危うく難を逃れる。財宝目当てに欲の皮の突っ張った連中が仲間割れして殺し合い、逆切れして火を付けたため、ジャングルは大火災となる。火が迫って行き場を失う中、捕えられていた母を助け出したモーグリは、象の背中に乗ってジャングルの主のように帰っていく。

これとは逆のパターンになるが、ライオンを題材としたジェイムズ・ヒル監督の『**野生のエルザ**』は、動物研究家の夫婦が、射殺された親の元にいた一頭の赤ちゃんライオンを育てて、やがて野生に返すまでの心温《あたた》まる物語だ。一旦自然界を離れると野生に戻るのに苦労するものだが、ライオンを遠くに眺めながら泣く泣く別れを告げてきた夫婦が、再びかの地を訪ねてみると、ライオンは何頭もの子供を引き連れた立派な母親になっていた。まさに案ずるより産むがやすしとはこのことだ。

　狼が人の子を育てるのでも、人がライオンの子を育てるのでもなく、人が犬の子を育てるごく通常の話に戻せば、ハリウッドでリメークされたラッセ・ハルストレム監督の『ＨＡＣＨＩ　**約束の犬**』では、リチャード・ギアが好演している。有名なハチ公の物語だ。

　さて、子供の妊娠から出産して子育てするもっと通常の話に戻せば、ヴィンセント・ミネリ監督の『**可愛い配当**』がある。前作の『**花嫁の父**』（スペンサー・トレイシー）にはなったが、子供を持つのはまだ早いと外孫ができるのにぶつぶつ言いながらも、夫と諍《いさか》いして家出してきた娘の後ろ盾となるなど紆余曲折を経て、娘は男の子を出産する。寄り付けば泣き出す孫に戸惑うばかりだったが、公園で少年たちとサッカーに興ずる間に乳母車が警官に保護されて、笑顔で迎える孫を抱き上げてからは、孫とすっかり意気投合して好々爺《こうこうや》となる。娘役のエリザベス・テイラーは八回結婚して八回離婚し、二男一女の実子と一人の養女の配当に恵まれ、七十九年の恋多き生涯を閉じている。

　エイミー・ヘッカリング監督の『**ベイビー・トーク**』では、三十三歳の会計士の女性が、不倫相手の仕事先の会社社長が別の女性に乗り換えたショックで陣痛を起こし、タクシー運転手に緊急搬送されて男の子を出産する。赤ん坊は、胎児の延長であるかのような感じたままの声を視聴者に発し続け、お腹にいた時のほうがずっと良かったとか、おむつが冷たいなどと本音のトークを語り、彼の子守りとの恋に発展すると、パパと認める彼の子守りの名らしき第一声を上げて、二人はキスで応じる。**どんなに優秀な男が逆立ちしても到底なし得ない出産という快挙に、天の恵みと大いなる摂理を感じるようでなければ、日本人の将来すら危ぶまれてくる。**ところが、川島雄三監督の『**愛のお荷物**』は、戦後間もない日本が過剰人口の悩みを抱えるようになって政治問題化していた頃、政府が受胎調節の指導に乗り出す法案を提出した厚生大臣（山村聡）の数え年四十八歳になる妻（轟由起子）が妊娠し、その長男や次女も交際相手とできちゃった婚へと進み出す。子宝に恵まれなかった長女も懐妊して、大臣の京都の隠し子まで名乗り出てくるおまけまでつくパロディで、現代とは真逆な世相には隔世の感を抱かされる。**いつの時代も、子供の誕生は一家と一国の命運を左右している。**

最後に挙げるミュージカル映画『**サウンド・オブ・ミュージック**』は、子育ての映画という訳ではないが、『**ウエスト・サイド物語**』のロバート・ワイズ監督の作品である。退役海軍大佐は、七人の子沢山だが、最愛の妻を失い、家庭教師を雇っても一人として居着かず、その十三人目に、修道院ではいささかはみ出し者のマリアに、白羽の矢が立つ。自らを『自信をもって』の歌で勇気づけながら、マリアが門前まで来てみれば、それは宮殿のような大邸宅だった。子供たちのいたずらの洗礼を受けて、軍隊式の規律一辺倒の大佐の考え方に辟易しながらも、マリアは『私のお気に入り』を歌って、努めて明るい生活へと導いていく。子供たちと初めて歌った曲は、アルプスの高原に出て、マリアのギターを伴奏に合唱した『ドレミの歌』だった。ペギー葉山の歌でもおなじみだ。大佐は、ウィーンに住む美貌の未亡人である男爵夫人との再婚を考えていて、彼女と共通の友人と共に自宅に招いてみるが、次第に、若いマリアの純粋なひたむきさと、子供たちに素直に受け入れられていく人柄の温かさに、引かれていく。

男爵夫人の紹介を兼ねて知人たちを集めた舞踏会では、マリアを踊りに誘い出した大佐の見交わす目にマリアはすっかり動転し、修道院に戻ってしまうハプニングもある。しかし、子供たちが面会を求めに来ると、院長先生に、「『すべての山を登れ』、逃げずに立ち向かいなさい、男女の愛も、神聖な愛なのです」と諭されて、帰ることにしたマリアを待っていたのは、『何かよいこと』の歌に託した大佐のプロポーズと、『マリア』が歌われてバージン・ロードを歩んだ結婚式、そして大佐の方針に反して友人が企てた、子供たちの音楽祭への出場だった。そして、併合したナチスに抵抗し、オーストリア国旗を掲げることをやめず、新婚旅行も早々に戻った大佐に、ドイツでの新たな任務を指令する通知が届くに及び、一家は祖国を脱出して、スイスへ亡命することを決意する。そうはさせまいと、ナチスの手先となった地方長官が一家をマークする中、音楽祭に出場することを理由にその場を逃れて、家族全員で初舞台を踏む。歌われた曲は、大佐がギターを奏でながら、白い可憐な花に寄せて祖国愛を訴える『エーデルワイス』、鳩時計を模した振り付けが可愛らしい『さようなら、ごきげんよう』だった。第一位に輝いた表彰のセレモニーには姿を見せず、そのまま修道院へと逃走し、隠れて追っ手をやり過ごしかけたものの、『もうすぐ十七才』を歌い合った長女の初恋相手の若者に警笛を鳴らされて、ほうほうの体《てい》で車を駆って逃げ延びた一家は、アルプスの山並みを徒歩で越えてスイスへと向かうのだった。

何よりもジュリー・アンドリュースが、この映画の全てと言っていいくらいだ。芸と人とが渾然《こんぜん》一体となって、その明るく軽快な音楽のハーモニーと共に心を踊らされる。冒頭の、アルプスの山々に優しく呼びかけるようにのびやかに歌われる、主題歌『サウンド・オブ・ミュージック』のさわやかさは感動的と言う他ない。それに、七人の子供たちが男爵夫人らを歓迎して見せてくれた、『ひとりぼっちの山羊飼い』という人形芝居の歌と操《あやつ》り捌《さば》きの巧みさには、こんな子供たちなら何人でも持ってみたいと思わされるに違いない。こうした文句なしに誰もが心和《なご》ます楽しい映画を、もっともっと作って欲しいものだ。見つめる若い女性たちの頬が薔薇色に輝くような、夢多き映画を…。

『あなたの寝てる間に…』の出来事

「あなたが寝てる間に…」とは、想像力を掻き立てられそうな映画の題名だ。男性がまどろんでいる間に薔薇色に頬染めた女性がすることとは、心を込めた手料理の一品、心弾《はず》んでプレゼントするつもりのワインレッドも鮮やかな毛糸のマフラーの手編み、机の上に散らかった本や書類の整理整頓といったところだろうか。それとも、男性の寝息をそっと窺《うかが》い、ほほえみを湛《たた》えた寝顔に見とれて流行《はや》り歌など口ずさみながら、毛布や掛け布団を整えてやることだろうか。

さて、ジョン・タートルトーブ監督の『あなたが寝てる間に…』で、彼女に与えられたクリスマス・プレゼントは、結婚という入れ物付きで、愛という綺麗なテープでしっかりと結ばれた、本物の人間だった。それもこれも、憧れの男性が寝てる間に、嘘から出た真のように、「予期せぬ人生が人生」となったのである。事の顛末《てんまつ》はこうだ。

彼女は、シカゴの地下鉄で改札係をしていた。父親を亡くして身寄りがなくなった彼女だが、健気《けなげ》で明るく、誰からも好かれている。人は人に好かれなければ、運は開けていかないものだ。そんな彼女の憧れの男性は、毎朝改札を通る乗客にいたが、クリスマスの日、その彼が悪さをされて、プラットホームから線路に突き落とされる。目撃した彼女は、電車が迫る中、頭を打って気を失っている彼を間一髪助け出す。病院では家族の面会しか許されないとあって、彼女は「フィアンセ」とつぶやく。彼の家族は、いぶかしげだったが、やがて彼女のひたむきさを認めていく。彼女の看護も、「一緒に笑ってくれる人がいたら、一緒に年をとりたい」などと彼に語りかけながら、夜明かしするほど献身的なものだった。

　彼には弟がいた。彼の家族と交流を深めていくうち、弟と彼女は次第に愛を感じていく。やがて意識が戻った兄は、彼女の存在に驚くが、周囲に勧められるまま、彼女にプロポーズする。彼女もそれを受け入れて、いざ結婚式となるが、ここまで土壇場に追い込まれれば、弟も彼女も本心を隠しおおせるものではなかった。**父親がよく言っていた「予期せぬ人生が人生」であるかのように、予期せぬことが次々と重なり、結婚相手は、予期せぬ展開で兄になり、またまた予期せぬ展開で弟に変わった。**夫を事故で亡くした三十代後半の女性を巡る兄弟の葛藤を描いたノーマン・ジェイソン監督の名作**『月の輝く夜に』**が再現されたかの如く、生きながらにして寝ているような男の敗北劇でもあった。

　『あなたが寝てる間に…』では、兄が彼女に結婚を申し込み承諾されるのだが、『月の輝く夜に』の兄のほうは、四十過ぎのマザコンで、死の床にいる母が気がかりで結婚の段取りにも気乗り薄だった。一方、片腕を事故で失い義手を付けた弟（ニコラス・ケイジ）は、劣等感の塊で世をすねていたが、兄と結婚すると彼女から知らされると、言い知れぬ怒りに燃えて彼女に迫り関係を結んでしまう。立場が逆転し、結婚へ真一文字に突き進む弟と、病が癒えた母親第一に戻った兄とのコントラストが浮き彫りになる。美しい満月の輝く晩に、老若を問わず、ニューヨークの幾つものカップルが月を愛でながら愛を交わす、ほほえましい映画でもある。

しかし、**予期せぬ人生が、あらぬ方向に行かないよう、しっかりと繋ぎ止めているものがある。それが当人同士の揺るがぬ愛だった。愛こそ、海図なき人生行路の羅針盤である。**

ところで、二〇〇三年に放映された源孝志演出のドラマ『**失われた約束**』の設定には、随分無理があると思っていた。しかし、『あなたが寝てる間に…』を見た後では、無理が無理でないように思われてきた。仲のよい夫婦がいる。妻は産婦人科の勤務医で、夫を神戸へ出張に送り出す。お土産には、チョコレートをねだっている。ところが、夫は神戸で大震災に遭遇し、行方不明となって七年後、妻は全てを了解する仲間の医師と再婚する。静かな日常を取り戻しかけた矢先、妻は死んだと思っていた夫らしき人物が乗っている車を偶然見かける。車に書かれた名前を頼りに、妻は焼物造りの工房へと辿り着く。やはり夫だった。しかし、夫には若い新妻がいた。彼女は、神戸で大震災に遭い、瓦礫《がれき》の中から逃れられずに苦しんでいた瀕死の夫を助け出し、献身的な看護をして命を救った女性だった。

彼女は、当時大学受験で神戸に来ていて、血を流して倒れている夫を見て、即座にこの人こそ自分の将来を託せる相手だと確信したのだという。頭を負傷した夫は、記憶喪失になっていたこともあって、名前も彼女の家族名に変えていた。記憶を呼び戻す手がかりになりそうなものは全て彼女が隠し、この人は誰にも渡すまいと覚悟を決めて、父親の経営する工房へと連れ帰ったのだった。夫婦となった二人の前に現れた妻は、全てを理解したが、それでも夫を思い切れず、仲間の医師と離婚し、医者を辞めて、近くに移り住んで夫の記憶回復に希望を繋ぐ。

夫は、マービン・ルロイ監督の『**心の旅路**』さながらに、妻としてではなく、再び同じ女性に愛情を持ち始め、デートの途中、思い出したようにチョコレートをプレゼントしたりしながら、やがて二人は再び結ばれる。事情を知った新妻は、「自分に夫を譲って下さい」と妻に懇願する。その最中、不正出血をした新妻は、妻の手当ての甲斐あって、危うく流産を免れている。妻に夫を取り戻そうとする力は、もう残っていなかった。再び医者としての生活を始めた頃、新妻が最後の賭けに出る。全て分かってしまった夫をあえて妻の元に送り、帰ってくるか来ないかに懸けたのである。しかし、夫が何度もした連絡も空しく、妻は待ち合わせたホテルには現れなかった。

夫が最終便の列車に乗ろうとした時、妻が現れた。**二人の繋ぎ合った手と手が離れてドアが締まった時、二人で歩む運命の扉も共に閉じられた。列車は行く。泣き崩れる夫を乗せて、新妻の待つ所へ。妻は、再び全てを了解してくれる仲間の医師の所へ。**

このドラマは、戦争が相愛を引き裂いたヴィットリオ・デ・シーカ監督の『**ひまわり**』の設定に限りなく相似し、ミハイル・カラトーゾフ監督の『**鶴は翔んでゆく**』ともどこか共通する思いを残す。

青空を見上げると、鶴の群れがV字になって翔んでいく。夢多き二人は、相思相愛の仲だった。しかし、男が戦争に志願したことから運命は変転する。男はリスの縫いぐるみの中に愛情溢れる手紙を入れて女に渡してもらうが、女はその中身に気付かない。見送るはずも、出征兵士の集会があって、結局男に会えずじまいだった。戦争は激しくなり、空襲で両親共々家を失った女は、男の家に住まわせてもらうようになる。ところが、男の従弟が女に懸想《けそう》していて、空襲のあった夜、激しく抵抗する女を奪って、ついに結婚してしまう。その頃、男は敵の銃弾に撃たれて絶命していた。いまわの時の男の脳裏からは、女と結婚するシーンが浮かんで離れなかった。

男の父は負傷戦士を収容する病院長をしていたが、出征中に婚約者が他の男と結婚したため絶望してわめく者をなだめようとして、そんな女など軽蔑すべきだと口を極めたため、看護婦として働いていた女はいたたまれなくなり、鉄道自殺をしようとさまようち、危うく車にひかれそうになった三歳児を助けて家に連れ帰り、その子が男と同じ名前だったことから、そのまま親代わりに育てることを決意する。女の形ばかりの夫である男の従弟が、リスの縫いぐるみを酒場の女に誕生日の贈り物として渡したことから、手紙がようやく発見されて、女はますます男の帰りを待つようになる。かねてから戦死の報が伝えられる中、それでも信じ切れず、帰還兵を乗せた列車に花束を抱えて出迎えに行った女は、戦友から男の死を聞かされて、周囲に勧められるまま、帰還した兵士家族に一花、また一花と手渡していく。促されて見上げれば、鶴の群れがV字になって翔んでいた。

こんなシリアスな展開は疲れてしまって、一息入れたくなる。そんな時に格好の映画がある。もちろん主人公は大まじめで切ない恋に命懸けなのだが、周囲から見れば喜劇としか受け止められない、そんなキャラクターの恋の道行きもあるのだ。**『恋人よ帰れ！ わが胸に』**は、監督がビリー・ワイルダー、主演がジャック・レモンというおなじみのコンビによるコミック作品である。

舞台は、アメリカン・フットボールの会場である。テレビのカメラマンが、スター選手の猛タックルを受けてひっくり返り、病院に運び込まれる。軽い脳震とうのはずが、彼の義兄に悪徳弁護士（ウォルター・マッソー）がいて、これを材料にして保険金を詐取しようと、話を持ちかける。彼への餌は、別れた妻とよりを戻せるとの期待を持たせることだった。子供の頃に痛めた背骨の曲がりを今度の怪我のせいだと言い張り、コルセットに首を固められて、二本の指と片足が不自由になったことにして、彼の悪戦苦闘が始まる。まさに寝たままの状態なのだが、**保険会社の医師団による診断は、スイスから来た**

一切機械に頼らない名医が一人、自らの直感で仮病だと言う以外は、全て黒だった。ほっと一息入れて、病室のテレビをつけると、リンカーンの映画が放映されて、「一人は騙《だま》せても、全ての人間を騙すことはできない」という台詞《せりふ》が流れて、冷やっとさせられる。別れた妻は、その後も男出入りが絶えないが、男といるベッドから電話してきて、彼の健康を気遣うそぶりを見せる。もちろん金が目当てでしかないのだが、彼は彼女との復縁への期待に心弾ませて有頂天になっている。彼にけがをさせた黒人スター選手は、献身的に彼に尽くすが、次第に心が荒《すさ》んでいき、試合からも遠ざけられて、酒場でいざこざを起こし、チームを退団していく。加害者が被害者以上の被害者となった典型である。退院後、彼のアパートは保険会社から差し向けられた私立探偵に張り込まれるが、それもしのいで、保険会社が悪徳弁護士に屈して示談に応じた夜、別れた妻と義兄が、保険金の山分け話に花を咲かせている最中、盗聴器の撤去に訪れた私立探偵が、例のスター選手に対する差別的な言葉を吐いたのがきっかけとなって、ついにいたたまれなくなった彼は、車椅子から立ち上がって私立探偵を打ちのめし、全てがご破算となる。わが胸に帰りかけたはずの恋人には、尻に蹴りを見舞って追い返してしまう。その夜、人っ気のない競技場で、スター選手を探し当てた彼は訳を話し、二人はフットボールに興じるのだった。

恋人はわが胸に帰らなかったが、**最後の砦《とりで》のように男の胸に立ちふさがるのは、この人こそ生涯をかけて愛するに値すると確信した女性の存在であり、男はそれを求めてやまない。**

同じコンビの**『アパートの鍵貸します』**は、ほろ苦いペーソス溢れる紆余曲折の末、ついに男がわが胸に愛する女性を抱き取る映画だ。

独身社員のバクスター（ジャック・レモン）は、終業時間が過ぎても、一人部屋に残っている。自分のアパートにすぐには帰れない事情があった。彼の上司の四人の課長たちが、代わる代わるその時間帯に、部屋を情事に使っているのだ。彼の仕事には、部屋の日程を電話でやりくりすることも含まれていた。時間が勝手に延長されて部屋に戻れず、外で待って風邪を引いたため、早く家に戻りたい時など、その調整はとりわけ忙しかった。そこまで彼が上司に肩入れするのも、出世したい一心からだった。

ある日、部長に呼ばれると、部屋を手配するよう要請される。何と部長の不倫の相手は、バクスターが恋焦がれていた会社のエレベーターガールのフラン（シャーリー・マクレーン）だったのだ。そうとも知らぬバクスターは快く応じて、その見返りとして係長に昇進して個室を与えられるが、部長に忘れものだと手渡していた割れた鏡のコンパクトを、フランが持っていることに気が付いて、愕然《がくぜん》とする。部長はこの道にかけての猛者《もさ》だった。秘書役の女性とも四年前までそうした関係だったが、部長とフランが一緒にいるところを目撃した彼女が、クリスマス・イブの社内パーティーで、部長の女ぐせの悪さをフランに暴露したため、その夜を部長と過ごしてプレゼントに百ドルを提示されたフランは、部長を先に帰すと、洗面所にあった睡眠薬を発作的に飲んで自殺を図る。戻ったバクスターが、昏々と眠るフランに驚いて、隣室の医者を呼んで事なきを得たが、バクスターが知らせても、子供たちとくつろぐ部長の態度は何とも冷たいものだった。医者からは、連日の絶倫と乱脈ぶりを誤解されて、「人間になれ」と忠告される始末だが、全て自分が罪をかぶる形で公にせず、急場をしのいだバクスターは、部長の補佐役の上級管理職に昇進していた。

一方、部長は秘書役の女性を即刻首にするほどの横暴ぶりだったが、彼女が部長の奥さんにご注進となり、部長は家を出されて離婚の危機を迎える。部長は結婚を匂わせてフランに接近し、未練が断ち切れないフランと新年を迎えるため、部屋の鍵を借りようとする部長に、断固バクスターは鍵を貸そうとしない。彼は、人間になるために、きっぱりと会社を辞め、アパートも立ち退こうと決意する。新年を迎えようと、フランとテーブルに着いて、四方山《よもやま》話に彼の話をした後、余興へと目を転じた部長が振り向くと、もう彼女の姿はなかった。

フランが今度こそ確信して飛び込んで行った先はバクスターの胸だったが、彼女に『あなたが寝てる間に…』の場所を提供した彼の内面のうずきは消えないだろう。

アルベルト・ラットゥアーダ監督の『**十七歳よさようなら**』は、青春の入口で戸惑う夢みる少女の物語だ。先ずはこんなところから口直しとしたい。

すらりとした長身の十七歳の美少女（カトリーヌ・スパーク）が、サンレモの海岸の家で男性と二人きりになる夢を見て兄に起こされて、彼女の一日が始まる。父親の車で送られた女子高校の入口でUターンにして、夢に出てきた三十七歳になる離婚歴のある家族ぐるみで付き合ってきた設計技師の元に立ち寄り、夢の話を少しして少女のほうから唇を重ね、学校に出ると先生は病気で休講となり、純潔をめぐって年頃のおしゃべりの渦に巻き込まれる。俄然積極的になった技師が学校の引ける昼に車で迎えに来たのを袖にしたものの、友達の母親の貪欲な恋愛論などに刺激を受けて、結局かねて予定していた兄たちとようやく合流することにした少女は、兄の運転する車で仲間と競争しながら向かった先を途中でドロップアウトして、技師がいる別荘へと乗り付ける。兄が気を利かせていなくなり、将来を誓い合っていた風を見せていた二人は結ばれる。技師はそのまま泊まるものと思っていたが、帰ると言いだした少女を車で送り、気まぐれで多感な少女の夢で見たような一日が終わった。もはや昨日までの夢みるだけの少女ではなくなっていた。

さて、こちらは、静かに流れる川面《かわも》は深い水を湛えているように、成熟した女の深い情念に圧倒されて、うなりたくなるようなテレビドラマだ。女性に慕われた男性は、正真正銘の病気で寝ている状態なのである。久世光彦監督の『**終わりのない童話**』という正月恒例の向田邦子原作のドラマは、戦前の頃のことで、まだ若い戦争未亡人（田中裕子）が実家に帰り、もはや再婚も断って、静かに暮らしているという設定だった。

ある日、草笛を吹くのが得意な老人の書いた原稿が捨てられて、焚《た》き火《び》にくべられようとしているのを彼女が持ち帰って読んでみると、それは興味深い白い鳥の童話だった。しかし、物語は途中までしか書かれていない。結末が気になってならない彼女は、老人に手紙を出して続きを尋ねるが、色よい返事ではなかった。ついに意を決し老人宅を訪ねると、ようやく熱意に負けた形で、老人は執筆を再開する。ある日、彼女が訪ねると、老人は病気で苦しんでいた。その日は老人の娘（小泉今日子）が都合で帰宅できないと知らされて、結局彼女は泊まり込んでしまう。物語への憧れが畏敬《いけい》に変じて、彼女は老人に口づけたりする。驚いたのは、彼女の実家のほうだ。老人は特高警察のマークする左翼の学者だったと分かり、しかも医者と見合いしても断っているほどなのに、よりによってこんな年寄りが相手とは、彼女の気持ちを計りかねてしまう。

そんな中、老人は特高警察に引っ張られるが、彼女が役所勤めの弟を口説き、手を回して釈放してもらっている。その後、お節料理を届けるなどしているうち、**六十五歳になる老人（以前見た佐藤純彌監督の『新幹線大爆破』（一九七五年）に五十歳以上の老人という台詞があって驚いたものだが、そこまで**

極端ではなくても、健康で元気な高齢者が圧倒的に多い現代では、もう少し高めの年齢でないと違和感があるかもしれない）は危篤となり、病院に駆けつけた彼女に、「結末はとうとう書けませんでした」と詫《わ》びるのだった。そして、身を投げかける彼女の耳元で、老人は「風の話を考えていました。北風が旅をして南風と会い、何とか交じり合うことができないだろうかと相談するんです。きっと、気持ちいい風になるだろうと…」と言って亡くなる。雪のしんしんと降る夜だった。これまで彼女に批判的だった老人の娘に、「父の最期はあれで良かったと思います。人って、嬉しそうに死ぬこともあるんですね」と、最後に言わしめている。それからの彼女は、情念を燃やすこともなく黙々と生きて、老人のいまわの際の言葉通り、北風と南風が交わったような春の穏やかな日に亡くなったという。夢を与えるファンタジーに、しばし呆然とした気分にさせられる。

ところが、ナンシー・メイヤーズ監督の『**恋愛適齢期**』では、若い娘オンリーだったはずの六十三歳の独身実業家（ジャック・ニコルソン）が、若い娘に連れられて行った先の、娘の母親で劇作家の別荘で心臓発作を起こし、居合わせた五十代半ばの彼女に助けられて療養生活を送るうち、本物の恋を知る。触れ合ったその夜は、頑《かたく》なに通してきた一人寝とも決別し、これまで四時間睡眠だったのに八時間も寝て、十一時にお互い目覚めて驚くほどだった。若い医師（キアヌ・リーブス）と彼女との恋の鞘当《さやあ》てといった紆余曲折もあったが、心臓発作騒ぎを繰り返すほど彼女にご執心となる彼には、ようやく心和《なご》める生活が待っていた。

「果報は寝て待て」と言うけれど、これまで紹介した多くは、「寝てる間」にフィアンセや妻が入れ替わって踏んだり蹴ったりの凶報ばかりだ。寝てていいのは懸命の努力を尽くした後の快いまどろみに溶

け込んでいる場合に限られるかのようだ。特に男は積極的に打って出てこそ様になる。待っていて絵になるのは女のほうだ。それに、二十四時間経済の世界中が繋がる変化のめまぐるしい時代である。のほほんと寝てばかりおれるものではない。

結婚する結婚しない

人は十人十色だ。そんな者同士が夫婦になるのだから、百通りの夫婦のパターンがあるとも言える。もっとも、夫婦百景どころか、エルンスト・ルビッチ監督の『**結婚哲学**』では、教授と若妻、その若妻の親友と医者という二組の夫婦を巡る騒動が描かれる。履《は》き古した靴下がほころび裂け目が生じるように、ましてや一方が浮気性ならなおさら、いっそ離婚したいと探偵に材料を集めさせるなどして別れるか、腐れ縁のよりを戻しては同じことを繰り返しかねない夫婦があるかと思えば、相性に恵まれて自他共に理想的と認め合えて、誤解でも生じない限り仲違いすることなどあり得ず、常に基本である仲の良さに回帰していく夫婦もあって、**概ね二色に大別される夫婦が好対照をなす。仲が良ければ似たり寄ったりのほぼ一色だが、不仲には無限のバリエーションと苦悩と涙がある。**

五度結婚して主演女優も愛人だったイングマール・ベルイマン監督の『**ある結婚の風景**』の結婚十年目で二人の娘がいる妻は、問題のない夫婦はいないし、結婚は感度の悪い長距離電話のようなものだが、同じ言葉を話していれば大丈夫と悟っていたが、妻に味気なさを感じていた夫に愛人ができ、「四年も前から別れようと思っていた」と言われ、「私のどこがいけなくてこうなったのか。生涯に一人しか愛せない。他の男じゃいやなの」と、逡巡と錯乱を重ねる。七年ぶりに出会った二人は共に再婚していた。性にも貪欲になって夫と睦み合った妻は、手がなく足がぬかるんで動けない夢にうなされて、「私たちは少しずつ破滅の淵に近づき、もう手遅れかもしれない」とつぶやく。

さて、『**スプラッシュ**』は、ロン・ハワード監督が人魚の恋物語をコミカルなタッチで描いた現代のメルヘンである。コッド岬を周遊中の船から誤って落ちた八歳の少年を助けた人魚（ダリル・ハンナ）が、年頃になって彼（トム・ハンクス）逢いたさにニューヨークに現れる。彼女が人魚でないかと怪しむ科学者から、あるパーティー会場で水をかけられて、彼女の正体がばれてしまう。科学的に研究しようとして監禁状態にある彼女を奪い返して、追っ手が迫る中、彼女を海に返して自分は踏み止どまろうとしたものの、彼女への愛が勝って彼も海に飛び込み、地上との生活に別れを告げる。美しい裸身とラブシーンがきれいな映画だが、人間から人魚に変わった尾ひれのある姿を見るのは、何となく薄気味が悪く興ざめな思いもする。こんな風では美しい人魚と結婚できはしない。**人を好きになるということは、やがて目について来る粗《あら》も含めて、丸ごと相手を受け入れていくことである。過去という名の人魚の尾ひれが気になるようでは、とても幸福な結婚生活など送れそうにない。**

結婚は多少の障害など物ともせず突破していくようでなくては、生涯に悔いを残しかねない。生野慈朗演出の『**最後の家族旅行**』は、そんな思いを抱かせるテレビドラマだった。

その昔、男（緒方拳）が新聞記者だった頃、婚約者がいる女と深間になったのに、婚約者から奪い返すこともできず別れてしまう。その女はやがて経済的に行き詰まり、結婚にも破れて、やつれ果てた姿で男の前に現れて、娘を男に託して亡くなる。男は、五歳になるその娘を引き取り、その直後に自分の息子も生まれて二十年がたち、娘（石田ゆり子）は、母親と生き写しの女となって銀行に勤めている。娘が父親以上の感情を持っていることを心配した男の妻（関根恵子）は、男の友人に見合いの相手を紹介してもらい、結婚話が進行していく。娘は、父親への思いを断ち難くているのだが、見合いの相手に誘われて、甲府の夜空の星を見に朝帰りを承知で出かけ、門前で一睡もせずに待ち受けていた父親が彼を平手打ちするのを見て、ようやく気持ちが吹っ切れる。それでもめげず、結婚を申し込みに来た見合いの相手に、男は自分がなし遂げられなかった姿を見て、敗北感を味わうのだった。

最後の熱海への家族旅行で、父と娘は、風呂の壁越しに言葉を交わし合い、それぞれの愛情を確認する。「昔の女、夏子を好きかどうか」を質す娘に、男が「女のほうが、それほど自分を好きではなかったようだ」と答えると、「私は、お父さんが好きだ。どうして私が、女になってはいけないの」と涙ながらに迫る娘に、男は返す言葉を失っていた。娘の結婚式は、教会で行われた。花嫁の父は、バージン・ロードに向かう扉の前で、花嫁としっかり抱き合うと、万感が胸に迫った。そして、花婿がベールをあげて花嫁にキスをする様子を見て、男はこれでもう一人の女を失ってしまったことを実感する。

やがて新婚旅行に旅立つ娘のバックには、エッセイストである父の新刊が収められていた。初めてその娘が母に連れられて男の家を訪ねた時に、庭に向日葵が咲いていないことをいぶかしがり、それからというもの娘の手で向日葵が毎年花開くようになるのだが、その本の題名も「ひまわり」だった。所詮、**娘は娘であって、本人には代わりようもない**。

結婚の原型は略奪にあると弁護したい向きには、スタンリー・ドーネン監督の『**掠奪された七人の花嫁**』がある。舞台は一八五〇年代のオレゴン州の山中である。七人兄弟の長男が、町で見初《みそ》めた食堂の娘と強引に結婚することに成功する。祭りで出会った町の娘たちを忘れかねていた同居する六人の弟たちも、兄に教えられたローマの故事に倣って強奪を敢行する。追手が迫るが、音で雪崩を引き起こして遮断してしまう。一冬閉じ込められた格好の娘たちだが、次第に愛情が芽生えていく。春になって親たちが気をもみながら迎えに来ると、娘たちは逃げまどい、赤ん坊の泣き声を聞きつけて詰問する親たちに、「私の子よ」と異口同音に答えるのだった。どこか計算が合わないような気がしないでもないが、決然として求めてやまない男の意志の力には弱い女心の機微を明るく歌い上げた秀作ミュージカルである。

生活を共にする時間の重さは、次第に二人を別ちがたく結びつけて、身も心もゆだねてしまう方向へと誘いがちになる。ウィリアム・ワイラー監督の犯罪映画『**コレクター**』も、人と折り合えず蝶の収集が趣味で屈折した異常心理の銀行員にクロロホルムを嗅《か》がされて誘拐されて、地下の隠れ屋に閉じ込められて食事をふるまわれ、二週間生活を共にした美術を学ぶ女子学生も、最後は結婚を承諾して身を任せようとし、逆に青年の予期せぬ反発を招く。

シェ・フェイ監督の『**蕭蕭**《シャオシャオ》』では、おしめもまだ取れない赤ん坊の家に少女が金で買われて嫁いで来る。少女は女へと成熟していくが、夫は所詮子供である。大雨の日、雨宿りに立ち寄った空き家で、近くの下男に彼女は強引に奪われるが、哀しくも逢瀬を重ねる。女が妊娠すると男に逃げられるが、男の子を生んだ彼女は許されて、やがて成長した夫と似合いの夫婦になる。

しかし、**世間体をはばかろうにも弥縫策《びほうさく》では到底間に合わず、夫婦間で極刑にも似た処断が下されることもある。**ジェーン・カンピオン監督の『**ピアノ・レッスン**』がそれだ。

娘を連れた花嫁が、イギリスからニュージーランドに船で渡ってくる。写真結婚だった。花嫁は子供の頃から言葉を失って口がきけない。一家を構えて主人になる男は、仕事一筋で他に余念がなく、花嫁が持ち込んだピアノを邪魔者扱いにして浜辺に置き去りにしたものだから、近くの森に住む粗野な独身男に横取りされてしまう。しかし、そのピアノを介して大きな事件が発生するのだ。

その森に住む男は、ピアノの手ほどきをしてくれたらピアノを返すと彼女に持ちかける。ピアノに愛着のある彼女は、定期的に彼の元を訪ねてレッスンを始めるが、彼の目的は最初から彼女自身にある。レッスンの間、見つめる目は、暗い情念に突き動かされている。ついに指を触り、腕をさすり、しまいに情熱に打ち負かされてしまった彼女と激しい抱擁に及ぶのだ。しかし、こうした密会がそう長く続くはずもない。妻の不貞を知った夫は逆上し、斧で妻の中指を切り落としてしまう。森の男と母と娘は、そのまま立ち去り小舟に乗り込むが、ピアノを海に沈めるようにと言った彼女は、ピアノもろとも途中で投げ出されて助けられる一幕もあった。やがて森の男との生活が始まり、彼女は義指を付けてピアノを弾いて近所に教える平穏な日々を迎えていた。チャタレイ夫人と門番との情事を連想させるような展開だが、森の男が実を通したところに救いがある。

腐れ縁と呼ばれようが、あたかも宿命であるかのように、良くも悪くも生まれた時から赤い糸がまとわりついて離れない相手がいるものである。結婚する気があるのかないのか、周囲に気をもませる独身男性や女性もいることだろう。中平康監督の『**光る海**』は、戦後の青春文学の旗手だった石坂洋次郎の原作で、当時は問題作とされた開放的な性の会話が特徴的で、密かに思い悩んでいた高校生のお茶目な妹に待望の大人の印《しるし》が現れると、俄然強気になった妹が脱衣場の鏡の前に並んだ姉に、「姉さんと私とどっちが豊富かしら」と問いかけてあわてさせる、ほほえましいシーンもある。

この映画は、大学の文学部で女子学生に囲まれて卒業した七人の男子学生たちが謝恩会で苦労話を述べるところから始まる。その七人の中から早くも三組のカップルが誕生し、それぞれに愛のかたちを繰り広げていく。うち二組は、男子学生と同じ文学部の女子学生の組み合わせで、一方は臨月を迎えて結婚式を挙げ、そのまま出産に及んだもの、他方はこの物語の主人公でもある病院の息子（浜田光夫）と首席卒業の娘（十朱幸代）で、周囲が気をもむ中、彼の弟と彼女のお茶目な妹が策略をめぐらしてゴールインとなったものだった。実は病院の息子には作家志願の女子学生（吉永小百合）も思いを寄せていて、彼女は卒業の晩に、「愛情に関係なくてもキスすることがあってもいいじゃない」と言って彼と唇を重ねたりする。その彼女の母（高峰三枝子）は離婚後バーを経営していたが、首席卒業の娘の叔父（森雅之）と長い交際の末に再婚することになる。長患いをして亡くなった先妻（田中絹代）の許しを得てのことだった。その母が作家志願の娘に、「今日から私があの人の妻になるということは、肉体的にもかわいがってもらうということなのよ」という台詞《せりふ》は、操を通してきた人だけに刺激的でもあったようで、その晩病院の息子の婚約の知らせもあって娘は嫉妬に荒れ狂う。彼女のやぼったい感じのメガネには時代も感じさせられる。

ヘレン・フィールディング監督の『ブリジッド・ジョーンズの日記』を見る限り、現代女性の最大公約数的な思いとその生き方が浮き彫りになってくるような気がする。

三十二歳の正月を迎えてまだ独身の彼女（レニー・ゼルウィガー）は、酒やたばこも辞さず、これまでセックスも楽しんできて、ぽっちゃりとしたちょっと太めの体形ながら誰にも好かれそうな愛嬌があるが、両親を始めとして周囲がうるさくなっている。ロンドンにある出版社の宣伝部に勤務していたが、ダンディな青年編集長ダニエル（ヒュー・グラント）と社内恋愛に陥り、夢多き喜びの日々を満喫したものの、あちらこちらと発展家のダニエルに二股かけられているのに腹を立てた彼女は、敢然とテレビ会社のレポーターに転職する。その番組でもどじの踏み通しだったが、その愛すべき人柄と、勝訴した原告のインタビューをしそこなったところを、その弁護を担当していた幼なじみの売れっ子の人権弁護士マーク（コリン・ファース）にも助けられて、人気は急上昇する。

マークについては、ダニエルから彼に自分のフィアンセを紹介したらとんでもない目にあったと聞かされていたが、彼女の両親は家族ぐるみで付き合ってきたマークとの結婚を望んでいて、四歳上の彼とは裸で水浴びをして遊んだ間柄だった。その彼に、ありのままの君が好きだと言われて、裁判で助けられたこともあって、ぱっとはしないものの、彼の誠実さを見直すようになり、三十三歳の誕生日のパーティーに呼ぶと、早めに来た彼は彼女のはちゃめちゃな料理作りを手伝い、何とか食べられるものに仕上げてくれている。食卓を囲んで仲間が賞味していると、そこにダニエルが招かれざる客として現れて、実はマークの離婚の原因となった日本人の奥さんの不倫の相手が、事もあろうにケンブリッジの同級生で結婚式の介添人を務めたこのダニエルで、一糸まとわぬ現場を目撃したこともあるマークの堪忍袋の緒が切れて、二人は取っ組み合いの大喧嘩となる。

クリスマスの前夜、マークの両親の結婚四十周年パーティーに彼女の両親が招かれるが、その出がけに母親からマークの離婚原因の真相を聞かされると、俄然彼女も両親と共に出席に転じ、その席上マークがニューヨークの法律事務所で働くことになったと発表されて、同行する女性弁護士が家族の一員に加わりそうだとも紹介されると、彼女は思わず「ノー」と叫び、「この国の大きな損失だ」と、とっさに取り繕った反論を必死に述べる。クリスマスの日、ニューヨークに向かったはずのマークだったがUターンして、パリに仲間と出かけようとしている彼女の所に忘れ物をしたと言って現れて、その忘れ物の口実の別れのキスは、たちまち二人の愛を確かめるキスに変わった。ところが、彼女が身だしなみを整えている間、彼女の日記をふと読んだマークは、自分の悪口のオンパレードの日記にショックを受けて、街に飛び出す。大慌てでガウンを羽織った彼女は、雪の降り積もった街を必死に追いかけ、新しい日記帳を買って店から出てきた彼を見つけると、人目もはばからず街角で抱き合うのだった。

これでハッピーエンドかと思いきや、ビーバン・ギドロン監督の続編では同棲生活が甘く描かれるが、けんか別れしては、エンディングでまた仲直りする。正式な結婚は、それから何と十年後、容貌も見紛《みまが》うほど変わる中、もう一人の大富豪の男性との一夜とマークとの関係が相次ぎ、どちらの子かと気をもみ、四十三歳で出産した翌年、離婚や他の女性との別離を経たマークがやっと踏ん切りをつけるシャロン・マグワィア監督の第三作である。作家パウロ・コェーリョの言葉に「Life sometimes separates people so that they can realize how much they mean to each other.」とあるように、お互いがいかに大事かを悟るまでには時に別れも必要だったのだ。

『結婚しない女』は、現代女性の心理と行動の一端をそのあけっぴろげな会話の中に明快にとらえたポール・マザースキー監督の作品である。

画廊にパートで勤務するエリカは、二度流産した後に娘に恵まれて、ジョギングを共にする夫マーチンと朝な夕なにセックスを楽しみ、十五歳の娘に冷やかされるほど仲睦まじく、離婚後十九歳の愛人と熱愛中のジャネット、夫とはセックスレスが続くスー、男が好きでも思うに任せず更年期も近いアル中のエレーンの仲良し四人組では、悩み事の聞き役に回り、皆の羨望を集めていた。

ところが、デパートのシャツ売場で知り合ってから一年ほどになる二十六歳の愛人と一緒になりたいとマーチンが突然言い出して、ショックのあまり吐いたエリカは、惨めで無性に寂しくなって、離婚経験を持つ女性の精神科医を訪ねる。セックスから二カ月も遠ざかっていてこんな不毛の生活なんて想像したこともないと思いの丈を述べると、罪の意識は拭い去って、男性と付き合うのを恐れず、新しい男性を試しなさいとアドバイスされる。

酒場に行くと、以前から自分にちょっかいを出していた画廊の経営者がいて、すぐさま彼の所に直行し、四十二歳の画家ソールとは初対面でといった発展ぶりだったが、こんな風では空虚で惨めと言いながら、二人の男が出合い頭にエリカのことで喧嘩となる。九年間の結婚生活で八年は情熱的に愛し合い二児をもうけたものの、ほとぼりがさめると妻が浮気して内心ほっとする思いで離婚したと言うソールの真剣さに惹かれて、エリカに明るさが戻った頃、若い女性と別れたマーチンの復縁の申し出は嫌だときっぱりと断る。五か月バーモントで一緒に暮らそうと結婚をほのめかすソールには、マーチンのことがどこか頭の片隅にあるし、仕事もあるから週末に会いに行くと言って応じない。別れ際にソールからもらった大きなキャンバスに描かれた抽象画を抱えたエリカは、好奇の視線を浴びながら、よろけるようにニューヨークの街を歩いていく。エリカは結婚しない女になっていた。

マウロ・ボロニーニ監督の『**汚れなき抱擁**』では、まともな職にも就けずに三年間ローマで浮名を流してプレイボーイの噂も高かった代々女好きの三十歳の美男（マルチェロ・マストロヤンニ）が、オレンジ畑の土地を買った親から故郷のカターニアに帰って結婚するように言われて、紹介された天使のような女の写真が気に入り、ついに年貢を納める。盛大な結婚式を挙げ、幸福に酔いしれた男は、公証人の家の出でお堅い係累を持つ名門の美女（クラウディア・カルディナーレ）にぞっこん惚れ込んで愛情の誠をささげ、オレンジ畑を見下ろす邸宅に住み、三カ月でキスは百万回にも及んだほどだった。しかし、七人も子をなした世話係におめでたを尋ねられた彼女は、「私たちは子供を作らないの」と応じてみたものの、率直に子供の作り方を聞くと、「毎晩何をやっているんです」と世話係に馬鹿にされて笑われたため、しゃくに障って暇を出してしまう。

その後釜には、以前から父親の所にいるうつむき加減で無口な使用人が送られて、結婚して一年がたち、娘の体は結婚前と同じ生娘のままだから離婚させるという話が、先方の父親から持ち込まれる。暇を出された世話係の密告を伝え聞いた大司教から呼ばれて、「夫婦の愛ではない」と女が言われたことが発端となったものだった。何とも腑に落ちず驚いた父親が男に電話で問い詰めて真実を察し、母親も動いたものの「侮辱された」と言う女の気持ちとはすれ違うばかりで、夫婦の霊肉一致を唱えて結婚の無効を容認する教会とは折り合えず、女と資産家の公爵との再婚が執り行われる。あちこちに子供を作り、浮気は男の甲斐性だとカターニアの伝統を体現してきた父親は、不能だと言いふらされる息子の腹いせに売春街に出かけて六十歳で急死する中、世話係の使用人が貧血で倒れて妊娠が発覚すると、父親となった男は名誉を回復し、使用人と再婚する。しかし、深く愛するあまり気後れして、あの女にだけは不能となっていた男の心は、未だに彼女に支配され続けて、もはや抜け殻のようだった。現実離れした話のようで、もう一つピンとこないところもある。

『歴史は夜作られる』は、釣り合わぬ美貌の妻をめとったものの疑心暗鬼が募って愛想を尽かされ、自ら仕掛けた罠にはまって自滅する富豪の夫の物語で、対照的に正真正銘の美男美女のキスシーンがきれいなフランク・ボゼージ監督の古典的な恋愛映画でもある。

新妻アイリーン（ジーン・アーサー）は、夫の海運王ブルースの嫉妬と猜疑心《さいぎしん》の激しさに耐えかねて、離婚手続きを開始する。何とか阻止しようとするブルースは、妻が不倫している場合は離婚できないことに目をつけて、運転手を差し向けて誘惑しているところに踏み込んで現場を押さえて事を有利に運ぼうと画策する。シャトー・ブルーの給仕長のポール（シャルル・ボワイエ）が争う物音を聞きつけて割って入り、相手を叩きのめすと、入室してきたブルースたちの手前、宝石強盗を装って彼らを監禁し、アイリーンを連れ出し乗ったタクシーで宝石を彼女に返して、シャトー・ブルーへと向かう。十一時を回り閉店して帰ろうとするコック長シザーをおだて挙げ、楽団員にはシャンペンをおごると約束し、二人だけがお客となって、手の甲に人形の顔を書いて会話を楽しみ、こんな夜を待っていたと言うアイリーンとタンゴなどで踊り明かして、キスを交わす。

一方、ブルースは詰問した運転手を殺害し、警視総監に通報して、ポールを犯人にでっち上げる。ポールと再会を約束してホテルに戻ったアイリーンは、警部から運転手が死んだと聞かされ、夫には盗まれたはずの真珠のネックレスを見とがめられて、犯人が恋人だと断定されて、離婚をあきらめないなら彼を探し出して警察に突き出すと脅かされ、夫と一緒に船に乗ってアメリカに帰ることになる。その記事を見たポールは、船にいるアイリーンに電話して、困り果てているのを知ると、レストランを辞めてニューヨークへ旅立つ。馬鹿な奴だと言いながら、盟友のシザーも一緒だった。

ニューヨークのレストラン・ビクターに乗り込んだ二人は、オーナーを呼んでウエーターやコックの至らなさを責め立て、ポールが客あしらいに手際のいいところを見せると、自らを世界一と銘打つ二人はそのまま採用されて、予定した通りの評判の良い高級店へと仕立てていく。こうすることが、アイリーンと会える早道だと踏んでのことで、誰にも座らせない特等席をポールは用意していた。夫と別居したアイリーンはモデルをしていたが、運転手殺人事件の犯人が捕まったので証人として出廷してほしいと刑事に言われてやむなく応じ、手心を加えてほしいとの思いから夫を訪ねて、パリに出発する前に食事に出かけたその店でアイリーンはポールと再会する。犯人がポールでないと分かったアイリーンは、打って変わって終始笑い通しだった。ポールは注文を任せられると、あの夜と同じ料理を出させるが、夫との帰りの車の中で自分の飛行船の切符を破り捨てて、下車して店に戻ったアイリーンは、自分とは遊びなのかと落ち込んでいたポールに手の甲に人形を書いて本心を告げる。

運転手がポールに殴られて死んだと思い込んでいたアイリーンの提案で、パリは避けて美しい島タヒチに行こうするが、それでは潔《いさぎよ》しとしないポールと共に、アイリーンは真実を証言するため、処女航海のアイリーン号に乗船してパリに向かう。アイリーンの名誉を守ろうとしてポールが及んだ行為は罪に問われないというのが警察の見解だと知って、万策尽きかけたブルースは、霧が深く低温で気象条件の悪い中、提督に電話してあえて航路の記録更新を命じ、全速力を出させたため、案の定氷山に衝突し、船は転覆しかけて救命ボートが出され、その直前にあの思い出の料理を食べて踊ったポールと、救命ボートには乗ろうともしなかったアイリーンは、もっと早く出会いたかったと言いながら覚悟を決める。沈没した船の乗客三千人のうち助かったのは少数といった報道がなされる中、運転手を殺したのは自分だと遺書を残してブルースはピストル自殺を遂げるのだが、何と防水壁が無事で、辛《から》くも船は沈没を免れる。スリルとサスペンスにも富んでストーリーとしても一級品だ。これほど悲劇的な結末を迎えなくとも、こんな夫婦もいそうな気がする。

『アニー・ホール』は、ウッディ・アレンが脚本を書いて主演し監督した、気の利いた会話が持ち味のテンポのいい自伝的でコミカルな映画だ。

ニューヨークに住み、子供の頃から風変わりで、十五年も精神科医に通い続ける、内向的だが女出入りの絶えない四十歳になるユダヤの漫談芸人アルビーは、「自分のような人間を会員にするクラブには入りたくない」と思い、「人生はさびしく惨めで辛《つら》いことばかりで、あっという間に終わってしまう」といった考えの持ち主で、二度の離婚を経験していた。仲間とテニスに興じた後、彼女の車に同乗した縁で意気投合したキャバレーの歌手で社交的なアニー・ホール（ダイアン・キートン）と同棲するようになる。お定まりと言うべきか、育った家庭も教養も性格もまるで正反対で関係がきしみ始め、アニーに成人教育を受けさせようと大学に通わせるかと思えば教師に嫉妬し、アパートに戻ったアニーが浴槽にくもがいることにかこつけて、助けを求めて深夜に緊急電話を別の女性が横にいるアルビーにかけてきたのに応じて、仲直りしてみても、結局無理を悟った二人は別れてしまう。また別の女性と付き合っても忘れられず、あえてアニーに結婚を申し込んでもすげなく断られて、アルビーはアニーとのことを題材に、そこではハッピーエンドの収まりを付けた脚本を書き、男といるアニーと再会すると、無理やりその映画を見せて勝ったような気分になり、その後彼は彼女と昼食を共にし、昔を懐かんで、そして別れていく。おそらくアルビーは言葉巧みな調子のいい弁舌を武器にして、小噺《こばなし》に自分を雌鶏だと思っている弟を精神科医から入院させなさいと言われても卵が欲しくてできないでいるとあるように、手に入りそうもない卵を求める生活を続けていくに違いない。それにしても小柄なアルビーの交際相手は、背の高いスレンダーな女性ばかりだった。

『夫たち、妻たち』は、夫婦の様々な思いを二組の夫婦に託して総括したような映画だ。

二組の夫婦の一方が突然離婚を宣言したことにショックを受けて、腹を立てたもう一組の夫婦の妻（ミア・ファロー）が、別れた妻に同僚社員を紹介する。別れた夫は、エアロビクスと星占いに夢中な女性と付き合い始めるが、その底の浅さに閉口し、紹介された男性と親密になっていた別れた妻に強引に復縁を迫り、別れた妻もセックスの問題などは未解決であるにしろ、共に暮らしていくのは別れた夫しかいないことを悟っていく。それにひきかえ、仲の良さそうだったもう一組の夫婦は、子供を持つか持たないかなどの意見の違いから、徐々に心の中の亀裂が深まり、作家と大学教授を兼ねた夫（ウッディ・アレン）が二十歳の女子大生に入れあげているのを承知の妻は、あの同僚社員に対する自分の思いが実は本物であることを悟って夫と別れ、三度目の結婚に至る。夫は離婚した妻への懐かしさがいや増す中、女子大生との無理な関係を断念し、独身に戻る。インタビュー形式を交えて夫婦の心のひだを見事にとらえたウッディ・アレンの監督作品である。

夫婦の生活が三十年はおろか半世紀以上にも及ばんとする時代には、夫婦の契りも夫が定年を迎える辺りで、もう一度結び直す必要があるのかもしれない。清弘誠監督の**『離婚旅行』**は、最後まで、夫婦の、特に妻の心理が何とも分かりにくいテレビドラマだった。

三十年も連れ添った妻（松坂慶子）が、夫（西田敏行）の定年より四年半ほど早いリストラによる退職を機に、退職金を半分もらって別れたいと突然言い出す。妻の言い分はこうだ。自分は専業主婦として夫の世話と長女と長男の子育てに励んできたが、夫は退職し、子供たちも独立した。これまでの生活に格別不満がある訳ではなく有意義な人生だったと思っているが、自分の生活というものがまるでなかったことに気がついた。これからの一番大事な三十年は、自分のために自分のやりたいことをして生きたい。あなたも自分の人生を歩いてほしい。妻を当てにしきっていた夫は、狼狽《ろうばい》する。

ともかく、退職間際に頼まれた仲人を務めるため、夫は妻に福山行きを持ちかける。妻の心変わりを半ば期待もしながらのことだった。結婚式は臨月を迎えた新妻が破水し、式場で出産するハプニングもあり、仲人の臨機応変の対応で事なきを得るが、その足で向かった娘と孫のいる広島の家庭は、医師の夫が医療ミスや看護婦との恋愛などがあって愛媛の僻地《へきち》の診療所に単身で転任となり、離婚寸前だった。夫婦は医師のいる四国に渡り、離婚を思いとどまるよう説得し、何とか成功する。夫婦は宇和島へと足を伸ばし、お祭りでにぎわう中、妻は学生時代に交際してプロポーズもされたという、今は蒲鉾屋《かまぼこや》の老舗《しにせ》を継いだかつての東大生とも再会するが、彼は全く彼女が分からないのだった。ショックを覚えた彼女は、息子に歳月の残酷さを夜ホテルで電話するが、四方山話に聞いた息子から、「手作りの物語を書いた本を自分の子供を育てる時のためにください」とお願いされて気を取り直す。一方、その道すがら夫は妻と、はぐれてしまう。やけ酒をあおって夫は、妻恋しさに橋の欄干にもたれて涙を流す。妻は、新婚旅行を夢見た頃の憧れの地神戸の六甲山のホテルに立ち寄り、夜景を眺めていた。察して夫も駆けつけてくる。夫が「無駄を怖がって結果ばかり気にしていた。無駄だらけのようなのが人生だ」と語りかける。**無駄の中に人生のスパイスがあり、弱者や敗者にもやさしい人生の慰めがある。予定外の回り道や裏道に、後で振り返って初めて分かる人生の味わいが隠されていたりする。**夫婦は「神戸の夜景を見ていると、大地震があったとは思えない。これからだって何が起きるか分からない。世の中に壊れないものなど何一つない。壊れたものを神戸のようにいつも作り直しているのが世の中だ」と共感し合う。
ここまで悟った夫婦だったら、夫婦関係を再び作り直すのかと思った。しかし、妻の離婚の決意は固く、夫のほうも理解は深まり、帰りの新幹線の車中で、この世で一番大事な人だからどんなことがあっても見捨てはしないと二人は誓いながら、別々の道を行くことに合意する。妻の頬には一筋の涙が伝っているが、こうまでしなければならない心理が今一つよく飲み込めない。東京から福山、広島を経て、四国松山のお遍路さんのコースとも重なり、思いつくまま宇和島まで足を運んだ旅行は、新婚旅行をすることができなかった夫婦にとって、切なくも二人の絆を別の形で結び直した離婚旅行となった。

光陰矢の如く、恋に戸惑う紅顔の美少年が青年となり恋に燃えていたかと思うと、たちまち中年から熟年に達して老いたる日々を迎えても、一貫した関心事であり続けて艶福家ここに極まるといった感があった森繁久弥は、『今さらながら大遺言書（語り森繁久弥　文久世光彦）』の中で、人生は「結局は、米と」続いて言わんとする女性のことをストレートな言葉で表現して、おそらく書き手の久世光彦をぎくりとさせている。さらに付け加えれば、**「親しい者同士の気のおけないおおらかな笑い」があってこその人生であり、幸福の実相でもあるように思われる。**そんな平凡過ぎて見逃してしまいがちな真実を教えるコメディに、ジーン・サックス監督の**『おかしな二人』**がある。

結婚十二年にして、愛妻から離婚を切り出されて二人の子供とも別れなければならなくなった報道記者のフィリックス（ジャック・レモン）は、夢と希望を失い、自殺すると言って家を出るが、ホテルの九階の部屋の窓が開かず、その場は断念し、さ迷い続けている。折しも、離婚されて半年になるスポーツ記者のオスカー（ウォルター・マッソー）のアパートで、顔をそろえた五人のポーカー仲間に、フィリックスが行方不明という情報が入って色めき立つが、そこに本人がひょっこりと現れる。自殺を警戒しながら、そそくさと仲間が帰る中、オスカーが引き取る形で奇妙な「夫婦」のような暮らしが始まる。

　フィリックスは、極端な綺麗好きで、離婚の原因にまでなった程の腕前の料理や、掃除に余念がない。オスカーの家計は節約されて、養育費の仕送りもできるようになり、部屋には塵一つなく、精魂込めた手料理が振る舞われて、台所もぴかぴかになった。しかし、無菌状態のような生活に、無精者のオスカーは息が詰まる思いだ。あれも駄目これも駄目と注文のうるさいフィリックスに、いらいらをつのらせる。潔癖症に近い極端に綺麗好きの伴侶だと、気にする度合が桁違いの相手から批判を浴びるばかりの生活では、言い合いを避けようとすれば、無言の行を貫く他なく、底深い自信やおおらかさまで削がれかねない。そんな心境のオスカーは、アパートのエレベーター友達となった後家とバツイチの組み合わせの姉妹と、食事会を計画する。若々しく華やかで、鳩のように賑やかな姉妹が同席すると、オスカーの部屋は、何物も包み込んでしまいそうな円《まろ》やかで柔らかなものへと、手品のように一変する。**気のおけないおおらかさと屈託ない笑いが、何と好ましく、安らげる雰囲気を醸し出してくれることか。**しかし、フィリックスは家族に未練があって、心から打ち解けられない。オスカーが席を立った間、フィリックスは愛妻と子供たちの写真を見せては涙にくれる。そのことが母性本能をくすぐり、彼女たちの心を掴んでしまう。食事会のほうは、雰囲気が湿っぽくなってぶち壊しとなり、彼女たちの所でやり直そうというのに、気持ちの吹っ切れないフィリックスは強情にも同行せず、ついにオスカーの堪忍袋の緒も切れて、「夫婦」生活は破局を迎え、再びフィリックスは行方不明の身となる。

心配した仲間の一人の警官の権限まで乱用してパトカーを繰り出して探し回るものの、あきらめてオスカーの部屋に戻ると、後家の姉のほうがフィリックスの荷物を取りに来る。立ち寄った彼が、バツイチの妹にぞっこん惚れ込まれて、今では意気投合しているし、彼に是非居てほしいのだと言う。後を追うように、妹と手に手を取って現れたフィリックスは、その場で「二、三日」滞在することを快諾する。離婚する家族への負い目もどこへ実に楽しげな様子で、再婚は間近といった感じだ。安心した仲間がポーカーを始めると、自堕落だったはずのオスカーも、結構口うるさく仲間にあれこれ注意するようになっている。同居の相手から受ける影響は絶大で、無視してかかれないものだ。オスカーには姉が似合いといった予感もする。そんな風に思わせて「ハッピーエンド」を迎えている。

笑いは、人生を肯定する明るさと、力強い生命力を呼び覚《さ》ましてくれるが、屈託なく笑い合えるのは、夫婦が信頼を伴った絆を有しているか否かのバロメーターなのだ。成瀬巳喜男監督の『めし』では、周囲の反対を押し切って結婚して五年、大阪に転勤して三年、証券会社に勤務する実直な夫に「めし」と言われては、まともな会話もなく卓袱台《ちゃぶだい》を囲む生活が続くようになり、夫の姪で行動派の娘が縁談を断り家出してきたことから波風が立つ。嫉妬も手伝って夫との関係に悩んだ妻が、娘を伴って東京に帰り、妹夫婦と母が住む家に居候して仕事を探そうとしていた頃、出張で上京した夫に迎えに来られて、抵抗する風を見せながらも、嘱望されての転社を相談する夫にほほえみかける。小津安二郎監督だと重く感じられた原節子の演技が、心持ち軽やかで自然なものに思われた。

幾つになっても心の底から誇り得る、世界にひとつの花を持ち続けていたい、というのが多くの男性の偽らざる心境であろう。願わくは、ゲーテの『ファウスト』（高橋健二訳）にある最後の言葉、「永遠

の女性がわれらを引きあげて行く」との思いに共鳴し、人生の年輪を重ねる都度さらにその感を深くしながら。かのソクラテス曰く「良妻を持てば幸福であり、悪妻を持てば哲学者になる」。

愛の挫折

結婚に至るカップルの周辺には、死屍累々《ししるいるい》と言っていいほど挫折した愛がある。くじ運にも恵まれたトーナメントの優勝者が最強とは限らないように、挫折したカップルには、あるいは最愛だったのではとの悔恨の思いを残しながら、見果てぬ夢が限りなく続いていく。

『私が棄てた女』は、セピア色の回想場面とモノクロの映像が交錯し、カラーとなって終幕する浦山桐郎監督の作品である。六〇年安保で挫折し、肉体労働のアルバイトをしながら大学を出た生真面目で泣き上戸の吉岡努（河原崎長一郎）は、学生当時同居していた友人が無教養な豚だと言って顧みなかった森田ミツ（小林トシエ）と出会い、福島訛りも抜けず、ずんぐりむっくりの十七歳の工員の彼女と、肉体だけの関係を続けていた。自動車部品の会社で抜擢《ばってき》されて野心家と見られていた吉岡は、周囲の羨望と反発を招きながら、専務の美貌の姪マリ子（浅丘ルリ子）と結婚する。

女友達に吉岡はハネムーンだと聞かされて絶望したミツは、鉄橋から身を投げようかと思案しているところへ、鉄道自殺を企てようとする老婆を助けた縁から、息子と諍《いさか》いが絶えない老婆を収容することになった老人ホームの従業員を志願する。街でミツを見かけて話しかけ、幸せそうではない風情に心穏やかでない吉岡だったが、吉岡が関係も持っていた例の女友達を介して、声がかかれば吉岡からひどい目に遭わされていてもミツはいそいそと密会に応じ、女友達と図って写真に収めた愛人の男は、マリ子をゆすろうとする。驚いて訪ねてきたマリ子にミツは土下座して謝り、これ以上苦しめないでと現金を押し付けられて、さらにマリ子を巻き込もうとする女友達と愛人から吉岡を守りたい一心で争いとなり、もつれて窓から転落死する。警察の取り調べには、見も知らない行きずりの人だと言ってミツをまた棄てながら、葬儀には顔を出して涙ながらに帰ってきた吉岡は、マリ子から関係を問われると、「ミツは俺だ」と言い放ち、平手打ちをして部屋を出ようとするマリ子に、「お前だってミツじゃないか」と投げ返す。破局かと思われたが、蘇る過去にさいなまれ続けていた吉岡の元に、妊娠が分かったマリ子が戻り、吉岡が本に挟んでいたミツの遺影が燃やされる。産婦人科医の役で出た遠藤周作の原作とは展開が異なるが、小林トシエの演技が胸を打つ。

ヘンリー・キング監督の『慕情』は、乗り越えがたい三角関係と戦争の悲哀に泣く、中年にさしかかろうかという年頃の男女のやや時代がかった恋愛劇だ。所は一九四九年のイギリス領香港である。

中国人の父とイギリス人の母の間に生まれた長身で美貌のスーイン（ジェニファー・ジョーンズ）は、イギリスで医学を学び、赤十字病院で研修医をしていた。国民党の将官と結婚した彼女は、共産党に撃たれた夫を亡くしてからは、医学だけに興味を示し、てきぱきと患者をこなして評判も良い。病院の理事パーマー宅でパーティーがあって、彼女は新聞社の特派員として香港に来て間もないマーク（ウイリアム・ホールデン）と出会う。彼は、シンガポールにいる妻と六年間も別居状態だった。二人の交際が始まり、警戒心を持ちながらも次第にスーインの気持ちは、一途に求めてやまないマークへと傾いて行き、湾の向こう岸の友人の食事会に出かける頃には、泳いで渡っていくような間柄となっていた。マークに応じてダンスを踊り、別れ際には初めてのキスを交わす。デートで落ち合う場所は、スーインが好きな病院裏の香港市街と海を一望できる丘の上に二本の木が寄り添って立つ辺りで、激しいキスが繰返される。混血を意識する一方、妻帯者と未亡人の恋の噂を立てられてはと体面を気にするスーインは、気持ちの整理を兼ねて重慶の叔父の元へ発つ。やってきたマークに、妻とは離婚するからと結婚を申し込まれると、未来がなくても彼を選ぶと承諾したスーインに、叔父たちもさじを投げる。シンガポールに向かったマークから一時色よい電報があったものの、妻の気が変わって状況に変化はなかった。良くない噂が立っているとパーマー夫人に諫《いさ》められても、仕事でマカオに一週間滞在するマークの後を追ったスーインが、恋のときめきと生きる喜びに目覚めて陶酔したのも束の間、勃発した朝鮮戦争の取材に行くようマークに電報が入り、スーインは研修期間が更新されず解雇される。混血のせいだから中国に戻れと中国人医師に忠告されながら、マークの出発まであわただしい中、**二人は丘の上に立ち、帰るまでここで待つとマークに誓い、友人宅に身を寄せてマークの手紙を心待ちにするスーインだったが、新聞記事でマークの死亡を伝えられると、思い出の丘の上で泣き崩れては、辺りを逍遥する姿が痛々しい。**

さて、**真実の愛が絶対的な価値を持つものである限り、同時に複数存立することはあり得ず、成立したかに見える三角関係の一方は、偽りの愛という不実さを秘めている。**

フランソワ・トリュフォー監督の遺作『**恋のエチュード**』は、そうした多情多感な一人の男性を巡る姉妹の恋愛葬送劇である。母親が友人同士だったため、フランスに来たアンヌに勧められて、イギリスに渡ったクロードは、アンヌとミリュエルの姉妹がいる家に同居する。クロードは、アンヌからミリュエルの写真を見せられて、関心を持たされていた。そのミリュエルは、目を悪くして眼帯を当て、やがて黒メガネをかけて登場する。両手に花の兄妹のような日々を過ごすが、ミリュエルの感情の起伏は激しかった。進歩的な娘たちの考え方に同調できない夫人は、近所の評判を気にしながら、国際結婚に発展する場合は反対しない姿勢をとっていたが、クロードとミリュエルが特別の感情を抱いているのに気付くと、クロードを隣のフリント家に泊めるようになる。クロードは妻になって欲しいと手紙を出すが、すげないミリュエルの返事にもアンヌは希望を持つよう励ます。一人息子のクロードを案ずる母親がイギリスに来て、フリント氏の仲裁で、二人は一年間交際をやめて、その後再会を望むようなら反対しないことで、話がまとまる。ミリュエルは、一年後彼に身を任せようと決意していたが、美術の評論などをして火遊びの女友達を持つようになったクロードから、半年後別れの手紙が届くと、動揺して眼病が再発し、返事も出せない。**「人生を乱すのは、愛ではなく愛の迷いなのよ」というのが彼女の考え方だった。**彫刻家となったアンヌがパリに出て、クロードと再会する。妹には敵《かな》わないと最初から身を引いていた彼女が、アトリエに彼を招き入れると、胸に手を伸ばしてきた彼に応じたことがきっかけとなり、二人で出かけたスイスの湖畔の貸別荘で、彼女はためらいながらついに身を委ねるのだが、「あなた一人が楽しんでいる」との思いを棄てきれず、別々にボートを漕いで、それぞれイギリスとパリに向かう。しかし、三か月後パリに戻った彼女は、愛を知った女に変身していた。「僕の朝食は君だ」などと言われながら、幸福すぎると思う彼女は、「私のために無理をしないで、他の男や女もそれぞれ愛しましょう」と提案し、新しい男とペルシャに旅立つ。一方、もう会わないけれど自分は清純な女ではないと言い張るミリュエルから送られてきた秘密の日記に、クロードは好奇心を募らせる。

母親が亡くなったクロードは、男と別れたアンヌと邂逅し、その手引きでミリュエルとも再会する。

愛していると言いながら、これ以上近づけないと思っていたクロードは、不意を突かれてミリュエルにキスされて、戸惑いながら帰る。アンヌからこれまで三人の恋人がいたことを告白されて、ショックを受けてイギリスへ帰ったミリュエルから、「姉はあなたを愛している。姉と妹を妻にしたいの」となじられたクロードは、「僕は何者だ。人生が分からない」と、そうした思いを小説に託す。ところが、アンヌは三人目の男性である登山家と婚約しながら、肺の病状が進んでいたことを知ると、婚約を解消して息を引き取る。涙が枯れて老婆のようになったミリュエルが、ブリュッセルで英語を教えるためカレ港に着くと聞いて、クロードは再会し、覚悟のキスが交わされて、出会ってから七年後、二人は初めて結ばれる。三十歳のミリュエルは、二十歳にも感じられるほどのみずみずしさだった。「私たちを葬るために会いに来た。愛の交わりはあっても、あなたは夫になれる人ではない」という絶望的な言葉を残して、彼女は彼の元を去り、子供が生まれるという手紙が届いた後、妊娠ではなかったと黒枠の手紙が届く。

それから十五年後、ミリュエルは教師と結婚して男の子と女の子を儲《もう》けていた。**作家となったクロードは、タクシーの窓に映った自分の顔を見て、老人みたいだとつぶやいていた。**

同じくフランソワ・トリュフォー監督の『**突然炎のごとく**』は、ドイツ人ジュール（オスカー・ウェルナー）とフランス人ジム（アンリ・セール）の、共に文学で身を立てようとする親友が、カトリーヌ（ジャンヌ・モロー）を巡って織りなす奇妙な三角関係劇だ。

ジュールは、女に得手のジムの紹介を受けて、様々なフランス女性と付き合ったものの満足は得られず、ドイツ女性に戻ろうとしていた頃、父はブルゴーニュの名門貴族の出だが母は庶民の英国女で、顔にひげを描いて街へ出たりする中庸を知らない複雑な女カトリーヌと出会う。**一軒家を借りて、文明の**

遺品を探して自転車を乗り回し、海に出て遊んだひと夏は、三人の青春そのものだった。パリが恋しいと彼女が言い出して戻るが、三人で芝居に行った帰り道、「夫婦生活で重要なのは妻の貞節で、男のそれは副次的だ」などと言うジュールに抗議し、橋の上から川に飛び込んだり、ジムの意見を聞きたいと約束した七時の待ち合わせに少し遅れた彼が帰った後、八時頃に現れてすれ違いになったりと、奇行の目立つ彼女は、ジムに心が傾いていたようだったが、ジュールの弱々しさに征服されるようにしてドイツで結婚する。第一次大戦が勃発し、二人は動員されて相互の消息も途絶えたが、ロシア戦線へ送られたジュールがカトリーヌに書いた手紙は、文学的な香りも高く愛情溢れるものだった。

戦争が終わり、手紙で無事を確認し合ったジムは、彼女と娘の出迎えを受け、ライン河近くの山小屋に住むジュールを訪ねて、四人で野山に遊ぶ。とても円満とは思えず、家庭の話は避けていたジムは、ジュールから聞かれると、「結婚も育児も成功と思う」と答える。しかし、彼女は、結婚前夜彼女の心を傷つけた母にジュールが味方すると、その罰と称して昔の恋人と数時間を過ごし、半年前にも若い男ができて家を出て三か月も戻らず、戦傷を負って近くで療養する歌手との関係が続くなど、三人も情夫がいて、自分の価値が認められないとなると、突然発作を起こすなど自制ができず、ジュールは彼女を持て余して人生への期待もあきらめた風だった。三十二歳の彼女は、二十九歳のジムに傾斜していき、ジュールからも「彼女と結婚してくれ。そうすれば自分も彼女と会えるから」と電話があり、彼女と抱き合って終日過ごすようになったジムは、結婚を考え始める。しかし、幸福はたちまち擦り切れて、ジュールを呼んではじゃれ合い、自分にも別れる人と雑用があるからと情夫の歌手と関係し、ジムと子供を授かろうとしても妊娠せず、情緒が不安定で落ち着けない彼女とは対照的に、長く交際を続けてきたジルベルトとの関係を断ちきれないジムが、最終的にジルベルトを選ぼうとすると、逆上した彼女にピストルを突き付けられて、ジムはあわてて窓から外に逃げ出す。ジムは、ジュールと彼女に映画館で再会し、水辺のレストランで談笑した後、彼女から話があると誘われて、彼女の運転する車に乗るが、「ジュール、よく見て」と言って突き進んだ彼女と共に、途中分断された橋の先から落下して死んでしまう。ジュールは打ちのめされるが、内心ほっとしてもいた。**ドン・キホーテとサンチョの友情だったという。**

一方、デビッド・リーン監督の『**インドへの道**』は、事件の顛末《てんまつ》が今一つ定かでなくもどかしさが残るが、壮大な自然と色彩の映像美は味わい深い。インドで裁判官をしている青年の婚約者（ジュディ・ディヴィス）が、彼の母親と共にイギリスから訪ねていく。灼熱の太陽の下で異文化に触れた彼女は、男女が交わる石像群を目にするなど気持ちが動転する中、妻を亡くした現地の医師と知り合い、象の背に乗るなどして彼が勧める洞窟に向かう道すがら、差し伸べられた手にゆだねて岩場を登る。気が通いかけたところで、先に洞窟に入って暗闇で佇《たたず》む彼女を探して近づいた彼が手出ししたとは思えないが、もみあいになるかしたはずみで血だらけになって逃げ出した彼女は、彼を告訴する。植民地を揺るがす裁判になるが、尋問された彼女は、何とその場で婚約を解消し、訴訟も取り下げてしまう。到底一筋縄ではいかない、東西の許されぬ愛の葛藤があったが故の挫折だろう。

とはいえ、**状況によっては、絶対の世界の真実の愛が揺らいで、相対の世界に愛が幻惑されてしまうこともある。出征して若い男性が周囲からいなくなる戦時中は、特にそうだ。**

デビッド・リーランド監督の『**スカートの翼ひろげて**』は、そんな状況下で偽りの愛を真実の愛と取り違えそうになる、一人の男性を巡る三人の女性の物語だ。一九四一年に三人の娘が、農場に派遣される。二十一歳のステラは、銀行支店長の娘で、海軍将校フィリップと婚約していた。ブルーは美容師で、尻軽なことにかけては、農場近くで若い男を見かけると、必ずものにすると宣言するほどだった。アグはエジプトで勤務するデズモンドに純潔を捧げるつもりの二十六歳で、ケンブリッジを卒業して弁護士を目指していた。農場には軍人を退役した直後にここを買った夫婦と、入隊間近と目される長身でひ弱な感じの一人息子ジョーが暮らしていたが、ジョーには幼なじみの婚約者ジャネットがいた。

攪乱要因は、ブルーだった。宣言通り、ブルーがジョーに近づいて難なくものにすると、パーティーで知り合った空軍のバリーとのデートに忙しくなるが、アグには予行演習をジョーとするようそそのかす。一方、ジョーは、パーティーで空軍の女性にちょっかいを出して殴られて、最初から本命だったステラの介抱を受けるが、身分が違う彼女にはためらいがちだった。休暇をもらって婚約者に会いに行くステラをバイクで送る道すがら、強がるジョーのことがあってか、フィリップと婚前旅行に出たはずのステラは、体調を口実にしてベッドを別々に送っている。その頃、ブルーにけしかけられたアグは、率直に持ちかけて、ジョーが応じていた。やがてブルーがバリーと結婚するが、出撃の恐怖をジョーに語っていたバリーが、撃墜されたと連絡が入る。ジョーの悲しみも尋常でなかったが、慰めるステラから愛の言葉が発せられる。婚約者まで親に決められて既定路線にうんざりしていたジョーは、空軍の入隊試験を受けるが、心音に異状があり、不適格者の烙印《らくいん》を押されて絶望する。そこに敵機が不時着し、誰よりも安否を気遣うようになっていたジョーとステラは、ついにキスを交わすが、婚約者が病院に収容されたと一報が入ると、ステラは婚約の解消も兼ねて列車で病院に向かう。婚約者は両足の膝から下を失っていた。別れる覚悟はできていると言う婚約者に返す言葉もなかった。戦後になってジョーの父親の葬儀が行われると、事後報告でもするかのように三人が集まった。アグは、大使館勤務のデズモンドと結婚していた。ブルーは、屑鉄屋と結婚し、バリーと名付けた男の子を携えていた。ステラは、下院議員に立候補したフィリップが女に走ったため離婚し、旅行の仕事をしていた。駅で待ちぼうけを食わされ続けたジョーは、ジャネットと結婚して子供も二人いて、農場を引き継いで落ち着き、悩んだが今は満足しているという。その二人が再会する。「毎日駅で待っていた。心の中で今も待っている」と言うジョーに、「障害が多すぎたわ。時代のせいよ」とステラは答える。「あれから恋は？」「していないわ」「僕も」と、伸ばした手と手がかすかに触れて離れると、ステラは女三人の仲間に加わっていく。**世間に出て目が肥えたステラには、かつての自分の心理を疑ってしまうほど、ジョーは平凡な男性に見えたことだろう。思い出と永遠のイフを残して、収まるところに収まったように思われる。**

　ジョシュア・ローガン監督の『南太平洋』では、戦況を打開するため偵察の任務を帯びて青年中尉が派遣された島に、フランスで悪党を殺して逃げ延びた過去を持ち、現地の女と二人の子をなした初老の農園主（ロッサノ・ブラッツィ）がいて、従軍看護婦との恋に懸けていたが、子供の存在に驚いた彼女が結婚を断ったため、要請されていた危険な偵察旅行に中尉と同行する。その間、中尉は夢の島バリハイで娘と至福の時を過ごしていたが、その母親に結婚を持ち出されて断り、その後思い直そうとしたものの、結局偵察の犠牲となる。農園主の的確な情報で戦局は好転し、彼女の彼を見る目も変わり、愛の挫折は免れる。「♪女ほどいかすものは他にない」と隊員が女を称える歌など、心躍る音楽と南の海洋の映像美が満載だ。戦争という事態は、ベトナム戦争帰りの男（ロバート・デ・ニーロ）が、タクシードライバーとして雇われて、大都会の暗部や退廃を見せつけられるうちに怒りを覚え、綺麗事を言っているに過ぎない大統領候補の暗殺を企てるに至るマーティン・スコセッシ監督の『**タクシードライバー**』といった破天荒で虚無的な映画にもあるように、情け容赦なく庶民を様々な悲劇を伴った運命に巻き込んでしまう。同じくベトナム戦争を題材にしたハル・アシュビー監督の『**帰郷**』では、妻（ジェーン・フォンダ）は、夫を戦地に送り出すと、病院にボランティアで働き始めるが、戦地で負傷して車椅子の生活を送る高校のクラスメートと再会すると、心のねじれた彼に同情を寄せるうち恋愛するようになり、三角関係が生まれる。やがて彼は退院して反戦運動を始めるが、足を引きずる身となって帰還した夫は、二人の関係を知ると、絶望して海へと消え去るのだ。**人は、ぬくもりのある愛を求めてやまず、平和だけでは生きていけない。**

さて、『**白夜**』も、女心を切なく描くが、挫折するのは女ではない。母親までが小さい頃男と家出したため、絨毯《じゅうたん》の修理で細々と生計を立てる祖母と暮らして外出もままならない若い娘ナタリア（マリア・シェル）は、新しい下宿人ロジャー（ジャン・マレー）に一目ぼれし、心ときめく日々を送り始める。ロジャーは、ナタリアの境遇に同情し、本を貸し与えたりして何かと気遣い、オペラ劇場にも連れ出す。並んで座った二人は、言葉を交わさずとも愛を確かめ合い、ロジャーの肩に顔をすり寄せたナタリアは、一生片時も離れず永遠にロジャーのものと心に決めていた。ところが、その翌日、ロジャーは下宿を立ち去る。突然の別れに動転し、「もう生きていけない」と泣き崩れるナタリアに、「今は結婚できる状態にないが、一年後同じ気持ちだったら橋の上で夜十時に会って、幸せになろう」と、ロジャーは言い残していた。待ち続けた一年後、橋の上で泣いているナタリアを見て、貧家の出で兵役後に入った会社で一年ごとに転勤してこの町に来た青年マリオ（マルチェロ・マストロヤンニ）が声をかけ、「自分は女性に臆病だが、まとわりついて来るような職業の女性ではないと思ったから」と釈明するマリオにようやく打ち解けるようになったナタリアを、家まで送っていく。

次の晩、迷いながらも再び会ってくれたナタリアと身の上を語り出し、マリオは真相を知る。マリオは、恋に取りつかれた男は勝手なものだと気を引こうとするが、ナタリアの気持ちは吹っ切れない。ロジャーは町に戻っているというのだ。ナタリアは持参していた手紙をマリオに託し、ロジャーから話を聞いてきてもらうよう頼んで帰る。ところが、マリオは手紙を散り散りに破って、欄干から川に投げ込んでしまう。その次の晩、マリオはきまりが悪くて顔が向けられずにいたが、ナタリアにつかまえられると開き直り、酒場で踊り狂うなどしているうち、十時を回っていることに気付いたナタリアは息せき切って橋に向かったものの人影はなく、絶望して倒れる。マリオが介抱し、愛していると呼びかけても、裏切れないからとナタリアの反発を招くだけだった。自暴自棄になったマリオは、いつも見かける売春婦の誘いに乗りかかるが、やはりその気になれず引き返そうとすると、そのトラブルに介入した不良たちに殴られてさんざんな目に遭い、橋のたもとで手当てしていると、まだ橋の上にいたナタリアが近づいてきて、手紙を捨てたことを打ち明けて詫《わ》びながら、ナタリアに愛の告白をしてさまよううち、あきらめかけたナタリアの気持ちも、ようやくマリオに傾き始める。ボートに乗って結婚生活の夢を語りかけていると、雪になって一面銀世界に変わる中、有頂天になって橋のたもとに戻ってみれば、人影がある。ロジャーが立っていた。ナタリアはロジャーに走り寄って抱き合い、マリオは束の間の幸せの夢を見られたことに感謝しながら、立ち去っていく。マリオを慰めるように、野犬が近づきまとわりついて来る。貴族出身のルキノ・ヴィスコンティ監督の作品である。**女性が心底から震える思いで愛すること**

のできる男性は、生涯ただ一人であるのかもしれない。いや男性も、あるいはそうかもしれない。

ジョージ・スティーブンス監督の『**ジャイアンツ**』では、大牧場主（ロック・ハドソン）の花嫁になって東部から来た美女レズリー（エリザベス・テイラー）が、ニヒルで偏屈な牧童ジェット（ジェームス・ディーン）の強い憧れの人となる。彼は急死した牧場主の姉の遺言で土地を分け与えられると、石油の採掘に躍起になり、ついに掘り当てて一大成金として羽振りを利かす。しかし、ホテル建設の祝賀パーティーの席上、招待した大牧場主一家の娘や息子とその新妻との因縁が絡んで新たな対立を生み、ジェットの泥酔も高じて、名士を集めた祝宴はぶち壊しになる。ジェットは娘にちょっかいを出していたが、レズリーの呪縛から逃れられないその正体を現し、渇きは財力でも充たされず、一人残った晴れの舞台で錯乱してテーブルに倒れ込む。

渡邊孝好監督の『**エンジェル　僕の歌は君の歌**』では、恋人の命は一週間と天使に聞かされた男（織田裕二）が、彼女（和久井映見）を愛し抜く。必死の思いが通じて彼女は蘇生するが、その時、実は死に神でもあった天使は、見る影もない醜い老婆になり果てる。挫折したのは愛の力に負けた天使であろうか。明るく屈託なく幸せの絶頂にあった女性の運命の変転と天使のそれが見事なコントラストをなす。**心の持ち方一つで、人は天使ですら隠し持つ醜い顔に変じかねない。逆に不実に見える男が、意外にも隠し持っていた実を表すこともある。**

さらに、サム・ウッド監督の『**誰がために鐘は鳴る**』では、癖のある人間同士が織りなす集団の中での葛藤が、愛の悲劇を生むヘミングウェイ原作の物語だ。スペイン内戦で両親を射殺された上、兵士に髪をバリカンで刈られて乱暴された町長の娘アンナ（イングリット・バークマン）を、ゲリラのボスのパブロが爆破した南に向かう列車の中から彼の女ピラーが救い出す。ゲリラの一団に入れて三カ月ほどたった頃、フランコ政権に抵抗する共和国軍に身を投じていたアメリカの大学講師ロベルト（ゲーリー・クーパー）が彼女と出会って激しい恋に落ちる。彼は、命ぜられた橋を爆破した後、敵の来襲を受けて逃げる際落馬して足を骨折し、「君がいる所には私もいる。君はもう私なんだ」とアンナをなだめ、一人残って機関銃を構えながら死んでいく。マリアは、「鼻はどうなるの」「ぶつからないのね」と言いながら、初めてのキスをロベルトと交わし、橋を爆破する前夜、ロベルトの制止もきかず、マリアは辛《つら》い過去を全て告白し、「元には戻せない」と嘆くマリアを、「君はきれいな体だ」とロベルトは言い、二人は一体となり、目覚めたマリアは、「アメリカのロベルトの実家に温かく迎えられる夢を見た」と楽しげに語っていたのだ。そんな夢を紡いだ君のために鐘は鳴る。

ヴィットリオ・デ・シーカ監督の『**終着駅**』では、アメリカに夫と一人娘のいる主婦（ジェニファー・ジョーンズ）が、旅したローマのスペイン階段で出会った大学教師の青年（モンゴメリー・クリフト）と、その場限りのアバンチュールのはずだった恋心が燃え上がり、帰国を一日延ばしにして離れがたくなる。帰りの便も遅らせた彼女は、駅の食堂で、一人娘を交えた三人で暮らす夢を語る青年の一途な愛に戸惑い、家庭への思いも棄てきれない。強引に別れを告げようとする彼女に、平手打ちを食らわして立ち去った青年は、再び駅に戻るが、その間、気分が悪くなった妊婦を気遣う夫と共に救護室へ運んで、その子供たちの世話をしていた彼女を向かいのホームに見つけると、走行する列車の前を通り抜けて大騒ぎになる中、青年はようやく彼女と落ち合う。まさに命懸けだった。

引き込み線の無人の列車に入り、激しく抱擁するが、見回りに誰何《すいか》されて警察に引き出されると、最終便の時刻が近づく中、署長から、罰金を科す法廷で一切を明るみにしてまで恋を貫くか、世間に知れれば将来に関わる評判を慮《おもんぱか》って家庭に帰るかの選択を迫られる。人妻は家庭を選んだに等しいパリ行きの最終便に乗車し、青年はぎりぎりまで別れを惜しむと、動き出した列車から飛び降りて倒れ込み、列車を見送り呆然自失する。**青年は今頃何をしているかしら、恋人はできたかしらといったじりじりとした思いは、真実の愛の証《あか》しでもあるかのように、人妻をさいなみ続けるだろう。**

アラン・レネ監督の『メロ』は、夫の親友との恋が絡んでついに解けなくなって破滅する妻の心理葛藤劇である。世界的ヴァイオリン奏者で離婚して独り身の男が、音楽院で親友だった男のパリ郊外の家庭を訪ねると、ピアノの名手で美貌の妻が彼に一目ぼれする。翌日、彼女は、夫に内緒で、彼の所へ愛の告白を誘うようなブラームスのソナタの演奏に出かけ、同じ匂いをかぎ取った二人は、切ない不倫の恋に落ちる。これまでとは違い、親友同士の板挟みとなった彼女の懊悩《おうのう》と葛藤は激しかった。「帰った時、君は僕のもの」と誓い合って出た演奏旅行で彼が留守となった間、彼女は家に引きこもり、もはや尋常ではない。夫も体調を崩し、彼女に密かに薬を盛られていたこともあって、病気は重くなる。医師に薬の処方を疑われる一方、演奏旅行から帰った彼からの電話で看病も放り出した彼女は、その夜パリにいる彼の元へと走る。しかし、彼に諭されて逡巡した後、ついに家に戻った彼女は、ひどい女だと自分を責めながら、セーヌ川に身を投げて自殺する。

それから三年、彼女の遺言となった手紙の通り、彼女の従妹と結婚して息子にも恵まれた夫は、チュニスに移ることを決意し、彼女の葬儀の時の挙動が一人だけ不自然だった彼に会い、不審の念を抱き続けた彼女の自殺の原因を聞き出そうとする。彼は頑として白《しら》を切る。夫は彼女が彼と二人だけで会った日に彼女の手帳に大事に収められた薔薇の押し花を示すが、彼は彼女が死を目前にして夫に宛てた手紙こそ深い愛の証しだと主張し、二人は彼女を忘れるために例のソナタを演奏して幕が下りる。

アンリ・ベルヌイユ監督の『**ヘッドライト**』も、不倫の物語だ。初老に手が届く長距離トラックの運転手と恋をしたモーテル兼食堂の若いウェートレス（フランソワーズ・アルヌール）は、流産のために亡くなり、突如として哀しい結末を迎える。歳月が流れて、トラックの仕事を続ける彼の姿は、うらぶれた初老の男に成り果てていた。罪深い彼の懊悩は容易に推察できる。ジャン・ギャバンの渋い演技が、一層やるせなくさせる。『**隣の女**』もまた、何とも壮絶な結末を迎えるフランソワ・トリュフォー監督の焼けぼっくいに火がついた不倫騒動劇である。

愛妻と一人息子がいるベルナール（ジェラール・ドパルデュー）の自宅から道一本挟んだ隣の家に、新婚間もない元恋人マルチド（ファニー・アルダン）が引っ越してくる。妻が企画した隣の夫婦を歓迎する食事会には口実をつけて欠席したベルナールだが、買い物をしていたスーパーでマルチドに声をかけて、友達になろうと言うそばから駐車場で八年ぶりのキスに及ぶと、マルチドは気を失って倒れ込むほどだった。密会するようになり、やめようとマルチドが言い出しても、車の中でまた燃え上ってしまう。マルチドがお返しにした食事会にベルナールが出る頃には、密かに待ち合わせ時間を告げ合い、相手の家の様子をうかがいながら電話でも誘い合い、拒否されようものならベルナールは直談判に及ぶ。マルチドは、冷たいところがあって妊娠を喜ばなかったベルナールと別れた後、結婚したが短期間で離婚し、今の夫と再婚したのだが、ベルナールはやりなおそうと言って彼女を悩ませる。

彼女が夫とお披露目日のパーティーを開いて新婚旅行に出かけようとすると、いたたまれなくなったべルナールは、彼女に迫って大暴れする騒動を引き起こす。妻には所詮二人は結ばれない運命で相性が悪いと弁解するベルナールだったが、身重の妻はまともに取り合わない。絵本を出版するなどして気を紛《まぎ》らせていたマルチドだが、隣の女とできてしまい引っ越していった馬鹿な男の話をテニス場で耳にすると、ついに精神のバランスを崩して入院する。がりがりに痩せて、死にたいと訴える彼女に下された診断は神経衰弱だった。やがて退院した彼女はアパートに引っ越すことになるが、真夜中の物音を聞いてベルナールが懐中電灯を照らして隣の家に向かうと、マルチドがいた。キスを交わして抱擁する中、突然彼女のピストルがベルナールの脳天に撃ち込まれる。続いてマルチドの顔にも銃弾が放たれた。**一緒にいても、離れていても、地獄の恋路の二人だった。**

グスタフ・モランデル監督の『**間奏曲**』は、名声を確立した妻子ある老境のピアニストが、弟子のヴァイオリニスト（イングリッド・バークマン）に寄せた身勝手な愛と別れを描く。恩師に言い寄られて、異常とも思える激しい情熱を示されれば弱いもので、弟子は恋の逃避行を共にするが、家庭の重みに耐えかねた男が元のさやに納まることで、ありふれた結末を迎える。**巨大な情念の無駄づかいと言ってしまえばそれまでだが、男にはエピソードに過ぎなくとも、若い女性にとっては、将来に決定的な影を落とす人生を方向づける大事件である。**フランス文学には『戯れに恋はすまじ』というミュッセの作品があるが、『愛と死との戯れ』というロマン・ロランの戯曲も、結局恋人との逃避行を断念して家庭にとどまり、夫と死を共にする妻の物語だった。**家庭は無言の力を持つ。**

映画に見る家族の喜びと悲しみ

どんなに孤独な者にもルーツがある。親がいて家族ができ、親には親戚や縁者がいる。一族の一員の涙や笑いが、先んじて配給されるのはこの人たちだ。何事か出来《しゅったい》すれば、すわ一大事と駆けつけてくれる。集団的存在である人間が、こうした最低限のまとまりを否定してかかれば無縁社会となり、地域というかけがえのない共同体は成り立たなくなる。この辺りはいささか怪しくなってきた感もあるが、大方の人は、本能的に家族を価値の最上位に置いて身を挺して守ろうとする。赤子の前途に立ちはだかる数々の試練に遠く思いを寄せればなおのこと、先ずは幸いあれと祈る他ない。

結婚する気などさらさらないが、子供だけは持ちたい看護婦のジェニーは、大戦で瀕死の重傷を負ったのになぜか下半身には力がみなぎる三等軍曹と一方的に関係し、男の子を授かる。その話を聞いた母親は卒倒してしまう。ジョン・アーヴィングの原作を再現した『ガープの世界』は、ジョージ・ロイ・ヒル監督のこれまた破天荒な映画だ。

その子は、T・S・ガープという意味不明な名前だった。軍のパイロットだった父に憧れて、一緒に空を飛ぶ絵を描いては空想を膨らませ、パイロットのまねをして上った屋根から落ちそうになり、間一髪母に助けられてひと騒動起こすほど、やんちゃに育ったガープは、父親がバスケットボールのコーチをしている本好きな女の子ヘレンに気に入られたい一心で、作家の道を志す。同じ頃、息子に刺激されたジェニーも、一念発起して自伝的な作品を書き上げ、何と一躍ベストセラー作家となる。念願のヘレンと結婚できたガープは、二人の男の子にも恵まれ、作家として生計を立てて、まさに順風満帆のように見えたが、ガープはベビーシッターと、ヘレンは教え子と浮気をするような夫婦でもあった。

ある雨の日、ガープが息子たちを乗せて、飛ぶように車を運転中、家の前で、別れようとしてくれない教え子にせがまれて、情事の最中だった妻がいる車に激突し、夫婦共にけがをしたばかりでなく、それがもとで長男は片目を失い、次男は亡くなり、ヘレンの相手は重傷を負う大惨事となった。ジェニーや友人に介抱されてようやく立ち直り、やがて女の子を授かる二人だったが、急進的なウーマンリブ運動に理解を示すジェニーが凶弾に倒れ、その運動のあり方を批判する本を書いたガープも銃弾を浴び、瀕死の状態でヘリコプターに乗せられて病院へと向かう。「父親は必要なかった」と母に同調してみせてはいても、パイロットの父に憧れてやまなかった彼は、父と同様、空を飛んでいたのだった。**紐帯《ちゅうたい》のように分かちがたく結ばれた親子の運命と、人生の測りがたさを思わされる。しかし、見ず知らずの軍人と母の間に形成された家族の絆は、「自分のどの作品よりも傑作なのが子供たちだ」と言うガープとヘレンの愛情と諸々の願いが凝縮された子供たちへと受け継がれ、父がそうであったように、ガープもまた彼らの中に生きて、「人生は冒険だ」という一寸先は闇の行く手を照らし続けていくことだろう。**

さて、古くから「修身斉家治国平天下」と言われるが、その大前提をなす順風美俗の家族を題材にした映画の第一人者と言えば、まず小津安二郎監督に指を屈する。

その作品群をかいつまんで挙げれば、「嫁にいけないのではなくて、いこうと思ったらいつでもいける」と言い張るものの、縁遠かったこの妹（原節子）が、妻に先立たれた子供もいる医師に嫁ぐことを決意し、転任する秋田に同行するまでを、兄（笠智衆）夫婦と年老いた両親の心理的葛藤と共に大家族ならではの触れ合いを切なく描いた『**麦秋**』や、嫁ぐ日までの仲のいい父（笠智衆）と娘（原節子）の濃《こま》やかな心の通い合いを描きながら、結婚を渋る娘に、「結婚することが幸せなのではなく、新しい人生を二人で作り上げていくことに幸せがある」と父が諭す京都の宿での語らいなど、二人の独特の間合いとしみじみとした演技が心に残る『**晩春**』がある。さらに、高度経済成長期を迎えて作品も白黒からカラーとなり、娘役も初々《ういうい》しい岩下志麻に代わる中で、大学の旧友たちがクラス会に招いた恩師が、父一人娘一人の娘を便利使いして、いかず後家にしたことを悔やむ姿に、自らを重ね合わせてついに重い腰を上げた父（笠智衆）が、「やっぱり子供は男の子ですなあ。女の子はつまらん。育て甲斐がないものだ」と、『晩春』と同じ台詞《せりふ》を吐露しながら、旧友の世話で娘を嫁に出すまでを丹念に辿り、登場人物が屈託なくあけすけに大人の会話を展開する中にも相互に思いやる、当時の日本に紛《まぎ》れもなくあった家庭的な情緒に浸ることができる『**秋刀魚の味**』や、これまでの役回りとは一転し、娘役だった原節子が笠智衆の立場の親の役となり、その母親思いで結婚を渋る娘役の司葉子が嫁ぐまでをややシリアスに描き、『秋刀魚の味』の大学の旧友たちの男性陣に、原節子の兄役だった笠智衆に代わって佐分利信が入り、彼らが勝手に引き起こす母娘共々の縁談騒動の顛末《てんまつ》に大人の会話が加わって、ほのぼのとした味わいの『**秋日和**』もある。

まさに名作が目白押しだが、最高峰に聳《そび》え立つのは『**東京物語**』である。

尾道で末娘（香川京子）と住む老夫婦（笠智衆・東山千栄子）が、東京にいる長男（山村聡）と長女（杉村春子）の家庭を訪ねていく。子供たちは、開業医と美容院とでそれぞれ忙しいことを口実に、戦争で夫を亡くしてから八年にもなる次男の妻（原節子）に両親の世話を頼む。彼女は会社勤めも休んで、かいがいしく東京名所見物に同行したり、母親と心尽くしの一夜を送ったりする。長居を歓迎しない子供たちは、両親を体良《ていよ》く熱海の温泉に投宿させるが、その旅先で母親が体調を崩した後、三男のいる大阪で途中下車するなどして、両親が尾道に帰って間もなく、母親は亡くなってしまう。六十八歳だった。急の知らせを受けても、三男は遅れてきて母親の死に目に会えず、葬儀が済むと長女は、さっそく母親の形見分けの着物のことを持ち出す始末だった。子供たちはそそくさと帰り、最後まで残って父親を慰めて感謝され、「母親が、東京であなたと過ごした夜が一番楽しかったと言っていたよ。気兼ねせずに再婚しておくれ」と気遣われたのは、次男の妻だった。彼女のような人ならば嫁姑問題など無縁であろう。**元は赤の他人である次男の妻の心根の温かさと献身的なまでの応援ぶりを対比させられると、家族とは何かを考えさせられる。**

　家族の始まりは夫婦である。山本薩夫監督の『**荷車の歌**』は、明治半ばから戦後にかけての一女性の歩みを通し、夫婦のあり方や嫁姑の問題、やがて独立していく子供たちとの関係、荷車から荷馬車そして自動車へと移り変わる世の中の動きと庶民の身の処し方などを見つめた映画である。日本版「女の一生」と言ってもよい。暗い内容のストーリーを連想したのだが、苦労に苦労を重ねはしても、最後は安楽な老後が約束される形で終わっているので、どこか救われたような心持ちになる。

　彼女は、郵便配達のいなせな青年と恋仲になり、親の許しも得られて風呂敷一つ提げて嫁入りする。しかし、二十四の時から母一人子一人で後家を通す姑に招かれざる客として迎えられた彼女はいじめられ、生まれる子供も女の子が続いて失望を買うばかりだった。夫は荷車引きを始めるが、夫婦の頑張りでもなかなか暮らし向きはよくならない。長女を姑に預けて仕事に出ていたものの、子供はろくに面倒を見てもらえず、三歳になっても歩くことすらできない。たまりかねた彼女は巡礼に出て、子供が健《すこ》やかに生育するよう願をかける。その甲斐あってか、最後の札所の茶店で子供が歩き出すシーンは感動的だ。しかし、長女と姑の折り合いの悪さは続き、長女は子のない家に進んで養女に出る。やがて苦労が報われて夫婦は家を新築し、荷車を三台持つ問屋にまで発展する。その頃には彼女が意地になって生んだ二人の男の子も成長していた。「姑には相手の身になって懐に飛び込め」と教えられた彼女は、病を得た姑に献身的に尽くして、養女に行った先でその後子供が授かったため家に戻ってきた長女共々姑から感謝の言葉を聞く。長女は、今度は妹も連れ出し紡績工場で働いて、家に仕送りするようになる。

姑も亡くなり、荷車引きから転じて、鉄道の枕木用の木を伐採する仕事が当たり、暮らし向きも上向いてきた矢先、夫が浮気して妻妾同居の生活が始まる。時局は戦争に突入し、まず長男が出征する。次いで出征した次男は、脱腸で一度帰されたが、「近所の笑いものだ」と非難する妾にいたたまれなくなり、家から妾を追い出すと、手術して再び入隊し戦死を遂げる。そして、終戦直前に今度は看護婦をしていた三女を広島の原爆で失ってしまう。戦後の農地改革で四反の田を得て耕すようになるが、耕作中に夫が倒れて病因不明のまま亡くなる。三女の安否を確認に行った広島での原爆の後遺症ではないかという。孫にも多く恵まれて、長男の嫁と暮らす彼女の気がかりは、南方に行ったままの長男のことである。久しぶりに遊びに来た孫たちを乗せて荷車を引いてみせた彼女が見たものは、松葉づえを引きながら「お母さん！」と叫ぶ長男の姿だった。望月優子と三國連太郎が共演する見応えのある映画で、拾い物をした感じがしたものだ。

ちなみに、三國連太郎は、暗い情念を秘めて深い業を背負った力技を演じ切る、従来の二枚目の枠を超えた、あくの強いスケールの大きな男優だったが、歳を重ねるにつれて、一九八八年に始まり二十二回を数えて二〇〇九年に終わった『釣りバカ日誌』シリーズで見せたように、西田敏行扮するダメ社員を抱える鈴木建設の、上品で毅然とした中にもどこかとぼけた味わいもある釣りに目がない社長として、八十代半ばとなってなお、かくしゃくとした名優ぶりを発揮していた。

夫婦の幸不幸は紙一重だ。ジョセフ・ルーベン監督の『**愛がこわれるとき**』は、男の見苦しいまでの女への執着を描くジュリア・ロバーツ主演の愛のホラー映画と言える作品だ。

幸福な新婚生活を送っているかに見えたが、妻は夫のサディスティックな異常とも思えるさいなみ方に悩み、怯《おび》えていた。ヨットで沖に乗り出した時、事故と見せかけて泳いで行方をくらます。泳げなかった妻が、夫の元を脱出したい一心で、水泳教室に通った成果だった。そのことを知った夫は名前も変えてひっそりと暮らす妻を追跡し、つきとめる。強引に押し入った夫を、妻は万感の思いで銃殺する。宿命としか理解のしようのない悲劇である。

さて、親が老いれば子もだんだん老いる道理で、共に老身となれば、現実は一層厳しさを増す。世帯が核家族化する中、乏しき中を分かち合って助け合おうにも、よそから入った連れ合いのよほどの理解がなければ難しい。木下恵介監督の『**楢山節考**』は、貧しい山村の老母（田中絹代）が、嫁を迎えた一家に無用の存在だと悟り、食い扶持を減らすために申し出て、泣く泣く受け入れた息子に背負われて山奥に入り、置き去りにされて座して死を待つという、姥《うば》捨て山の話を題材にした深沢七郎の小説を映画化したものだった。

同監督の家族映画の名作と言えば、若山彰が伸びやかに歌う主題歌も大ヒットした『**喜びも悲しみも

幾年月』であろう。佐田啓二と共演した高峰秀子は八十六歳で二〇一〇年に他界したが、小豆島の分校の小学校教師と十二人の子供たちとの交流がみずみずしく描かれて、ラストシーンでの戦死者となった教え子の墓標が悲しい『**二十四の瞳**』から、東京のストリッパーとして、芸術家気取りの派手な身なりで、浅間山麓の故郷に錦を飾ったつもりの、はちゃめちゃな騒動がユーモラスな『**カルメン故郷に帰る**』に至るまで、子役に始まる芸域の広さと深さを誇る。小林圭樹と共演した、聾唖者の夫婦愛の日々が妻の交通事故死で突然終焉を迎える夫君松山善三監督の『**名もなく貧しく美しく**』や、成瀬巳喜男監督の不実な男（森雅之）から離れられない女を演ずる代表作の一つ『**浮雲**』もある。優れた文才もあって、二物を与えないはずの天にも例外があることが分かる。

さて、ロバート・ワイズ監督の『**サウンド・オブ・ミュージック**』で一世を風靡《ふうび》したジュリー・アンドリュースがデビューしたのは、ウォルト・ディズニー製作でロバート・スティーブンソンが監督した『**メリー・ポピンズ**』である。

銀行家の乳母が四カ月で六人も代わって定着せず、募集を繰り返しては志願者が殺到する中、その世話を受ける女の子と男の子が、二人で出した求人が空に届き、それに応じた「優しくきれいで」頬が薔薇色の魔女が、傘を広げて雲の上から降りてくる。謹厳実直な銀行家ハンクスは、時間にうるさく規律最優先で押し通そうとするが、魔女が大勢の志願者を吹き飛ばして家庭に入ってからは、婦人参政権運動に忙しい妻も巻き込んで、子供たち中心に明るく愉快に、銀行家に言わせれば、めちゃめちゃに混乱し、周囲が一変する。人生は戦いだと諭すハンクスが、二人を銀行に連れ出すと、昨晩魔女からほんの一袋二ペンスでも鳩の餌にしておばあさんを助ける話を聞いて共鳴していた二人の前に、そのおばあさんが銀行の近くの階段に座り込んでいた。ハンクスがそんな無駄遣いするより二人が持っていた二ペンスで口座を開いてやろうとする話をたまたま耳にした、杖を片手にしたよれよれの銀行の会長が、自分も二ペンスから始めて今日の大をなしたと言って預金させようとすると、「鳩の餌にするから返して」と言う男の子ともみあいになり、不安を感じた預金者の取り付け騒ぎに発展してしまう。

二人が銀行の騒ぎから逃げ出すと、煙突掃除人のいでたちの魔術師の青年と出会う。このミュージカルの最大の見せ場は、煙突をくぐった煤《すす》だらけの顔で二人が屋根や煙突の上を歩いて市街を眺め、集まってきた煙突掃除人たちと一緒になって、『合い言葉はチムチムチェルー』と歌い踊る場面だ。「**子供が泣いても涙をふいてやる暇もなく、ほほえみかけても振り向く余裕もなく、仕事で精いっぱいだと言っているうちに、子供時代は束の間こぼれる砂のようで、子供はたちまち成長し飛び立っていき、与えようにももう手遅れ**」と魔術師の青年から皮肉を言われ、「ごめんなさい」と二人が差し出した二ペンスをもらってようやく目覚めたハンクスは、取り付け騒ぎの責任を取らされて首になろうが何のその、子供たちと一緒の生活に喜びを見いだして、凧揚《たこあ》げに興ずる。空いっぱいにおびただしい数の凧を揚げている中に銀行の幹部たちがいて、ハンクスは、首を宣告した会長がすっかり吹っ切れた彼の言動に触発されて笑いながら昇天した後の新体制で、晴れて役員になるよう申し渡される。風向きも変わって事態が好転する中、魔女は地上の生活に別れを告げて、傘を広げて空に昇っていく。

魔女のミュージカルなら、ビクター・フレミング監督の『**オズの魔法使**』も外せない。

奉公する三人の男性を使ってカンザスで農園を営む叔母夫婦の家で暮らす少女ドロシー（ジュディ・ガーランド）は、愛犬トートーが大地主の女ガルチにぶたれていじめられるのを苦にしていた。叔母に

「何も心配のない場所」を探しなさいと言われたドロシーは、『虹の向こう』を歌いながら空を見上げていたが、自転車に乗ったガルチが叔母の家にねじ込んで来て、犬を渡さないと農園を没収すると脅されて、愛犬を奪われてしまう。しかし、バスケットの中からトートーが逃げ出して家に帰ってくると、ガルチが取り返しに来る前に、ドロシーは愛犬と共に家を出る。その途中、千里眼の教授と看板を掲げた怪しげな男から、水晶玉にやつれて泣いている叔母がベッドに倒れた姿が映っていると言われて、家に戻ろうとすると突然嵐になって巨大な竜巻が発生し、皆が地下室に避難してがらんどうになった家に帰った矢先、竜巻に家ごと空に巻き上げられてしまう。

モノクロからカラーに画面が変わって辿り着いた、花が咲き清水が流れて緑豊かな楽園のようなその場所は、良い魔女と悪い魔女が競い合っているオズの国だった。近づいてきた光の玉の中から現れた良い魔女から、家の下敷きになって姉の東の悪い魔女が死んだと聞かされて、喜び合う大勢の小人の住民たちの大歓迎を受けたドロシーとトートーは、家に帰る方法を知っているのはオズの魔法使いだけと言われて、黄色いレンガの道に沿ってエメラルドの都に向かうことになる。その途中で脳味噌が欲しいと言う案山子《かかし》になった男や、心が欲しいと言う錆びついたブリキ男や、勇気が欲しいと言う見かけ倒しの臆病なライオン男と意気投合し、ガルチによく似た妹の西の悪い魔女の妨害も、良い魔女の助けもあって何とかはねのけて、ついに城に到着して、正体も見せず火を噴き上げて神々《こうごう》しいばかりの大王と面会する。願いを叶えてやるための条件に、西の悪い魔女の箒《ほおき》を取ってくるように言われて、魔女の軍団の襲撃を受けてトートーを奪われたドロシーは、西の悪い魔女の所に取り返しに行き、隙《すき》を見て逃げ出したトートーに居場所を教えられた三人の男たちが、ドロシーの救助に駆けつけたものの絶体絶命に追い込まれて、得意満面の西の悪い魔女が火をつけた案山子男に魔女もろともドロシーが水をかけると、何と西の悪い魔女は溶けて死んでしまう。悪い魔女を征伐して再び大王の前にまかり出てみれば、大王の裏には怪しげな教授らしき男がいて、願いを叶えるための力強い言葉とそれを象徴する品々を与えられる。カンザスのサーカスの軽気球乗りだったが、事故で死んで魔法使いのオズ大王にされたと言うその男と、一緒に気球に乗って還るはずもトートーが飛び出して叶わず、再び光の玉から現れた良い魔女から自力で戻れると言われて、「**幸せは家の中になければどこにもない**」と悟ったドロシーは、良い魔女から授けられて終始守り神となってくれた西の魔女が履《は》いていたルビーの靴の力に助けられて、「お家ほど良い所はない」と呪文を唱えながら生還を遂げる。

といったところで、カラーから再びモノクロの画面に変わり、ドロシーが魔法の国の夢から覚めてみると、叔母さんの看護を受けていた。窓辺には怪しげな教授も顔を出し、その枕元には奉公人の三人の男たちも集まっていた。ミュージカル映画の古典中の古典で、老いも若きも年齢を問わず、楽しい気分にさせてくれる。

さて、杉田成道演出の『**北の国から'92巣立ち**』は、倉本聰の脚本が光る家族がテーマの長編シリーズドラマである。父と子の物語が、年齢を重ねていく登場人物と同時進行しているので、迫真性にも富んでいる。看護学校に学ぶ妹は、帯広畜産大学の学生との恋が深まり、親父が地元富良野の医院に勤めるよう騒いでいるのもものかわ、札幌での就職を希望している。一方、東京のガソリンスタンドの店員をしている兄は、知り合った娘とためらいつつも初めての触れ合いを持つに至る。しかし、相手が妊娠し、悲しい結末を迎える。親父は上京し、ひたすら先方に頭を下げるが、先方の態度に彼は誠意とは何かと考えさせられる。やもめ暮らしの彼は、建設中の家の資材を売り払って百万円をつくり、先方に送って誠意を表すと共に、石造りの家を作り始める。その年の暮れ、三人がそろった晩、親父は、掘り進めた井戸を見回る際に足を取られて資材の下敷きになり、九死に一生を得る。親父の生きる姿勢に感銘を受けた兄は、ようやく地元に帰ることを決意する。「東京は卒業した」という台詞《せりふ》は、その後鹿児島に帰った娘と同じだったが、その陰影は大きく異なる。親父の作った家は、ドラマが終わった今もそのまま富良野に残されて、観光の名所になっている。

　親父の典型を映像の世界に求めれば、アニメで一世を風靡した『**巨人の星**』の星一徹や人気テレビドラマだった久世光彦演出の『**寺内貫太郎一家**』の主（小林亜星）の姿だろう。「地震雷火事親父」と恐れられてきた伝統的な父親像をそのまま受け継いでいる。堂々たる風格は容易に人を寄せ付けないほど威厳に満ちていて、あるアニメでは、そんな父親を恐ろしく思った子供が、「おやじ」とすんなり声を掛けられずに、「おじや」などと口走って赤面して縮こまり、笑いを誘う場面があったほどだ。**かつての親父は、子供にとって永遠の憧憬《しょうけい》に等しく、寡黙ながら上座にドンと腰を据えて、一家の語らいに静かに耳を傾け、判断を求められれば一言で方向づける、文字通り一家の大黒柱そのものだった。**

　一方の母親と言えば、我が子を思う心を描いて秀逸なのは、溝口健二監督の『**山椒大夫**』で見せる田中絹代の名演だ。離れ離れとなり、辛酸をなめつくした母子だが、姉の安寿は弟の犠牲となって入水自死し、二人の安否を気遣うばかりの母は落魄《らくはく》して盲目となり、やっと巡り会えた厨子王《ずしおう》の栄達した姿を眺めることもできない。

　子供にとっての母親は、どんな意気地なしが甘えても、よしよしとばかりに無限に抱擁してくれそう

な永遠の寄港地のような存在だ。何か嬉しいことや手に余ることがあると、真っ先に報告したり、伺いを立てたりするのも母親だ。ところが、学校から息せき切って一目散に帰ってみたものの、仕事に出かけてがらんとした茶の間で、寂しい思いをしたこともあれば、時に短いメモと、そして必ず小銭がテーブルに置かれていたもので、わが子にはそうした思いはさせたくないと、専業主婦の妻を求めた人もいることだろう。

悲しい話だが、親の中には平山秀幸監督の『**愛を乞うひと**』の母親（原田美枝子）のように、信じられないほどの憎悪をぶつけて我が子をさいなむ者もいる。

終戦のどさくさに荒《すさ》んだ生活をしていた彼女は、乱暴された現場を助けてくれた台湾出身の男に愛情を感じて結婚し、娘を儲《もう》けたのだが、身ごもった子がその時の子だとの思いから抜けられず、生まれた娘に折檻を重ねる。たまりかねた男は、娘を連れて家を出るがやがて病気で亡くなり、母親は孤児院に預けられていた娘を引き取ったものの、娘の顔を見れば、毎日のように殴る蹴るの暴行を繰り返す。それでも娘は、母親が大好きで、こわごわ寄り添っていたのだが、自分で働くようになってから給料を当然のように巻き上げられるのに耐えかねて、ついに母親の元を去って自立する。ホステス勤めの母親の連れ合いは、娘へのお仕置きの激しさにおろおろするばかりだったが、どの男も娘には優しかった。これがこの映画の救いだ。だからこそ娘は希望を失わず、結婚して一女に恵まれて、夫には先立たれたものの、人生に対する姿勢はどこまでも前向きだった。

厳父慈母の建前が崩れかけた現代は、ともすると厳母慈父になりかねない。どちらであっても、要は親が体現する「厳」と「慈」のバランスが、程よくとれているかどうかだ。

家族模様あれこれ

小津安二郎監督の『**東京物語**』は、末娘が嘆くほどの兄や姉のドライな冷たさと、赤の他人である次男の妻の心根の温かさと献身的な応接ぶりを対比させられると、家族とは何かと改めて考えさせられた映画だった。『**娘・妻・母**』も、同じような味わいを残す成瀬巳喜男監督の作品である。

夫が残した唯一の資産とも言える家屋敷に、長男夫婦（森雅之・高峰秀子）と同居する母親（三益愛子）は、男二人女三人の独り立ちした子供たちと孫に囲まれて、還暦を祝ったばかりだった。長男の妻の縁者が倒産したため、長男が融資の担保にした家屋敷を手放さざるを得なくなり、風雲急を告げる。応分の遺産割当てを目論んでいた末娘（団令子）を筆頭に、いかにも不満げで、母親すら厄介払いしかねない態度をとる者もいる。旧家に嫁いだが夫が亡くなって居づらくなり出戻ってきた長女（原節子）が、母親を不憫《ふびん》に思い、年下の技師（仲代達矢）に結婚を望まれながらも断念し、見合いした京都の資産家と再婚することにしたから一緒に行こうと働きかけるが、母親は乗り気になれない。母親が老人ホームから取り寄せた案内を郵便受けに見つけた長男の妻は、こっそりポケットに忍ばせると、これまで姑としっくりいっていた訳でもないが、この先も姑を引き取っていこうと決意する。

嫁と姑の折り合いの良し悪しは、永遠のテーマである。母一人子一人の家に嫁いだ次女（草笛光子）は、還暦を迎えた姑（杉村春子）に万事言われるままの夫に業を煮やし、借金してでも別居を決意するほどだった。次男（宝田明）は、悋気《りんき》が強い若妻（淡路恵子）に脅されたりすかされたりで、尻に敷かれて頭が上がらない。これも時代を超えてどこでも見られる家族模様だ。

それにしても、半世紀以上前の日本は、還暦を迎えれば立派過ぎるほどの老人で、腰を曲げて歩かんばかりの老け役なのだった。**苦労のない人生などおよそあり得ないが、一家一族の内情も一歩立ち入ってみれば、あちら立てればこちらが立たずで、どろどろとしたとまではいかなくとも、大同小異の心配事をどこかに抱え、密かに懊悩《おうのう》しているといった構図が一般的なのではなかろうか。たとえ今は良くても、先々に苦労が待ち構えていないとも限らない。禍福はあざなえる縄のごとしなのである。**

吉村公三郎監督の『**夜明け前**』は、島崎藤村の原作そのものが救いようのない暗さを持った作品だから、映画のほうも重苦しさばかりが目立ち、笑いのひとかけらもない真面目一本やりの娯楽性に乏しいものとなっている。代々馬籠《まごめ》の宿で庄屋を務める家の十七代当主として生まれた青山半蔵（滝沢修）は、幕末から明治の御一新にかけての動乱期に、その信ずる平田神学の忠実な信奉者となって、時代の激流に掉《さお》を差そうとする。しかし、物事に要領よく柔軟に対処できない。生真面目に平田神道の教えを判断の基礎に据えて世を渡ろうとする彼は、期待していた御一新にも失望する。

飢饉には蔵の米を分け与えて、ある時は百姓の味方となり郡の役人に陳情し、果ては平田神学の重用を天皇に直訴に及んだりするが、その結果は村長の免職や多大な借金となって返ってきたばかりか、親族会議で戸主の身分を息子に取り上げられて隠居を余儀なくされ、ついに精神に異常をきたして座敷牢で五十六年の生涯を終えるのである。立派過ぎる男の悲劇とも言えるが、時代の変化を顧みず、頑迷な思想を金科玉条の如く崇拝し、一家一族の立場もわきまえず、全てに盲目となり、ゆとりと柔軟さを忘れた者の末路を暗示させるような作品である。

ファティ・アキン監督の『そして、私たちは愛に帰る』も、親子の屈折した情愛を深くとらえる。

年金生活者としてドイツで暮らすトルコ人移民の老人は、売春街の常連だったが、同じトルコ出身の売春婦に稼ぎと同じ所得を補償すると約束し、自宅に招き入れる。ところが、金を払えば後は物扱い同然の態度に抗《あらが》う彼女を、老人は殴ったはずみに殺してしまう。彼女には二十七歳になる学生の娘アイテンがトルコにいて、その学資を稼ぐために靴屋で働いていると娘には嘘をついていたのだが、彼女は娘に会いたがっていた。収監された老人の息子ネジャットは、生後半年で母を亡くしてから、男手ひとつで育てられ、大学でドイツ語の教授をしていた。彼女に同情した彼は、アイテンを探しにイスタンブールに出かけて、母親の写真の入ったポスターを貼り巡らすが、ドイツの書籍を集めた現地の書店を譲り受ける話にも乗り気だった。

一方、アイテンは、反政府レジスタンスの組織に属し、危ない橋を渡っていたが、ピストルを隠すなどして一斉検挙から逃れると、ドイツに不法入国して、母親に会うため靴屋を探し回る最中、大学の食堂でドイツ娘と知り合い、意気投合して彼女の家に同居するようになる。母一人娘一人の母親の心配をよそに、アイテンにのめり込む彼女は、職務質問から逃げ出して捕まったアイテンが、トルコへ送還されて収監されても、アイテンへの援助を親身に続ける。その間、彼女は、大学教授を辞めて店主に転じたネジャットとその書店で出会い、部屋を借りたりしていた。

女囚刑務所で判決を待つアイテンと面会が叶った彼女は、アイテンの指示通りピストルを組織に渡そうと動くが、隠し入れたバッグを子供たちに奪われた挙句、取り出されたピストルで射殺されてしまう。嘆く母親は、ネジャットから娘の部屋を借り受け、許してと泣き続けるアイテンと面会し、組織を離れた彼女の後ろ盾となることを決意する。翌朝、ネジャットは挨拶に訪れた娘の部屋で母親と話すうち、神から息子を犠牲にささげろと命じられても、お前を守るためなら神でも敵に回すと言ってはばからなかった父親のことに話題が及ぶと、人殺しなど親でも何でもないと遠ざけていた老人のいる町へと車を走らせる。冒頭のそのシーンが再現されて、愛がまるで還流したかのようだった。

バレンタイン・デイビス監督の『ベニイ・グッドマン物語』も、家族映画と言っていい。

映画に流れるクラリネットは本人のものだ。失業と縁の切れないシカゴの貧しい家庭の父親が、楽器を無料で貸与する音楽教室に三人兄弟を通わせたところ、末の息子がクラリネットに優れた才能を発揮し、高校を中退して十六歳でダンスバンドの一員となる。クラシックまで幅の広い実力の持ち主の彼は、次第に飽き足らなくなり、ダンス音楽の指揮者との諍《いさか》いもあって、仲間とベニイ・グッドマン楽団を結成し、即興のジャズの手法を取り入れた斬新な演奏で全米に圧倒的人気を誇るようになり、ついにニューヨークのカーネギー・ホールで大盛況の日を迎える。

創意工夫が生み出す斬新さにこそ音楽の命がある。その成功の陰には、弛《たゆ》まぬ習練によって即興で演じられるほどになった卓越した力量と、彼の誠実な人柄がもたらす仲間の信頼、父親が事故死した後献身的に息子を気遣う母親の願い、そして愛が本物かどうか母親の頑《かたく》なな反対にあって厳しく試されながら、物静かな中にも豊かな感情を秘めて雄弁な彼のクラリネットの音色に惚れて、終始一貫して相思相愛を貫いた裕福な家庭の育ちのアリスの励ましと、彼の母親に優るとも劣らない深い思いがあったのだ。

ヘンリー・コスター監督の『オーケストラの少女』も、名指揮者ストコフスキーが登場する、嘘のような展開が積み重なって真となった、父と娘の愛情物語だ。

ストコフスキーが指揮する楽団にも断られて、守衛に追い帰された失業中のトロンボーン奏者の父は、演奏会場の前でお金の入った婦人物のバッグを拾う。守衛に届けても相手にされず、そのまま持ち帰ると、滞納している家賃を催促されて、気前よく支払ってしまう。楽団と契約したと勘違いした娘パッツィは、リハーサルだと言って出かけた父が会場にいないことに気づく。宝石なども入ったバッグの中に持ち主の住所が書いてあったのを手がかりに訪ねた彼女は、謝礼として家賃分を差し引いて返すと、パッツィが気に入った事業家のフロストの夫人からサロン仲間に紹介されて、父の話をして得意の歌を披露すると、楽団を作れば援助するとフロストに言われて、その気にさせられて帰ってくる。

父は駄目で元々と、人集めに三日かかった百人の演奏家を擁して練習に入るが、場所を提供した修理工場から支払いを迫られたため、金策に娘がタクシーで向かえば、今度は話を取り消そうと躍起になったフロストが娘を追いかけてきて、夢物語には投資できない、無名なら何の商品価値もない、聴衆を引き付けるゲストを呼べ、一晩でもいいと言ってのけ、父がフロストに殴りかかる中、娘はまたリハーサル会場に忍び込む。守衛につまみ出されそうになるが、逃げ込んだ部屋にかかってきた電話に出て、指揮者の予定を聞かれると、相手が記者とも知らず、失業演奏家の楽団をストコフスキーが指揮してフロストが後援すると出まかせを言い、リハーサル中の楽団に向かってモーツァルトのハレルヤを歌い、ストコフスキーの称賛を浴びる。

しかし、一晩だけ百人の楽団を指揮してもらう話は、ストコフスキーが多忙で半年後と言われて断念し、父に慰められた娘だったが、新聞に大きくスクープ記事に出て驚いたフロストは、国家的名声を得て公共心を称《たた》えられる話だと、他の実業家が色気を示すと急に惜しくなり、パッツィに吊り上げられて三カ月のはずが一年の契約を結んだのも束の間、ストコフスキーに会って真相を知ると、誰が仕組んだといきり立つ。再びパッツィは指揮者の元に忍び込んで、新聞の情報源は自分だと言い、理由を問われると、一緒に連れて来た百人の楽団の演奏を聴かせる。知らず知らずにストコフスキーは指揮を始め、嘘が真になり、今夜指揮するとの記事が出て、指揮者からパッツィは幸せを運んでくれたと紹介されて、タクシーで走り回るたび運賃をもらい損ねていた運転手が客席からトラヴィアータをリクエストすると、パッツィのソプラノがオーケストラの演奏と共に会場を魅了する中、父は満足げに娘にウインクを送る。

アンソニー・マン監督の『グレン・ミラー物語』は、一篇の叙事詩だ。

アルバイトをして食いつなぎ、質入れしたトロンボーンを音楽の仕事が入る都度受けだしていたミラー（ジェームス・スチュワート）は、質屋からベン・ポラック楽団が団員を募集していると聞き、ピアノ弾きの仲間と共に応募して、編曲の才能も認められて採用される。**婚約者がいたのに、略奪されたようにミラーの妻となったヘレンは、結婚前には理想のサウンドを奏でる楽団を持つ夢を語って目を輝かせていた夫が、安定してきた暮らしに満足して編曲の勉強もせずにいるのが気がかりで、グレン・ミラー楽団基金と銘打った通帳を作ってこつこつと蓄えてきた貯金を差し出し、夫の夢の実現に手を貸す。**ピアノ弾きの仲間と楽団を編成して演奏旅行を始めるが、収支はとんとんといった中で、大雪で車が故障して電話も不通で、約束の日から二日遅れて到着したため契約は解約されて、帳簿の整理などで同行したヘレンは流産して子供を産めなくなるなど、散々な状況となって、楽団は解散の憂き目を見る。

ところが、ミラーの誠実な人柄と楽団の将来性を買って、契約の当事者だったボストンの社長が楽団を持ちたいと、資金を提供してくれたため、再び楽団が編成されると、「ムーンライト・セレナーデ」を始めとする名曲がブラッシュアップされて生み出されて、ラジオ番組も持ち、レコードも爆発的に売れて、一躍スターダムにのし上がっていく。豪邸に住むようになり、養子に男の子と女の子を貰い受けて愛情の限りを傾け、幸福の絶頂にいたミラーの元に、陸軍大尉の任官通知が届く。イギリスに渡った彼は、軍隊でも音楽隊を指揮して新風を巻き込み、将軍の理解も得て楽団を編成し、慰問した兵士を鼓舞する。ナチスから解放されたパリへ、クリスマス特番を放送するため、深い霧の中を飛行機で向かった彼は、そのまま消息が分からなくなる。何という突然の幕切れであろうか。しかし、楽団は生き続けて愛されていく。妻ヘレンの愛情と献身なくして、夫ミラーの成功は到底あり得なかった。

現実は息の合った夫婦や家族ばかりではない。ジョナサン・ダービー監督の『**沈黙のジェラシー**』は、子供を欲しがる母親の物語だが、結婚した息子に異常なまで執着し、妻に激しく嫉妬して凶行に走る狂気に満ちた映画でもある。

クリスマスの休暇で、大牧場を所有するフィアンセのジャクソンの実家に出かけたヘレンは、彼の部屋で幸せに酔いしれているところを彼の母親（ジェシカ・ラング）に見つかりなどしながら、新年まで予定を延ばしてニューヨークに帰ると、避妊に失敗して妊娠していることに気づく。

マザコン気味とは思いながら結婚式を挙げたヘレンだが、式に招かれなかった彼の父方の祖母が車椅子で現れて、彼の母親は腹黒い女だから気を付けるよう忠告される。そんな中、急に現れた母親は、息子が継がないなら牧場と保有地を売却してゴルフ場にする計画を持ちかけるが、ヘレンはジャクソンと牧場を再建することを決断する。ジャクソンは、父親の死を巡って負い目があった。七歳の時、両親の口論を見かねて、愛人をつくった父親に彼が突進したはずみで階段から転落して事故死したと聞かされていた。ところが、祖母は、母親は子供が欲しかっただけで、それが叶えば夫など御用済みで、離婚より同情を引く未亡人に進んでなったと言う。今度は、それが子から孫に代わるのだ。

ヘレンが、ジャクソンを挟んだ母親との関係に耐えられなくなり、一切を売却してニューヨークに帰ろうとすると、ヘレンが予定日より出産が遅れておびえていると偽って旧知の産婦人科医から馬用の促進剤でも有効なことを聞き出した母親は、デザートに仕込む。一方、祖母に別れを告げに行ったヘレンは、彼の父親の事故死の真相を知らされる。愛人などは存在せず、離婚を告げられて逆上し、工具を凶器に夫を殺害して転落死と見せかけた母親の仕業なのだった。気分もすぐれず戻ったヘレンは、デザートを口にして具合が悪くなり、家の中をさまようち、赤ん坊を迎える品々で準備された部屋に驚き、恐ろしくなって逃げ出すが、母親に捕えられて、いよいよ出産に及ぶ。男の子だった。ちょうどその頃夫が家に戻ったため、モルヒネを注射してヘレンを死に追いやろうとする寸前に邪魔が入り、翌朝ヘレンからかつて犯行に使った凶器を示されて悪事を暴露された母親が、息子をたぶらかして妊娠したこの女は私になりたいのだなどと罵倒する中、その頬に平手打ちを加えたヘレンは、夫と共に家を出る。向かった先は祖母の所だった。**種馬や代理母に扱われては、夫婦の片割れはたまったものではない。**

ルネ・クレマン監督の『居酒屋』は、エミール・ゾラ原作のフランス映画だ。

少し足が悪いが、愛くるしい笑顔を見せてひたむきに生きながらも、夫たちに裏切られて、どん底まで突き落とされて憂いに沈む、主演したマリア・シェルの表情が忘れられない。彼女は、前の男と十五歳で知り合って二人の男の子をなしたものの、近くの浮気女と共に姿をくらまされてしまう。次いで縁を結んだ屋根職人とは、娘ナナを授かり仲睦まじかったのに、彼女が念願の洗濯屋として独立する矢先、夫が屋根から落ちて大けがをしたため、洗濯屋をあきらめかけるが、労働運動家の援助を得て開業にこぎ着けると、店は順調に発展していく。

しかし、屋根職人をやめた夫が偏屈になり、酒におぼれる日々を送っていたところへ、前の男が帰ってきて、夫と妙に気心が通じて同居する事態となる。とどのつまりは、彼女の支援者で、お互いに好意を寄せていた頼みの労働運動家が、職場を主導したかどで、刑事罰を受けていなくなり、前の男は浮気女の姉とも通じていて、その手引きもあってさんざん彼女を振り回した挙句、彼女から愛想を尽かされる一方、彼女が働くそばから金をくすねる夫は酒乱となり、ある晩、洗濯屋の何から何までぶち壊す大暴れをして、病院に収容されて亡くなる。

ついに廃業に追い込まれた洗濯屋を改造して居酒屋を開いた彼女だが、すっかり生気を失って店のソファーに座り、じっと考え込むばかりだった。食べ物にも事欠くナナが、放心状態の母親を尻目に外に出て行くと、すぐに男の子に囲まれて一団となっていく姿は、娘の将来を暗示させる。

女が踏ん張ってかろうじて体をなす家族もあれば、男の一本気が出過ぎたあまり、女にこらえ性がなくなって壊れていく家族もある。**『わが緑の大地』**は、主演するポール・ニューマンが監督もこなした作品で、オレゴン魂の心意気を見せつけるような映画だ。**自分の信念として、しかも契約まで交わしたことに関しては、周囲が批判しようが泣きを入れてこようが、いかなる不幸に見舞われようとも、一歩も引かずにやり遂げていく。**

スタンバー一家は、森林伐採業を父の代から営んでいる。森林労働者が賃上げのストライキに入るが、一家は契約納期に間に合わせるため作業をやめない。交渉に来る組合員に父（ヘンリー・フォンダ）は反感をあらわにして、ダイナマイトを投げつける激しさだ。彼は先妻の長男と次男の両夫婦と同居していたが、腹違いの弟が長髪のヒッピーさながらの身なりで帰ってくる。彼は、先妻の長男と浮気したとして家を追われてその後事故死した母と、一緒に暮らしていた。

ストが長期化して商売が立ち行かないと、町の劇場主が哀訴しても、長男は耳を貸さない。最初の子を死産して子供を産めない体となり、夫婦間に隙間風が吹く長男の妻は、夫の態度に反感を持つ。組合員は、実力で阻止しようと、伐採した筏《いかだ》を流そうとするが、誤って川に転落し、逆に救出される始末だ。それでも組合の妨害は続き、森林伐採の機械が焼かれて現場が荒らされると、長男はチェーンソーを手に組合事務所へ報復に乗り込み、机を真二つに裁断する。

ある朝、劇場主が死亡したニュースが伝えられる。「スタンバー一家のため」と劇場を閉鎖する理由をペンキで塗りたくっていた最中、バランスを失って架線に引っかかり感電死したのだ。その後、悲劇が立て続けに一家に襲ってくる。ギプスを無理にはずして加勢に出た父が、伐採中に倒木の下敷きとなり重傷を負った同じ日、次男が、筏を調整中に足を取られて材木の下から出られなくなり、溺死する。長男はその死を見届けた後、病院に直行すると、父はいまわの際《きわ》に、さんざん悪態をついてきた腹違いの弟のことを認める言葉を残して死ぬ。長男は、父の安否を気遣っていた腹違いの弟に、父の言葉を伝えると共に、当時自分は十四で弟の母は三十だったのだから、どっちが誘ってああなったか分かるだろうと弟を諭す。家に帰ると、次男の妻は子供を連れて実家に戻り、長男の妻も後を追って、誰もいない。それでも彼は、約束通り材木を納品しようとする。一人でやり遂げようと出かけると、腹違いの弟が待っていた。「いずれ筏は川のカーブで引っかかって、どうにもならなくなる」と長男は言いながら、川岸に集まって地団太を踏む組合員を尻目に、弟が運転する曳舟に先導されて、四枚の筏が流れていく。長男はダイナマイトを手に、辺りを睥睨《へいげい》している。

親にとって子は宝であり、生きがいそのものだ。ヴァディム・バールマン監督の『**砂と霧の家**』は、そのことを実感させるあまりにも悲しすぎる物語だ。

イラン革命で祖国を追われてアメリカに移住した大佐（ベン・キングスレー）は、肉体労働に従事しながら、かつての矜持《きょうじ》を失わず、一流ホテルで挙式した娘を送り出すと、細るばかりの蓄えを元手に、競売に出された差押物件の家を安く買い取り、四倍もの高値で転売することで、最愛の息子の学費や今後の生活の糧にしようと目論んでいた。ところが、その家はキャシーと兄が亡父から譲り受けたもので、子供は要らないと言って意見が合わなかった夫が八か月前に家を出て、無収入となったキャシーが住んでいた。郡の手続上の誤りがあって、家は所得税滞納処分として差し押さえられ、彼女は立ち退きを命じられる。彼女は、モーテルからやがて車で寝泊まりするようになり、改築工事に抗議して上ったはしごを降りる時に釘を踏む大けがをし、大佐の妻の介抱を受ける。

二人の子を持ち、妻への愛情が薄くなった副保安官が、終始彼女に同情的だったが、やがて恋仲に発展し、彼の父親がそうであったように、家族を捨てる逃避行を企てる。彼がねじ込んで、貼り巡らされた売家の広告に難癖をつけると、脅かされたと大佐は訴え出て、当局に謝罪させる一幕もあった。キャシーは、大佐の妻と直談判に及び、妻の同情を誘うが、大佐の怒りを買い、電話した兄には取りあってもらえず、妻と子供に説明をしに出て行った副保安官も戻って来ないと悲観し、酒を大量に飲んで、家の横に寄せた車でピストル自殺を図って大佐に助けられると、風呂場でも薬を飲む。大佐の妻の懸命の介抱で一命を取り留め、こんなことなら家を明け渡そうと大佐も思い始めた矢先、副保安官が乱入し、大佐たちは風呂場に閉じ込められる。

翌朝になって、「もう何もいらない。神が許さないから」と言うキャシーをさえぎり、金が必要だと言い張る副保安官は、大佐から提案された妥協案をのみ、大佐と息子と郡庁舎に同道し、その庁舎手前で大佐に向かって高飛車に念を押すと、反発した息子が副保安官の背後から銃を抜き取って身構えたため、騒ぎを知った警官に撃たれてしまう。**息子さえいれば財産など要らない、どんな犠牲も喜んで払うと半狂乱になった大佐だが、最愛の息子を失った夫婦に生きる希望と力は残されていなかった。**

副保安官は収監されて、霧の立ち込めるその家を訪ねたキャシーは、服毒死した大佐の妻と、軍服に威儀を正しビニール袋をかぶって窒息死した大佐の遺体を発見する。「あなたの家ですか」と聞かれたキャシーは、あれほどこだわった家なのに、「いいえ、違います」と力なく答えるのだった。

親にとって子供は限りない喜びの源泉であるが、悩みもまた尽きることがない。『ブルックリン横丁』は、エリア・カザン監督のデビュー作である。

ニューヨークの貧しい地域で暮らす姉と弟の一家は、大酒のみが玉に疵《きず》だが人には優しく王様のように周囲を和《なご》ませる夫が、歌うウエーターとしてレストランで働いていたが、アルバイトにも精出しても、生活は苦しかった。夫の人柄に惚れ込み、愛情いっぱいで結婚して、家事に余念がないしっかり者の妻は、安い部屋に移るなどして家計を切り詰めるが、愛など何の足しになるのと言わんばかりのお金の苦労が先に立ち、周りからは夫と溝ができて冷たくなったように見える。家族で祝ったクリスマスの日、また子供ができたと夫に告白して喜ばれたものの、これからもっとお金がかかるのだから、息子は学校を続けさせるにしても、作家の夢を膨らませて勉学に通う娘は働かせるしかないと妻が切り出し、娘を説得するよう言われた夫は、部屋を覗《のぞ》いてみても、娘の気持ちを思えばとても口にできるものではなかった。夫は家を出たまま戻らず、探しあぐねた妻の元に、マンハッタンの職安の前で倒れて急死したとの一報が入る。死因はアルコール中毒と肺炎だったが、妻の願いを受け入れた医師は、肺炎と書き改めている。

人柄が好かれたため、大勢の人に見送られて夫は埋葬され、窮地に立った一家に、レストラン側が子供たちに放課後手伝ってもらうことで生活支援に乗り出す。とかく物議を醸す再婚した姉と前後して無事女の子を出産し、何とか学校を終えた娘の卒業式に出て帰ってくると、留守番役の姉の夫と共に、これまで一家に好意的だった警官が子供を抱っこしている。半年前に妻を亡くした警官が求婚に及ぶと、生活のためではなく、あなたがいい人だからと言って、その場で妻は承諾する。その頃、娘は初めてのデートに胸を焦がしていた。

鞭ばかりではもちろん、飴ばかりでも子供は満足に育たないが、ミミ・レダー監督の『**ペイ・フォワード　可能の王国**』の教師の場合は、ひど過ぎる。

中学一年の社会科の教師（ケビン・スペイシー）は、「我々の世界を変えるためのアイデアを考えて、実行しよう！」と黒板に書いて、子供たちに一年間与えた高邁な課題とは裏腹に、顔にはやけどの傷を残し、複雑な事情を内面に抱えて、独身を続けていた。一人の人が三人に親切な行いをして助けて、さらにその三人もほかの三人に善意を引き継いでいけば、そうした人たちが増え続けて、世界はきっと変わっていくと意見を述べた少年は、ユートピア的だと言われながらも、教師から絶賛される。

少年が、ヤクに手を出してホームレスになった青年を手始めに助けようと、お金も与えて自宅のガレージに泊めたものだから、それが課題だと聞いた母親が教師に抗議に及ぶ。彼女は、少年の父親で酒乱の男が家を出てから、安酒場とゲームセンターで堅実に働いていたが、アル中から脱出できず、酒が手放せないでいた。次いで、少年は、母親と教師が結ばれるよう画策する。酔っぱらいしか好きになれないのか、あいつが戻るのを待っているのだろうと言い放つ息子を殴った彼女は、家出した息子を教師と一緒にやっと探し当て、今度こそ禁酒の力になって欲しいと息子を抱きしめる。やがて教師がためらいを重ねた末、二人が愛し合った頃、酒乱の男が帰ってくる。

十三年目にしらふになったその男にやり直すチャンスを与えようかと思い悩む彼女に、教師は自分のひどい過去を語り始める。教師の父親も、母親に暴力を振るう酒乱だったが、その都度謝る父親を母親は許していた。教師は、虐待に耐えかねて十三歳で家から逃げ出したが、再び家に戻った十六歳の頃、父親にガソリンをまかれてマッチで火をつけられたのだ。**「自分には暴力を振るっても、子供には振るわないから」と抗弁する彼女に向かい、「その時不安でおののく子供の気持ちを考えたことがあるか。いつ何時暴力が子供に向かわない保証はない」と諫《いさ》める教師は、「暴力だけが人を傷つけるのではなく、愛されなくても同じだ」と決定的な言葉を吐く。**実は彼女の育ち方も、母親が今も酒浸りの放浪に近い生活をしていて、似たようなものだったが、それ以上に厳しい境遇にあった教師は、もはや彼女なしには生きられなくなっていた。一方、ホームレスの青年が、息子の考え方を受け入れて仕事を見つけて立ち直る姿を見た彼女は、車で寝泊まりする生活を続ける母親を許す気持ちになり、その思いを伝えに行く。その時母親に訳を聞かれて、彼女が息子の考えを話したことから、母親に警察から追われるのを助けられた無頼の若者、その彼から喘息で苦しむ娘に緊急医療を受けさせてもらうよう働きかけてもらった弁護士といったように、思いもかけぬ善意の輪が広がっていく。全ては少年のアイデアから始まったことが新聞記者の知るところとなり、テレビ取材が学校であり、無事に収録を終えて、付き添っていた教師と母親がロッカーの間で将来を誓い合って抱擁していたその時、いじめの現場に遭遇した少年は、いままで気が臆してできなかった助けに割って入り、いじめっ子にナイフで刺されて亡くなる。その夜、少年の運動に共鳴し、その死を悼んで、明かりと花束を捧げ持つ人の列が絶えなかった。

ちなみに、ケビン・スペイシーは、サム・メンデス監督の『**アメリカン・ビューティー**』では、見かけだけの夫婦で、高校生の娘の友達に一目ぼれし、父は子の鑑《かがみ》なのに恥ずかしいと娘に嘆かれながら、筋肉が引き締まったら応じてもいいと娘の友達が言っているのを立ち聞きすると、俄然トレーニングに励む一方、隣の高校生からヤクを勧められては手を出し、結局会社はリストラになって、店員になったハンバーガーショップで不倫中の妻と出会い、娘がビデオカメラを片手にまとわりつく隣の高校生と駆け落ちする中、情事の寸前まで及んだものの大人ぶっていた娘の友達から初めてだと言われて自制したところを、息子とのゲイの関係を疑って錯乱した隣の海軍大佐に四十三歳で射殺される夫を演じている。

再び登場するエリア・カザン監督の『**エデンの東**』も、親子の葛藤劇だ。

双子の兄弟の兄を偏愛する父に愛情を求めても冷たくあしらわれていた弟（ジェームス・ディーン）が、死んだと聞かされていたが実は怪しげな酒場を経営する別れた母を探し出し、父の借金の穴埋めに母からせびり取った金を元手に相場で稼いで献上したものの、逆に不興を買った腹いせに、兄を連れ出して無理やり母と対面させると、ショックで狂気に陥った兄が徴兵列車に乗り込んで頭でガラスを割る姿を見て、父は脳卒中に倒れる。弟と同じように、父の愛情に飢えた境遇にあった、兄の婚約者だった娘も「愛されないほどつらいことはない」と弟に同情を寄せるようになり、「あの看護婦は我慢ならぬ。看護婦は要らない」と言う父に「ここで看護してくれ」と枕元でささやかれた弟は、彼女と共に病床に残る。題名の「エデンの東」は、映画の設定とは兄弟が逆のようだが、弟アベルを殺した兄カインが血で汚した土地を離れて移り住んだという聖書の故事によっている。

兄弟の関係を描いて対照的なのは『**麗しのサブリナ**』で、ビリー・ワイルダー監督のハッピーエンディングなホームドラマと言っていい作品だ。

大邸宅を構えるララビー家には、なおかくしゃくとした先代の老夫婦と、会社経営に余念がないエール大学卒のエリートで冷徹な兄ライナス（ハンフリー・ボガート）と、名門校を短期間に渡り歩き結婚も短く三度もした兄に扶養されている弟ディヴッド（ウィリアム・ホールデン）が住んでいたが、ロールスロイスと共にイギリスから輸入された立派な風格のお抱え運転手である父親と暮らすサブリナ（オードリー・ヘップバーン）が毎年開催されるパーティーを木に登って眺めていた。

彼女はディヴッドに恋心を抱いていたが、まるで相手にされていなかった。父親は、パリの料理学校に留学する機会にディヴッドへの思いは断ち切れ、平凡な人生が一番良く高望みは禁物で月は手が届かぬものだと諭すが、パリに行くより死にたいと、車庫のドアを閉めてエンジンをかけて自殺しようとして、通りがかったライナスに助けられる。

ディヴッドを一途に思いつめるサブリナの心は料理になどなかったが、ともかく卒業して二年間のパリ生活を終えると、身なりも洗練されて見違えるほどの女性に変身していた。車で通りかかったディヴッドが、本人と分からずにデートに誘う始末だったが、彼には初めて家族が認めた婚約者がいて、会社が計画する合同事業のパートナーの娘で、政略が絡んでいた。大邸宅でパーティーがあって、婚約者と踊っていても、ディヴッドは招待したサブリナがいつ来るかと落ち着かず、ドレスアップしたサブリナが登場するとさっそく乗り換えて、テニスコートに誘い出そうとする。先代が見とがめて、召使と恋を語るような破廉恥男は当家にはいなかったとなじるのを、二十世紀だからと制したライナスがディヴッドと話し合おうとすると、尻ポケットに乾杯のシャンペングラスを入れていたディヴッドは尻餅をつき、二十三針も縫う大けがを負ってしまう。審判席で待っていたサブリナの前に現れたのは、弟の代理と称してシャンペンを持ったライナスで、二十世紀に乾杯した後、一緒に踊って弟の代わりにキスをする。

それからというもの、治ったら駆け落ちするからと伝えてと言う弟を尻目に、兄はサブリナをヨット遊びに誘い、独身主義で自分以外に関心のない怖い実業家に見えていたライナスに対するサブリナの印象も、実は寂しさを抱えた人間的な良さを持った男へと変わっていく。車の中からライナスが『七年目の浮気』の映画の切符を二枚手配するよう命じ、レストランとクラブの予約は暗い隅の席を取るよう指示するようになって、運転手の父親は先々を危ぶむが、弟は弟で兄とサブリナの帰りを待ち受けるようになり、抜糸予定の木曜で引継ぎするよう申し入れて、兄が立ち去ると、サブリナは不安をかき消すように、キスを弟にせがむ。

パリ行きの船便を二人の名前で手配して出かけるふりをしながら、詫《わ》び状と有り余るほどの贈物に託してサブリナに引導を渡すことにしていたライナスだったが、予定していた食事に「今夜は会えない」と会社のビルからサブリナが電話してきて、「何が君を悩ませているの」と聞けば「自分自身だ」と言うサブリナを階上の執務室に連れて行くと、料理を作ろうとしながら、「ほんの数日の交際なのに」、「ディヴッドを愛していたのに」と思いが乱れるサブリナは、旅券を見つけて目を輝かす。「君だけをパリに送るつもりだった」、「合同事業と結婚が絡んで君が両方の障害になっていた」とライナーが真相を吐露すると、サブリナは切符をもらい、「パリは自由よ、そうなれたのに、さよなら」と言って出て行く。

切符の名前をディヴッドに変更して弟に渡すよう指示して覚悟を決めた兄の執務室に、抜糸が済んだ弟が現れて、昨夜サブリナと会ったが、荷造りしていてキスには別れの味がしたと言って、兄を殴りつける。おまえも荷造りしてパリで幸せに暮らせと言って弟を帰し、婚約は解消し合同事業は中止して関係者が既に集まっている調印式を流してしまおうとすると、この場には来ないはずの弟が、自分が流したサブリナと兄の関係を伝えるゴシップ新聞を手にして現れて、兄に船に行くよう促し、車とタグボートは手配してあるからと追い打ちをかける。兄の役割は急遽《きゅうきょ》先代が務めることになって八方丸く収まり、弟を殴りつけて船に向かった兄は、一人甲板の椅子に身を委ねていたサブリナと抱き合うのだった。

よく愚兄賢弟と言われるけれど、この映画はその反対のようでもあり、うがった見方をすれば、賢愚のほどはどっちがどっちかよく分からない感じもする。

西部劇のすっきり感

恋愛ものは願い下げだが、西部劇のようなすっきり感はこたえられないと思っている方も多いだろう。白黒がはっきりしていて、面倒なことを考える必要がない。勝ち負けは、最初から分かっている。後はプロセスを楽しむだけのことだ。登場人物の美男の度合いで、善玉と悪玉の区別は付いている。必ずイケメンの勝利となる。時代劇でも顔つきも厳《いか》つい悪代官をやっつけるのは、決まっていなせな美男の剣士だ。萬屋錦之介や市川雷蔵が悪役の映画など、ただの一本でもあるだろうか。

例外がないと決め込んでいたが、キング・ヴィダー監督の『白昼の決闘』がそれである。決闘というから男同士かと思えば、これは男と女の愛憎のもつれた末の相撃ち劇だった。最後に、憎しみより愛が勝った場面で、観客は何とか救われるという寸法だ。インディアンとの混血に生まれた、美貌だが激しい情熱をたぎらせて男心をそそる娘（ジェニファー・ジョーンズ）が養育される先は、西部の大牧場主の家だった。二人の息子がいて、兄は教養のある紳士に、弟はまともな教育も受けずに父に甘やかされ放題に育ち、父の課したルールだけしか守らない不良だった。

娘は兄に好意を寄せるものの、強引に弟に奪われてしまう。しかし、家庭をインディアン居住区にするなという父の教えに弟は背《そむ》けない。絶望した娘が年食った男と結婚しようとすると、弟は彼を酒場で射殺してお尋ね者となる。鉄道の敷設に反対するなど、時代の流れについていけない父と袂《たもと》を分かった兄にまで発砲して重傷を負わせたのも、娘を巡る複雑な弟の葛藤心理からだ。とどのつまりは、国外脱出を目前にした弟が、娘を待ち受けるようにして潜む、国境の岩山での白昼の銃撃戦だった。娘を見くびっていた弟が不意を襲われ、やがて娘にも弾が当たり、相撃ちとなる。余力を振り絞ってにじり寄った娘に、愛を告白してキスをしたところで絶命するイケメンがグレゴリー・ペックだった。

さて、何事にも例外ありと落ち着いた所で、西部劇の屈指の名作と言えば、ジョン・ウェインが主演するジョン・フォード監督の『駅馬車』で決まりだろう。西部劇ならではの圧倒的な迫力と共に、日陰者と不当なほど蔑《さげす》まれる者たちへの温かいまなざしや、男として女として断固貫くべき生きる姿勢というものが、大きな感動をもって伝わってくる。

アパッチの酋長として恐れられている、ジェロニモの縄張りの中を通る駅馬車に、それぞれに事情を抱えてトントから乗り込んだのは、まず、アパッチの妻を持つ臆病者の御者、二人目が、牧童頭を殺したとするルーク・プラマー三兄弟の証言があって、刑務所に入れられたがその仕返しのため脱獄したリンゴを追跡しているものの、その三兄弟がローズバーグで暴れていると聞いて、駅馬車の護衛を買って出た保安官、三人目が、酒に目がない飲んだくれで、家賃が払えなくなって町を追い出された医師、四人目が、インディアンに身内を殺されて、身寄りもなく娼婦となったが、婦人矯風会の手で町を追われるダラス、五人目が、五人の子持ちのこれまた臆病者の酒商い、六人目が、赴任先の夫を訪ねる、身重で気位の高い大尉夫人、七人目が、銀行の金を持ち逃げしようと企む頭取、八人目が、判事の息子で紳士然としてはいるが、後ろ暗い影を持ち、大尉夫人に思いを寄せている賭博師、そして、馬が途中でけがをしたため、駅馬車を待っていた主人公リンゴの九人である。

出だしは騎兵隊に守られ、その後も軽快な音楽に乗せて、駅馬車はアパッチの縄張りを通り抜けていく。道半ばの、御者の女房のいる宿場で、大尉夫人は夫が負傷したとの知らせを聞いたショックから産気づく。医師は、コーヒーを何杯も飲んで酒を吐き出しては、意識を覚醒させながら、ダラスの寝ずの手伝いもあって、無事女児を出産する。そんな中、リンゴはダラスに求婚する。彼女は、「三兄弟との決闘には勝ち目がないから、このまま逃げて」と懇願し、彼は、「男は逃げられないものだ」と応酬するが、彼女から「命を粗末にして何が求婚よ。行けば、私の人生も棒に振ることになるのよ」と詰め寄られて、押され気味だったところへ、行く手にアパッチの狼煙《のろし》が上がる。

いよいよ手に汗握る脱出劇の開始となる。大尉夫人の出産で手控えていた出発を開始し、川さえ越えれば大丈夫と、駅馬車は全力で疾走する。しかし、渡し場は焼き払われていて、やむなく駅馬車に丸太をくくり付けて、馬ごと川に入れて渡り切り、もうすぐ終点とホッとしたのも束の間、砦《とりで》に集合していたアパッチの襲撃となり、一の矢が酒商いの胸に突き刺さる。それからは、駅馬車を駆って、アパッチの早馬と競争しながらの、スピード感溢れる銃撃戦だ。御者が腕を撃たれて、手綱を強く引けなくなったため、リンゴが、駅馬車の屋根から二列縦隊六頭仕立ての馬の背に次々と飛び移り、先頭の馬を御すに至る荒技は圧巻だ。撃つ弾がなくなった頃、突撃ラッパと共に騎兵隊が駆け付けたお陰で、駅馬車の乗客は生還する。最後に残った弾で大尉夫人を狙おうとしたものの、流れ弾に当たって絶命した賭博師を除いて。担架に乗せられていく酒商いや大尉夫人の、ダラスを見る目は変わり、頭取は逮捕されていく。**勧善懲悪のはっきりした見事な結末である。**ところが、もう一つのクライマックスが待っていた。リンゴとプラマー三兄弟の決闘である。こちらも、リンゴは、帽子の中に最後まで隠し持っていた三発の弾を使って、宿敵を打ち倒す。事のなりゆきを見ていた保安官に、リンゴを逮捕する気持ちは既になく、駅馬車をカップルに与え、医師と二人で帽子を脱いで、万歳して見送るのだった。

この映画と対比されるのは、『**リオ・ブラボー**』だろうか。ハワード・ホークス監督の爽快極まる西部劇で、何よりも体を張ってメキシコとの国境近くの町を守る保安官と助手たちから一人の犠牲者を出さず、恋も絡めた展開でハッピーエンドを迎えるところがいい。

酒場で丸腰の男を射殺した殺人犯として、司法執行官が到着するまでの間、保安官の詰所に勾留《こうりゅう》された弟ジョーを奪還しようと、大牧場を経営して酒場も持ち、町の有力者でもある兄バーデットが、金に物を言わせて殺し屋を雇い、徒党を組んで町を封鎖している。保安官の陣営は、落ち着き払った物腰で、見るからに頼もしい中年の独身保安官チャンス（ジョン・ウェイン）と、駅馬車の女にしくじって以来、アル中から逃れられず、有り金を使い果たし、酒場で金を恵まれて見くびられているが、射撃の達人だった青年助手デュードに、もっぱら詰所にいて見張り役を務める、足の悪い初老の助手スタンピーの、三人だったが、チャンスの友人ホイーラーの荷を運ぶ馬車の用心棒に雇われた射撃の名手の若者コロラドは、ホイーラーが仲介しようとしたチャンスの助手を一旦は断り、ホイーラーがチャンスの加勢に動いてバーデットの指し金で射殺された後も、慎重に距離を置いていたものの、手配中のイカサマ賭博師と結婚していた、駅馬車で来てホテルに逗留する女と共に保安官の急を救ったことから、結局助手に任命されて陣営に加わっている。ジョーの元を訪ねてきたバーデットも、詰所に無理やり押し入ってきたらスタンピーがジョーを殺害する、とチャンスに釘を刺されれば、容易に手出しができないでいた。

一進一退の攻防と駆け引きを繰り返す中、生け捕られたデュードが監禁されて、ジョーの釈放と交換条件にされたため、やむなくチャンスが応じると、それぞれの陣営から解放された二人が空き地に歩き出して、すれ違いざまにデュードがジョーに組みかかったのをきっかけに激しい銃撃戦となり、詰所からこっそり加勢に来ていたスタンピーの効果的な追撃もあって、残党は降参して獄に繋がれる。

チャンスは、カードの工作を疑って近づいたのが縁で、彼がホテルに泊まれば寝ずの見張り番をしてくれて、駅馬車には乗ろうともせず、やがてキスを交わし、抱き上げて部屋に運ぶような仲になった、色っぽいが性悪女どころか本当は実のありそうな、手配書によれば二十二歳くらいの女に、口では逮捕

すると言いながら、その虜《とりこ》になって幕となる。「逮捕」されたのは果たしてどちらだろうか。

『西部の男』は、役柄がそれぞれにはまっていて、しかもストーリー性に富み、名作の要素を全て備えたウィリアム・ワイラー監督の傑作である。舞台は南北戦争後の西部テキサスだ。地元を取り仕切るのは、牧畜派の首領でもある酒場の経営者兼判事のビーン（ウォルター・ブレナン）である。彼の手により、農耕派の抵抗も縛り首にされて押さえ込まれている。そこに、馬泥棒の言いがかりをつけられた主人公コーン（ゲーリー・クーパー）が、被告として登場する。**鬼の判事ビーンにも弱点はある。ビーンが女優リリーのポスターを貼り、彼女に目がないのをコーンは見抜き、彼女と親しいことを匂わせ、一房の髪を所持していると持ちかけて、巧みに絞首刑の判決を猶予してもらう。**その時、居合わせた農耕派の娘エレンの弁護を受けている。やがて、馬泥棒の真犯人がひょっこり現れて、直ちに判事ビーンに撃ち殺されてしまうが、ビーンはリリーと親しいと言うコーンを放したがらない。

　何とか切り抜けて、改めてカリフォルニアを目指そうとするコーンは、弁護してもらったエレンの家にお礼に立ち寄ると、農耕派が判事ビーンに殴り込みをかけると聞いて、彼は仲裁に入り、双方に妥協を求める。その際、リリーの髪を渡すことを条件にした彼は、エレンに愛情を告げる傍《かたわ》ら、髪を一房切ってもらい、ビーンに勿体《もったい》ぶって渡すのだが、じらされながらも憧れの女優の髪だと思って受け取ろうとするビーンの仕草は、真に迫った名演だ。しかし、双方をまとめたのも束の間、ビーンは、農耕派の家と作物の焼き討ちを命じて農耕派を追い出し、町の名前も女優の名前に変えるほど変節する。怒ったコーンは、ビーンの逮捕状を請求し、保安官補に任命されて、劇場の切符を買い占めてリリーと一対一で面会しようとするビーンと対決し、コーンはビーンに撃ち勝つと、瀕死のビーンを楽屋に連れて行き、対面を果たさせる中、ビーンは絶命する。コーンはエレンと結婚し、この土地に住居を定め、続々と農耕派農民が戻ってきて幕となる。

さて、ジョン・フォード監督とジョン・ウェイン主演のコンビによる『**黄色いリボン**』となると、双方共に年輪を感じさせて渋い味わいがある。騎兵隊を指揮する退役間近の大尉は、「老兵がこんなに現役を去りがたい気持ちは、分かるまい」と率直な思いを少佐夫人やその姪に吐露しながら、駅馬車が無事に走行できるよう任務に忠実に励んで、周囲の尊敬を集めていたが、インディアンが出没しては騎兵隊への襲撃が計画される中、インディアンの長老との友誼《ゆうぎ》を手がかりに、別れを兼ねて調停に赴いたものの、長老も若いリーダーたちを押え切れず、不調に終わったその夜、退役ぎりぎりの十二分前に部族の集落に夜襲をかけ、日付が変わった二分後に任務を終えて、新天地を求めて旅立った直後、彼を追いかけてきた伝令から中佐を命ずる辞令を渡されて、めでたく騎兵隊に復帰するのだ。**まだ働き盛りと思えばこそ、現役にこだわる気持ちは、現代にも通じる心理だ。こうした騎兵隊の下支えによって、アメリカは西部への道を切り開いていく。少佐の姪が髪に飾った黄色いリボンは、騎兵隊では恋人を意味していたが、折に触れて墓参を欠かさぬ大尉の恋人は、今もって亡き妻だった。**閑話休題、そのジョン・ウェインが私財を投じて、ジョン・フォードの助けを得ながら、自ら主演・監督した作品に『**アラモ**』がある。今なお「アラモを忘れるな」と言わしめる、国民的人気の高い英雄ディビー・クロケットを隊長として、メキシコ政府軍の猛攻に全滅したものの砦を死守し、アメリカ軍の勝利の源となった勇士の武勇譚《たん》だ。ラブシーンもなく、それでいて美女を登場させて、クリケットに魅せられたまま退去させる辺り、かえって詩情豊かな味わいがある。最後の攻防シーンも、フォード西部劇さながらの迫力だった。

『**捜索者**』も、ジョン・フォード監督と貫禄たっぷりなジョン・ウェインの西部劇だ。南北戦争の余燼《よじん》冷めやらぬ頃、**家の内部からカメラが迫って入口のドアを開けると、テキサスの荒野に照りつける明るい日差しの中から男が現れて、次第に姿が大きくなり、家族に出迎えられて、その一軒家に入っていく。**そこは男の兄の家で、男はまだ幼さの残る少女を両手で抱き上げる。かつて男が拾って助けた、インディアンと八分の一混血の青年も、その家で見違えるほどに成長していた。ところが、牛殺しを摘発する警備隊と行動を共にしたその男と青年が戻ってみると、家はインディアンに襲撃されて焼き払われ、夫婦は殺害されて、少女はさらわれている。壮大な砦や荒野や川を舞台にして銃撃戦が繰り広げられるが、男と青年の二人が残って、少女の捜索とインディアンへの復讐劇が続けられる。

紆余曲折の五年がたち、ようやく少女の所在を突き止めて、警備隊の助けも得てインディアンを根絶やしし、すっかり娘らしくなった彼女（ナタリー・ウッド）を、男は少女の頃のように抱き上げる。馬上の人となり、荒野から男、青年と続く一群が現れて、一時は挙式寸前までいった郵便配達の男に、格闘の末引導を渡した青年を、「おばあさんになってしまう」と待ちわびていた婚約者に迎えられ、男は出迎えたその家の老夫婦に抱きかかえた彼女を託して、再び荒野に戻っていく。**冒頭とは逆にドアが閉ざされて、明るい陽光が漆黒の画面と化して幕となるのだ。**

クリント・イーストウッドが監督・主演する『**許されざる者**』は、かつて女子供まで無慈悲に殺して極悪人と言われた男を真人間にしてくれた妻に死なれて、二人の子供たちとひっそりと暮らすウィルの元に、若いガンマンのキッドが懸賞金を山分けしないかと話を持ち掛ける所から始まる。酒場の売春宿で女にからかわれて顔など切り刻んだ牧童二人に対する保安官（ジーン・ハックマン）の扱いが生温《なまぬる》いことに憤った女たちが、金の目途もないまま懸賞をかけて復讐者を募ったのだった。彼は、昔の仲間ネッド（モーガン・フリーマン）を誘い出して、話に乗ってみる。しかし、保安官は、町に拳銃を持ち込めない決まりを盾にとり、見せしめにその手の札付きを半殺しの目に遭わせて拘留《こうりゅう》した後、町から追放する。雨の日、町に入った三人が、亡き妻に操を立てるウィルを残して売春宿で遊ぶ間、ウィルは酒場で保安官に誰何《すいか》されて、拳銃を取り上げられて蹴りつけられ、重傷を負って死線をさまようが、顔を切られた女の看護もあって傷も癒えて三人の復讐が始まる。

牧童一人を仕留めたところで、ネッドはカンザスへ帰ると言い出すが、結局保安官に捕らえられて拷問を受けて殺される。そうとも知らぬキッドとウィルは牧場に向かい、もう一人の牧童を撃ち殺して目的を果たす。強がっていたキッドには初めての人殺しだった。賞金を届けに来た女から、ネッドが保安官に殺されてさらし者になっていると聞き、ウィルの怒りが爆発する。人殺しはもう嫌だと言うキッドに賞金を託し、雷雨の中を町に乗り込んだ彼は、酒場で気勢を上げていた保安官に迫り、店主を手始めに五人を銃殺する。「ネッドを埋葬しろ。娼婦を人間らしく扱え。さもないと皆殺しにする」と叫んで彼は立ち去るが、女子供を無差別に殺した前科が信じられないほどだ。**犯罪の影に女ありとは真逆の亡き妻のお蔭だ**が、ウィルと子供たちは西海岸に出て、商売で成功したという。

同じクリント・イーストウッドの**『ペイルライダー』**は、凄腕のガンマンでもある牧師と彼を慕う母と少女に配役を置き換えれば、町を造った悪党に雇われた保安官一味を根絶やしにするその粗筋は、『シェーン』に酷似している。**大立回りをやれば、別天地を求めて再出発せざるを得ない運命となるのだ。**

ジョージ・スティーブンス監督の**『シェーン』**は、「シェーン！カムバック！」の少年の声が、ロッキーの山にこだまするラストシーンで有名だ。旅を渡り歩くガンマンのシェーンは、開拓部落の一軒に辿り着き、温かい家族のもてなしを受ける。やがて土地の譲渡を巡る無理難題から、お定まりの対立が生じて、早撃ちの用心棒を雇った酒場の主が盛んに挑発を繰り返す。ついに堪忍袋の緒が切れて、シェーンの怒りのピストルが火を噴く。アラン・ラッドの端正なマスクはもとより、密かに心通わすジーン・アーサー演じる少年の母に思いを残したまま、「人を殺した者は、その地に止まれないのだよ」と少年を諭し、荒野へ旅立つ姿が印象的だ。ちなみに、ピーター・ウィアー監督の『**刑事ジョン・ブック 目撃者**』もまた、『シェーン』を連想させる余韻を残す。独身の刑事（ハリソン・フォード）は、麻薬取締の悪徳刑事たちの麻薬に絡んだ殺害現場を目撃した少年と刑事の周辺を口封じのため抹殺しようとする危機が迫る中、刑事と少年の未亡人の母親（ケリー・マクギリス）のためらいと好きになっていく過程が見事に描かれた後、神の加護があったかの如く奇跡的に彼らの息の根を止めると、少年に「おじさん、さよなら」と言われて、オンボロ車で田舎の美しい情景の一本道を後にする。

ブライアン・デ・パルマ監督の『**アンタッチャブル**』は、現代の西部劇とも言える。財務省から派遣された捜査官（ケビン・コスナー）は、覚悟を条件に加勢してくれた気骨ある警官（ショーン・コネリー）や財務省の経理係を犠牲にしながら、ついに一味との壮絶な銃撃戦を制してカポネを脱税で刑務所送りにするが、禁酒法が廃止されるという皮肉な幕切れに、一人シカゴの雑踏に紛《まぎ》れ込んでいく。

別天地への旅立ちで締めくくるなら、ジョン・フォード監督の『**荒野の決闘**』が相応《ふさわ》しい。

ワイアット・アープ（ヘンリー・フォンダ）が、牛商いの旅の途中でならず者たちに殺された弟の復讐をするため、その地域の保安官を買って出る。そこは、元医師の経歴を持つ、胸を病んだ賭博師ドクの支配下にあった。自暴自棄になり、酒場の女を情婦としているドクに、アープは友情を感じながらも、保安官として筋を通す姿勢を貫いていたが、ドクを慕ってはるばる訪ねてきた、元看護婦のクレメンタイン（キャッシー・ダウンズ）の清楚な美しさに惹かれたりもするのだった。一方、病気が重いことを知り、心もねじ曲がってしまったドクは、彼女の思いを素直に受け止めることはできないでいた。ドクの情婦の酒場の女がつまみ食いした浮気の相手が、例のならず者の一人だったために足がつき、それが元で酒場の女は撃たれてしまうが、ドクの手術とクレメンタインの手厚い看護で、一命を取り止める。アープは一味の巣をつき止めると、銃撃戦の末、ついに力尽きたドクを失いはしたものの、残らず成敗し、ドクの縁《ゆかり》の地に止まって学校の先生になるクレメンタインの見送りを受け、頬に敬愛のキスを残し、馬上から「実にいい名前だ」と感嘆の声を挙げ、去っていく。彼女の見守る先には、巨大な砦が聳《そび》え立ち、荒野の一本道が遠く遥かに続いている。

「名は体を表す」と言われるが、響きのいい名前には、その名に相応しい女がいて、男がいるものだ。そして、洋の東西を問わず、悪名には独特の響きが伴っているような気がするのも、そのイケメンではない厳つい顔つきと共に、何とも不思議なことである。

桃源郷を訪ねてみれば

ままならぬ人生行路に希望の灯《ひ》をともすのは、桃源郷への憧れであろう。人は、たまさかのときめきと、旅の費用を秤にかけながら、旅人になりたがり、海に、山に、観光地に、憩いのひとときを求めようとする。**行き着きさえすれば、重ねた苦難も流した涙も報われて、永遠の生命すら得られるように思えるそんな幻想が、誰の胸にも秘められている。とはいえ、憧れの的だった自然豊かな田園や山間地域は、今や過疎となって限界集落に近づき、日本の故郷はまさに荒なんとしている。**

神山征二郎監督の『**ふるさと**』は、つれあいが死んでボケ呼ばわりされて、隠居小屋に押し込められた、山間の過疎の村の老人（加藤嘉）が、近所の少年に釣りを教えることで生きる意味を再び見いだしたものの、山深く入った渓流で老衰死する物語だ。息子夫婦も村を捨てて出ていくが、老人の死は村の行く末を暗示するかのようだ。**緑なす渓谷が、せせらぎの音と共に美しくも哀しい。**

山田洋次監督の『**男はつらいよ　寅次郎心の旅路**』は、日本という場面設定から抜け出して、ヨーロッパのウィーンが選ばれて、日本の情景と交互に出てくるその取り合わせは絶妙で、この映画により深い味わいを与えて、愛すべき作品にしている。ノイローゼの社員が、寅さんの乗る田舎の電車に飛び込み、間一髪助かって寅さんに慰められるところから話は始まる。この際やりたいことをやってみろと言う寅さんに同行を求めて、ウィーンへ旅立つことになり、人とその世界と、本来混じり合わないはず同士の微妙な味が醸し出される。美しいウィーンの街並みの紹介は、さながら観光案内だが、ガイド役に竹下景子が登場し、郷愁に駆られて寅さんと一緒に日本へ帰りかけた空港で、恋人のオーストリア青年に引き戻されて熱いキスを交わすところで幕となる。

ところで、**いざ桃源郷的境遇に置かれても安住できず、悲しいことに今度は現実の行方のほうが気になり、元来た道を引き返すかのように、自ら回帰を試みようとするのが、人間の哀しい性のようでもある。**フランク・キャプラ監督の『**失はれた地平線**』は、そんな心理をついた作品である。

著名な外交官の乗る飛行機が山中に不時着し、誘われるまま辿り着いた所は桃源郷だった。主であるラマ僧に後継を託され、美女と恋に陥りながらも、彼は落ち着くことができない。いたたまれず抜け出してみたものの、途中で引き返し、再び桃源郷に向おうとする。**誰もが羨む境遇にあっても、人はこれまでの世界のことが気になり、安心立命できないもののようだ。桃源郷は、抜け出して初めて分かる、憧憬《しょうけい》の世界なのかもしれない。かの地もかの女も、もはや手に入らないと悟ってこその桃源郷なのだろうか。失って分かるものなら、桃源郷は未知の世界にあるとは限らない。自分が勝手に決めつけて粗末に扱ってきただけで、この地にも過去にも、桃源郷はあったのかもしれない。一見して平穏無事に過ぎていく現実も、当人にとっては十分に桃源郷たり得ていることもある。**

ジョン・アミエル監督の**『ジャック・サマースビー』**では、軍の収容所で同じ房にいて相手を知り尽くした男（リチャード・ギア）が、殺人を犯したジャック・サマースビーが仲間に刺殺されたのを葬ると、彼に成り済ます。夫だと受け入れた妻（ジョディ・フォスター）は、男が提案するたばこ畑の開墾事業に地域の先頭に立って協力する。子供も授かり、万事軌道に乗りかかった頃、男はかつてサマースビーが犯した殺人罪で逮捕されて裁判にかけられる。死刑が確定的になると、彼女は男を助けようと画策し、夫とは別人だと証言する。別人とされた男には、その昔を知る証人が断言したように、教師だった頃に巧みに嘘をついて新校舎建設に集めた金を持ち逃げしたり、女に子供を孕《はら》ませたり、脱走兵だったりした過去があった。しかし、汚辱にまみれた昔の男に戻りたくない男は、ジャック・サマースビーに生まれ変わった人生を貫き通して、絞首台の露と消える。**人は前向きに生きていく他ないのだ。**

桃源郷を愛し合うことに言い換えるならば、この映画の行動パターンも軌を一にしている。甘い生活に腰を落ち着けられず、結局元も子もなくしてしまうのだ。ジャン・ドラノワ監督の『**賭はなされた**』では、財産目当ての夫に殺された美貌の妻と、地下組織でレジスタンスのリーダーを務めて射殺された男が、天国で出会って恋に落ちる。天国では二人の突然の死に同情し、二十四時間一途に愛し合えるようなら、そのまま地上に戻してあげようと約束し、二人を地上に送り出して、やり直しの機会を与える。しかし、妻は妻で、財産目当てに妹に言い寄る夫が気にかかり、割って入りたくて仕方がない。男は男で、レジスタンスの行動計画が頭から離れない。あと少しで二十四時間だというのに、男はすぐ戻るからと飛び出してしまい、結局二人が戻った先は天国の元の場所だった。サルトルの劇を映画化したもので、愛のような誰もが憧れる境遇にいざ置かれても、それだけでは満足し切れず、アイデンティテーを求める人間存在の不可思議さと哀しさを皮肉たっぷりに描いている。

愛が期限付きと分かれば、話は変わってくる。ジョアン・チェン監督の『**オータム・イン・ニューヨーク**』は、四十八歳になるプレイボーイの実業家（リチャード・ギア）と二十二歳の娘の短くも美しく燃えた恋物語だ。**何ものかを無償で捧げ切る限り、またそれを喜んで受ける相手がいる限り、その行為は美しく尊い。**二人の愛のなれそめは、彼の経営するレストランに家族や友人と共に彼女が訪れたことだった。瞳を交わした二人は、もう恋に落ちていた。それもそのはずと言うべきか、血が引き寄せたのか、彼女の母親は若かりし頃の彼と交際したことのある女性だった。周囲にはあんな小娘と言いながら、彼はもう連絡をとっている。彼女もすぐに応じている。キスを交わした二人は、その日のうちに結ばれるというスピードだったが、桃源郷に入ったと思った途端、彼女が難病に冒されていることを知らされて、彼の苦悩が始まる。余命一年と言われ、さらに一か月と言われて、彼女を救える外科医を血眼になって探す傍《かたわ》ら、彼女にありったけの愛を傾ける。この世に未練を残すことがないように、愛するとはこういうことだと教え込むかのようだった。手術を嫌がる彼女を説得して、腕利きの外科医に託した結果は、空しかった。あと一か月、彼女が少しずつ衰えていく様を耐え忍んで見守る手もあったのかもしれないが、その場になれば誰もが藁にもすがりたい気持ちになることだろう。出会った頃の娘（ウィノナ・ライダー）の目の覚めるような美しさも、物語の進行と共に陰りを帯びてくる。そして、枯葉が重なり落ちて、ニューヨークがオレンジ一色の紅葉に染まる頃、彼女は天なる桃源郷へと召されていった。

パット・オコナー監督の『**スウィート・ノベンバー**』も切ない物語だ。一か月の期限付きで恋人役となった青年（キアヌ・リーブス）が、次第に彼女（シャーリーズ・セロン）との真実の愛に目覚め、期限切れに求婚に及ぶ。余命いくばくもなく薬漬けでぎりぎりの生活だった彼女は、桃源郷から無理やり青年を追い出す。**これこそ彼女がなし得る誠実過ぎる対応であり、青年の将来を慮《おもんぱか》った究極の愛だった。**

逆にヴィム・ヴェンダース監督の『**ベルリン・天使の詩**』では、「永遠の幻に漂うより今に生きたい」天使が空中ブランコの女に恋をして、永遠の命を捨てて人に生まれ変わる。

中には、ひっそりと人間社会とは逆のベクトルに興味を示して生涯を捧げる女性もいる。マイケル・アプテッド監督の『**愛は霧のかなたに**』は、絶滅の危機に瀕する野生ゴリラの保護と生態の研究に情熱を傾けるが、若くして殺された女性の悲壮な物語だ。**物事に没頭して前後の見境なく夢中になるのはいいが、それが他の利権を危うくしかねない要因を孕んでくる時、世の常としてきれいごとでは済まされなくなる。**往々にして反対勢力との対立が避けられず、悲劇が生まれがちだ。この映画の場合、現地政府からすれば、ゴリラの子供を動物園に送り込むことで、貴重な外貨を稼いでいるのだった。それにしても、主演女優は野生ゴリラの群れに入ってもすっかり手なづける役者ぶりだった。雰囲気が何ともゴリラに似ている。ゴリラも人を見るのだろうか。

桃源郷とはつゆほどにも思っていないのに、踏み出す覚悟を決めざるを得ない場合もある。

『**怒りの葡萄**』は、スタインベックの名作をジョン・フォード監督が映画化したもので、ヘンリー・フォンダの主演作品である。オクラホマの猛烈な砂嵐とトラクターによる機械化の波に押し出されるように、故郷を捨てて西部を目指した一家が、おんぼろトラックでの道中を続け、祖父と祖母が相次いで死ぬ犠牲を払いながら、辿り着いたカリォルニアでは、こうした貧農で溢れかえっていて、仕事を求める人ばかりで、安く買い叩かれている。主人公は、労働ブローカーへの不満分子と行動を共にするうちに、アカ呼ばわりされて殴り殺した罪で追われる身となる。貧民用の国営キャンプも、到底一家の安住の地ではあり得ず、再び当てもない旅に出る。不屈の農民魂だけが頼りだった。暗い感じに終始する映画で、原作に感じられた、苦労しながらも骨太で明るく、土着的な性の匂いもするイメージが十分描き切れていない感じもする。

フランソワ・オゾン監督の『**しあわせの雨傘**』は、創業者の娘で社長夫人として家庭を守って三十年、飾り壺扱いされてきた女性（カトリーヌ・ドヌーヴ）が、工場のストで監禁された夫に代わって、昔恋人だった左翼の市長兼国会議員のつてを活かした仲裁もあって急場をしのぎ、社業を軌道に乗せると、彼の求愛には「夫は愛していなくても、長い間一緒に暮らせば絆が生まれて、空気のような存在になるの」とかわしたものの、彼や夫の策謀で社長を夫に交代させられると、国会議員選に打って出て彼を破り、「母系社会への復活」を唱え、「♪そうよ、人生は美しい」と歌い上げる。

さて、その**華やかな女性のファッションは、ある種の桃源郷の世界だ。**一度は試したいと思ったりする男もあるだろう。シドニー・ルメット監督の『トッツィー』は、ダスティン・ホフマンが女装の役を演じ、気味は悪いが愛の本質をついた秀作だ。売れない役者の主人公は、ふとしたことから女装してオーディションをクリアしてしまう。テレビ番組に出演すると、独特のキャラクターに人気が高まり、女性と思われて、監督を始めとして求愛されるし、共演の女優（ジェシカ・ラング）から相談を持ちかけられて一夜を共にしたりする。彼は今や彼女にのぼせ上がっているのだが、愛を告白できないでいた。そうこうするうちに、彼女のやもめの父親からも求婚される始末だ。ついに彼は男であることを番組でぶちまける。彼女から蔑《さげす》みを受けるが、彼はあきらめ切れない。ある日、街角で再会した二人は和解して、今度は本当の愛の灯がともるのだった。

『失われた週末』は、酒の力を借りて無理やり桃源郷を求めようとして塗炭の苦しみを味わう、ユーモアとウィットに富むビリー・ワイルダー監督作品と思えぬほどの深刻さだ。

週末に兄と田舎へ旅行に出るため、所持品をバックに詰める弟ドン（レイ・ミナンド）は、兄から叱責されてはいても酒が手放せず、何とか持ち込もうとする。三十三歳になる彼は、作家として目が出ず、なりたいものになれないいらだちから、重度のアルコール依存症になっていた。居候する兄のアパートに現れた、『タイム』に勤める彼の恋人ヘレンが、音楽会の切符を二枚持っていたのに乗じ、予定の列車を一つ遅らせれば二人で出かけられるからと兄を差し向け、掃除に来た女の給料分を手元にないと嘘をつき、その金で安酒を二本買い、さらにナットが営む酒場に立ち寄り、列車の出発時間など眼中になくなってしまう。兄が田舎に帰って一人になったアパートで、一本は電灯の覆いの上に隠し、もう一本の安酒を飲んで、翌朝ドンが向かった先は、開店前のナットの酒場だった。そこで、問わず語りに小説の構想になぞらえて、ドンはヘレンとのなれそめを語り始める。彼女は、兄から切符をもらって行ったオペラ劇場のクロークで取り紛《まぎ》れて間違った番号札の相手で、コートを交換し合ったことが縁だった。紹介を兼ねて彼女の両親ともホテルで食事する手はずだったのに、ぱっとしない自分の境遇に気後れした彼は、彼女に少し遅れるからと隠れるように電話をかけて、その場を立ち去ってしまう。**不審に思って訪ねてきた彼女に、いたたまれなくなった彼は、悪魔のささやきに誘われて大酒飲みになったことを告白する。彼女はその愛情で彼を何とか立ち直らせようと必死だった。**そんな構想を小説にしようと、勇躍タイプライターに向かったドンだったが、すぐに行き詰って、彼が探し始めたのはもう一本の安酒だった。探しあぐねて結局、高級バーに繰り出すが、酒代を所持金では賄えず、隣の女性のバックを盗み、トイレに行って現金を抜き取って出てきたところを騒がれて、店から放り出される。女性が物分りのいい人だったから何とか助かったものの、警察に突き出されてもおかしくない場面だった。

　悄然としてアパートに戻り、隠していたもう一本の安酒をようやく発見して飲んで迎えた朝、酒が欲しいドンは、ついに商売道具のタイプライターを質屋に入れようとする。あちこちさ迷い歩くが、質屋は祭日でどこも休みだった。ナットの酒場でお情けの一杯を飲ませてもらった後、デートを袖にしたことのあるドンにぞっこんの酒場の女にまで金を借りに行ったその帰りの階段を踏み外し、病院に収容されてしまう。そこはアル中患者が専門の、刑務所のような恐ろしい場所だった。相部屋で深夜幻覚にうなされて介抱される重症患者を目《ま》の当たりにして、とっさの隙《すき》にそこを抜け出した彼は、早朝の酒屋から強盗のようにして酒ビンを奪い取り、アパートに戻って酒を飲みだすと、いよいよ鼠や鳥となって幻覚の小動物が現れる。絶叫するドンを見かねた家主がヘレンを呼び出し、家主の合鍵で入ったヘレンが同宿して一夜明けると、自殺を決意したドンは、ヘレンのコートを持ち出して、質に入れていたピストルと交換し、遺書と共にピストルには弾が込められたが、後を追って質屋で真相を知ったヘレンに止められて、作家として再起するよう説得される。**川に浮かんでいたあのタイプライターをナットが届けに来て、生きて書きなさいという奇跡だと彼女に励まされて、ようやくこの顚末《てんまつ》を小説にしようと思い定めるのだった。**

　ブレイク・エドワーズ監督の『**酒とバラの日々**』も、訴えるところは似たり寄ったりだ。会社の営業宣伝マン（ジャック・レモン）が、ストレス解消のための寝酒が高じ、結婚してからは妻にも勧めるうちに、二人とも酒に溺れてアル中になってしまう。そうなると回復は容易ではない。立ち直りかけては一杯が二杯となって挫折する。夫が更生しかかるかと思えば、妻が泥沼から這い上がれず、男にもだらしなくなり、自暴自棄を繰り返す状況が続き、妻の父親が嘆きながらも二人に手を差し伸べては、裏切られる。**何もかもなくし、ようやくアルコールの依存から脱した二人が、再出発を確認し合うところで終わっているので、観客もやっと救われるほど、アル中の害は恐ろしく悲惨なものがある。しかし、犯罪に擬せられるほど深刻な点で、麻薬中毒に及ぶものはあるまい。**

　『**黄金の腕**』は、更生したはずがまた戻りかけた麻薬中毒者が、もがき苦しみ立ち直るまでを描いたオットー・プレミンジャー監督の作品である。

　カード賭博で荒稼ぎするスリフカの身代わりとなって六か月受刑中に、良い医者に恵まれて麻薬中毒を完治させて出所してきたフランキー（フランク・シナトラ）は、カード配りで黄金の腕と呼ばれていた。彼は、カードやヤクの世界から完全に足を洗うことを決意し、刑務所で習い覚えたドラムで身を立てようとするが、面接に着用するタキシードを少し知恵の足りない相棒のスパローが万引きしたため一緒に拘留され、スリフカがその代金を支払って釈放された弱みから、カード賭博につき合わされ、面接の結果やオーディションを迎える不安に耐えきれず、かつてただでいいと言われて面白半分にヤクの深みに誘い込まれたルイにまた足元を見透かされて、金を払ってヤクを打つようになる。フランキーの妻ザッシュ（エリノア・パーカー）は、フランキーが酒酔い運転で引き起こした交通事故で背骨を損傷し、そのまま病院で結婚式を挙げて以来、車椅子の生活を余儀なくされたと実は見せかけていたが、夫がバンドの仕事に転身するのには反対で、ドラムの練習も嫌い、夫と深い関係にあった酒場の女モリー（キム・ノヴァク）に嫉妬の炎を燃やしていた。フランキーに頼まれたモリーは、ドラムの練習に部屋を提供してやり、ヤクから離れられない彼を誰よりも心配し、彼をよく理解して励まし勇気づけていた。

しかし、結局元の木阿弥《もくあみ》となってしまったフランキーは、スリフカとルイに一晩だけで高額な報酬も出すからと言い含められて、二度目に打ったヤクも効いて徹夜したその晩は破竹の勢いで勝ちまくるが、ヤクが切れかかって頼みに行ったルイに、粘る相手ともう一仕事終えてからと気を持たされて、再びテーブルに着かされてまた徹夜となり、ずるずると負け出して、ついに得意の手品でいかさまをして発覚し、万事ぶち壊しとなってしまう。

金もないまま、ヤクを打ってもらおうと訪ねたルイには相手にしてもらえず、腹を立てて殴り倒し、その足で向かったオーディションでは手が震えて失敗し、ヤクの金欲しさに家に戻ってもらちが明かず、部屋を出た矢先、ちょうど仕返しにやってきたルイから身を隠し、フランキーがヤクの金の無心に向かった先はモリーの所だった。入れ替わりにやってきたルイに、立っているところを見られたザッシュは、驚いたルイから今までだましていたことを言い触らしてやると言われて逆上し、部屋を出ていくルイにすがりつき、はずみでルイを階段から突き落とし、ルイは死んでしまう。

一方、モリーは、金をせびりに来る風来坊から、ルイを殺したかどで警察にフランキーが追われていると聞かされて、警察に言いに行く前に、自力でまず麻薬中毒を治すことだと彼を説得し、ヤクが切れて七転八倒して苦しんで自殺しかねない彼を部屋に閉じ込め、神に祈りながら懸命に回復の手助けをする。モリーはザッシュの元に行き、フランキーが無実であることの証言を頼むが、「彼を渡すくらいなら死んでもらったほうがいい、出ていけ」とヒステリックにののしられてもいた。

ようやく回復してモリーと窓辺に立つフランキーを、例の風来坊が見かけて警察に通報したため、警察がモリーの部屋に踏み込んだ時、フランキーはザッシュに生活費は送るから別の街で再起を図ることを告げに行っていた。フランキーが業を煮やし、ザッシュを振り切って部屋を出て行こうとすると、「モリーと行くのね」と妻が立ち上がって後を追おうとし、あっけにとられるフランキーの背後には、警察とモリーがいた。連行しようとする隙を見て、ザッシュは窓から身を投げて自殺する。フランキーとモリーは、積年の重荷を降ろした分どこか晴れやかな表情で、連れ立ってアパートを後にしていく。キム・ノヴァクは、影のある役回りのほうが似合っている。

さて、**本物の桃源郷を求める旅は、死の危険とも背中合わせだ。**ヘンリー・キング監督の『**キリマンジャロの雪**』は、冒険好きの作家（グレゴリー・ペック）がカバの大群に悪ふざけして負傷し、化膿して危うくなるのを、恋人の献身的な看護と適切な切開手術で一命を取り止める物語で、行動派の文豪へミングウェイの原作だ。死に神の使者コヨーテがテントに近づき、鳥が枝に群がって騒ぎ始める、その様子は神気迫るものがある。とは言え、ヘレン・ケラーが説くように、「Security is mostly a superstition.」で、安全には保証はなく、「Life is either a daring adventure, or nothing.」で、人生は果敢な挑戦か無のいずれかであるならば、選択肢は自ずと定まる。007の作家イアン・フレミングの言葉に「Never say 'no' to adventures. Always say 'yes', otherwise you'll lead a very dull life.」とあるように、冒険を拒否すれば待っているのは退屈極まる人生だ。

桃源郷話も現実との対比の上でのことである。手に入れた夢のような日々も日常になれば、単調な毎日の繰り返しにすぎない。飽いたとしても、逃れ出ようとするのはやめたほうがいい。また引き返すことになるか、いずれは桃源郷から突き放されて、現実に引き戻されるのが関の山だ。平凡な日常と向き合うようになれば、桃源郷は、かつての幸運児ももはや手の届かない、一場の夢のような思い出となる。知らなければ痛痒を感じないことでも、それが自ら逃れ出た結果ならなおのこと、後悔は幸福感の倍返しで襲ってくる。無事これ名馬と言われる所以は、この辺りにもあるのかもしれない。

アンリ・ドコワン監督の**『暁に帰る』**は、身につかぬ桃源郷のような立場に突然置かれて、糸が切れてしまったように緩んでしまった人間の悲劇である。首都の有力者の後押しもあって、特急が停車するようになった田舎の駅長の若妻（ダニエル・ダリュー）が、叔母の遺産相続の話し合いのため、一人で首都にその列車で出かけることになる。世間知らずを心配する夫は、「男とは口をきくな。その日のうちの列車で帰ってこい」と念を押すのだが、彼女は、首都に到着して特急を降りると、有力者の息子と偶然出会い、「若いうちは、大いに遊ぶべきだ」と誘われたりしている。

六千フランという思いがけない遺産を手にした彼女は、ショーウインドウを眺めて歩き、服に大金を投じたりしているうち、列車に乗り遅れてしまう。頼るあてもなく、仕方なしに有力者の息子に電話してホテルで会い、その夜は酒、踊り、歌、カジノの乱痴気パーティーとなる。往路の特急の車窓にいて見初《みそ》めた紳士が、カジノで隣り合わせていたため、恋心を抱いた彼女は、彼に誘われるまま行動を共にし、ホテルの室に入る。ところが、男は実は悪党で、盗んだ宝石を彼女のバッグに入れて隠し、半分彼女を利用してもいたのだが、そこに警察が踏み込んで彼女も共犯として逮捕される。彼女は警察から執拗に追及されると、田舎の駅に連絡しないことと引き換えに罪を認めかかっては否認に転じ、悲痛にも泣き叫ぶ。その夜男は自殺し、彼女も結局暁に釈放されて、そのまま列車で家路につく。夫は、彼女の言動に不審の念を抱きながらも、彼女なしに生きられないとの思いから、「夢なのだから全て忘れろ」と自らに言い聞かせるかのように諭すのだった。

その点、この娘のほうがよほどスマートだ。エリック・シャレル監督の『**會議は踊る**』は、ひとときの恋を『ただ一度だけ』という軽快な歌に託して描いたウィーンの夢物語だ。ナポレオン敗北後の国際会議に出席したロシア皇帝に献じた、手袋店の売り子の花束が取り持つ縁で、奇跡の出会いへと発展した彼女が歌う『ただ一度だけ』の曲に乗せて、二人の恋の思い出が深まる中、皇帝は、ナポレオンのエルバ島脱出の報を受けて、急遽《きゅうきょ》帰国していく。**残された彼女は、夢幻にうっとりと浸るだけである。そこには秘められた人生ただ一度の宝物のような感慨があり、青春の歌がある。**

さて、**SF映画は、過去と現在と未来のいずれかが一種の桃源郷をなす世界である。**

クリスチャン・ナイビー監督の『**遊星よりの物体X**』は、先駆的な名作だ。宇宙から飛来物が落下したとの情報に駆けつけた一行は、Xなるものを発見して持ち帰る。ところが、科学者の手厚い保護を受けて温室で蘇生したXは、周囲を荒らしてパニックに陥れる。すんでのところで高圧の電力を浴びせると、さしもの人造人間も息絶え絶えに消えてしまう。**興味本位の野放図な未来に桃源郷はない**。トビー・フーパー監督の『**スペース・パンパイア**』は、後先も考えずに不用意に女に手をかけて、一旦追われる立場になると、周囲まで巻き込んで大変な事態を招く、寓意を秘めたとも解されるSFファンタジーである。宇宙船が消息を絶ち、救助に向かった捜索隊が謎のカプセルを持ち帰ってみると、その中にいた女の形をした吸血鬼が息を吹き返す。次々と人が襲われて、ミイラのような無惨な姿になってしまうが、やがて自らも吸血鬼と化して大変なパニックとなる。女の形をしたエイリアンを空軍大佐が見初めて、密かに情を交わしたことに事件の発端があった。全裸の抱擁シーンもあってエロチックだ。同じ流れに分類されそうなのが、ポール・バーホーベン監督の『**インビジブル**』だ。動物実験で透明化とその復元に成功した、研究チームのリーダーが、無謀にも自らが三日間実験台となってチャレンジする。人に見えないことから倫理感がなくなり、悪質ないたずらを重ねていたが、復元に失敗してしまう。自暴自棄となった彼は、自分を閉じ込めようとするチームにさからい、次々に仲間を殺害するが、絶体絶命となった恋仲の二人による間一髪の機転が功奏し、地獄の業火へと真っ逆様に落下していく。

『**レイダース　失われたアーク《聖櫃》**』は、スティーブン・スピルバーグ監督のインディ・ジョーンズ・シリーズの一編で、SFXが駆使されて臨場感が高まる大冒険映画である。

考古学のジョーンズ博士（ハリソン・フォード）が、シナイ山から砕いたモーゼの十戒の石板が収められたアークという聖なる宝物を求めて、一九三六年に南アフリカへ旅立つところから、まさに危機一髪の連続となる。同じ物をナチスも探していたため、博士がアークに絡んだ恩師の収集品のメダルを求めに行ったチベットで、酒場を営む亡き恩師の娘と再会してからは、ナチスの一派との格闘劇に、恋も交えた展開となる。さて、発掘調査が行われているカイロに飛ぶと、ナチスの依頼を受けた何者かに娘は連れ去られるが、アークの手がかりを突き止めて魂の井戸に降りた博士は、おびただしい毒蛇が這う中、ついにアークを手に入れる。ところが、吊り上げたアークはナチスに横取りされて、代わりに娘が降ろされて、火を使いながら毒蛇の来襲をしのぎ、ようやく抜け出すと、博士はアークを輸送するトラックへと馬を駆り、激しい争奪戦を繰り広げる。やっと奪還したアークを船に乗せて、娘と合流した博士だったが、再びナチスに追跡されてアークと娘を奪われる。上陸した小島で、アークを取るか娘を取るかと迫られた博士は、娘を取って銃を発砲せず、ナチスの手で黄金の聖櫃《ひつ》が開かれると、光の激流に射抜かれて、目を開けていたナチスの一統は、ミイラと化す。全編サービス精神満点の映画だ。

次なるシリーズは、ロバート・ゼメキス監督のSF映画だが、『**バック・トゥ・ザ・フューチャー3**』は、前作で博士から青年とその恋人が「二人の子供たちに好ましくない未来が待ち受けているので、それを修正させておくべきだ」と勧められて、一緒に三十年後の世界にタイムトラベルして子供たちの未来を好転させることに成功したものの、現在に帰る矢先、落雷に遭って七十年前の一八八五年の世界に取り残されてしまった博士を青年が呼び戻しに向かい、タイムトラベルを間一髪抜けて、二人が現在に生還するまでを描く。その過去の世界では、西部での青年の先祖の家庭を垣間見るが、よりにもよって博士が女性と恋仲になり、タイムトラベルを抜ける時も、彼女が馬を駆って、博士と青年の乗る汽車を必死の形相で追いかけてくるのだから、穏やかではない。

ちなみに、『**バック・トゥ・ザ・フューチャー**』は、タイムトラベル車の開発に成功した博士が、青年と一緒にその車に乗って三十年前の一九五五年の世界に戻ると、レーガン大統領は大根役者と言われながら映画に出演していた。青年は自らの生存に懸けても、父親と母親を結婚させようと躍起になるが、まるで意気地のない父親の援護に回り、自分のほうに恋心を寄せてくる母親に困惑しながら父親との縁結びを成就させるコメディで、第一作に相応《ふさわ》しい面白さだった。

SFXに頼らずとも、『**北北西に進路を取れ**』は、手に汗握るヒッチコックのサスペンス盛り沢山の傑作だ。特に印象的なのは、架空のスパイに間違われた広告業の男（ゲイリー・グラント）が、国家機密を流す秘密組織から狙われて、そのスパイと待ち合わせた平原で、農薬散布を装う飛行機に何度も低空飛行で乱射されて、とうもろこし畑に逃げ込み、空から農薬の洗礼を受けて路上に這い出て、通りかかりのタンク車の前に立ちはだかり助けを求めると、急ブレーキで危うく車の下敷きになりかかったところへ、飛行機がタンク車後部に激突して炎上し、命からがら脱出するシーンである。アメリカ中央情報局の指令を受けて、秘密組織の親玉の愛人となって偵察していた二十六歳の美女（エヴァ・マリー・セイント）と大芝居を打ち、彼女を彼が救い出し、歴代大統領の顔が彫られた絶壁での追手との格闘の末、繋ぎ合った片手に託して二人の愛で乗り越える、あわやの高所シーンも忘れ難い。

主人公は、二度も結婚に失敗した中年の広告業者だが、秘密組織のおとり用に中央情報局が設定した架空の男に間違えられて連れ去られる。豪邸で酒を無理やり飲まされた彼は、車に乗せられて消されるところだったが、運転者を振り落とし、酩酊運転して警察に捕まる。無実を主張するが聞き入れてもらえず、それではと警官を同道させて豪邸に行き、潔白を証明しようとするが、見事にはぐらかされてしまう。館の主は国連にいるというので訪ねてみれば、館の主と名乗る人は別人で、その釈明を求めるうち、背後からナイフが飛んできて、今度は怨恨による殺人犯として報道されて逃げ惑う。中央情報局は、秘密組織を暴《あば》き出そうと、架空の人物をおとりに使い、仲間の偵察者を守ろうとしていた。そうとも知らぬ彼は、架空の男を探し出そうと、警察が特別警戒する網をかいくぐって、シカゴ行きの長距離列車に見送りと称して乗り込み、通りがかった美女の機転で、追手から逃れる。美女と車中で甘美な一夜を過ごした後、赤帽に成り済まして改札口を抜け、美女に言われるまま、架空の男に会いに、郊外の指定の場所までバスで乗り付け、例の農薬散布機の急襲に遭うのだ。

些《いささ》か現実性には乏しいが、その逃避行ははらはらどきどきの連続で、桃源郷への夢が膨らむ。**希望のあるところ、かの地こそ桃源郷なのだ。**

輪舞の果てにあるもの

美男美女のラブシーンの絵巻物を繋ぎ合わせれば、**そのまま華麗な輪舞の世界になりそうだ。しかし、そこには、見た目とは異なり、**奥深く男女のため息にも似た悲哀も込められている。だから、**輪舞の世界の登場人物になることと、人の幸せとはまた別問題だ。平凡ではあっても、そんなこととは無縁な者こそ、幸せな人間であると言えよう。**成瀬巳喜男監督の名作『浮雲』の男女を見れば、そう思わざるを得ない。三角関係を清算できず、ぐずぐずした状態が断続する中、輪舞のような遍歴がさらに重なって、男（森雅之）も女（高峰秀子）も落ちる所まで落ちていく。

もっとも、何事にも例外がある。次なる彼は別格だと思う人も多いだろう。山本周五郎原作の『**樅の木は残った**』は、吉田直哉演出のNHK大河ドラマの大作だ。幕府の外様大名敵視政策に乗じて、幕府の酒井雅楽守《うたのかみ》と結託し、お家取潰しに手を貸す見返りにその半分の三十万石を横取りしようと画策する伊達兵部《ひょうぶ》と、そうはさせまいと身をもって阻止しようとして謀殺されながらも、罪を自らの乱心によるものと一身にかぶり、汚名をきたまま伊達六十二万石を守った原田甲斐を巡る政治劇である。

当時のキャストが、豪華で名優揃いだ。甲斐の平幹二郎を始めとして、雅楽守に北大路欣也、兵部に佐藤慶、そして脇を固めるのは志村喬、辰巳柳太郎、さらに甲斐の母親役は田中絹代だ。また、現実もこの通りなら類まれな艶福家としか言い表せないほど、甲斐を慕う女優陣も、華麗なペルシャ絨毯《じゅうたん》の折り重なりを見るような艶やかさだ。「樅の木は、親から離れてこうして移しかえられても、一人で立派に生きている」と諭し、孤児となった身の上を励ました甲斐にその愛を伝えることもないまま、樅の木を抱き締めて甲斐を懐かしむ宇乃に吉永小百合、身分の違いから甲斐と夫婦になれない悲しみが高じて気を狂わせ、雄鹿の犠牲になって事故死する女に栗原小巻、湯島で甲斐の身の回りの世話をして一子を儲《もう》ける女に香川京子、最初の女房役に三田和代、後妻役に水野久美といった案配で、その他甲斐の歓心を買おうと、体を張って雅楽守が兵部に宛てた三十万石譲渡の証文を盗み出す女に佐藤友美といったように、薄幸だがそれぞれが美しさの盛りのままに見事な花を咲かせて登場する。いささかも不自然な役づくりを感じさせない所が何よりの魅力だった。

さて、その名の通りの輪舞の世界に入っていくと、フランス映画『**輪舞**』は二度製作されている。シユニッツラーの戯曲を映画化したもので、一九五〇年のマックス・オフュルス監督のモノクロのほうの評価が高いが、ここで触れるのは一九六四年のほうだ。映画館通いを始めて間もない高校生の頃に遭遇したこの映画は、甘美な音楽と刺激的な台詞《せりふ》と絢爛《けんらん》たる官能美にむせ返るようで、映画にも手引きが必要だと思わされたものだ。

映画は、パリの情景の中で、何組ものカップルが回り舞台のように登場して、キスを交わすところから始まる。ここで輪舞さながら全てが予告されている訳だ。輪が舞う一つ一つを辿ってみると、まず、気前よく相手を引き込み、その通りに振舞おうとすると口汚くののしる娼婦と、門限に遅れて禁足令を食らう若い軍人伯爵の組み合わせから始まり、二番目は、禁足令を犯して出てきた舞踏会で、美しい女性と見れば乗り換える若い軍人伯爵と、戸惑いながら踊りの雰囲気に酔わされて裏庭で弱々しい抵抗を見せる小間使、三番目は、若い軍人伯爵に熱烈な恋文を書いている最中に、もう誘惑に負けてしまう小間使と、その家の、気弱なくせに、図々しいところもあるお坊ちゃんの大学生、四番目は、その大学生と教会で目配せして知り合い、五分だけと言いながら密会する人妻ソフィ、五番目は、どこまでも落ちていくのは気持ちがいいと思っている人妻ソフィと、結婚の神聖さと浮気する者の不安におののく哀れさを説く夫、六番目は、その夫と、町で拾われてホテル側が困惑する中、愛人となることを承諾する十九歳の娘、七番目は、その忠告を守れず誘いに乗る娘と、女優を餌に娘を食い物にする伊達男の作家、八番目は、まるで大陸を発見したかのようだったとなれそめを語る伊達男の作家と、四度も別れながら、人生って他にいいことがあるかしらと、腐れ縁を繰り返す中年大女優、九番目は、気に入ると抑制が利かず、自分から物にしていく中年大女優と、彼女を憧れて訪ねた若い軍人伯爵の組み合わせである。

そして、舞台は回り、十番目にして一番目は、第一次大戦勃発の知らせを聞いた若い軍人伯爵が、パリ最後の夜に友人と酒場をはしごした後、最初に登場した娼婦に拾われて、娼婦の帰りしな、掃除婦が昔はもてて愛の輪舞曲《ロンド》を踊ったものだと回想にふけるところで、クライマックス・シーンが蘇《よみがえ》り、性の饗宴は完結するのだ。**耽美派の大家ロジェ・ヴァディム監督をもってしても、映像表現は抑制せざるを得なかったようで、女性の顔がクローズアップされると、部屋の置物や彫刻、野外の情景、あるいは暗闇へと流れるように切り替えられて、臨場感のある台詞仕立てとなる。**小間使役のマリー・デュボア、町で拾われた娘役のカトリーヌ・スパーク、中年大女優役のアンナ・カリーナといった、名前だけでも美女をイメージさせる本物の美女たちが登場する中で、人妻ソフィ役のジェーン・フォンダのなまめかしさは群を抜く。当時二十五歳の彼女は、この映画がきっかけで監督と結婚し、そして別れている。

『**素直な悪女**』も、ロジェ・ヴァディム監督の作品だが、売り出し中のブリジッド・バルドーの妖艶な魅力が遺憾なく発揮される。長い金髪も豊かでスリムな体型は、全身これ性的といったしなやかなみずみずしさで、匂い立つようななまめかしさに毒気すら感じさせられる。それ以外にこの映画の意味はないと思えるほどだ。孤児ジュリエットが男を虜《とりこ》にし、未来よりも今、結婚よりも遊びといった考え方の彼女の素行が物議を醸す中、母親に反対されながら、彼女と結婚したひたむきなミシェルが、彼女の遊び相手を続ける兄アントワーヌや周囲にピストルを向けて圧倒し、酒場で踊り狂う彼女に平手打ちを食らわせるほどの激しさで、つべこべ言わせず、彼女に目を覚まさせるストーリーは、溜飲を下げるものがあるが、所詮彼女に悩殺された故の強さでしかない。**ちなみに、バルドーは映画そのままの蠱惑《こわく》的な歌声でも魅了し、『ため息の装置』や『ふたりの夏にさようなら』が、シャンソンの名盤に一流歌手と**

肩を並べて収録されている。

ローレンス・カスダン監督の『白いドレスの女』が製作された頃になると、抑制されたカメラワークも今や昔といった感を深くする。常軌を逸しそうな暑い夏の夜だった。野外音楽会の通りすがりに、白いドレスの長身の女マティ（キャスリン・ターナー）に魅せられた独身の弁護士ネッドは、後を追う。人妻だと分かってからも、まんざらでもない風情を見せて姿をくらました彼女が忘れられず、野外音楽堂の辺りをさ迷い、しゃれた酒場で彼女を探し出すと、風鈴《ふうりん》を見に家に押しかける。

おびただしい風鈴の音色に揺さぶられ、彼女の誘うような表情に抗し切れず、一旦は締め出された風だった彼は、ガラスをぶち破って再び中に入り、待ち構えた彼女と熱い抱擁に及ぶと、促されるように結ばれる。たびたび愛し合ううち、株や不動産の悪徳取引で羽振りがいい資産家の夫を殺したいと持ちかけられて、愛と官能の迷いからその気になる。彼はかつて弁護を引き受けたその手の悪《わる》の知恵も借りて、彼女と共謀して彼女の夫を焼き殺す。「あの女は悪女だから近付くな」と忠告していた友達の検事や刑事は、深みにはまった彼をやむなく逮捕するが、その逮捕直前、彼女は彼をおびき寄せて殺害しようとさえ企んでいた。万事用意周到にして非情な彼女は、無効となるような遺書を弁護士の彼が以前に作成した経歴まで調べ上げて、その同じ手口を利用しようとして愛情すら装い、計画的に彼をはめたのだった。夫の遺書が無効ならば、遺産を全て手にできるのだ。

彼女には暗過ぎるほどの忌まわしい過去があった。そのため、高校時代の級友の名を騙《かた》り、財産を横取りすることを目当てに夫と結婚したのだが、その級友にはネッドに仕掛けた爆弾と同じ罠を使って、自分の身代わりも兼ねた殺害を果たす。マティから実名に戻り、巨額な遺産を手にして高飛びした彼女は、「金持ちになって外国で暮らしたい」という高校時代の夢そのままに、異国で優雅に暮らし始める。傍《かたわ》らには新しい男がいた。**白いドレスは、初々しい花嫁の衣装によく似合う。その白いドレスを、背後に複雑な生活事情を抱えて自然と何色かを帯びるはずの、とうの昔に青春の一途さを失った女が身にまとう時、男は用心してかからなければなるまい。女が毒牙をむき出しにするようだと、女に惚れた男はもはや女の敵ではない。落ちる所まで落ちてしまいかねない。**

さらに、**輪舞の相方には禁じ手の相手が登場しないとも限らない。**吉田健監督の『**高校教師**』は、そんな衝撃的な作品だ。ラグビーで反則を犯し、親友を植物人間にした挙句に亡くした教師と、幼い頃母を亡くして、父は外国滞在中で、かつて父に殴られたことが原因で右耳が聞こえず孤独な寮生活を送る女生徒に万引き癖があり、水泳部員であることが接点となり、やがて二人は結ばれる。教師は結婚の決意を固めていたが、親友の妹との別れ話がこじれて背後からナイフを突き立てられて、教師が虫の息で女生徒を探しだすと、女生徒はためらっていた銃を放つのだ。虚無的で泥沼に入ったような気分にさせられるが、安部公房の世界的名作を映画化した勅使河原宏監督の『**砂の女**』では、砂丘に穴を掘って建てられた女（岸田今日子）の家に泊まったために、蟻地獄に入ったかのように出るに出られなくなった男が、葛藤の末ついに居残り、失踪宣告されている。

ディーノ・リージ監督の『**ローマの恋**』は、恋と言うよりも、性と情念に突き動かされて容易に尻が定まらない、どっちもどっちの破《わ》れ鍋《なべ》に綴蓋《とじぶた》の夜叉《やしゃ》物語だ。付き合っていた女に罵倒されながら自由を求めて別れたその夜、鍵を忘れてアパートの中に入れないでいる女優（ミレーヌ・ドモンジョ）と出会って、そのまま押し強く部屋に入り、一夜の戯れで忘れかけていたはずだった没落貴族の息子で物書きの青年が、友達づきあいへと変わった別れた女と出かけた演劇場の客席に、彼女を見かけて追いかけて行ったことから、二人の恋へと発展する。しかし、多情多感な女優は、青年を愛していると言いながら、嘘を並べて取り繕っては、共演の俳優、カメラマン、行きずりの男といったように、手あたり次第の奔放な火遊びがやめられない。「単純で頭がよくて無邪気さがある女」が理想だった青年は、悪女の深情けに振り回されるように、別れようとしてはよりを戻してまた別れて、ついに別の女性と婚約するに至る。しかし、青年の父親の葬儀に顔を見せた彼女が雨の降る夜、行き場を失っているのを見るに見かねて家に連れて帰り、一室を与えて同居するようになり、婚約者の父親が彼女と関係があったこともあって、青年は婚約を破棄する。そこまでけじめをつけているのに、前にいた一座の座長と逢瀬をやめない彼女に業を煮やした青年は、今度こそ離別を決意し、彼にすがろうとする彼女を一座に送り届けるが、それでも似た展開を繰り返しそうな気配が濃厚である。

レジス・ヴァルニエ監督の『**フランスの女**』も、奔放な情念の虜になる女性の物語だが、まだ実を尽くし切る相手がいることで、どこかでやりきれない気持ちが救われる。軍人の妻となり三人の子をなした女（エマニエル・ベアール）が、夫の出征中満たされぬ欲求に打ち克てず、次々と愛人をつくり奔放な暮らしを続け、夫と同じく捕虜となっていた男と巡り合って相思相愛となるが、夫との離婚はついに叶わず同様の暮らしを続けるうち、実業家となった男の死亡記事にショックを受けて、後を追うように倒れて亡くなるのだ。

自由な世の中のようであっても、置かれた状況次第で性の悩みは深刻になる。

アナンド・タッカー監督の『**ほんとうのジャクリーヌ・デュ・プレ**』の彼女は、十六歳で世界的名声を博するが、本当はチェロなど大嫌いだった。ストレスは大変なもので、ついに疲れて姉の元に逃げ出した彼女は、全裸になって川辺にうずくまり、異性との触れ合いを訴えて泣き叫んでいた。音楽家と結婚するが、手に震えを覚えて三十歳にならずして演奏できなくなり、四十二歳の生涯を閉じる。**彼女がひたすら求めていたのは、愛情に恵まれた穏やかな家庭生活のようだったが、与えられたのは華やかな音楽の世界だったのだ。**ちなみに、主役のエミリー・ワトソンは、ラース・フォン・トリアー監督の『**奇跡の海**』でも、油田事故に遭い体の自由を失った最愛の夫から他の男との情事の顛末《てんまつ》を報告するよう強要されて破滅していく敬虔な妻を演じている。

多くの映画は男女の情念の動きを主題とするだけに、その暗さ、怖さも見せつける。もちろん、イングマール・ベルイマン監督の『**処女の泉**』に出てくる衝撃的な凌辱撲殺シーンなどに激しい憤りと嫌悪感を抱くのは当然のことだが、森田芳光監督の『**失楽園**』では、絶対愛による心中という結末で話題をさらった。エロは往々にして肉体を傷つけるグロテスクな世界に堕しがちで、大島渚監督の『**愛のコリーダ**』を挙げるまでもなく、親友の婚約者に横恋慕し、親友が結婚しても彼との情事に全てを注ぎ込み、乱心して親友を殺してしまう梶間俊一監督の『**略奪愛**』にも共通する。人間存在の根源にまで触れ合うエロスは、命のやりとりと化してしまうからだろうか。映画ファンの心理としても実に複雑だ。

ボブ・ラフェルソン監督の『**郵便配達は二度ベルを鳴らす**』は、凄まじい情事と血なまぐさい殺害の場面が交錯する衝撃的な映画だ。ガソリンスタンドと食堂を経営するニックは、強盗の前科を持つフランク（ジャック・ニコルソン）に無銭飲食されようとするが、自動車修理工と聞いて、住み込みで雇い入れる。フランクとセクシーな若妻コーラ（ジェシカ・ラング）は、最初から視線が絡み合い、ニックが町に出た隙《すき》に、恋の炎は火と燃えて、台所のテーブルでの情事へと発展し、共謀して夫の殺害を企てるようになる。一度目は、二人が救急車を呼んでニックが一命を取り留めたため、妻の犯行とは気づかず、逆に二人は命の恩人とニックから感謝されるほどだった。ついに、ドライブに出かけた際にコーラが車を止めて、酒に酔ったニックの頭をフランクが金属棒で殴り、車ごと転落させて殺害するが、足を踏み入れた車が横転してフランクも大けがを負う。傷害の損害賠償でフランクがコーラを告訴する一幕《ひとまく》は、悪徳弁護士が取り持って二人は仲直りし、食堂は繁盛するが、コーラが留守の間、フランクは情事にふける有様だった。フランクは、コーラに最低と言われながらも結婚式を挙げ、子供ができたと告げられて、コーラがキスを求めて応ずる中、対向車を交わし切れなくなり、車から振り落とされたコーラは死んでしまう。**大いなるものの鉄槌が下されたような勧善懲悪の結末に、ああやっぱりと安堵して、妙にすっきりした気分にさせられるかもしれない。**

『郵便配達は二度ベルを鳴らす』は四度も映画化されているが、ルキノ・ヴィスコンティ監督の作品は、細部は随分異なっている。筋骨逞しく野性的な風貌の浮浪者の男（マッシモ・ジロッティ）が、彼を待ち構えていたような若い人妻（クララ・カラマイ）と関係ができて間もなく、駆け落ちしようとする。しかし、旅から旅への生活を嫌い、家と夫を捨てきれない女が家に戻ると、無賃乗車したところを大道芸人に拾われて一緒に組むようになっていた男が、その興行中に夫婦と再会し、焼けぼっくいに火がついて、二人は自動車事故と見せかけて夫を殺害する。夫の影が染みついている家を売り払って出直そうと言う男に、ここをなくしたら根なし草になると女は反対し、夫の生命保険金が女に入ると、男は利用されていたと不快感を爆発させて立ち去る。売春婦に入れあげているところを女に目撃されて愁嘆場となる中、男が警察に追われて逃走した浜辺に、一晩中探していたと女が現れて、愛を確認し合うと、今度こそ出直しの旅に出ようと車を走らせる。女から妊娠したと告げられて、最初から素直に言うことを聞けば良かったとも言われて、キスをした矢先、突然現れたトラックを交わし切れず、車は川へ転落して女は死に、男は追跡してきた警官に逮捕される。二作のどちらが真相か分からないほど、展開は錯綜している。まさに時代が映画を作っているのだ。

ルイ・マル監督の『恋人たち』は、名作『月の輝く夜に』という題名に変えても違和感を覚えないほど、月明かりの下でなされるラブシーンが美しい。地方新聞社の社長を夫に持ち、幼い女の子が一人いて、結婚して八年になるジャンヌ（ジャンヌ・モロー）は、仕事に忙しい夫にろくにかまってもらえず、アンニュイを抱えて、パリに住む親友のマギーの元にしばしば出かけては、ポロの選手で彼女に夢中になったラウルとのアバンチュールを楽しんでいた。行動を怪しむ夫から、いつも話題に上るマギーとラウルを招待するよう言われたジャンヌはパリに出かけるが、帰路に車がエンストし、通りがかった若い考古学者の青年ベルナールの車に同乗させてもらう。歓迎を受けたベルナールは、食事を共にして、そのまま泊まることになる。夫はジャンヌを恋人と言ってはばからず、愛を誇示してみせる。鳥が趣味だと言うベルナールを除いて、翌朝釣りに出かけることに話が決まり、それぞれの部屋に戻ろうとすると、ジャンヌはラウルに引っ張り込まれそうになる。その動静を、夫がドア越しにそっと窺《うかが》っていた。ジャンヌにとって、夫は耐えがたく、ラウルは滑稽じみてきて、軽喜劇の様相を呈する中、若いベルナールに大きく気持ちが傾き、心穏やかに寝つけそうもなく、誘われるように月が輝く庭園に出てみると、ベルナールがいた。まなざしを交わし合うと、独りにしてという言葉とは裏腹に、心と体はこれ以上ないほど近づいて、手を重ね、歩を進めてついに抱き合い、キスをして、揺れるボートで、そしてそっと裏から家に戻ってジャンヌの部屋の窓辺やベッドで、いとしい言葉を浴びせかけ合い、一生が幸福だったみたいと言いながら、浴槽からまたベッドに移り、月の淡い光の下で、ラブシーンが続けられていく。

釣りに出かける頃合いになり、一緒に部屋から出るところを見られた二人は、車に乗って敢然と駆け落ちをする。歓喜の絶頂から滑り落ちるかのように、ジャンヌの心には早くも不安が萌《きざ》していたが後悔はなく、ベルナールはいつも夜だといいと言いながらも、揺らぎなく前方を見据えている。しかし、最愛の娘はどうなるのだろう。夫はどんな出方をしてくるのだろうか。

美しいラブシーンの余韻に浸る間もなく、俗世のしがらみや面倒な決まりごとが、容赦なく介入してくる。それを乗り越えていくのも、愛の力なのだろうが。

菩薩と夜叉の間

アンリ＝ジョルジュ・クルーゾ監督の『**悪魔のような女**』は、トリッキーなどんでん返しのあるスリラー映画だ。妻が経営権を握る学園に勤務する夫と、女職員が恋仲になる。妻と女職員は友達だった。妻は夫とうまくいかず、そのことで悩み女職員に相談をもちかけるが、夫の相手が彼女だとは知らない。彼女は妻に夫を毒殺するようけしかけて、ついに二人は犯行に及び、死体を運び出して学校の池の中に投げ入れる。行方不明となった夫の捜索が始まったある日、幽霊騒ぎが持ち上がる。不審に思った妻が暗い構内を明かり片手に巡回すると、夫の死体に出くわし、閉じた瞼《まぶた》がニューと開く様を見て、殺人を犯したことで悩み病んでいた妻は、ショックのあまり死んでしまう。その場で抱き合う夫と女職員の姿があった。しかし、どうも怪しいとにらんで内偵をしていた元警部に御用となり、事件は結末を迎える。不気味だが女の心理的な綾と性格の相違が見事に描かれている。

もっとも、**『反撥』**となると、ニューヨークのアパートで人間関係に孤立した妊婦（ミア・ファロー）が悪魔の子を孕《はら》んだのではと疑心暗鬼を募らす**『ローズマリーの赤ちゃん』**のロマン・ポランスキー監督の手になる狂気に満ちた物語で、闇の情念の世界もまた衝撃的だ。美容院に勤める精神的に問題を抱えていそうな受身で孤独な娘（カトリーヌ・ドヌーヴ）は、同居する姉が不倫の相手と旅行に出ている間、ついに一人にされて、男に襲われるなどの不安が高じるあまり三日も仕事を休み、心ここにあらずといったミスを重ねるうち、彼女に夢中になって交際を求めて部屋まで入ってきた若い男性を金属棒で殴り殺す。散らかし放題の暗い部屋に姉がためた家賃を請求に来た大家からそれと引き換えに肉体を求められると彼も殺害し、錯乱して瀕死の状態でいるところを帰ってきた姉たちやアパートの住人に発見される。華やかなカトリーヌ・ドヌーヴとイメージが重なりにくい。

「**一寸の虫にも五分の魂**」で、**人間の尊厳を踏みにじられてしまうようなことがあれば、誰でも夜叉《やしゃ》になりかねない**。ブライアン・デ・パルマ監督の**『キャリー』**はそんな映画だ。愚図でのろまで生理も皆に遅れて馬鹿にされてばかりいる十七歳の少女が、ある日学校のシャワー室で初潮を迎えて大騒ぎとなる。彼女は家に戻れば、夫に捨てられて以来男性への嫌悪感を募らせて、キリスト教に狂信的な母親がいる。彼女はそんな環境から超能力的なものに興味を示して本を漁るようになるが、担当教師は彼女を一人前の女性に育て上げようと躍起になり、学校主催のパーティーへの参加を呼びかけ、彼女も母親の反対を押し切って、急造のボーイフレンドと一緒に出かけることになる。そして、初めてダンスに興ずるようになるが、パーティーの企画でベスト・カップルに二人が選ばれることに仕組まれたことから、一転ホラーの世界となる。彼女を嫌うグループが、壇上の二人に上からバケツを落とし、彼女は赤い液体でずぶ濡れとなり、彼女の超能力による復讐が始まるのだ。彼女が眼で念ずると、そのまま物体が凶器となって移動して、大パニックとなる。家に戻ると、母親がなだめる風を装い、今度はナイフを突き立てたため、彼女はやむなく眼の力で母親の全身にナイフを突き立てて応酬し、そのうち家が炎と共に崩れて二人とも絶命する。同級生が墓参りに行って花を捧げようとすると、墓から手が伸びてきて、彼女の霊は納まるところを知らないのだった。冒頭のシャワーを浴びるシーンは清々《すがすが》しいエロティシズムこそ感じさせられるけれども、後半のホラー仕立てで、そうした気持ちも吹っ飛んでしまう。

　大きな目と官能的な何かを問いかけるようなとがった唇に特徴のあるジャンヌ・モローが主演するルイス・ブニュエル監督の**『小間使の日記』**は、後味のすこぶる良くない映画だ。**人生の不条理を痛感させられるが、案外世の中はこうしたものかも知れない。**三十二歳の女が、田舎町の邸宅に小間使としてやって来る。迎えるは年老いたご隠居と、その息子夫婦と、下男と女召使たちである。彼女は色気のある美人だから、当然の流れというべきか、周囲の素行の良くない男という男に欲望を抱かせる。まず、ご隠居は、彼女の足に興味を示し、ある日彼女に靴を履かせ、その靴を抱えたまま、異常に興奮し昇天してしまう。そのショックで彼女は暇をもらうが、近所の可愛がっていた少女が強姦により殺害されたと聞き、ある思いを秘めて舞い戻ってくる。さて、初老の息子は、出入りする小間使に例外なく言い寄っては、その度に手切れ金が支払われることになっていたが、今度も彼が彼女を見逃すはずもない。度々アプローチしては、「もっと慣れてから」と彼女にいなされる。その妻というのが大変な潔癖症で、値打物だとする家財道具の手入れなど、小間使に対する注文もうるさい。そんな風だから、夫婦関係は噛み合うはずもなく、そもそもだらしない夫が出入りの女に目を向け続けるのも道理だ。そして、問題なのが十五年も屋敷に仕えているという野卑な下男で、実は少女殺しの犯人はこの男だった。彼女が戻って来たのも、この男と察して復讐の念に駆られたからに他ならない。積極的に近づく彼女に、「自分と同類だ」と言って彼は結婚を迫る。「いずれ故郷に帰って『フランス軍へ』というカフェを開く。その伴侶として真面目に考えている人だから、婚前交渉はしない」という彼をベッドに引きずり込んで、少女との顚末《てんまつ》を探ろうとする彼女の執念はすさまじい。彼女が検事当局に訴えたため、彼は逮捕される。彼女に言い寄るもう一人の男は、隣の家の元軍人である。彼は十二年も世話を焼かせた家政婦を追い出して、下男が逮捕された後、彼女と結婚する。そもそも愛のない結婚だったから、彼女の暮らしは隣の奥さんの態度と大同小異だった。ある日、その夫から「下男は証拠不十分で不起訴となって釈放された」と聞いて、彼女は唖然とする。下男の故郷には『フランス軍へ』という店ができ、愛国心溢れる彼は、ナチスと交戦するフランス軍部隊が店の前を通過するのを妻と共に見送って、歓呼の声を上げるのだった。

彼女の捨て身の戦術は一体何だったのだろうか。そして、彼女の現在もまた。

同じくジャンヌ・モローが主演するルイ・マル監督の『**死刑台のエレベーター**』もまた、女の情念がほとばしるような映画である。社長夫人を演じる個性的な顔立ちの彼女の唇を中心とした肉感的なお色気が強烈な印象を残す。その辺りを心得ているかのように、彼女の顔が画面いっぱいにアップされて、インドシナ戦争で勇名をはせて今や社長側近となった彼と電話で社長殺害計画の最終的な打ち合わせをしているところから、映画は始まる。しかし、犯行後、想定外の三つの障害が立ちはだかる。一つは、社長のピストルを使って撃ち殺し、首尾よく自殺と見せかけて事務所を立ち去ろうとした彼が、自室からベランダに出て階上の社長室へとよじ登った際に使ったロープを手すりに掛け忘れてきたことを思い出し、車のキーを入れたまま、あわてて事務所へ引き返したことだ。エレベーターに乗り込むと間もなく、事務所の守衛が電源を切って戸締まりをして帰ってしまい、脱出を試みたのも空しく、彼は一晩その中に閉じ込められてしまう。二つ目は、彼の車が、先週も窃盗を犯したばかりの不良青年と花屋の売り子のアベックに盗まれたことだ。高飛びするため、七時に彼をカフェで待ちわびる夫人の前をその車は通り過ぎ、アベックは高速道路に出てスピードを楽しんでいたが、ドイツ人夫婦の車と競い合ううち、意気投合して同じモーテルで夜を明かしかけたものの、今度はドイツ人夫婦の車が欲しくなって盗み出すところをとがめられて、二人の身元を怪しんでもいた夫婦を車にあったピストルで殺害する事態となる。アベックが彼の名前を使ってチェックインしていたことから、彼はドイツ人夫婦殺害の犯人に仕立てられて、新聞に大きく写真入りで報じられる。そして決め手となった三つ目は、彼の車の中にあった小型カメラを現像した写真から、二人の頬寄せる姿が浮かび上がってきたことだ。

社長夫人は、彼以上の重罪を科されて独りぼっちとなるのを覚悟するが、真実愛した幸せな日々が写真のようにあったことに慰めを見いだしてもいるのだった。

『嘆きのテレーズ』は、『天井桟敷』のマルセル・カルネ監督の作品である。養育された家の、体の弱い夫のために看護婦のような妻にされた女と、トラック運転手とのやるせない不倫の恋の逃避行を阻もうとして、夫が持ちかけた旅行途中に、列車から夫が突き落とされる殺人劇が行われ、目撃していた男の執拗な脅しに屈して四〇万フランで折り合ったところが、外に出たその男が、二人の目の前で交通事故に遭って死に、宿に戻らぬ五時きっかりに、男との約束通りメイドから警察に宛てた男の密告書が投函されて、結局万事休してしまうのだった。

完全犯罪や事件のもみ消しを狙っても、天網恢恢《てんもうかいかい》疎にして漏らさずの言い伝え通り、悪事にはどこからか邪魔が入り、いずれの映画も勧善懲悪にして因果応報の末路を迎えている。

さて、**世の中が明日をも知れぬほど麻の如く乱れてしまえば、切羽詰まった者たちは、内心も外面《げめん》も夜叉《やしゃ》にならなければ生き抜いていけない。**新藤兼人監督の『**鬼婆**』はそんなことを思わせる、人間の本能の根源に迫った衝撃的な映画だ。南北朝に分かれて京が戦乱に明け暮れていた頃、辺り一面に人の丈余りもある茫々とした葦や薄の生い茂る湿原で、落武者の不意を襲っては刀や鎧を売りさばいて、嫁（吉村実子）と姑（乙羽信子）が糊口をしのいでいた。戦で一旗揚げようと、夫と行動を共にしていた八（佐藤慶）が、死の知らせを持って、川向こうから泳ぎ渡り帰ってくる。

八は盛りのついた犬のように、嫁につきまとって離れない。姑に「淫らなことをすると地獄に落ちるぞ」と脅されて、八を警戒するよう注意はされていても、「皆がしていることだから」と心に渦巻く欲求を抑えようもない嫁は、姑の寝息をうかがいながら、ついに家を飛び出し、一目散に八の所へ駆けていく。二人の交歓を盗み見た姑は、嫉妬に身悶えし、嫁から自分に乗り換えるよう八に媚びを売るが、まるで相手にされない。そうした幾晩が過ぎたある日、多くの兵を死なせて落ち延びてきた鬼の面をかぶった武将（宇野重吉）が、嫁の留守中に突然訪ねてくる。京へ通じる道を案内するよう強要された姑は、死骸を投げ入れていた落とし穴に武将を陥れて仕留めてしまう。同じ頃、八との逢瀬に若さがはじけた嫁は、歓喜のあまり全裸で川べりを走り、それを追いかける八の姿があった。嫁を懲らしめたい一心の姑は鬼の面をかぶり、八の家に向かう嫁の前に立ちはだかるようになる。驚いて大声を上げて逃げ帰る嫁ににんまりとする姑だったが、待ちぼうけを食わされていらいらも極限に達し、周囲をうろつき回っていた八は、雷が鳴り夕立の激しい夜、鬼の面を前にして、立ちすくんで八の名を叫ぶ嫁を抱き取り、湿原で久し振りに思いを遂げる。一足先に帰った八が姑の手にかかって殺されたことも知らず、嫁が家に戻ると、姑が雨に濡れたせいで面が取れなくなったと苦しんでいる。「これからは自分の言うことを何でも聞くか。八の所に毎晩行ってもいいか」と無条件降伏を迫って飲ませた嫁が、やっとのことで面を叩き割ると、姑はただれた鬼の面相となっていた。まさに鬼婆だ。嫁は逃げ惑うばかりだった。

女は男次第だとよく言われてきた。しかし、両者は運命共同体だ。男は女次第でもある。

降旗康男監督の『駅／STATION』は、警察の狙撃要員である影のある男に三人の女性の情念を絡ませたほろ苦い物語だ。舞台は北海道。降りしきる雪のシーンが印象的だ。三上（高倉健）はオリンピックに出場するほどの腕前で、凶悪事件の撃ち合いでは必ず仕留めていた。十年ほど前に妻と長男と別れるが、妻直子（いしだあゆみ）は、別れ際の列車のデッキから軍隊式の敬礼といつまでも印象に残る笑顔を残して、彼の元を去っていった。彼が凶悪犯に目星を付けていくと、その妹すず子（烏丸せつ子）に行き当たる。彼女は鈍い感じの女だが、出頭しても、兄にはアリバイがあると言い、警察を煙に巻く。彼女の素行を知る遊び仲間の手引きで、とある駅に張り込むと、兄が現れて即刻逮捕となる。刑事が「あの鈍い女に騙《だま》されていたなんて信じられない」とつぶやく。兄は死刑となり、三上の元に辞世の歌を添えた手紙が届き、彼は墓前に手を合わせる。そんな雪の夜、三上は桐子（倍賞千恵子）という名の一杯飲み屋の客になる。彼女も実は逃走中の凶悪犯とかつて深い関係を持った身の上だった。飲むほどに気持ちが通い合い、彼女の好きな歌が八代亜紀の『舟唄』で、紅白歌合戦を一緒に見ようとの彼女からの電話に彼も応じて、しんみりした絡み合いとなる。

初詣で昔の彼とすれ違った彼女は、名を伏せて警察に通報する。その頃二十四年間勤めた警察を辞めようという気持ちに傾いていた三上は、仲間の警官が殺害されたと急を知らされて彼女の元に直行し、潜んでいた男を射殺する。何とも矛盾した彼女の行動だが、三上との愛を期待してなされたものに相違なかった。警察での尋問には、男と女の仲だものと彼女は答えるだけだった。それを立ち聞きした三上は、辞職願を駅の待合室のストーブに燃やし、汽車に乗り込む。その先には孤独な生活と再び凶悪犯を狙撃する仕事が待っている。仕事を求めて札幌へ出るすず子も、同じ汽車に乗り合わせるところだった。高倉健の深みのある演技もさることながら、いしだあゆみ、烏丸せつ子、倍賞千恵子が三者三様に見事に傷のある女性の心理を演じている。ストーリーの展開が暗く、物悲しく落ち込んだ気分にもさせられる。東京オリンピック後も活躍を期待されながら自殺した円谷選手の遺書が切々と読まれるシーンも一役買っているが、女性の情念を巧みに描き分けていい味わいを出している分だけ、凄惨な射殺シーンからアンバランスな感じを受けるのも否めない。

怨念も絡む心の闇を覗《のぞ》くなら、松本清張の作品を取り上げるのが早道だ。野村芳太郎監督の『**ゼロの焦点**』は、新妻（久我美子）の執念にも似た女の情念が描かれる。金沢から本社に異動になる結婚したばかりの夫の行方が分からなくなり、自殺の名所で夫の遺書が発見される。夫は二つの名前を持ち、別名で米軍相手のパンパンだった女（有馬稲子）と週末に同棲していた。彼女と同じ経歴の、今では地方の名士夫人に収まる女（高千穂ひづる）が、立川で警官だった夫を含む自分の忌まわしい過去を知る者を巧妙な手口で殺害していたのだが、新妻に秘密を暴《あば》かれた夫人は、運転する車で崖から転落死する。新妻と夫の新婚旅行先でのキスシーンは、誰かと比較するような台詞《せりふ》と共に記憶に残る。

犬童一心監督の『**ゼロの焦点**』でも、前作と大筋で同じ展開を辿りながら、ディープとなったキスシーンを交えて新妻（広末涼子）のうずきが切なく演じられ、内縁の妻（木村多江）として明日をも知れぬ束の間の喜びが濡れ場で表現され、気品を漂わして選挙の応援などで周囲を圧倒する華やかな存在感を示していた名士夫人（中谷美紀）が、能登の海に小舟で乗り出して遺体となり発見される。**一切の始末がついた後の新妻の切り替えの早さは、まさに現代風だった。鬱々としているばかりでは、未来は開けない。**涼子と言えば、中学の頃、同名で目にもまぶしかった年下の美少女を思い出す。

さて、出目昌伸監督の『**天国の駅**』は、男運の悪さに翻弄される女の物語で、当時の吉永小百合が出演する映画は大胆なものばかりだ。三十代後半の色香溢れる彼女の魅力が浮き彫りにされる。二人の夫殺しで死刑になる女を演じる冒頭に、死刑執行前のクローズアップされた彼女の化粧を落とした素顔が見られるが、やがて唇に紅をさし、カメラ・アングルが節度を保って映像化されていくと、紛《まぎ》れもない昭和の美女だと得心させられる。彼女の最初の夫は、夫婦関係を持つ前に出征し、松葉杖をつく身となって帰ってきて、彼女を虐待する。それを見かねた若い警官が彼女とできてしまい、夫殺しを共謀し、彼女は毒を盛る。脳溢血ということにして、その後は警官との暮らしが始まり、彼を大学に進ませて尽くすが、彼は女を連れてきて彼女を姉だと紹介し、夜になれば関係を迫る。いたたまれなくなった彼女は、家を売り払った金を彼に与えて、ある温泉の町で再起を図る。生計は彼女が結城紡ぎの機を織ることで立てていく。彼の真相を知っておぞけを震《ふる》った彼の女も一緒だった。

ところが、彼はどこまでも彼女を追いかけては、弱みに付け込んで金をせびり取っていく。その頃、旅館の亭主が彼女に目をつける。彼は精神的に病む妻を知恵遅れの男を使って殺し、彼女と結婚する。彼女に付きまとう警官に大金を掴ませて、縁を切らせてもいる。警官は、今度はもう一人の女を標的にしようとするが、言い争った末、汽車から女が突き落とされる。これで足がついて警官が捕まり、昔彼女と共謀した夫殺しを自供する。一方、旅館の亭主と結婚した彼女は、所詮性的玩具にすぎない。不満を感じているところへ、彼が知恵遅れの男に彼女と一度だけ許すと持ちかけて、その隙《すき》に男の背後から迫って絞め殺そうとするのを見て、ついに第二の夫殺しを犯してしまうのだ。これが実話というのだからやり切れないが、男女の煩悩が自ら招き寄せた悲劇でもある。**意識すると否とにかかわらず、各人がそれぞれの運命を選び取っているのが人生なのだ。**

舛田利雄監督の**『天国の大罪』**は、外国人労働者が多数流入し、その陰で国際的な麻薬シンジケートが忍び寄り、それに立ち向かう警察と検察の必死の防御作戦を、検事同士の不倫の恋を絡ませて描いた、トレンディな大人の映画である。

女検事役の吉永小百合とその十年越しの不倫の恋の相手は松方弘樹扮する敏腕検事で、映画はのっけから濃厚なシーンで始まる。清純派と言われた彼女も芸域を広げて、かなりハードな役柄をこなす女優になっている。今度も、検事を辞めて敏腕検事の子供を産み、やがて国際的な麻薬取引をするアラブ人の妻となって身も心も捧げ尽くす役どころだ。その外人男優（オマー・シャリフ）とのラブシーンもある。偶像が崩れていくような痛々しさをファンは覚えるのだろうが、その他に、デパートに万引きのおとり捜査に入って店員に強引に挑まれるシーン、一人暮らしのやるせなさから嫉妬に駆られて不倫相手の妻に無言電話をかけるシーン、敏腕検事を半狂乱になって罵《ののし》るシーン、不起訴処分に抗議するシーンと、目を覆いたくなるような場面も数多い。それでいて愛想尽かしにならず、普通の場面で見せる彼女の横顔に、四十代半ばになっているのにと思いながらも、うっとりさせられてしまう。デパートの店員の意趣返しで子供を誘拐されて、度々の身の代金要求に耐えかねた彼女は、ついに外人やくざのアラブ人の膝に屈し、取り返してもらった子供共々三人の生活が始まり、大がかりな麻薬取引を水際で防ごうとする検察に情報を入れることと引き換えに、彼女一家はカナダに飛ぼうとするのだが、ようやく幸せな暮らしができると思った矢先、香港の殺し屋たちが一家に押し入る。夫は瀕死の重傷を負い、必死の思いで食い止めた彼女は、新天地を求めてあてのない旅に出るのだ。車に乗せられた夫の命の保証はない。**挑戦を続ける大女優吉永小百合の意欲と新たな魅力を感じさせられる。美人薄命を地で行く映画出演が多くなったが、本物はどこまでも美人長命であるのが、大いなる救いでもあり恵みでもある。**

評価が高かった熊井啓監督の**『サンダカン八番娼館　望郷』**は、天草出身のからゆきさんお咲（田中絹代）の涙の物語である。彼女は家が極貧で南方に売られて、ボルネオのサンダカンという女郎屋で春をひさぐことになる。水揚げの場面など見るに堪えないが、十九の春に一つ年下の日本人の若者と恋らしき感情を共にする。しかし、必ず身請けにくるからという言葉も空しく、彼は現地の資産家の娘と結婚してしまい、男は真剣に惚れるものではなく、男はどれも同じで、悪い奴ばかりだとの彼女の確信を一層深めることになる。第一次世界大戦で戦勝国側の立場になった大日本帝国は、女の生き血を吸って外貨を稼ぐやり方に反省を求められるところとなり、規模の縮小に重い腰を上げ始めた矢先、女主人のお菊が死んだのを機会に、彼女は故郷に帰ることを思い立つ。お菊のいまわの時の言葉は、「日本に帰ったとていいことはない。自分は死んだら、ここに眠るつもりで墓を用意している。自分の形見は、今まで寝た男から代金替わりにとった指輪の数々だが、それを皆に分け与える」というものだった。お咲の帰国はその教えに反したものだった。

案の定、お咲を迎える故郷は冷たく、絶望した彼女は、満州に渡り、結婚して男の子を儲《もう》けるが、引上げ時に夫を亡くし、京都に居を定めた後、結婚の障害になるとばかりに頼みの息子には追い出されて天草に帰り、崩れかけたようなあばら屋に余生を送る身だった。そこへ若々しく美しい栗原小巻演ずる女性史研究者が天草を訪れて彼女と出会い、彼女と生活を共にし、彼女から以上のような話を聞き出すことで映画は進行する。そして、彼女の話に触発されて、ボルネオの現地まで行ってみるのだが、娼館は跡形もない。残っていたのは、虐殺をし、威張りくさり、最後は町まで焼き払っていった日本人への根強い反感と、日本の方角に背を向けて立てられたジャングルの中のお菊を始めとする女郎たちの墓だった。お咲が息子の嫁のつもりで一緒に暮らした三週間、別れの直前まで身分を明かさない研究者に最後に求めたものは、研究者が肌身に使った手ぬぐいだったというのも、何やら悲しい。**ともあれ、何事も原因あっての結果である。内心如夜叉などと女性を揶揄《やゆ》する向きがあるが、本来菩薩でしかあり得ないものをみすみす夜叉にしているのは、どうやら他ならぬ男性のほうだと結論づけられそうでもある。**

『藤原正彦の人生案内』では、「三十代、結婚十年目の主婦」「広島・A子」さんの「昔からの悩みは、夫や父、兄など、自分にとって大切な男性がエッチな画像や本を見るのを許せないということです」という切ない悩みに対して、「地球上の思春期以降のほとんどの男性は、エッチな絵が好きか、大好きかのどちらかなのです」と、数学の公理にも等しい男性の本質を明快に説いて聞かせている。

エルンスト・ルビッチ監督の『ニノチカ』にも、そんな風情《ふぜい》のお堅い女性が登場する。食糧確保の資金にしようと宝石を売りさばくため、ソ連から三人のひょうきんな党員がパリに送り込まれてくる。懐勘定と相談のおっかなびっくりの一流ホテル滞在だったが、元大公妃から没収した宝石も売り込む話を聞きつけたウエーターが、元大公妃にご注進に及ぶ。元大公妃の愛人で三十五歳になる伯爵が、元大公妃共々その財宝の返還を求めて訴訟を起こす傍《かたわ》ら、三人に財宝を折半する示談話を持ち掛けると、その電報に驚いた本国から女性の特命公使ニノチカ（グレタ・ガルボ）が派遣されてくる。

軍曹でもある彼女は、パリの文化に批判的で、表情や態度も硬く、取りつく島もなさそうだったが、地図を片手にエッフェル塔を訪ねようとする彼女を、素性も知らない伯爵が偶然街角で行き合わせて、道案内するようになったことから、頓珍漢な会話の中にも意気投合するようになる。彼の自宅を訪ねた彼女は、「愛とは生物学的見地からついた感傷的な名称に過ぎないから論ずるのはナンセンスだが、自然な衝動は誰にでもある」と言いながら、伯爵と唇を重ねる。立場の違いが分かった後も、二人の恋心は高まるばかりで、パリ風にドレスアップして仲の良いところを見せ付けられた元大公妃は、嫉妬のあまりその翌日、財宝の返還をあきらめる代わり、彼女たち一行がソ連に夕刻帰国することで妥協する。

伯爵は、彼女を追ってソ連に入国のビザを申請しても認められず、手紙を出しても戻ってくるか、検閲で内容はカットされるばかりで業を煮やし、例の三人の党員と計らう。毛皮など重要な取引のため送った三人が、仕事もせずコンスタンチノープルの夜の街を遊び歩いているとの情報が入り、事実確認を命じられて、外国には出たくないと言う彼女がしぶしぶ入国すると、三人は顧客拡大を口実にロシアレストランを開店していた。バルコニーには知恵をつけた彼がいて、二人はめでたく再会を果たし、生涯の愛を誓い合うのだった。

サイレントながらクレランス・ブラウン監督の『**肉体と悪魔**』では、「悪魔というものは、精神に影響力を行使できないとなると、絶世の美女を創造し、肉体を通じて入り込んでくるものだ」というモチーフそのままに、貴族の士官候補生と不倫の恋に落ち、決闘で夫を死なせ、彼女を巡り友情が引き裂かれて今度は親友同士が決闘に追い込まれるが、辛くも二人は解り合えたものの、自身は二人を止めに出かけた島で氷が割れて溺死してしまう、冷たい月の光のような美貌に輝く伯爵夫人として登場した二十二歳の頃とは比較すべくもないけれど、いささか花の盛りを過ぎた感もあるグレタ・ガルボが、このコメディ風の『ニノチカ』のはまり役だったかと言えば、首をかしげざるを得ないところもある。

次なる『**三文役者**』は、数学の公理にも等しい代表格とも言える脇役の名優殿山泰司の一代記を、共演することの多かった乙羽信子の舞台回しで、映画のカットシーンを挟んで綴った新藤兼人監督の作品だ。彼は、父親が産みの母親と離別して迎えた継母に反抗し、十代半ばから軟派な人生を送って映画俳優となるが、鎌倉に十数年も連れ添う飲み屋を営む糟糠の内縁の女がいながら、京都の喫茶店で一目ぼれした十七歳のウエートレスに強引に結婚を申し込む。意地になった鎌倉の女が婚姻届を出して女の子を養子にとると、赤坂のアパートで同棲するようになった気丈な彼女は、酒と女に明け暮れる彼を厳しく叱責し、時に自暴自棄になりかかる彼を力づけて励ます一方、嫉妬に燃えて甥を養子にとって鎌倉の女に対抗心をむき出しにする。**そんな二人の女を行き来する彼は、破天荒な生活で体調を崩して入院しても不屈の役者魂を発揮する。**病気すら跳ね返して撮影に臨んで国際的に高い評価を受けた台詞のない映画『**裸の島**』を始めとする数々の名作に殆ど脇役として出演し、二人の養子はそれぞれ結婚して親の務めを果たし、暇を見ては文章も書くようになって古希を迎え、最後まで監督からかかってくる電話に一縷の望みを繋ぎながら、依頼された仕事はよれよれになりながらも誠実にこなして、役者人生を全うするのである。**親の因果は子に報いと言われるが、彼もまた実の子こそないものの、二人の女の狭間で揺れた父親と似たような人生行路だった。**

あっと驚く陪審劇の結末

いずれも陪審員が参画する、裁判員制度を考える際の格好の映画として、『**十二人の怒れる男**』で一世を風靡《ふうび》したシドニー・ルメット監督の『**評決**』がある。

腕はいいが妻を亡くし、アル中で仕事がなく、事務所も荒んで、死亡記事を見ては葬儀に無理やり押しかけて、名刺を差し出しては追い返されている、初老の弁護士ギャルビー（ポール・ニューマン）を見るに見かねた後見役の弁護士が、仕事を回してやる。教会が経営する病院と著名な医師二人を被告とする、麻酔のミスで妊婦を植物人間にした事件で、病院側も高額な示談に応じるからと彼に勧められて、当初はその方針で向かったギャルビーだったが、決め手となる証人の医師から正義のため徹底的に戦いたいと鼓舞されて、アル中から立ち直る最後のチャンスだと思い直して、あえて裁判の道を選択する。気分も高揚し、実は後で相手方大物弁護士と通じていたことが分かって殴りつけることになるのだが、弁護士が夫だったと言う、当の本人も弁護士であるローラと酒場で知り合い、ねんごろになる。ところが、証人の医師が突然雲隠れしたため、期日の延期を願い出たものの、被告寄りの判事に断られ、示談に切り替えようにも足元を見られて、産科看護婦モーリンには証言を依頼しても、「弁護士など、人の気持ちも分からぬ金目当ての吸血鬼だ」とののしられ、「始まる前からもう終わりだ」とうなだれるギャルビーは、「評決が出るまで終わりじゃない」とローラに励まされる一方、「敗残者と心中する気はない」と突き放されてもいる。

代役に立てた七十四歳の黒人麻酔医の証言は、事件の真相を的確に言い当てたものだったが、相手方弁護士と判事に体良《ていよ》くはぐらかされ、後見役の弁護士と思いあぐねて調査を続けるうち、ギャルビーは受付係の看護婦に目を付けると、モーリンの居場所の手がかりを探り出し、偽名で電話をかけまくってようやく彼女を突き止め、飛び入りした彼女の証言から、医師が食事の時間を麻酔の一時間前から九時間前に書き換えさせていたことが判明する。改ざん前のカルテのコピーを提示すると、原本がある場合は証拠に採用できないと判事に却下され、前もって通告のなかった彼女の証言も陪審員は無視するよう判事に宣告される。万策尽きて最終弁論に立ったギャルビーは、陪審員に向かい、「私たちは、いつもどうしていいか分からず、神に祈るのみだ。自分を疑うことは、信念を疑い、社会を疑い、法律を疑うことだが、今日はあなたが法律だ。大事なのは不正を憎み、正義を求めるあなたの気持ちだ」と締めくくる。陪審員の評決は、全員一致の原告の全面勝訴で、賠償額も原告の請求を超えるおまけまで付いた。裁判が終わって一人になったギャルビーは、ローラからかかってきたらしき電話にも出ようともしなかった。

ギャルビーたちを力づけようと黒人麻酔医が述べた、「陪審員は賢明なもので、真実を見抜く優れた能力を発揮する」という台詞《せりふ》が耳に残る。

名作『**十二人の怒れる男**』の向こうを張って中原俊監督が挑んだ、日本人の日本人による日本人のための陪審劇に、『**十二人の優しい日本人**』がある。

こちらは、復縁を迫る離婚した夫に追い回されたため、突き飛ばしたところ、出て来たトラックに男がひき殺されたという事件で、その若い女性が有罪か無罪かを巡って、十二人の陪審員による白熱の議論が展開される。簡単に結論が出そうだった審理も、一人の男が有罪にこだわったため、次第に有罪、無罪と意見が入り乱れて錯綜した世界と化す。**各々の人間性や人生を抜きにして、人は意見を述べることができないものだ。**二転三転した結果、無罪に衆議一決するが、最後まで有罪にこだわった男は、妻と現在別居中で、夫を捨てる女に対する憎しみを人一倍強く持っていた。

ロバート・マリガン監督の『**アラバマ物語**』は、南部の黒人差別を告発する一方、精神的に病んで偏屈になった人間を温かく抱き取るような映画だ。妻に先立たれて二人の子供を抱える弁護士（グレゴリー・ペック）に、白人女性を強姦した黒人青年を弁護するよう判事から依頼がある。彼は、周囲の冷たい空気をものともせず、敢然と弁護に当たる。真相は、白人女性が黒人青年を引っ張り込んだものの、思うに任せなかったため、腹いせに事件に仕立てたものだったが、陪審員の判定は有罪だった。絶望した黒人は、護送中に逃亡を図って射殺される。弁護士の家の近くに、凶暴な奇人と恐れられて、隠れるように住んでいると噂される大男がいた。裁判が終わったハローウィンの晩、仮装して出て行った子供たちが襲われる。犯人は、弁護士に憎しみを抱いた白人女性の父親で、間一髪殺害して、子供たちを助けたのは大男だった。判事は事件を不問にする。どんでん返しすべき陪審劇の評決を判事が一部正した形となった。にこやかに子供たちと遊ぶ大男がどこか痛々しい。

娘が連れてきた婚約者が黒人（シドニー・ポアチエ）で、進歩的な新聞社のオーナー夫妻（スペンサー・トレイシーとキャサリン・ヘプバーン）が戸惑い懊悩《おうのう》するスタンリー・クレイマー監督の『**招かざる客**』も、ふと連想されてくる。そのアメリカは、二〇〇九年から黒人初のオバマ大統領の政権統治下にあったが、再び人種差別を巡って国内の対立が深まっている。

さて、ウーリ・エーデル監督の『**ＢＯＤＹ　ボディ**』は、天才的な悪女ぶりと奔放さを美貌のマドンナに託して描く一方、まとまった推理ドラマとしても出来映えのいい映画だ。

裁判の争点は、肉体を凶器にしてセックスで人を殺せるかにあった。心臓に持病があった老人の遺言で莫大な遺産を手にすることになった、元愛人の彼女が被告だった。愛情一途な関係だったと主張する彼女の弁護士は、彼女の魅力に取りつかれ、職業倫理を踏み越えて、ポール・バーホーベン監督の『**氷の微笑**』でシャロン・ストーンが見せた場面に優るとも劣らない、ベルトや手錠を使った彼女との異常な性に溺れて、妻子に見放されてしまう。実は、殺人の第一発見者の女性秘書も疑惑のコカインの吸引歴があって、その老人と愛人関係を結んでいたり、被告の彼女は以前も同じ心臓病の老人と愛人関係にあって、遺言を書き換えさせていたりしていた過去も明るみに出されて、事態が二転三転する中、巧妙に証人や証拠物を仕組んだ彼女に無罪の評決が下された後、因果応報のどんでん返しの最期を彼女が遂げるまでの展開は、見る者を引き付けて離さない迫力がある。

興味深いのはマドンナの熱演だ。舞台で見せる飛び跳ねた歌手のイメージはなく、魅惑的なボディと、殆どポルノに等しいような「艶技」を披露し、新境地を開いたかに思われたが、ラジー賞（最低主演女優賞）を呈される酷評だった。とは言え、「If your joy is derived from what society thinks of you, you're always going to be disappointed.」が信条ならば、世間の思惑などまるで眼中にはなかろう。

アガサ・クリスティの原作でビリー・ワイルダー監督の『**情婦**』は締め括りに相応《ふさわ》しい、まさに観客を唸らせる、女心の機微にも通じた傑作である。

口うるさい看護婦付きで退院した、心臓病を患う恰幅《かっぷく》のいい大物法廷弁護士ウィルフリッド卿（チャールズ・ロートン）の元に、街で見かけて近づいたフレンチという五十六歳の有閑未亡人殺害の容疑者にされた、職業を転々として四カ月失業中のヴォール（タイロン・パワー）が、事務弁護士に伴われて、法廷弁護の依頼にやって来る。医師から当面仕事を止められていた卿は、他の弁護士を紹介しようとするが、その後、事務所に現れたヴォールの妻クリスティン（マレーネ・ディートリッヒ）とやり取りをするうち、「夫は東独にいて、ヴォールは夫ではない」と言う謎めいた彼女に触発されて、看護婦の制止も聞く耳を持たず、禁止されていた葉巻も吸って、法廷に持ち込む魔法瓶のココアはブランディーにすり替えさせて、弁護を買って出る。

殺される一週間前にフレンチの遺言が書き換えられ、全財産八千ポンドの譲渡先がヴォールに変更されていて、九時半から十時の間とされる犯行時刻前の九時二十五分にフレンチとヴォールの二人の話し声をドア越しに聞いたとするフレンチの家政婦の証言を、卿は家政婦が国民健康保険に申請した補聴器がまだ届いていない事実を指摘して切り返す中、「献身的な身内の証言には、陪審員が懐疑的であまり価値がなく、外国人は法廷用語に弱いから、検事の罠にかかりやすい」と言って卿が証人に採用しなかったクリスティンが、何と検察側の証人として出廷してくる。

彼女は、女優歴を持つヘルム夫人で、「ヴォールとは式は上げたが妻ではなく、結婚証明書に記載の通り、東独に夫がいて、出征中のヴォールと知り合い、ドイツを出国したくて嘘をついて偽装結婚をしたものの、ヴォールなど愛しておらず、九時二十五分だったと警察に証言したヴォールの帰宅時刻は、実は十時十分で、袖口には血がついていて、殺人をしたと言っていた」と述べると、ヴォールは、被告席で「嘘だ」と叫んで頭を抱え、卿は「常習的な嘘つきだ」と彼女を面罵するより手はなかった。遺言が書き換えられた日、ヴォールが、旅行社に黒髪の若いべたべたの女性を伴って、豪華客船での海外旅行の相談に訪れていたことも明るみに出されて、形勢不利で最終弁論を迎える前夜、卿の元に、男を横取りされてクリスティンに恨みを持つ匿名の女性から電話があり、「裁判を覆《くつがえ》す証拠を持っている」と言うので駅で落ち合うと、殺人事件後、マックスという男性に宛てたクリスティンの本音を伝える手紙が提示されたため、四五ポンドで買い取る。「障害はなくなります。アリバイが証明できるのは私だけ」といった内容のその手紙が決め手となって、審理再開を申し出た卿は、クリスティンに有無を言わせなかった。陪審員の評決も、被告の無罪釈放だった。

しかし、卿は、どこか納得がいかないまま法廷に一人残って、魔法瓶を傾けようとしていると、クリスティンが現れる。「愛妻の証言は信用されない」と卿に言われたことを逆手にとって、全て自分が仕組んだトリックだったのだが、「ヴォールの他に男はいないし、彼を愛している」と彼女は告白する。そこに、「名女優だったよ」と言いながら、ヴォールが現れて、「騙《だま》したのは君だ」と怒る卿に、「もはや一事不再理で裁かれない。遺言で金はうなるほどある。クリスティンの偽証罪の弁護には五千ポンドだ」とあざける彼に、「また一緒になれる」とクリスティンがすり寄ると、ダイアナという、実は何カ月にもなる若い恋人とキスを交わしたヴォールは、「妻でもないし、年上だし」と居丈高なダイアナを伴って旅行に出かけようとする。「ドイツから助け出してやったのだから、これでおあいこだ」と言うヴォールに「棄てないで」と取りすがったものの、「殺人の共犯は、偽証罪よりもっと重いぞ」と突き飛ばされたクリスティンは、ナイフでヴォールを殺害する。

卿が言う「ヴォールを処刑した」クリスティンの弁護は、一部始終を見ていた卿が買って出る。保養地での静養をあきらめた看護婦は、「ブランディーをお忘れですよ」と、卿に魔法瓶を差し出す始末だった。**「劇」に付き物の演技に、何人も騙されてはならない。**

頑張る男と駄目男

いつの時代も頑張る男もいれば、駄目男もいる。

ヴェルナー・ヘルツォーク監督の『**フィツカラルド**』は、ロマンに挑戦する男の物語だ。横断鉄道計画が挫折して破産した製氷工場を営むフィツカラルドは、オペラに目がない。彼を支援する愛人の金満家（クラウディア・カルデナーレ）を伴いマナウスに出かけて魅了されると、イキトスに歌劇場を建てる計画の資金を得るため、彼女の援助で奥地を買い求めてゴム栽培に乗り出し、生ゴムを輸送する中古船をチャーターして航路を開こうとする。土地に入った証明がないと権利が消滅する法律もあって調査に出るが、インディオが待ち伏せて伐木で阻まれると、船を山越えさせて目指す流域に下ろす大工事を経て、目出度く帰還する。中古船の売り主が買い戻しを申し出てくれたため、マナウスのオペラの一行にイキトスへ来てもらう交渉も奏功し、船が歌劇場と化す中、彼は葉巻をくゆらせて満面の笑みを浮かべて胸をそらせる。破天荒な男を演じる役者の、ぼさぼさ頭で目が大きく、彫りの深い顔が忘れ難い。対照的に、マイケル・カコヤニス監督の『**その男ゾルバ**』は、父親が残した土地がクレタ島にあって閉鎖状態の鉱山の採掘を目論む独身作家に近づいて、雇ってもらった現実主義者の豪放なゾルバは、亜炭の採掘の坑道の補助に材木が必要だと、老いを吹き飛ばす闘志で森から材木を輸送する木組みのゲートを工作するが、不安定でたちまち崩壊し、嬉しいにつけ哀しいにつけ踊ったダンスを作家と興じて別れを惜しむ。

辛《つら》いことも多い人生だが、誰しも夢に希望を繋いで生きている。その夢にはいつの日か必ず現実が伴ってくる。その乖離の少なさが、成功者と言われる所以なのだろう。

『**市民ケーン**』は、とらえどころの難しい映画だが、若干二十六歳だった天才オーソン・ウェルズが主演し監督した作品で、アメリカ映画を代表する傑作である。

母の強い支配下で宿屋を営む家庭の一人っ子として生まれ育ったケーンは、雪が舞う外でそり遊びに夢中になるほど幼い頃、株で得た巨額な財産の管理を銀行に任せる際、母の断固とした方針で家族とも生き別れて人手に渡されて、アイビー・スクールを転々とした後、期限である二十五歳で独立すると、銀行側が期待する鉱山などではなく、新聞経営に興味を示し、財産をほしいままに事業に注ぎ込み、大立者にのし上がっていく。新聞の編集方針も、社会正義やゴシップなど庶民の関心を引くニュースを前面に出す挑戦的なもので、一躍寵児となったケーンは、州知事選にも出馬し、当選をうかがうほどの勢いを見せる。ケーンは、大統領の姪と離婚した後、普通の女性と再婚して一児を儲《もう》けていたが、彼の選挙キャンペーンでの汚職摘発のスローガンや選挙情勢に危機感を募らせた現職知事との裏取引を拒絶したため、歌手との情事を暴露されて、選挙は惨敗して政治生命を失い、妻も去っていく。

その歌手と再婚し、新聞経営の傍《かたわ》ら、今度はオペラ劇場やサナドゥと呼ばれた大邸宅に巨費を投ずるなど贅《ぜい》の限りを尽くすが、売り出そうとした歌手の舞台は酷評続きで、自信をなくして再起不能となった歌手も彼の元を去り、年老いたケーンは、バラのつぼみという謎の言葉を残して絶命する。その言葉の意味を探る企画が出されて、ケーンと縁の深かった人物が登場し、思い出を語る形で映画は進行するが、結局分からずじまいだった。主を失い、財産の整理が始まった大邸宅の暖炉には、バラのつぼみと書かれたそりの板がくべられていた。

結婚と離婚を繰り返して周囲に女性はいなくなり、選挙で求めようとした大衆の支持も得られず、子供の頃から一貫して孤独にさいなまれ続けながら、彼が渇望してやまなかったのは、母の愛に代表されるような、巨万の富とは対極にある無償の愛だったのではなかろうか。

バリー・レビンソン監督の『バグジー』は、砂漠の荒野だったラスベガスにカジノ付きホテルを開設して今日の繁栄の基礎を築いた、ギャングの夢物語と言ってよい。彼は、容赦なく相手の弱みに付け込んで非情にも命を奪うやり口で、仲間から抜きんでた存在となり、恐れられていた。その彼も、家庭では妻子を愛する良き夫、良き父親だったが、ハリウッドで見かけた女優に恋をして強引に言い寄り、ついに手中にする。しかし、恋の駆け引きの過程で一緒に見た夢を、多額の借財を抱えながらも実現させたその代償は、妻子との離別と、殺し屋の凶弾の犠牲になることだった。

さて、男の子の夢として、かつてはプロ野球選手が他に抜きん出ていたが、中でも偶像的な存在であるベーブ・ルースが最後まで執着心を燃やしたのは監督になることだった。

マーク・ティンカー監督の『**栄光の714本　ベーブ・ルース物語**』は、打席に立つ彼が様になっていて、その打球も迫真性に富み、大リーグというものを十分に感じさせられるカメラ・ワークに、彼の人となりがブレンドされて味わいがある。彼は、感化院の工業学校で神父から野球の手ほどきを受けて頭角を現し、ヤンキースに入団して大活躍するが、酒と女に目のない破天荒な日々が続いても、若さ故にグラウンドと何とか両立されている。やがてレストランのウエートレスと結婚し、成金趣味の暮らしをしていても、彼の気持ちは満たされない。結局、彼女の流産が引き金となって離婚するが、その間女優との恋が芽生えていたり、日頃の暴飲暴食がたたって腸の手術をし、グラウンドでは監督と衝突して出場停止を食らい、病み上がりに出てきて不振に陥ったりしながらも、彼はヤンキースの黄金時代の牽引力となっていく。オーナーの厳しい注文にも応えてワールド・シリーズも制覇するが、終生の夢だった監督になることはついに叶わず、五十代半ばにして世を去る。夢半ばの太く短い人生だが、これはこれで因果応報の帳尻は合っているような気もする。

バリー・レビンソン監督の『**ナチュラル**』は、父の手ほどきを受けた非凡な才能を開花させて野球選手になるため、シカゴに向かった青年（ロバート・レッドフォード）が、旅先で知り合ったギャングの女に突如ホテルで撃たれて夢が頓挫した十六年後、ニューヨークのナイツに入団して中年ルーキーとして大活躍するが、傷の後遺症で緊急入院して医師から命の保証はないと言われながら、逆転サヨナラ満塁本塁打を放って、ナイツ初のワールド・シリーズ出場へと導く。

勝負の世界に入れば、男は勝たなくてはならない宿命に置かれる。ソン・ヘソン監督の『**力道山**』は、「強い者はいつも寂しいものだ。人生は勝負だ」という力道山の言葉に始まる、フィクションを含んだ伝記映画だ。朝鮮出身のため当時の相撲界では大関昇進が叶わず、アメリカでの修業を経て、自ら創設した日本プロレスに活路を見いだしてその頂点を極め、テレビの寵児となって相手のラフファイトに耐えに耐えてから反撃の空手チョップで外国人レスラーを叩きのめす、「日本」の英雄が突然の死を迎えるまでを、空襲で出会った芸妓綾との愛が終わるまでのエピソードを挟んで描く。祖国にいた頃のように笑える生活を取り戻すには、成功するしかなかったというのだ。

シルベスター・スタローンが主演・監督した『ロッキー・ザ・ファイナル』は、『ロッキー』シリーズの完結編で、最愛の妻を失い、五十代となって妻の名を掲げたレストランを経営する、世界ヘビー級チャンピオンに二度も輝いたロッキーが、不完全燃焼の思いに駆られて、現役の若いチャンピオンに挑む。相手は、ダウンすら奪われたこともなく三十三戦負けなしで三十KOと無敵だったが、強すぎて人気は低迷し、興行も行き詰まっていた。世間の思惑など気にせず、ボクサーとして男のロマンを貫徹させたいロッキーは、リングで殺されかねない恐怖に、それ以上の強気で立ち向かい、厳しい鍛錬を再開させて迎えた十ラウンドをフルに戦い、ダウンを奪われて顔面に傷を負って流血しながら、相手に初のダウンを与える強烈なパンチを見舞い、最後まで互角に渡り合った判定は、いずれも九十五対九十四のスコアで、二対一でチャンピオンが勝利する際どいものだった。

それはそうであろう。映画の結末を構想する時、ロッキーがKO勝ちを含めて勝利することは、話が出来過ぎて現実味に乏しい。さりとて、現役チャンピオンの強打で早々とロッキーがマットに沈んで惨めな敗戦を迎えることは大いにあり得ても、これでは映画になりそうもない。とすれば選択肢はただ一つ、ロッキーがたじたじとなりながらも相手からダウンを奪うなどして、元チャンピオンの意地を見せ

て、これまでの『ロッキー』ファンに再び興奮と感動を与え、引き分けに近い判定に持ち込むほど大善戦して面目を施し、慢心する現役チャンピオンの肝を冷やすファイトで、ボクシングの頂点に立つ男とは何者であるかを、その凄さと共に身をもって教える筋書きだけであろう。妻の遺志を受け継いでくれそうな女性も登場して、ロッキーの懸命なファイトに声援を送っていた。

　ハロルド・ロイド監督・主演の『**ロイドの人気者**』は、無声映画時代のドタバタ喜劇だ。黒い丸ぶちのロイド・メガネの主人公が、大学生として入学を迎えるところから、映画は始まる。

　冒頭に「大学一の人気者になるのは、大統領になるより難しい」との名文句が出て、フットボールの選手となって人気を博そうとする、ハロルドの血のにじむような猛訓練が、面白おかしく繰り広げられる。しかし、所詮は雑用係で、正式のメンバー扱いされていないことを、彼は知らない。入学当初、食堂で席を隣り合わせ、パズルに夢中になっていたペギーに話しかけたことがあったが、何と下宿してみると、そこは彼女の家だった。そんなことから、彼のひたむきな生活態度に彼女はひかれて、雑用係扱いの話を聞いても彼には言わず、逆に力づける。新入生歓迎のダンス・パーティーでは、仮縫いのまま出た彼の洋服がはだけてお笑い種になるが、クローク係を務めるペギーとの愛は一層深まる。フットボールの大学対抗戦の大舞台で負傷者が続出する中で、ついに出番を与えられた彼は迷トライを決めて、大学一の人気者の地位を不動のものとする。威厳を保つため独身を通す大学学長が、ペーソスも感じられて、脇役ながら印象的でもあった。

　勝負事とは無縁な作家永井荷風の場合、見果てぬ夢はなかったのだろうか。表題の名作に、赤裸々にして克明な記述で趣のある『断腸亭日乗』を組み合わせた、新藤兼人監督の『**濹東綺譚**』で判断する限り、無念さは伝わってこない。荷風の熟年期から死ぬまでの色事に焦点を当てているが、体当たりで迫真の演技を見せる細面の新人を起用し、その痴情ぶりを遺憾なく描き、荷風ならではの虚無の世界を現出している。新聞に載った彼の写真を見た玉の井の娼婦たちが、こんな偉い人があの人であるはずがないと笑い合う場面が印象的だった。

野心をたぎらせて見果てぬ夢を追い続ける男がいるかと思えば、野心らしきものは持たず、分をわきまえて控えめで縁の下的な存在に甘んじながら、見事な軌跡を残す男もいる。『長い灰色の線』は、アメリカの陸軍士官学校の裏方として職業生活を全うした男の物語で、当時の学生がホワイトハウスの主となり、彼が招かれて思い出に浸るところから映画が始まる。彼は、一時期事務の手伝いをする程度で入った学校に、やがて住み込むことになり、敷地内に家をもらって結婚し、男の子が授かって学生の祝福を受けて喜んだのも束の間、その子を亡くし、妻に子供を望めなくなってからは、学生が彼の子供となり、親身に世話を続けた労苦に報い、学校が彼に行進の閲兵を許すところで、映画が終わる。涙を隠した男の人生をさりげなく描くジョン・フォード監督の腕がにくい。

ところで、**現代の若者は何事にもそれほど向きにはならないが、あっさりしているようで、どこかしたたかでもある。**織田裕二が扮する森田芳光監督の『**椿三十郎**』は、とぼけた味わいが面白く、俳優の持ち味が生かされている。『**椿三十郎**』と言えば、黒澤明監督作品にとどめを刺すが、探検隊の道案内に立ち、洞察力と知恵に優れて隊を助け、老いて隊長の家に寄宿するがなじめず、自然へ帰るも土産の最新式の猟銃が仇となり他殺される猟師の野性を描く『**デルス・ウザーラ**』や、原水爆におびえてブラジル移民にこだわり続ける工場主の頑迷に一家が振り回される『**生きものの記録**』のような極端さはなくとも、日本男児の骨太さを痛快に体現する三船敏郎にしか演じられない野放図で豪放な個性は、今風にコミカルな椿三十郎には望むべくもなくとも、相手の策略を逆手に取る知恵には、三船の場合意外性があり、凄みを伴ってなるほどと思わされるが、織田裕二の軽いノリにはこんなのもありかと許容してしまえる雰囲気がある。襲撃の合図の椿の花びらが、戦いの舞台となる隣家から続く小川の水面に浮かんで数を増して流れてくる場面は、モノクロとカラーの違いはあれ、心を騒がせる。藩で悪事を働く一派を一掃しようと、血気にはやる若者グループの助っ人を終えれば、行く手を阻む者は、お互いに認め合っていた敵の用心棒といえども一刀のもとに斬り捨て、組織に収まることなど眼中にない活人剣の風来の旅は、いつ果てるともなく続いていく。

『竹山ひとり旅』は、三味線の弾き語り高橋竹山の半生を辿った映画である。

彼（林隆三）は殆ど目が見えないが、将来を案ずる母親は彼に三味線を買い与える。それで身を立てようと弟子入りするが、師匠の意地の悪さに苦労する。放浪癖のある彼は、三味線片手に旅に出る。興行の一座に加わり、女との出会いもあって、決して暗いばかりではない。母親が心配して旅先に現れて、嫁をあてがったりするが、なかなか落ち着かなかった。既に子持ちの二人目の妻とは相性も合い、托鉢《たくはつ》の生活から足を洗って按摩《あんま》になることを勧められて学校にも入るが、教師と教え子との恋愛沙汰の尻拭いに巻き込まれたりして、結局学校もやめて、三味線弾きとして一本立ちすることになるのだ。ハンデを持ちながらいささかもハンデを感じさせない力強さを描いた、新藤兼人監督の作品である。

希望のあるところ道ありで、何人も弱音など吐いてはおれまい。頑張る男の筆頭にあげたくなるのが、ジム・シェルダン監督の『**マイ・レフトフット**』の主人公だ。

父親が失職して石炭にも事欠く暮らしの彼は、兄弟に石炭運搬車の後ろの止め金を外させ、こぼれた石炭を家に持ち帰らせて、母親から叱責されるほど知恵の回る子供だった。馬鹿にされる苦渋に満ちた日々を送りながら、彼を支えたのは生来の負けじ魂だ。脳性小児麻痺で半身不随だったが、母親の献身的な援護で左足を使って字を書けるようになり、得意の絵で個展を開くまでになる。女性専門医の機能回復訓練が功を奏し、言葉をはっきり発音できるようになって活動の幅が広がり、自伝を出版したことで有名になった彼が渇望していたのは、女性の愛、それもプラトニックを超えた肉体を含めた完全な愛だった。このため、女性専門医への愛が報われず狂乱状態に陥った後、気落ちしていた彼は、慈善の会合にゲストとして車椅子で出席した際、世話役になった女性に愛を感じると、送りに差し向けられた車も返し、しつこいくらいデートを申し込み、快い返事を求めて躍起になる。熱意が通じてデートが実現し、結婚した彼は四十歳になっていた。

男の中の男の登場といった感のあるフランクリン・J・シャフナー監督の『**パットン大戦車軍団**』は、第二次世界大戦で大活躍したアメリカの名将パットンの魅力溢れる大作だ。

パットンは、戦史に造詣《ぞうけい》の深い戦う詩人である。その見通しは的確で、戦術は時宜を得て、しかも勇気に満ちた堂々たるものだ。部下に求めるのも、厳しい戒律と訓練、それに怯惰《きょうだ》を許さぬ勇猛心だった。それが高じて、戦争神経症で入院中の若い兵士を叱りつけて殴り飛ばしたため、指揮権を取り上げられるが、「I don't measure a man's success by haw high he climbs but how high he bounces when he hits bottom.」と逆境からの復活を成功の尺度とするパットンは、歯牙にもかけない。連合国軍も戦線が困難を極めると、指揮を執れば連戦連勝の彼を切り札とせざるを得ない。パットンも大いなる歴史的使命が授けられているとの信念を譲らない。玉に疵《きず》なのは、直情怪行と強い自信と誇りがなせる率直な物言いだ。嫌味と受け取られかねないものやブラック・ジョークの類で、政治的な配慮を欠いた失言にも繋がりやすく、周囲も散々悩まされるが、戦術の冴えは相変わらず健在だった。ナチス軍に囲まれて孤立無援となった連合国の部隊の救出は不可能だと見られていたが、百マイルもの昼夜兼行の電撃攻勢で成功を収めている。戦争が終わり、自分の命よりも戦場が好きだった将軍は、栄光はうつろいやすいものだという言葉を残して去っていく。お供をするのは、ちょこまかと登場していた気の弱い愛犬だった。

映画は一貫して男性的なタッチで描かれて、ロマンスや家庭関係など一切出てこない。上杉謙信の如き軍神の権化のような存在だったのだろうか。あらゆるエネルギーを戦争に傾ける姿は、そんな疑問さえ許さない峻厳さだ。この映画は、人の上に立ち組織をまとめていく秘訣と、その際にしてはならぬことを教える。**歴史が人を求め、そして人が歴史を作る。あの時代だけ、あの場面だからこそ許されたパフォーマンスで、パットンは英雄たり得た。現代に生まれ合わせても、社会は特異な才能に活躍の舞台を用意できずに、市井の人として鬱々とした日々を送る他なかろう。**主演ジョージ・C・スコットの笑顔は、実に愛すべき味わいがある。アカデミー賞主演男優賞を拒否したというが、その一刻ぶりはパットンそのものだ。

ケン・ヒューズ監督の『**クロムウェル**』は、清教徒革命を指導し、国王を裁判にかけて首切りの刑に処したものの、その後の議会の腐敗に怒り、自らが養う新模範軍をもって議会を解散させて、護国卿となり五年間イギリスに君臨した彼を称《たた》えた映画である。

彼は武術にも優れたケンブリッジに本拠を置く領主であり、弁舌にも秀でて果断に満ち、勇気に溢れた人間として描かれる。国王は、即位してから十二年間議会を招集しないばかりか、皇后の進言を入れて、請願に及ぶ議員を反逆罪として逮捕しようとする。その一人に彼も含まれていた。彼は議会に諮り、人民の名において内戦を国王に宣告する了解を取り付けるが、国王との妥協に走る貴族が集めた連合軍の弱さにあきれ、鉄騎軍と称する精鋭部隊を組織して、国王の軍隊を打ち破る。国王は和平案を検討する姿勢を取りながら、裏では宗教的立場が違うアイルランドに援軍を求め、諸外国とも通謀を企てていた。激怒した彼は、国王を断頭台に送るのだ。沈黙すること六年、人民の代表であるはずの議会が私腹を肥やす巣窟と成り果てて、選挙も行わず議員の身分の延長を画策する動きにたまりかねて、彼は第二の鉄槌を振り下ろす。**人の世で王と呼べるのはキリストのみというのが信念だった。彼の死後三年にして王政復古となり、彼の屍《しかばね》は首をはねられる屈辱を受けたと伝えられる。悪党との評価もあるが、信仰が人を強くし、無限の力を与える実証例のようでもある。**

こうした骨のある男たちがいるかと思えば、上辺は強がる風であっても情けないくらいだらしない卑怯者もいる。ハワード・ホークス監督の**『暗黒街の顔役』**は、アル・カポネを始めとするギャングが全盛を誇っていた禁酒法時代の実話に基づいた映画だ。

ぐれたイタリア移民の若者トニーは、用心棒として雇われていたボスを、別のボスの誘いに乗って撃ち殺す。ボスが電話に出て無防備なところに付け込んだ卑怯な手口だった。警察に容疑者として差し出されるが、彼の弁護士が容疑のままの拘束は人身保護条例に触れると主張して釈放令状を突き付けたため、警察は悔し涙を飲む。そんな権利行使がまかり通るような状態だったから、その後のトニーの無軌道ぶりも推して知るべし。酒の販売拡張で邪魔になる別のグループに殴り込みをかけては、殺戮《さつりく》の限りを尽くす。報復合戦をトニーはしぶとく生き延び、地歩を固めて、ボスの女に手を出すようになる。自らの地位が女ごと危なくなったボスは、殺し屋を雇ってトニーを追い詰めるが、辛《から》くも逃れた彼がボスを消すやり口もまた狡猾だ。別の仲間に金を握らせて、自分が懐刀と一緒にボスの事務所に乗り込む頃合を見計らって、電話をかけるように頼んでおく。二人を前にボスが言を左右にしていると、電話が鳴る。ボスが電話に出ると、その直後に懐刀の銃が火を噴く。

ボスに上り詰めた彼の泣き所は、十八歳になる可愛い妹である。彼女は色気付いて男が欲しくてたまらないが、その都度トニーに引き離されてしまう。しかし、トニーが一か月ほど留守した間に、トニーの懐刀と同棲を始める。それを聞き付けたトニーはそこに乗り込み、丸腰の彼に銃弾を放つ。結婚の届けを出したばかりなのに、と妹は泣き崩れる。殺人の通報を得た警察が、放心状態で帰った彼の家を積年の恨みを晴らさんとばかりに取り囲んでいた頃、凄まじい形相でピストルを持った妹が、彼の前に立ちはだかっていた。しかし、引き金はついに引かれぬまま、二人は一転して警察に立ち向かう。

威勢よく機関銃を乱射するトニーだったが、流れ弾に当たって倒れる妹に、「死ぬな。自分一人になってしまう。怖い。一人では何もできないのだ」と弱音を吐く。妹は兄のだらしなさをつくづく軽蔑しながら、「殺された彼は違っていた」と言い残して落命する。警察に取り押さえられる時のトニーの態度もまた見苦しい。「丸腰だから撃たないでくれ。自分は一人では何もできない。このまま見逃してくれ」と逃げようとするところを、「丸腰でもお前は人を殺していたではないか」と銃弾を浴びせられる。登場人物は全員死んでしまったが、イタリア訛りの英語を喋る母親の嘆きが伝わってくるかのようだ。**「世界はあなたのもの」というクック旅行社のネオンが瞬《またた》いていた。**

にぎやかな家族であっても子供たちが大きくなれば、ジョゼフ・L・マンキーウィッツ監督の『**他人の家**』のように、兄弟は他人の始まりだと痛感させられもする。イタリア移民の父親が一代で財を成して、銀行家として大成功する。その父親から見れば、長男を始めとする三人の息子たちは物足りず、大して信を措かない待遇で、銀行業を手伝わせている。そこに、かつて家族のために泥をかぶって刑務所に入り、刑期を終えたもう一人の息子が帰ってくる。兄弟たちとの確執が生まれ、やがて父親が亡くなると、三人の息子たちは暴力を使って、もう一人の息子を排除するようになり、彼は相愛の女と共に新天地を求めていく。

類は類を呼ぶ類いで、弱い者は弱い者同士で結束し合うが、バーノン・ハワードは「A truly strong person does not need the approval of others any more than a lion needs the approval of sheep.」と述べる。**羊の群れには、彼らの承認など不要なライオンのような力強い未来は開けまい。**

駄目男でも頑張る男に豹変する場合もある。朝原雄三監督の『**武士の献立**』では、代々の庖丁侍の仕事に飽きたらずにいた剣術に長《た》けた加賀藩士（高良健吾）が、父親（西田敏行）が料理の達人として感服して娶《めあわ》せた春（上戸彩）に目を開かされる。夫が一人前になると、出自《しゅつじ》が武家に相応《ふさわ》しくないからと家を出た春を探し当て、愛を紡ぎ直し、父親を超える御料理頭に栄達する。

さて、**男がいれば女がいる。男と女には単に解剖学的に片付けられないような尋常ならざる相違がある。両者の間には越すに越されない深い河が流れていて、あえて向こう岸に泳ぎ渡ろうとして、溺れる者は後を絶たない。**その様を実見しようとすれば、渥美清が四十一歳から亡くなるまでの足掛け二十六年演じた哲学者然とした風格すらあるフーテンの寅さんの『男はつらいよ』シリーズ四十八作が欠かせまい。山田洋次監督の『**男はつらいよ　噂の寅次郎**』のマドンナ役は大原麗子で、離婚の話し合いが進められる中、寅屋に勤めることになる女性だ。寅次郎は、旅先で妹の夫の父親と一緒になり、恋い焦がれた女が死んでもその思いを断ち切れず、墓場を掘り返して二目と見られないうじ虫だらけの女の醜さを知った、今昔物語の男の話などを紹介されて、無常観を募らせていたところへ、旅の僧に女難の相があるなどと言われて、胸をすくめて帰って来てみると、美女とのご対面となって、お定まりの第二十二作目の物語となる。

無論、**そんなまだるっこい、やわなことなどしゃらくさいとばかりに、身勝手な男の論理で押し通す我利我欲の亡者もいる。**父親をモデルにした梁石日《ヤン・ソギル》の小説を映画化した崔《さい》洋一監督の『**血と骨**』は、激しすぎる内容の原作から推すと、どこまで映像化できるのか疑問に思ったほどだが、辣腕《らつわん》の実業家で、残忍冷酷にして乱暴狼藉と放蕩の限りを尽くし、多くの女に子を産ませた、金俊平（ビートたけし）の濡れ場や暴力シーンも、そのものずばりの迫真力に富むパフォーマンスで演じられていた。晩年に脳溢血で右半身が不自由となった時、これまでいいようにあしらって囲ってきた女に杖でめった打ちされて立ち去られる場面が印象的だ。それでも、どこまでもふてぶてしく生き延びようとするのだが、人の一生の行き着く先は棺《かん》を覆《おお》うまで分からないと改めて思い知らされる。

掉尾《とうび》を飾るビリー・ワイルダー監督の『**第十七捕虜収容所**』は、ナチスをからかう捕虜収容所のアメリカ兵の心意気を、あくまで明るくコミカルなタッチの中にも、祖国愛をたたえる形でまとめ上げている。舞台となる第四棟の捕虜の中に、実はナチスのスパイで、所長と秘密の文書を交換している警務係がいて、脱走を試みても秘密が漏れて失敗してしまう。商才にも長けて、鼠を使った競馬、密造酒の製造、望遠鏡を使ってのロシア女兵士のシラミとりの覗き等で、抜け目なく稼ぐ主人公ウイリアム・ホールデン扮するアメリカ兵が、仲間の妬みもあってまず疑われて、リンチを受ける。アメリカ軍の中尉が捕虜となって来るが、爆弾を敵に仕掛けた手柄話も所長に漏れて、監禁されてしまう。ナチスの見回り役の仕種を不審に思った主人公が、警務係との関係をついに見破り、いよいよベルリンへ中尉が護送される寸前に捕虜は一斉に決起し、警務係の素性を暴《あば》いた主人公は、彼が脱走したと見せかけて警備が気を取られる隙《すき》に、中尉を助けて共に脱出する。

やや斜《はす》に構えてはいるが、いざという時に頼りになるのは、往々にしてこうした一筋縄ではいかない人間であることを暗に教えてくれるような、諧謔とエスプリの利いた映画である。

泥棒の話

エドマンド・グールディング監督の『**グランド・ホテル**』は、ホテルで繰り広げられる悲喜こもごもの人生模様を活写した映画だが、期せずして泥棒が伏線となっている。所はベルリンである。

賭博で破産して追い詰められて泥棒に手を染める男爵（ジョン・バリモア）の転落物語を縦糸にして、人気が翳《かげ》って舞台に出るのが怖くなった高慢でわがままな落ち目のダンサー（グレタ・ガルボ）、倒産一歩手前の会社を再建するため合併に一縷の望みを繋いで必死に工作する社長、その社長に請われて交渉文書を口述筆記する速記者の女、その会社の自分を虫けらのようにしか見ていない社長の下で長年働き健康を害して病気休暇の身でありながら最後の贅沢をしようとホテルに滞在する経理マンの恋物語が横糸となって、相互に絡み合っていく。そんな彼らを突き動かしてやまないのは、地獄の沙汰も金次第と言われるように、金の力だ。男爵は、忍び込んだダンサーの部屋から真珠を盗むものの、彼女の美貌に魅せられて、初老と思《おぼ》しい年頃ながら、本物の恋に落ちて真珠を返し、男爵に応じた彼女も恋の翼を広げて、舞台にも再び意欲を燃やしていく。その男爵には速記者の女が一目ぼれしていたが、彼女には二十八年女房一筋だった社長が食指を伸ばし、合併話に事寄せてイギリスに同行してもらいたいと申し入れて、生活のため承諾した彼女に、さっそく隣に部屋まで用意して関係を迫ると、自分の部屋に人の気配がして戻ってみれば、男爵が財布を盗もうとしていて、殴りかかったところがそのまま男爵は死んでしまう。この期に及んでも、事を隠蔽《いんぺい》させようとする社長に愛想を尽かした彼女は、男爵がかつて憐れんで、踊ってやるようにと言われて相手をして喜ばれた経理マンの部屋に駆けつける。彼は、男爵の手引きで手持ちのお金をビギナーズ・ラックのカード賭博で勝ちまくって大幅に増やして膨らんだ財布を落としてしまったと悲嘆にくれていた時、素知らぬ顔で盗み取っていた財布を不憫に思って彼にさりげなく返してやる男爵の、社長とはまるで違う優しさに感じ入っていた。社長は逮捕される。速記者の女からパリに一緒に行こうと勧められた経理マンは、病は気からであるかのように、すっかり元気を取り戻して、ホテルから出ていく。ダンサーには、男爵が死んだことは伏せられて、彼がもう旅立ったことにして、彼女は次の公演先のウィーンへと向かっていく。**こうして人は去り、入れ替わるようにまた新たなドラマを演じる人がホテルに入ってくる。彼らの中に泥棒がいるかどうかは定かではない。**

　こうした俄か泥棒とは違って、本物はやはり違う。キャロル・リード監督のミュージカル**『オリバー！』**は、実は泥棒の物語でもある。孤児のオリバー・ツイスト少年は、お代わりを要求しても食物にも事欠く孤児院を出されて葬儀屋に売られ、そこでも騒動を起こして虐げられて逃走したロンドンで、少年たちの泥棒団の仲間に入れられる。スリの初仕事に失敗してつかまっても、仲間のことを話さず判決に服そうとしたところ、真犯人は別の二人の少年だとの証言があって無罪放免となり、その見上げた態度に感心した被害者たる原告の紳士が自宅に連れ帰る。

しかし、オリバーから一切が明らかにされて手が回ることを恐れる泥棒団が、すりとして育てられた酒場の女ナンシーを手先に使ってオリバーを取り返し、オリバーはまたその一味にさせられたものの再び失敗し、オリバーの将来を思ったナンシーが文字通り決死の覚悟で紳士に真実を伝えに行き、真夜中の橋の上でオリバーを返すことを約束して帰ろうとする。ところが、そうはさせまいとナンシーの恋人の悪《わる》が二人の前に立ちはだかり、ついにナンシーはその悪に殺されて、追手が迫る中、泥棒団は一斉に隠れ屋を引き払い、老いた頭目は老後のためにと秘蔵していた宝物の箱を溝に落として全てを失い、オリバーをおとりとした悪もついに射殺される。オリバーは、孤児院で未婚のまま彼を出産した娘の恋人らしきその紳士の元に戻り、希望を失いかけた頭目の前にはすりの少年が現れて、落ち着くところに落ち着いてフィナーレを迎える。これを適材適所と言うのであろうか。

『足にさわった女』は、美人のすり（京マチ子）と彼女を追いかける若い刑事（ハナ肇）との心の絡み合いを描いた増村保造監督の喜劇である。列車内で美人のすりの色香《いろか》に迷わされて懐中物をすられる社長、そのすりが老女を親切にかまっているうち、逆に財布を抜き取られる一幕《ひとまく》に加え、犯罪小説を書く五無と名乗る小説家（船越英二）が登場し、下心も空しく彼女に一杯くわされて金を巻き上げられるなど、どこにでもある男女の騒動も並行して繰り広げられていく。その度に休暇中なのに列車に乗り込んだ刑事が走り回っては、弟（大辻伺郎）とぐるになって騙《だま》す美人のすりの手口に歯ぎしりすることになる。結局、法事に帰ったすりの故郷の厚木は、自衛隊の基地となって当時の面影すらなく、すり仲間の叔母に会う程度で大阪に帰ることになるが、帰りの列車では追いつ追われつが恋心に変わった刑事と一緒の道中となるのだった。

『**好人好日**』では、泥棒に文化勲章が盗まれる。浮き世離れした風変わりな大学教授と、その娘の心の通い合いを中心に描いた渋谷実監督の喜劇的な映画だ。数学で文化勲章を貰っているところを見ると、モデルは岡潔と思われる。笠智衆が好演して、岩下志麻がその娘役で初々《ういうい》しいところを見せ、婚約者には川津祐介が出ていて、ドタバタに堕さない範囲で明るい笑いを誘ってくれる。

嘘は泥棒の始まりなら、アカデミー賞に輝いたポン・ジュノ監督の『**パラサイト　半地下の家族**』の家族詐欺団も立派に資格がある。留学する友人の代役で、社長一家の豪邸に学歴詐称して英語家庭教師に入った息子は、人のいい奥さんを手玉に取り、妹を美術の家庭教師に招じ入れ、運転手や家政婦を追い出すよう仕向け、後釜に父母を据える。一家の留守中に贅沢気分に浸るが、地下室に夫を匿《かくま》っていた家政婦が再来すると、事態は暗転する。息子にキレたその夫は彼に重傷を負わせ、ガーデン・パーティーに刃物を持って乱入し、妹が犠牲なると母が辛くも報復するが、父は自分たちの臭いに嫌悪感を示す社長に向けた階級間の憎悪が募って衝動的に刺殺し、地下室に姿を隠して事件は迷宮入りとなる。

親ならば、苦境に立つことがあっても、子供の前ではいいところを見せたい心理が働くものだ。そこから座視できない悲劇が生まれることもある。ヴィットリオ・デ・シーカ監督の『**自転車泥棒**』は、そんな思いが切ないまでの作品である。職安通いをしながら二年間まともに仕事に就けなかった男に、ようやく仕事が斡旋《あっせん》される。市役所から出されたビラ貼りの求人で、自転車を持っていることが条件だった。小さな息子と赤ん坊を抱えた男は、生活費のため自転車を質入れしていたが、妻がやむなくシーツを売って換金して自転車を取り戻し、待望の仕事にありつく。待遇も良く、張り切って出かけたその日、路上に置いていた自転車を若者に盗まれてしまう。警察に行ってもらちが明かず、息子を伴って翌朝市に出かけて、盗難品に目を凝《こ》らすが、老人と話し込む若者とその自転車に気づいて追いかけるが、また逃げられる。老人にしつこく付きまとって、若者の居場所を突き止めるが、若者は不在で手がかりも得られない。職があるというお告げが当たったからと信心して通う妻に、そんないんちきを信じるのは金を捨てるようなものだと諌《いさ》めていた男が、その女の元に出かけて、うせ物はすぐに見つかるか、あきらめるかだが、よく探せとのお告げを聞いた矢先、若者と道でばったり出会って追い詰めると、周辺の住人を巻き込んだ騒動となり、息子が呼びに行った警官から盗みの証拠や証人を問われて、男は窮してしまう。絶望した男は、息子を先に帰し、民家の自転車をかっさらおうとすると、泥棒と騒がれて警察に引き渡されようとするが、現れた息子の手前を慮《おもんぱか》って放免されて、息子の手を引いて共に泣きながら雑踏の中に入っていく。

中には、泥棒や強盗の仕業に見せかけて他人に罪をなすりつけるウッディ・アレン監督の『**マッチポイント**』のようなケースもある。テニス選手に限界を感じてテニスクラブの指導員に転じたアイルランド出身の男は、上流階級の同年輩の青年のコーチをするうち、オペラ鑑賞に誘われるようになり、その場で彼の妹に一目ぼれされて結婚に至り、定職も与えられる。その一方で、女優志願の青年のフィアンセの官能的な容姿に魅せられて、人目を忍ぶ仲となり、青年と結局別れた彼女と再会すると、逢瀬を重ねる。彼女が妊娠して男に付きまとうようになると、彼女のアパートの隣室の老婆を義父のショットガンで殺害して物取りに見せかけ、そのまま帰りを待ち伏せて彼女も銃殺する。彼女の日記から疑いを抱いた警察の聴取には、単なる浮気相手だからこの場限りの話にして欲しいと白《しら》を切る。証拠物件はテムズ川に放り投げるが、老婆の指輪がガードに当たって路上に落ちる。これがまさに運の別れ道だった。それを拾ったヤク中毒のジャンキーが仲間に殺されて、夢のお告げで真相を探り当てた刑事も矛を収め、男は思惑通り上流階級の一家の一員に止まり続けるが、不妊治療の成果で男の子に恵まれたお披露目の席でも、一人その顔は浮かない。男が読んでいたドストエフスキーの『罪と罰』が暗示的である。

『大いなる遺産』も、**『オリバー!』**と同じく英国の文豪デッケンズ原作だが、盗みが絡んでいる。父母の墓参りを欠かさない少年ピップは、鍛冶屋の姉夫婦の世話を受けていた。ヒップは墓地で大男の脱獄囚に脅されて、家から盗んだパイと酒と鎖を切るやすりを与えて便宜を図るが、結局捕えられた大男は、ヒップと養父ジョーにパイと酒を盗んだと謝りながら、囚人船に護送されていく。

ある日、土地のお屋敷からピップを寄越すよう話があり、高慢で美貌の小娘エステラに迎えられて入った館の時計は止まったままで、長い間太陽の光も見ず生きてきた老女が住んでいた。翌週また訪ねると、蜘蛛の巣だらけの部屋にはウェディング・ケーキが置かれていた。二十五年前結婚式に花婿が現れなかったショックで、時間はそこで止まってしまったのも同然なのだった。館にいた少年に挑発された殴り合いに勝ち、ピップはエステラから頬にキスを許されたりもしている。

姉が病気で亡くなり、後妻が来て仲良しになるが、男に復讐するため養女として育てられていたエステルは、レディー教育を受けにフランスに旅立つ一方、ピップは、老女の車椅子を押す役目になり、紳士になりたくて仕方がなかったが、十四歳で鍛冶屋の見習いとなって六年目、ロンドンの弁護士がピップの身元引受に訪ねてくる。ピップが莫大な財産の相続者になったので、相応《ふさわ》しい教育を受けるよう、匿名のその人物から注文がついたのだ。弁護士から手当をもらっての下宿生活で相部屋となったのは、館で殴り合ったハーバートだった。二十一歳になり気取り屋の紳士になったピップは、老女が会いたいという伝言を携えてきた貧乏たらしいジョーを邪険に扱い、良心の呵責《かしゃく》を感じてしまう。館を訪ねると、エステラが見違えるほど大人の女性になっていた。「たとえあなたを踏みにじっても、あの子を愛してやって」というのが老女の願いだった。老女の工作で社交界にデビューしたエステラは、多くの讃美者を得て老女に報告の手紙を書くが、家柄が良く財産家でも嫌われ者のドルムロが彼女にご執心で、交際が深まっていく。とある嵐の夜、ついに囚人がピップの前に正体を現す。これまでのことは、オーストラリアの牧場で巨万の富を得た彼が、匿名で恩返ししたものだった。弁護士から警告されていたイギリスに入国すれば重罪になるその囚人を、ピップとハーバートは匿う。一方、エステラのことを案じて老女の館に行ったピップは、彼女が結婚すると聞かされて帰る矢先、暖炉の火が燃え移った老女の悲鳴を聞き、駆け付けたが遅かった。ピップたちは、仲間の密告で追われる囚人をオーストラリアに脱出させるため、ボートや切符を手配するが、ついにとらえられて、縛り首の判決が下される。実は囚人が打ち明けてくれた年格好の娘に相続権が渡るはずなのだが、後難を心配する弁護士は慎重だった。その娘が囚人と家政婦との間に生まれたエステラだった。容態が悪く病院に移された囚人を見舞ったピップは、耳元でエステラを愛していると囁いて彼の死を見届けた後、街で倒れて意識不明に陥るが、ジョーの家で看病されて回復し、売家と書かれた館を訪ねると、彼女の身の上を知ったドルムロに婚約を破棄されたエステラが主となっていた。「ここは死の館だ」と言って陽の光を入れ、愛を語り抱き合った二人は手を取り合って館を飛び出す。さて、大いなる遺産とは何を指すのだろうか。デビット・リーン監督の作品である。

信頼あっての人生

人の世は、どこまでいっても人間との付き合いだ。人間という言葉に当てられた漢字が意味する通りに、人と人との間に生を享《う》けて、その中を泳ぎ漂うのが、人生というものなのだ。だから、話題となれば、人物の品定めから諸々の事象に至るまで、人間同士の価値判断や受け取り方がその全てだし、いかなる偉業であれ、いかなる仰ぎ見るような大人物であれ、浮き世限りの約束事の中における、相対的な域を出ることはない。しかも、人間は、食べては排泄し、性に生き、子々孫々までの繁栄を願い、なにがしかの活動を通じて生活の糧を得て、とにもかくにも命を繋いでいかなければならない存在でもある。霞を食って生きる仙人の境地に近づくことはできても、人間は己の生理的側面から逃れることはできず、何人たりとも営々とした日々の暮らしを免れ得ない。たとえ玉座に上り得たとしても、モンテーニュの箴言になぞらえれば、座っているのは自分の尻だという訳だ。

そんなところから、厭世的な考え方も生まれるのだろうが、夏目漱石の『草枕』の冒頭の一節にあるように、「智に働けば角が立つ。情に棹させば流される。意地を通せば窮屈だ。とかくに人の世は住みにくい」のだろうけれど、「人の世を作ったものは神でもなければ鬼でもない。（略）ただの人が作った人の世が住みにくいからとて、越す国はあるまい」ということになる。ならば、人間にどこまで信頼を寄せた生き方ができるか、そこに幸不幸を分ける鍵が隠されているように思われるのだが、そうした信頼の上に立った人生の悲喜こもごもについて、映画を題材にとってみよう。

『オペラ・ハット』は、フランク・キャプラ監督のおなじみのコメディ・タッチの人情劇である。**一作一作演じる俳優は違うというのに、どうしてこうまで同じ味わいの映画を作ることが可能なのだろうか。**この映画では、田舎に住む青年に思わぬことから莫大な遺産が転がり込んで、その遺産引受けの条件から、ニューヨークの邸宅に住むことになった彼は、やがて新聞社の報道競争のため、彼に接近してきた女性記者に思いを寄せるようになる。シンデレラ・マンなどと、彼女は彼を揶揄《やゆ》した記事を書いたりするのだが、彼女も彼の汚《けが》れのない真っ直ぐな人柄に魅せられていく。しかし、彼を誹謗する記事を書いたのが彼女だと告げ口された彼は、大都会の暮らしにすっかり幻滅して田舎に帰ることを決意し、莫大な財産を救貧事業に全て投じようとする。そうはさせまいと周囲は彼を精神病に仕立て上げて入院させ、禁治産者の宣告のための裁判にかける。彼女を含めて次々と彼に不利な証言がなされていく中で、誤解を解こうと裁判長の制止を振り切って思いの丈をついに述べるに至った彼女の勇気に力を得た彼は、**『スミス都へ行く』**での青年議員の熱弁さながらに、ユーモアたっぷりの反論を辛辣《しんらつ》に展開する。その甲斐あって、圧倒的な傍聴席の貧しき人々の歓呼の声に応えるかのように、彼は勝訴し、しっかりと彼女を抱き取るのだった。青年を二枚目のゲーリー・クーパーが演じ、相手役のジーン・アーサーは、この監督御用達《ごようたし》の主演女優だ。人生と人間に無限の信頼を寄せたくなる映画だ。**愛は偉大である。その愛も人間信頼あってこその果実であろう。**

『**二本の桜**』は、伊豫田静弘演出によるテレビドラマだった。銀行の重役コースを袖にして、支店長を最後に造園業に踏み出し、子供の頃からの夢を叶える男の物語である。兄の植木職人との二人三脚による再出発だったが、妻や結婚間近の娘の落胆は大きかった。しかし、彼は強い意志で、安定経営に乗り出していく。彼を慕って女性行員がおしかけ社員になるところも、心打たれる。まさに人生意気に感ず！であり、人間到《じんかんいた》る処青山《ところせいざん》ありなのだ。兄が認知症の症状を示し始めるなどの曲折はあるが、逞しくライフワークに懸けていく。二本の桜の木が、訪れる都度、無言のうちに励まして、行く末を温かく見守ってくれているかのようである。

スタンリー・クレーマー監督の『**手錠のままの脱獄**』の設定は、白人と黒人の囚人が、輸送車の転落事故の際に二人繋がれた手錠のまま脱走する。人種偏見もあり、仲の悪かった二人だったが、助け合わざるを得ない状況に追い込まれる生活が続くうちに、次第に信頼し合うようになる。

逃亡に逃亡を重ね、ある一軒屋に辿り着くと、夫に逃げられた女がいて、ようやく二人は手錠から解放される。女は負傷していた白人の看護に当たるうち、その白人に自分の将来を預けたい気持ちに誘われる。女に、逃げようと持ちかけられた白人は、土壇場のところで、黒人を置いていく訳にはいかないと突き放す。追っ手に迫られた彼らは、鉄橋を走る貨物列車に飛び乗ろうとする。ぎりぎりのタイミングで、黒人が飛び乗ったのに引き換え、白人はあと一歩なのだが、黒人の手に掴《つか》まったまま、列車に飛び乗ることができない。やむなく二人は、逃亡するのをあきらめ、再び囚人の身となる。いったん築かれた男と男の信頼関係の貴さと重さを教える名画である。

『**昼下がりの情事**』は、ショッキングな題名ながらしゃれている。オードリー・ヘップバーン主演の恋愛コメディで、監督がビリー・ワイルダー、相手役のプレイボーイ実業家フラナガンにゲーリー・クーパーという豪華キャストだ。映画は、舞台となるパリ中で繰り広げられる様々なキスシーンから始まる。そこには純愛もあれば、許されぬ恋もある。主人公の娘アリアーナの父親は、男女の素行調査を専門とする探偵という設定である。まさに調査の信頼性を売り物にしている訳だ。

依頼人の間男された男が逆上し、フラナガンの密会現場のホテルにピストルを持って乗り込んでくることを立ち聞きした彼女は、バルコニーから現場へ忍び込んで、相手女性の急遽《きゅうきょ》身代わりとなってその場をしのいだことから、二人の奇妙な交際が始まる。音楽院の学生で、父親の監視も厳しい彼女が、チェロを抱えてホテルに通うのは、もっぱら昼下がりのひと時だった。フラナガンは楽団付きで彼女を迎えて、キスとダンスに酔う二人のＢＧＭに、「魅惑のワルツ」のヴァイオリンの調べが奏でられる。彼女は名も明かさぬまま、男性遍歴を自慢気に話すのだが、どれもこれも父親の資料を盗み読んで知ったものばかりだ。しかし、彼は次第に真に受け始め、嫉妬のあまり、偶然サウナで再会した例の間男された男の紹介で、彼女の父親に探偵を依頼する。フラナガンの交際相手が自分の娘だと知った父親は、彼にパリを即刻立ち去るよう求め、同意した彼は、彼女と駅で別れる。別れても恋人は他にたくさんいると、相変わらず強がりを言い張ってはいても、プラットホームを歩き続けて見送りをやめない彼女に、ついにいたたまれなくなった彼は彼女を抱き上げて、二人は車中の人となる。それを遠くから見届けた父親は、満足気にほほえむのだった。彼女は十九歳、彼は五十歳前後といったところだろうか、年の差はかなりのものだが、二人はやがて結婚という名の終身刑となったとコメントが出て、この名作は幕となる。

人を信じることにかけては、この映画も一歩も引けを取らない。ロン・シェルトン監督の『**ブレイズ**』

は、州知事とストリッパーとの、哀愁漂う恋物語だ。ストリッパーの振出しは、食べ物屋の手伝いだった。国を出る時の母親の教訓は、「自分を信じろと言う男には、気を付けるのだよ」の一言だったが、彼女の魅力的な容姿に目をつけた男が、食べ物屋のカウンター越しに、彼女にこう誘いかける。「今ここの収入が週三十ドルなら、自分の所に来れば、一日三十ドルに綺麗な洋服を付けてあげる。私を信じろ」。彼女が承諾し、ブレイズ・スター（輝く星）と名乗り、綺麗な服を着て楽器を手にステージに上がった所は、ストリップが売り物の酒場だった。「話が違うわ」と、退場しようとする彼女を、男は、「彼らは朝鮮戦争に出征し、明日は生きて帰れるか分からない若者たちへの餞《はなむけ》に、君の素晴らしい胸を見せてやってくれ。国家のために」と説得し、舞台を続けさせる。舞台が終わり、関係を迫る男から逃げ出して、そして九年後、彼女はストリッパーとして今や押しも押されない存在になっていた。そこへ、ポール・ニューマン演じるルイジアナ州知事が客として登場し、彼女に一目ぼれして、二人の恋に発展する。老知事は、「人のパンツの中まで探りを入れようとする」記者の目を避けながら、彼女とのベッドもこなすタフネスぶりだ。しかし、黒人に公民権を与えようとする動きに理解を示す知事への反発とも相まって、女性問題が選挙戦を迎えた知事に有利に作用するはずがない。見事最下位での落選となってしまう。知事は彼女に求婚し、二人は一緒に暮らすようにはなるが、過去の遺物と自嘲する彼を元気づけようと、彼女は連邦議員選挙に彼を担ぎ出すことを画策する。民主党の資金の援助もなく、苦戦を強いられていたが、公然と彼女との関係を認めた捨て身の選挙戦で、劣勢を跳ね返して当選する。しかし、投票日に心臓発作で倒れ、人目を避けてホテルで静養していた彼の元に、朗報が届けられた時、既に彼は事切れていた。いまわの時に、「結婚してくれる?」という彼女の問いかけに、彼の答えは「自分を信じろ」だった。こうした人間としての生き方に正直な人情味溢れる政治家がいて、それを選ぶ国民がいる限り、アメリカの民主主義は死なないと感じさせられた。選挙は西部劇の果たし合いではないのだから。

ところが、アメリカの政治には、手放しでは喜べない暗部もある。『JFK』は、今なお謎に満ちているケネディ大統領の暗殺をテーマにして、当時の場面とその後とを白黒とカラーで対比させて描いた、オリバー・ストーンの監督作品である。際どい勝利の末に大統領に選出されたこともあって、国論が進歩派と保守派に二分される中で、黒人の公民権運動に理解を示し、ベトナム戦争の終結に意欲的な姿勢をとるケネディは、保守派の一部からは、アメリカ経済社会の安定を損なう危険分子と見られていた。暗殺の背景を探る手掛かりとなる関係資料は、二〇三八年まで封印されているが、ケビン・コスナー演じる敏腕検事が、この暗殺事件が絡んだ裁判で、国家的なクーデターにも似た上層部の策謀があったことを告発しているが、判決は無罪だった。選挙民に笑顔で応ずるケネディの姿がどこか痛々しく、段々と正視に堪えられないような気分にさせられてしまう。

「信なくば立たず」と言われる政治の要諦の振り出しは、家族関係にある。

『疑惑の影』は、アルフレッド・ヒッチコックの監督作品だ。真向いのアパートの窓を眺めて暮らす足を骨折したカメラマン（ジェームス・スチュワート）とその恋人（グレース・ケリー）が夫の妻殺しを嗅ぎつける**『裏窓』**、実は心臓の発作で死んだハリーの死体を、うさぎ狩りに出かけて発砲した船長が、スケッチをしに来た画家と図って現場に埋めたものの、自分が殺したのではないかと疑心暗鬼が募り、新婚初夜に姿を見せなかったため見限っていたのに突然訪ねて来た夫を牛乳瓶で殴りつけた妻（シャーリー・マクレーン）、襲われそうになって靴のかかとで男を殴った四十二歳のミスが三つ巴となって、掘り返してはまた埋めて、結局元の死体のまま森に放置される『ハリーの災難』、国家反逆罪となった父が亡くなった知らせを受けても悲しむ風でもなく気持ちの切り替えの早い娘（イングリット・バークマン）に、汚名をそそぐための彼女の行動だったのかと疑わしくなるほど、長いキスシーンが際立つ『汚名』、シャワーを浴びる女性にナイフをかざした人影が襲いかかる猟奇的な『サイコ』、急に舞い降りてきた一羽のかもめが女性の額を傷つけてから夥《おびただ》しいまでのかもめの来襲へと発展する『鳥』などの名作と比較すると、平板な感じは否めない。

主人公（ジョゼフ・コットン）は、東部で三人の未亡人殺しを重ねて金品を巻き上げている男だが、その男に疑惑を持つ姪との、身内故の心理葛藤劇でもある。彼は犯行後、高飛びを企てて、その地をカリフォルニアに住む姉の所に定める。羽振りがいいので、大歓迎される中にあっても、新聞を抜き取ったりする彼の挙動を不審に思った姪は、町の図書館で見た新聞で、犯人捜しが難航している記事を見つける。そして、彼の背後には、彼を追って、刑事がカメラマンと連れ立って来ていて、国勢調査という名目で、彼女の家に入り込んで、内偵を続けている。しかし、決定的証拠を掴み切れずにいるうちに、「真犯人」が東部で逮捕される。主人公は、それでも倦《う》むことなく、「知りすぎた女」となった姪の殺害を企てる。いずれも失敗した後、最後に試みたのは、見送りに来た彼女を別れ際に列車から突き落とすことだったが、逆に彼女に突き落とされてあえない最期を迎え、郷土の「偉大な男」の敬称を贈られて葬られる。**世の中を醜いものと決めつけて、人を信じられなかった男の悲劇だった。「世の中は醜いものでもないよ」と言う、彼女と結婚することになった刑事の台詞《せりふ》は、そのまま犯罪者と普通の市民を隔てる分水嶺でもあるような気がする。**

シェカール・カプール監督の『**サハラに舞う羽根**』も、人と人との信頼が崩れてしまった場合の、その後の関係の修復の容易でなさと、犠牲の大きさを考えさせる秀作である。

イギリス軍の若い中尉ハリーが、軍の高官の娘エスネと婚約し、相思相愛の二人の幸せが絶頂にある時、皮肉にも軍のスーダン派遣が決定される。**ハリーは、結婚が間近であるという理由からではなく、そもそも軍を好きで志願した訳ではなかったことに思い至り、除隊を申し出る。**仲間からは、臆病者の代名詞である白い羽根が送り付けられてきた。その中には、婚約解消のやむなきとなった彼女から送られた羽根も混じっていた。**臆病者の烙印《らくいん》を押されて、世間をはばかってロンドンを離れたハリーが向かった先は、軍が目指す同じサハラ砂漠だった。**

ラクダに単身揺られているうちに疲労困憊して、彼が助け出された部族は、イギリスと敵対中だったが、その部族にいて逞しさを増したハリーは、イギリスの将軍の下で働いたこともあるという原住民アブーにも守られて、彼と二人三脚で、イギリス軍の犠牲が少なくなるよう密かに工作し、戦場を命懸けで駆け巡る。軍のかつての仲間の多くが戦死し、親友だったジャックは、戦禍で失明するが、イギリスに戻ると、エスネと婚約する。やがて、ハリーもエスネと再会するのだが、覆水はもはや盆に返らない。**「これからは、神の示される道を行くよ」と達観するハリーだったが、こんな苦労や不首尾を重ねることになるくらいなら、最初からすんなり従軍していれば、万事収まったはずだ。**

物事は、ほんのはずみや一時の気まぐれやタイミングの違いで誤解を招き、勇者と臆病者との分水嶺になってしまったりするもので、世の中はつくづくままならないものだ。

ヴィンセント・ミネリ監督の『**炎の人ゴッホ**』では、牧師の家に生まれたゴッホ（カーク・ダグラス）

が教会の牧師として赴任するところから始まる。彼は説教が大の苦手で、天職は別にあるはずだと牧師を辞めて、家に戻ってしまい、自然に触れて絵を描くことに光明を見いだす。やがて、彼の家を訪ねて来た従姉妹に求婚し、執拗に返事を求め、先方の両親の前で手を蝋燭《ろうそく》にかざして、従姉妹に会わせるよう強要するなど、晩年耳をそぎ、精神病院で死亡する末路を思わせるのに十分な雰囲気を漂わせながら、超人的とも言える集中力で風景画を中心に名画を量産していく。従姉妹にふられた腹いせに娼婦と同棲するのだが、無名の画家に生活力はなく、呆れた女からは逃げられてしまう。ゴーギャンと意気投合して一緒に住んだりもするが、結局は仲違いするだけで、惨めな私生活を終始温かく助けたのは、画商となった弟ぐらいしかない。天才の死後の栄光とは対極をなす、隠れた生前の悲惨を映画は的確にとらえ、人との信頼関係を築き得なかったゴッホの人となりに深い同情を誘い出すことに成功しているが、死後の栄光を本人の魂に届ける術《すべ》はないのだろうか。

人は、善と悪の両面を合わせ持つ存在で、相手によっては、神にも悪魔にも変じ得るような共鳴板を、何人も有している。イェジー・カヴァレロヴィチ監督の『**尼僧ヨアンナ**』は、悪魔が乗り移った尼僧院の若き院長ヨアンナと、その下で踊らされる尼僧たち、それに悪魔払いに単身乗込む宗教心の権化のような神父との内面の対決を描いた、恐ろしい作品である。特に、ヨアンナに扮する女性の、神に仕える時の神々《こうごう》しいまでの気品のある顔と、悪魔が取りついた時の血の凍るような顔との、コントラストは凄まじいものがある。ヨアンナの色香《いろか》に負けた神父は、彼女に口づけをすると、奇声を発してその場を立ち去り、彼女の身代わりとなり、悪魔の役を一手に引き受けて、衝動的に殺人まで犯すことになる。神父がいなくなった尼僧院は、再び静寂を取り戻し、鐘の音が清々と響き渡る。

神と悪魔の対立は、宗教心が極端に強まる時、往々にして悪魔に軍配が上がるもののようだ。神に近付こうにも、人間は所詮、神になりようもない中間的存在だ。無理に強いて傾き過ぎる時、人間存在はバランスを失い、その反対方向へ倒れるほかないからだろうか。

我が身に思いもかけない事件が降りかかったしがらみから、情念の虜《とりこ》になる人もいる。

松本清張原作・山田洋次監督の『霧の旗』は、教師である兄が、高利貸しの老婆殺しの容疑で逮捕され、取り調べに耐えかねて嘘の自白をし、窮地に立たされたため、妹の霧子は、高名な弁護士を頼って熊本から単身上京するが、高額な弁護料を言われて断られてしまう。兄は、第一審で死刑判決を受けた後、獄死し、再び上京した霧子の、弁護士に対する復讐劇が始まる。事後報告を記した霧子の葉書を見て、気になった弁護士が、資料を取り寄せると、犯人は左利きの男と見られ、霧子の兄は無罪なのだった。折しも、弁護士の愛人が、今度は殺人事件に巻き込まれて、たまたまその場に居合わせた霧子の証言や、現場から霧子が持ち去ったライターが無罪の決め手となるのに、彼女は手を貸そうとはしない。懇願する弁護士を部屋に招じ入れて、手込めにされたと逆に訴え出て、霧子は弁護士生命を断つことに成功する。そんな怖い二十歳の女性を倍賞千恵子が演じていた。

同じく何度もドラマ化されたが、藤田明二監督の『疑惑』は、不幸な生い立ちで教師にレイプされて高校を中退し、前科四犯を重ねた新宿のホステス（沢口靖子）が金沢の社長に見初《みそ》められて結婚するが、八億円の生命保険目当てに殺害したと一方的に決め付ける報道をされて死刑を宣告される。丹念な調査で、病苦の夫による無理心中を立証し、逆転無罪とした弁護士（田村正和）は、初めて愛した人の罪をかぶり土壇場で自殺すら図った彼女を「空に虹は何度でもかかる。希望を捨てずに」と励ます。

人は、ともすると外面似菩薩内心如夜叉《げめんにぼさつないしんにょやしゃ》になりかねない複雑極まりない存在なのだろうが、菩薩のような美しさが女性に相応《ふさわ》しい分だけ、修羅場を演じたその先に、暗く深く闇のように広がる内心如夜叉の恐ろしさが際立つ。その大き過ぎる落差に、外面似菩薩内心如夜叉は、女性の専売特許であるかのように思わされてしまうが、菩薩なのか夜叉なのか、正体はいずれなのかと思ってみても、男も女も精一杯よそ行きの菩薩の表情をして競い合っているものだから、人はとめどもなく面白く魅力的なものだ。だから、男は女に、女は男に、性懲《しょうこ》りもなく惹かれては、同じようなパターンを繰り返しても、なお外面も内心も菩薩を求めてやまない。仮にそんな人がいたとしても、それは自分のほうがどこまでも内心如菩薩外面似菩薩に徹して初めて叶う奇跡のような恩寵だろうが、内心如夜叉などと女性を揶揄《やゆ》する向きがあれば、本来菩薩でしかあり得ないものを、みすみす夜叉にしているのは、どうやら他ならぬ男性のほうではなかろうかと疑ってかかるべきかもしれない。

マーティン・スコセッシ監督の『ケープ・フィアー』の、弁護士の手落ちに憎悪を募らせ、全身入れ墨して出所した男（ロバート・デ・ニーロ）が、秘書をレイプし、娘や妻に触手を伸ばす復讐劇は、正真正銘の夜叉の恐ろしさだ。エイドリアン・ライン監督の『危険な情事』の女を連想させる。

やはり極端の弊は避けて、通常はこんなところから、信頼関係の糸を紡ぎ直したいものだ。クライブ・ドナー監督の『クリスマス・キャロル』では、守銭奴のような、悪評の高い高利貸し役として登場するジョージ・C・スコットの名演が光る。他人に同情心を一切持たずに、愛を忘れた生活を送る彼の元に、クリスマスの日に、三人の亡霊が順次現れる。一人は彼の過去を暴《あば》く亡霊、一人は現在、一人は未来という訳だ。その救いようのない地獄の情景を見せられた彼は、人を愛して生きることの貴さに気づいて、今まで全く応ずることもなかった寄付も行い、初めて心楽しいクリスマスの夜を過ごす。「メリー・クリスマス」の挨拶を交わし合う喜びを深く味わいながら。

ハーバート・ロス監督の『**マグノリアの花たち**』は、田舎町の幸せとばかりはいかない様々な人生模様を、相互の信頼で成り立つ女性たちのきらめくような個性で明るく描いた作品である。不治の難病を抱えて、妊娠してはいけないはずの娘が、母親の心配をよそに相愛の青年と結婚し、案じていた通り妊娠がもとで心理的、肉体的なパニックを起こしながら死んでしまうという悲劇が中心をなすが、ジュリア・ロバーツの魅力溢れる笑顔が一層悲しみを誘う。女優ソフィア・ローレンの言葉「If you haven't cried, your eyes can't be beautiful.」を泣き叫んだその美しい瞳に献じたくなる。脇を固めるシャーリー・マックレーンが、気難しい老女としてコミカルな味わいを出している。

『**ローマで夜だった**』は、イタリアを占領したナチスに抵抗して自由を求めて運動する市民に焦点を当て、明日式を挙げる婚約者が検挙されていくトラックを追いかけて射殺される子連れのやもめ女性、激しい拷問を受けて殺害される指導者、運動に協力を惜しまず銃殺される司祭の姿が痛ましい『**無防備都市**』に感動した大女優イングリット・バークマンが、夫と子供を捨ててその胸に飛び込んだ名匠ロベルト・ロッセリーニ監督の作品である。

身の安全のため修道女を装い、農家などに取り入っては闇物資を商っていた三人の女が、収容所を脱走したイギリス兵、膝を負傷したアメリカ兵、ロシア兵の三人を匿《かくま》っていた者から、彼らを引き渡す代わりに物資をただでやると言われて渋々応じたものの、ローマに入っているナチスに見つかれば死刑とあっては尻込みするばかりで、結局若い女が自分のアパートに引き取ることになる。屋根裏に住まわせて、負傷兵には医師を呼んで手当して回復させたが、段々と滞在が長引くうち、ロシア兵が大家《おおや》の目に留まり、アパートを出ることにしたロシア兵が、秘密の地下室で医師が行っていた爆弾造りに加勢するようになる中、彼女が婚約者と一緒に食物を持って地下室を訪ねようとした矢先、司祭だった密告者の通報を受けたナチスに捕えられて、ロシア兵共々連行されるところ、逃げ出そうとしたロシア兵はその場で射殺される。屋根伝いに助けに来た隣の住人の援助で、イギリス兵とアメリカ兵は難を逃れ、修道院を隠れ家にするが、やがてアメリカ兵は軍との合流を目指して旅立ち、修道院が例の密告者に手引きされる中、イギリス兵は再び屋根伝いに屋根裏部屋に戻る。

彼女は釈放されたが、婚約者は殺害され、戦況がナチスの劣勢に傾く中、密告者が彼女の部屋に現れて一緒にベニスに逃げようと誘うが、内情をお見通しの彼女に熱湯を浴びせられ、物陰にいたイギリス兵に殺される。ナチスが撤退し、連合軍がローマに入って平和が戻り、二人の事情を知る相談役の修道士が呼ばれると、密告者の死体は普通に取り扱おうと言い、婚約者への拷問の痛ましさに耐えかねて、脱走兵のことをナチスに知らせたのは自分だから、スパイと同じで最低だと涙を流す彼女をなだめるのだった。極限状態に置かれれば、人の思いも複雑だ。

ウォルフガング・ペーターゼン監督の『ネバー・エンディング・ストーリー』は、素晴らしいファンタジーの世界に誘う児童映画の秀作だが、大人でも十分に楽しめて生きる勇気を与えてくれる。**人生に夢と希望を失ってしまうと、虚無の世界に支配されて、人間社会そのものまでが怪しくなるのに、そうした人間が増えている。「自分一人では何もできない」と思っている。「そうではない、やるべきことから逃げるな。勇敢に立ち向かい、チャンスはものにせよ。最善を尽くせればそれでいい。愛と勇気を忘**

れるな」と、この映画は説いている。いじめっ子にいじめられ通しの少年が、逃げ込んだ先の本屋から借りた本が、この『果てしない物語』だった。その本の世界にのめり込んでいくうちに、いつしか作中のアトレイユ少年と渾然《こんぜん》一体となっていく。作中に入り込んで、巨大な犬の背に乗って、いじめっ子たちの度肝を抜く冒険に出かけていくのである。

アルベール・ラモリス監督の『**素晴らしい風船旅行**』もまた、気球に乗った少年が主人公の夢溢れる空中散歩である。そのままの映像美を楽しむだけでも十分だ。途中で同乗の老学者とはぐれて、一人気球に残された少年が、辛《から》くも海辺で気球から降りた途端、気球は再び大空へと舞い上がっていく。空しく少年は水際を追いかけるが、気球もろとも、少年の見果てぬ夢も消え去ったかのようだ。人生の次のステップに移行しても、『果てしない物語』のように、少年の夢が持続してくれるといいのだが。

勅使河原宏監督の『**他人の顔**』は、工場の事故で顔がケロイド状になった中年の重役が、顔をぐるぐる巻きした包帯の状態だったのに、外科医の手により精巧に造形されたマスクを着用するようになって、他人に成り済まして妻を誘惑し、ついに破滅するまでを描いた、安部公房原作の映画である。男は、易々《やすやす》と情事に応じた妻を詰《なじ》り、妻は妻で、上手に騙《だま》されてあげたのだと応酬し、結局、家庭は崩壊してしまう。男の心は病みついて、通り魔的に女性を襲い、捕まっても、自分は匿名の人間でしかないと言い張って、迎えに来た外科医から、「誰もがもう一人の自分というマスクを着けて、他人の顔に成り済まして生きているのだ」と、アドバイスされたのも空しく、帰り道に殺害されてしまう。歩道の群衆は、皆顔のないマスクをした顔ばかりだった。**男にとっても顔は命で、顔がなくなれば自信まで喪失して無法者となり、妻の愛すら信じられなくなるものらしい。**

だから、その顔さえ定かでなく近づいてくる者には、信頼の置きようがない。『激突！』では、自宅へ向けて長距離運転をしている平凡な男の車の後に、どこからともなく大型タンクローリー車がつけてくる。次第に追い詰められて、男は恐怖に駆られてパニック状態に陥《おちい》る。すんでのところでタンクローリー車が崖から落ちて事なきを得るものの、その車を運転する者の正体は最後まで分からない。監督はスティーブン・スピルバーグである。どこからともなく現れる人喰い鮫の映画**『ジョーズ』**もこの監督の手法である。そして、この映画の持つサスペンスは、一触即発の爆発の恐怖にさらされながらニトログリセリンを積んでのトラック輸送に成功した帰り、崖下にトラックごと転落して意外な結末を迎える、イブ・モンタン主演のアンリ＝ジョルジュ・クルーゾ監督の傑作**『恐怖の代償』**を思わせるところもある。**顔もさることながら、言語を操る唯一の動物である人間は、言葉こそ命である。**人との信頼を繋ぐ言葉や情報も、悪用すれば刑事事件に発展し、悲惨な事態を招きかねない。オリバー・ストーン監督の**『ウォール街』**で際どく仕手戦を制したものの結局刑務所に入り、七年の刑期を終えた男（マイケル・ダグラス）が「欲は善だ」と言いながら、スイスに預けていた一億ドルを元手に辛くも復権し、反発する娘の信頼も孫の誕生と共にようやく取り戻す**『ウォール・ストリート』**もその流れに他ならない。騙しのテクニックを駆使し、五人の老若男女を次々陥《おとしい》れて、疑いの目を向けられると、一転して冷酷無比に殺害して逃亡を重ねる凶悪犯として、今村昌平監督の**『復讐するは我にあり』**で見せた緒方拳の鬼気迫る演技は、戦慄《せんりつ》すら覚えるほどだった。

一度口にした言葉が相手の信頼を損なえば、もはや元通りの関係には決して戻らない。大地震があった村にアッバス・キャロスタミ監督が赴いて**『オリーブの林をぬけて』**というドキュメンタリー風の映画を企画する。女学校の中から選抜されて起用された娘は、大地震で両親と家をなくしていたが、文字も読めず家もない肉体労働を生業《なりわい》としてきた青年が、彼女のまなざしに好意を感じ取って、思い詰める。しかし、彼が投げかけた「家もないことで、これで二人は平等になった」という言葉に、彼女の心は閉ざされて、映画を共演する機会に結婚を申し込んでも、オリーブの林をぬけて追いかけたところで、彼はすげなく断られて帰ってくる。綸言汗《りんげん》のごとし。

ジェームズ・スチュワートが男気溢れる渋いパイロット役を演じる、ロバート・アルドリッチ監督の『**飛べ！フェニックス**』のように、砂漠の地に不時着した飛行機に乗り合わせたドイツの模型飛行機の技師が提案した飛行機の改造に、一縷の望みを繋いだ生存者の共同作業が始まるが、途中で脱落する者もあり、主導権争いや生意気なドイツ人技師への反感から諍《いさか》いも絶えない中、飲水も尽きた頃何の覆いもない改造機が完成し、低空飛行ながら数人がつかまった飛行機が砂漠を乗り越えて、キャンプ地に到着して命拾いをするといった有様ではあっても、辛うじて信頼が繋ぎ止められているならばまだしも、人と人との間に信頼を寄せ切れない者たちの人生行路は、複雑な曲折を辿って悲劇を招きかねない。ジュリアン・デュヴィヴィエ監督の『**我等の仲間**』は、貧しいながらも若き日々を肩組み合うようにして屈託なく謳歌する五人の仲間が、宝くじに当たったことから、それぞれに陰影を異にしていく物語だ。リーダー格の男（ジャン・ギャバン）の提案で、賞金の十万フランを元手にレストランを建設することになる。一致協力してスタートしたものの、耐えきれず旅に出る者ありで一人抜け、苦労の末完成した建物の屋根に登って労働者の旗を掲げて騒いだ挙句転落死する者ありで一人抜け、当局ににらまれて婚約者と共に国外退去する者ありでまた一人抜け、残ったのは娼婦然とした女を妻としていた者とリーダー格の男の二人だった。しかし、賞金欲しさに現れたその女の妖艶なふるまいが三角関係を招き、決裂しかかった二人は、初心に立ち返ってレストランを開業しようと、同道して女と一旦は絶縁するのだが、レストランが開店した日、再び現れた女の手練手管に翻弄されて節を曲げようとする男を、ついにリーダー格の男は銃殺するに至る。**人は一人では生きられず、信頼なくして夢は実現することができない。**

社会派エリア・カザン監督の『**紳士協定**』は、ユダヤ人差別問題を扱った思想性の高い難しい映画だが、勇気を持って信念を貫き、正義のために戦う者を鼓舞する。主人公はフリーの雑誌記者で、妻と死別して七年が経ち、故郷のカリフォルニアを後にし、ニューヨークに母と一粒種の息子を伴ってアパート暮らしを始める。その彼が週刊スミスの編集長から反ユダヤ主義の問題を取り上げたルポルタージュを連載するよう頼まれる。あまりの難しさに彼は投げ出しかかるが、六カ月間ユダヤ人に成り済まして身を以て差別の激しさを体験する。その間、離婚歴のある幼稚園教師と知り合い、恋が芽生えて二人は再婚を決意し、彼女もルポ取材に協力するが、耐え切れず、彼の元から去ってしまう。

彼は、「私は八週間ユダヤ人だった」と題するルポを仕上げて、反響の大きさを実感しながら、故郷に帰ることを決意する。彼の友人から、「ただ善良なだけでは、反ユダヤ主義を認めることになる。彼が求めているのは、一緒になって立ち向かっていく行動力で、それがなければ夫婦としてうまくいかない」と諭された彼女は、主人公とよりを戻すが、これでハッピーエンドかと言うと、疑問なしとはしない。当時マッカーシズムに代表される赤狩りがハリウッドも襲っていたことを思うと、映画の狙いは他にあったことになる。日本では理解しにくい作品であることは確かだ。

最後に挙げる『**あ・うん**』は、向田邦子原作、降旗康男監督、高倉健主演の、味わいのある感動的な作品だ。舞台は昭和十二年春の神楽坂である。一軒屋に引っ越して来る三人家族のために、男（高倉健）が手入れをして待ちかねている。その家族の主人とは、陸軍での「寝台」友人だった。男は、密かにその奥さん（富司純子）に惚れていた。男の家庭は、子供に恵まれなかった。そんな負い目もあって、軍需産業を経営して羽振りがよく、花街にも通じている夫を大目に見ながら、妻（宮本信子）は、友人の家に入り浸りの夫に、フランス刺繍で気を紛《まぎ》らせては、従順を装っている。男の妻が、十八歳になる友人の娘に帝大出の演劇青年と見合いさせたことから、物語は急展開していく。

帝大出では付き合いづらいと断わってはみたが、お互いに思い合う二人は、密かに会うことをやめず、特高に見つかって思想的にも睨まれてしまう。一方、男は、友人の部下が使い込みをした穴埋めに、倒産寸前まで自分の会社を追い込みながら用立てたり、芸者に惚れて月給を前借りするほどのめり込む友人を見かねて、男はその芸者を落籍《ひか》せ、怒った友人から絶交を宣言されたり、友人と同道した妻にその妾宅を見つけられて、友人の説教を受けたりもする。いずれも男の深謀熟慮によるもので、友人よりも、その奥さんに辛《つら》い思いをさせるのを見るのは忍びがたい気持ちの表れからだった。極めつけは、その奥さんが男の愛用する帽子を被《かぶ》って楽しそうに舞っている姿を垣間見た時で、男は、友人を料亭に呼び出し、故意にけなして絶交するように仕向ける。

そんなある日、友人のジャワ支店への転勤の噂を聞いて、男が思い切って訪ねてみると、召集令状が来たことを青年が告げに来る。男は、今夜は帰って来なくてもいいから、彼の後を追うよう言い含め、娘は、雪の街へと飛び出していく。「特高に睨まれた者は、軍隊に行ったら帰ってこられないだろうから、今晩があの子の一生なのだ」との男の言葉に、夫婦は嫁に出した親の気持ちで頷《うなず》き合う。「**あ・う**

ん」とは、神社の入口に並んで立つ狛犬《こまいぬ》のことだそうだが、並び立つには一方がちと賢すぎる。

Ⅱ　安全とリーダー

安全の字義

『絶対の探求』というバルザックの小説がある。万事に通じる話だろうが、絶対の安全などどこを探してもない。事故や不首尾となる可能性は常にある。不幸な事態が現実に発生した場合、果たして自分は、悲嘆にくれる家族や部下に顔向けできるのか、この一点に全て集約されるように思われる。加害者側に立つ者の中には罪の意識にさいなまれるあまり、被害者以上の被害者になる者があると言われる。そうした所に追い込まれがちな気持ちをかろうじて救い出してくれるのは、自分の仕事に対する責任感や使命感であり、本物の熱意と情熱の産物としての日々の実践活動であろう。

現代は「安全第一」が当然の前提とされており、事故を起こすことは「恥」とも言える時代を迎えている。裏を返せば、それほど潜在する危険に満ちているのだが、事故のない職場にしていかないと、若者にも嫌われかねず、人の集まらない企業には発展も未来もなくなる。

「安全」は、一人一人が手作りで造り上げていくものである。その「安」の字は、女性が家の中にいる形を表したもので、漢字ができた当時は、こうした姿がもっとも安らげることの象徴だったのであろう。「全」の字は、△と工を組み合わせたものだ。一説によれば、しっかりと仕組んで工作するという謂《い》いだとされる。この二つの文字から構成される「安全」には、女性的なほどのこまやかさを持ち、しっかりと段取りをつけて、手塩にかけて造り上げていく意味合いがあるように思われる。この漢字の成り立ちからすると、**何もしないでいて、たまたま事故が起きていない状態は、字義通りの「安全」とは呼べまい。**このように「安全」は手間も暇もかかるものである。そうした過程を経てこそ、初めて達成の喜びも得られるのだ。とはいえ、うまくいかない時もある。

戦後間もなく内務大臣などを務めた三土忠造は、立教大学の卒業式で生き方の心得を伝授する訓示をした後で、「もし僕の言ったことを少しでも守ってくれたら、諸君は必ず社会で認められるようになると思う。しかし、いくら僕の言ったように努力しても、生涯不遇で終わる場合がないとは保証できない。そんな時は、俺は運が悪いんだと思って、男らしくあきらめたまえ」と締めくくったというが、「安全」は運が悪いとあきらめてもらっては困るのだ。**「安全」は許されないエラーに属する。人の生死にも関わる問題に後向きであってはならない。地球環境に配慮した活動で、第一に考慮されるべきは、最も身近な自然とも言える人間である。人間にも地球環境にも「安全」でやさしい共存共栄できる経済や生産の仕組みを構築していかなければ、次なる時代を切り開いていけない。**

バブル経済崩壊後の失われた三十年とも言われた長い低迷期を経て、グローバリゼーションとＩＴがベースとなってとめどもない大変革をもたらす一方で、東日本大震災と福島の原発事故が発生した日本は、地球の温暖化につれて灼熱の夏と共に記録的な大雨による土砂災害や台風などに見舞われることが頻発するようになったかと思えば、確実視される巨大地震の襲来や時に活火山の噴火に戦々恐々とするなど、「安全」への関心は高まるばかりである。**息災であることは何者かに守られての恩寵でもあるが、**

「無事是貴人」といった言葉があるように、消極的なようであってもそれは根源的な価値を有し、実は幸せの必要にして十分条件たり得てもいるのだ。ひたむきに傾ける営々とした日々の努力の中に、大いなる意味を見いだし、防災・減災への息の長い取り組み姿勢を堅持して、創意工夫を凝らした「安全」の文化を各地域に創造していかなければならない。

全国安全週間のスローガン

ある年の全国安全週間のスローガンは、「見逃すな危険の芽　さらに高めよう職場の安全」だった。その前の年のスローガンが、「今一度確認しよう『安全第一』　つみ取ろう職場にひそむ危険の芽」だったから、二年がかりで継続して注意を喚起されているような感じを受ける。どちらも、ハインリッヒの法則でいうところの、重い傷害が一件発生すると、その背後には軽い傷害が二九件、ヒヤリ・ハットと呼ばれる傷害のない災害が三〇〇件起きていて、さらに表向きは出てこない不安全行動や不安全状態が無数にあると言われるように、水面下に沈んでいて災害統計には表れない氷山の塊の部分に当たる潜在する危険の芽に着目している。安全第一という考え方が先取りされて職場に徹底し、職場の安全水準が飛躍的に向上してきている現実を反映しているかのようである。

リストラが進んで安全管理スタッフも手薄となり、各職場が最少の人員で構成されていく中で、仕事の受持範囲も伸びて、職場に余裕がなくなりがちな状況下にあって、これまでと同様に安全への努力を倦《う》むことなく続けていこうとする事業場に、あえて望みたいのは次の三点である。

第一に、**努めて職場では管理監督者のほうから声をかけて自ら雰囲気の良い職場を醸成していただき**たいということである。**特に、雰囲気の良い職場で働く社員はそれだけで大変癒されていると言われている。そうした職場であれば良い人間関係が生まれて、事故のない安全な職場が実現するのみならず、そうした職場で作る製品は品質も良く、業績も伸びていくと言われているのも、当然の道理であろう。**

第二に、**人だけではなく物にも実は心があって、機械も部屋も現場も工場も生きていると思い定めて、人や物を慈《いつく》しんでいただきたい。**鎌倉時代初期の名僧の明恵上人《みょうえしょうにん》は紀州の苅藻島に対する思いが募り、ついに苅藻島に手紙を出したとのことである。その手紙の一節を紹介すると、「かく申すに付けても、涙眼に浮びて、昔見し月日遥かに隔たりぬれば磯に遊び島に戯れし事を思い出だされて忘れられず、恋慕の心を催しながら、見参する期なくて過ぎ候こそ、本意に非ず候へ」とあり、島に対する切々たる思いが伝わってくる。**職場を愛し、その結果として例えば整理整頓清掃清潔の4Sや躾《しつけ》を加えた5Sが見事に実現したりすると、この明恵上人のようなしみじみとした心境になるのではないだろうか。**

第三に、**こうした人や物を慈しむ心、職場に深い愛着を持つ心から、これが現場や作業の勘所であり危険の芽が潜む箇所であるといったプロならではの技術や安全の極意を見いだすことができる**と思うのである。そして、**それらを集大成して技術と安全のノウハウとしてまとめて次の世代に伝えたいという気持ちも起きてくる**はずだ。

千葉の石油化学コンビナート十五社十六工場の安全環境部門の管理者で構成する化学工業における爆発火災防止対策指針策定委員会が、活発な活動の成果を集大成させた「化学工業における爆発火災防止対策指針」、「化学工業におけるヒューマン・エラー防止対策指針」、「化学工業における安全教育」の三部作は、まさにそんな産物である。こうした技術と安全のノウハウを会社の掟《おきて》として是非伝承していただきたい。**安全は先達の血と汗と涙の結晶である掟の継承にある。**

余談になるが、島宏監督の『**米百俵／小林虎三郎の天命**』という映画がある。明治維新の頃、長岡藩に小林虎三郎という家老職に当たる大参事がいた。長岡藩は新政府に抵抗して破れ、賊軍の汚名を着せられて、禄高を三分の一に減らされ、明日の米にも不自由するほど貧乏のどん底となり、藩の財政は逼《ひっ》迫《ぱく》を極めていた。藩は、蝦夷地や他郷への移住、帰農帰商を奨励して、希望者を募り、それが駄目なら現在のあてがいぶちで我慢し、自らの生計を立て活路を見いだすよう藩士に訴えた。窮状を見るに見かねた分家筋の峰山藩から、米百俵の救援物資が届けられることになった。

ところが、大参事の虎三郎は、米百俵といえども配分すれば一軒当たり二升に過ぎず、一日か二日で食いつぶしてしまうのではあまりもったいないと熟慮の末、米を売り払って得られる二七〇両で書籍の購入と藩の子弟が入れる学校を建設する費用に充てようとするのだ。**藩がこうした立場に追い込まれたのも、先の見える立派な人物がいなかったからだという深い反省に基づく苦渋の決断だった。**しかし、藩士たちは到底納得するはずもない。大挙して虎三郎の家に押しかけて、今でいう団体交渉に及び、殺気だった藩士は、抜き身を虎三郎の前に突き立てて、「米を寄越せ」と叫んだ。

たまりかねた虎三郎は、藩に三百年以上受け継がれてきた掟の書かれた掛軸を示し、それでも米をくれと言うのなら、そうしようと応じた。掛軸には「常在戦場」（常に戦場にあり）と書かれてあった。虎三郎は、「常在戦場とは、戦のない折りにも常に戦場にありとの掟だから、戦場でつらいとかひもじいとか、たわごとを並べておれないだろう」と叱咤《しった》し、「この掛軸の中には当家の多くのご先祖の意思が込められている。ご先祖のいる掛軸の前で米を分けてくれと言ってみなされ！　一つのことをやり遂げるには苦労は付き物で、人間苦しみにどれだけ耐えられるかで、その値打ちが分かろうというものだ。皆が一体となり、苦しみに打ち勝ってこそ、初めて国も町も立ち直るのだ」と諭したのだ。その後の長岡からは、山本五十六を始めとして数多の名士が輩出されている。

会社にあっても社是というか、代々受け継いできた掟というものがあると思う。それを単に文字面《づら》だけでなく、そこに込められた精神や背景事情まで含めて正確に学び取り、受け伝えていくことは至難のわざであろう。多くは生半可でいい加減に高をくくり、己の力を過信して路線を塗り替えようとし、段々と基本から外れていって窮地を招くこともある。トップの交代時には特に警戒を要する。組織的に継続性を担保する工夫がないと、ともすると方針が食い違って漂流しかねない。

他方、どうしても守らなければならない最低の国の掟として、労働基準法や労働安全衛生法等の関係法規や事業法がある。こちらのほうは独自色を出してはならない分野だ。事故例やヒヤリ・ハット体験などを元に苦労して作り上げた安全衛生行動マニュアルなども掟としてあるはずだ。熟年技術者が世代交代していく流れの中にあって、労働災害防止のノウハウが伝承されにくくなっているのではないかと危惧される折から、先の千葉のコンビナート工場のその後を伝え聞く限りでは、危機管理を始めとする現場力を低下させまいと、たゆまず危険感覚を磨きながら点検・補修等に不断の努力を傾注し、先輩が確立した掟は継承されている模様で、いかに発展させていくかが課題だ。

翻って、藤尾正行労働大臣が労働災害防止対策を質《ただ》したことがあった。事務当局は、労働災害半減計画を引っ提げて説明に及んだ。ところが、「君たちは統計ばかり取っているのか。労働災害は、本来一件たりともあってはならないものなのだ」と大臣は一喝したとのことで、初めて労働災害はあってはならない前提の下で緊急労働災害防止対策が講じられたと聞いている。毎年七月に行われる全国安全週間を契機に、あまねく事業場において「労働災害はあってはならない」との決意の下に、ゼロ災へ向けた諸活動が「計画―実施―評価―改善」という一連のサイクルを経ながら積極的に展開されて、多大な成果が挙がることを期待してやまない。

安全を左右する人間関係

労働災害の多くは不安全行動に起因するとされる。その中には安全帯などを着用していなかったとか、身のこなしが鈍い月曜や午前中、特に不慣れな初日に被災が目立つとか、そもそも技術が未熟である場合もあるが、主としてヒューマン・エラーによるものが約九割あると言われている。そして、そのヒューマン・エラーの背後には、実はヒューマン・リレーション（人間関係）の問題が介在している場合が多い。したがって、人間関係の良い職場では、事故もまた少ない道理である。明るい職場の雰囲気づくりや問題のない職場づくりを目指す理由もそこにある。

特に人間関係は幸福感の源泉をなすとも言われる。ちなみに、幸福感をもたらす要素は三つあるとされている。第一が心身関係、これは心と体が健康であるということで、人生万般の基本であることは言うまでもない。同じ会社に雇われて二、三十年勤務している二千人余りの従業員をニューヨーク大学が調査した結果によると、体の病気によくかかる人は、けがや事故に遭うことも多く、この逆も真であるということだ。要するに、広い意味での「病」という立場からは、単に体の病、心の病にとどまらず、外傷、事故なども一緒に考えるべき点があるというのだ。また、よくけがをする人には、職場の人間関係の葛藤が多く、特に職場を変わった直後に新しい人間関係にうまく適応できないことがストレスとなり、けがや病気もしがちであるとも言われている。

そうすると、**安全と健康は、実は表裏一体のものであって、真の意味で健康であることが、安全の基本であると言える。そして、それらを支えているのが、各人がこれまで培ってきた人生観や経験から自ずと割り出している健康哲学といったようなものであろう。**

フィンランドの厚生省でこんな実験をしたことがある。五十歳の管理職のグループを百人ずつ二つに分けて、一方のグループにはこれぞ健康的な生き方だという生活を強いた。食事は栄養学的に満点、酒は必要以上に飲ませない、睡眠時間もきちんと管理する。もう一方のグループには一切制限をしない生活を許した。好きなものは好きなだけ食べる、酒や煙草も本人の自由であり、やりたいように生活してよろしい。十年以上追跡調査した結果は、管理されたグループには、実に健康でない人が多かったというのだ。食生活や運動、ストレス・コントロールなどを通じた心身両面の管理はもちろん大事だが、まるで正反対とも思える医療情報が氾濫する今日、安全や健康とも表裏一体となった人生八十年いや百年時代に相応《ふさわ》しい各人なりの確固とした生き方が求められているように思われる。

第二が人間関係、これは縁のある人々との人間関係を噛みしめて深く味わうことで、その典型は家庭や職場であるのが通例である。第三が仕事関係、これは仕事を予定通り成し遂げる喜びであり、人の役に立って人から喜ばれることで、いや増す類のものであろう。

とりわけ、人間関係は、相手の身になって考えることに尽きる。相手になりきらないと、相手の気持ちはなかなか分からない。もっとも、男と女の間には暗くて深い河があるようで、心理学の研究でも、男性が女性になりきるのは難しいが、男性が他の男性になりきるのは可能だとされている。頭の中で相手をイメージし、言葉ではなく具体的な相手の想像図をありありと思い浮かべて、しっかり頭に叩き込むことを何度か繰り返すことによって、相手になりきるコツをつかむことができれば、相手の気持ちは理解可能だという。そして、よい関係を構築していくには、まずもって、まなざしを向け合うことが重要であり、その出発点をなすと言える。

ウィリアム・ジェームズの『心理学』（今田寛訳）には、「われわれは自分の同類が見える所に居ることを好む群居性の動物であるのみでなく、同類のものから認められたい、しかも好意をもって認められたいという生来的傾向をもっている」から、「われわれが入って行っても誰も振り向かず、話しかけても返事もなく、何をしようとも意にも介されず、会う人すべてが『そんな人は知らない』と言い、まるでわれわれが存在しないかのように振舞ったとすれば、憤懣と失望落胆が直ちに沸き上がり、これに比べれば最も残酷な肉体の責め苦でさえも救いである」とある。これが人間なのだ。

設備面での職場環境の整備に熱心な企業も多いが、それ以前に人間関係のよい職場でなくては話にならない。快適さは、まずもって人の心が生み出すものである。疲労やストレスを感じることの少ない快適な職場とは、昨今のような厳しい経済状況にあると、会社の業績のいいのが何よりの要件のようにも思われるが、それはともかく、不快や不便さを感じない能率の良さとゆとりを同時にもたらすような職場環境を形成していくこと、物の面の整備もさることながら、物が先か心が先かといえば、それは人の心が先行した人間関係が生み出すものであることを噛みしめたい。

ところで、省力化や自動化の進展に伴い、一人で作業する現場が増えている。安全部門もリストラの対象にされるなどして職場全体に目が配りにくくなっている。したがって、これまで以上に危険感覚を磨いて自分の身体は自分で守る姿勢の上に立って、まずもって己に対する安全管理者であるとの自覚の下に行動していくことが必要となる。要するに、**安全も、一人一人の人間が行動した結果として現れてくるものである以上、その深層では社員一人一人の人間性や生き方にまで連なった問題でもあるということだ。そして、安全の成績一つとってみても、そうした社員一人一人のいわば総和としての社風までも問われているといっても過言ではない。**

ところで、安全や健康と家庭とは、密接に関連している。ＷＨＯ（世界保健機構）の定義によると、「健康とは病気をしないということだけではなく、仕事に喜びを持ち、家庭に憂いがないこと」とされている。つまり、健康とは「肉体的にも精神的にも社会的にも安らかな状態であること」であり、肉体的に健康であると同時に、上司や部下に恵まれて快適な職場で働けることに加えて、伴侶や家族と共に潤いのある家庭を維持するよう努めることも重要となる。よく交通事故の隠れた要因に、家庭内の悩みやいざこざが伏在していると言われる。例えば、妻から悪態をつかれた場合に夫たるものどう対処すべきか。アメリカのデンバー大学のマークマン教授によれば、最も悪い対応は悪態をつき合うことで、一層の関係の悪化を招きかねない。最も良い対応は一人孤独になってため息をつくことだという。研究成果を待つまでもなく、既に自室で実践している人もいることだろう。

連続テレビ小説『**エール**』の古山祐一（窪田正孝）と音（二階堂ふみ）との起伏に富んだ軌跡が示す

ように、夫婦愛は影になりひなたになって一途《いちず》に紡ぎあげる一生ものの一大事業であるからには、その不首尾がもたらす心身への影響は甚大だが、幸福な家庭とは、江戸末期の歌人 橘《たちばな》曙覧《あけみ》の『独楽吟《どくらくぎん》』にある、「たのしみは　妻子むつまじく　うちつどひ　頭ならべて　物をくふ時」といった情景に象徴されるものであろう。**家族との関係は、まさに千差万別で悲喜こもごもの繰り返しだろうが、それぞれが持つ特色に応じて各人なりに適宜位置づけた上で、安全の下地をなすものとして、自己管理の一環に組み込んで総合的にとらえ直していかなければならない、内面に秘められた、切実にして重要な問題である。**

安全神話と気の緩み

テレビで「日本一危険な駅」が紹介されていた。阪急神戸線の三ノ宮駅の一つ手前の春日野道だった。この駅はホームの幅が二・六メートルしかない。競泳のプールのコースの幅が二・五メートルと聞けば、いかに狭いか想像できよう。それでいて、駅開設以来転落など事故は、一件も起きていない。もちろん、安全装置を備え付けるなど万全を期しているそうだが、通勤客のほうも、日頃から危ないという意識がどこかにあると、酔っ払って千鳥足で歩いていても、それなりに真っ直ぐ歩いているもののようだ。むしろ「過ちはこれで大丈夫といった易しい気の緩むところで起きる」ことは、昔から指摘されている。事故の多くは、単純なエラーやミスに起因すると言ってもいい。本当に危険な箇所は用心するし、あるいは近づきもしないので、事故はかえって起きないのだ。

機械の精度が高まって自動化が極限まで進むと、最新の設備で事故は起きるはずがないといった安全神話がいわば油断となって、事故が発生するケースもある。安全に神話などないことは、東日本大震災による福島の原発事故でも実証済みのこととなった。**自動化といっても、所詮は機械に頼っているにすぎない。「安全」を最優先にしなければならない緊急事態の発生時に、臨機応変の対応が機械にできるはずもない。結局、何事も人間の最終的な判断と操作が決め手となるのだ。**

自動車も、コンピューター化が進んで様々な運転者支援装置が開発されれば、その安全神話に頼りがちになるが、装置を過信するあまり、いわゆるリスク補償行動と言われるような、これまでは慎重に回避していたはずのリスクのある行動を逆にとり始めて、注意力まで粗雑かつ散漫となり、挙句の果てに手綱が緩んで惰眠に誘いこまれてしまうようでは、元も子もなくなる。**人間も機械も、所詮完全ではあり得ず、相互の盲点を補い合ってこそ完全に近づくが、どこまで行っても本質的には不完全な人間力の集積であるに違いなく、安全神話に祭り上げるのは禁物である。**

こうした日常的な対応を怠りなく遂行していくことが不断に求められる一方で、節目の重大事態には組織ぐるみで懸命の努力が必要とされる時がある。河合隼雄の『こころの処方箋』には「人生には百点以外はダメな時がある」と書いてある。努力していると言う人の中には、いかなる時も八〇点の努力を続けている人がいるというのだ。ところが、百点以外はダメな時がある。事故を起こした時、どう真剣に受け止めて再発防止を徹底するか、このここぞという時は百点が必要で、百点以外はダメだというのだ。百点満点の答えなど人間技では出せそうもないから、精神論を説いているのだろうが、ここで百点をとっておかないと、詰めの甘かった所でまた事故が起きるというのだ。もっとも、いつでも百点をとらないと気が済まない人もいるが、これではかえって疲れてきて、肝心の百点以外はダメな時に腰砕けになったり、逃げ出したりしがちになるという。人間は、そう気を張り詰めてばかりいられるものではない。死亡事故や重大事故が発生したここぞという時、組織一丸となって活を入れ直さなければならないのに、九〇点もとればいいだろうといった、どこかおざなりな態度で臨む会社は、また事故を起こして運が悪いとぼやくことになりかねない。**要するに、安全や事故は確率なのかと言えば、確率を超えたところがあるように思われる。それと同時に、転んでもただでは起きない、ピンチから雄々しく立ち直ってチャンスに変えていくふてぶてしい発想も重要である。それは万事に進取の精神を呼び起こし、やがて大きな実を結んでいくことだろう。**

職場の鬼と結ぶ安全保障条約

巨人軍結成当時の三宅大輔監督は、「アマチュアの野球は、勝つための野球。プロの野球は、勝ち抜くための野球」と喝破したとのことだ。プロの値打ちは、勝って勝ち抜いて勝ち続けることにある、と川上哲治監督も述べている。そして、川上巨人がV10を達成できなかった要因について、「わたしが偉い監督さんになってしまって、チーム内の掌握が本当のものになっていなかったのだと思う。幹部の間で『こんなに毎年勝ってバチが当たるんじゃないか』といった軽口が出ていたが、そのバチが当たったのだと思う。殊《こと》に人を不機嫌にさせる情報は偉い人のところに持ち込みたくないもので、コーチがわたしを祭りあげてしまい、細かな情報を届けてこなくなった」と反省し、勝利の値打ちは、次の三通りだと締め括る。①勝つことは難しい、②勝ち続けることはなお難しい、③いったん手放した覇権を取り戻すことはさらに難しい。これはミスや事故にも通じる話で、アレンジしてみると、①ノーミスや無事故は難しい、②ノーミスや無事故を続けることはなお難しい、③いったん手放したノーミスや無事故の記録や信用を取り戻すことはさらに難しい。しかし、難しくとも実現不可能ということではなく、「**難しいとされてきたことが実は易しい**。**さりとて易しいと皆が思い始めてきたことを油断なく継続することが実は難しい**」と逆説的に言えるかもしれない。

一時たりとも手が抜けない分野だからこそ、現場には鬼軍曹のような存在が必要なのだ。

チャーチルが首相を務めていた頃、急用で車を走らせていると、交差点で赤信号になった。横から来る車も少ない。チャーチルは運転手に「構わぬから突っ切れ」と指示した。車が信号を無視して突っ込もうとすると、警官が飛び出してきて、「その車、下がれ」と一喝した。チャーチルは車から顔を出して「急いでいるのだ。わしはチャーチルだ」と応じるが、警官は、「チャーチル首相が交通違反をするはずがない。あなたは偽者だろう。下がれ、下がれ」と取り合わない。さすがのチャーチルも、その場は折れざるを得なかったという。ノーミスや安全を至上命題とする現場には、この警官のような鬼軍曹が必要なのである。**しかし、こんな鬼が現場にいて努力していても運悪く事故が起きることもある**。**いや、運悪く事故が起きたと担当者は思いたい訳だ**。こうした報告に対し、ある工場長は、「日頃から不安全な行動や状態があったから、たまたま運悪くけがが起きてしまったというのが本当ではないのですか」と応じたというが、慧眼《けいがん》の士に弁解など通用するはずもない。

ところで、**ある会合で試みに、自分にとって大事な人と思える人を十人挙げてくださいと聞いてみたことがある。その中に部下が含まれていた人は、ほんの一握りだった**。人間の運命は、土壇場になった時、何を大切に考え、何を優先し、何に懸けるかによって決まると言われている。その典型が戦場だという。ある隊長は、自分も死にたくないが、部下の命を助けるためには自分が死ぬことも辞さないと考えて、部下を殺さないことに己を懸けた。戦場という場所は、人間が極度に敏感になっているものだから、部下は隊長の思いをすぐに悟り、今度は部下が隊長のためなら死ぬことも仕方あるまいと考えるようになり、いつも隊長の盾《たて》になろうとする。それを隊長が押しのけて前に出ようとすると、部下が怒る。もう死ぬことなどどうでもよくなってきたそうだ。

職場はある意味では戦場でもある。現場の鬼となる前に、上司として、部下として、果たして自分は何に懸けるのか、自問自答すべき重要な問題であるように思われる。

ところで、安全は上から下への流れで、半ば一方的な指示による管理という形で推進される場合が多い。しかし、管理一辺倒のやり方には問題があり、安全は鬼のような管理だけでは押え切れない側面もある。上からの管理はもちろん大事だが、現代は各人が権利意識や人間性に目覚めていて、おいこら式の、いわゆる上からの管理一辺倒の方法ではおよそ限界がみえているのだ。それに、けがをして痛い目に遭うのは、作業を指示する、いわば上の人間ではなく、その指示を受けて作業をする人間であるから、自分の問題として、やらされるのではなく、相互に一体感を持って対処していかなければ、痒いところに手の届くような安全対策にはならない。

安全は、作業者一人一人の自分自身の問題である。しかし、一挙手一投足の全てに管理の網をかけることは不可能だし、法規で規制するのも自ずと限度がある。結局は一人一人の自覚による他ないが、自分の命や身体と引き換えにして仕事をしている人はいない訳で、自分の身体は上に言われるまでもなく

自分で守っている。また、危険に対する情報も危険感覚も各人なりに持ち合わせている。そうしたものを個人の自衛のレベルに止めずに、お互いの危険に関する情報や体験を持ち寄って、それらを共有し合い、相互にいわば職場で安全保障条約を結び合う、こうしたことが伴ってこそ、上からの鬼の管理も真に生きてくるのだ。すなわち、一人一人が技術力を磨いて各人が自己管理能力を高めていくことはもちろん大事なことだが、同時に安全は自分だけの問題ではなく、多くが共同作業で行われるものである以上、仲間の安全は実は自分の安全にも直結していることを肝に銘じて、職場ぐるみで安全を最優先にした日々の活動を地道に展開していくことが、結局我が身を守る道であることに気付くことが重要である。**誰しも我が身大事なその気持ちを、共に作業を行う運命共同体である仕事仲間にも推し及ぼすこと、これが職場の安全を考えていく上での要諦であり、その一つの典型として安全を先取りして全員参加で推進するゼロ災運動があって、トップの経営姿勢、ライン化の徹底、職場自主活動の活発化が三位一体となった運動の推進三本柱が強調されているのである。**

こんな話がある。一人の男性が、軽装備で登山の途中、季節はずれの吹雪に襲われて、道に迷ってしまった。凍死から身を守るには適当な避難場所を見つける以外に手はないと判断したが、適当な場所が一向に見つからない。寒さで手足の感覚を失って焦り始めた時、彼は雪に埋もれていた大きな物体につまずいて倒れた。一人の男が殆ど凍死の状態で倒れていたのだ。彼は、その男を助けるべきか、自分が生き延びることに賭けるべきか、大きな選択を迫られた。彼は躊躇《ちゅうちょ》することなくその男を助けることにした。雪で濡れた手袋を脱ぎ捨て、男の手足を必死にマッサージした。それが功を奏して男は意識を回復し、その後救助隊が到着して二人とも助かった。救助隊の話では、マッサージしたことで彼自身の手足も麻痺状態を免れ、男を助けることで自分の命も助かったとのことだ。「情は人のためならず」と言われるが、現場の安全も大なり小なりこうした側面を有している。

中尾政之は『失敗は予測できる』の中で、「現在最大の問題になっているのが、正社員と非正社員の間で起きるコミュニケーション不足である」と憂慮し、「理想的な組織は、非正社員をも自分たちの仲間として待遇し、彼らの目や鼻がセンサとして働くことを感謝し、システム全体を一緒に守るような組織である」と述べる。様々な就労形態が職場に混在する昨今だが、職場は本来この指摘の通りであるべきであり、**縁あって職場を共にする者同士が鬼の存在にも敬意を表しながら安全を共同して守る姿勢を堅持していきたい**ものである。

指を差して声を出せば

電車の車掌が、指を差して「何々ヨシ、出発進行！」などと唱えながら、直立して右手を振り下ろす場面を目撃した方もあるだろう。あれが指差し呼称と言われるものだ。旧国鉄で創始されたわが国独特の安全確認のための有力な手法である。最初に始めた人の名前は分かっていない。ゼロ災運動ではイラストによるKYT（危険予知訓練）と並び立つ二大看板である。業界を問わず受け入れられるようになり、看護師やスチュワーデスなども、きびきびと人差し指を出してチェックしたりしている。

この「指を指す」行為は、動物にはできない人間独自の働きであり、己に先んじて未来に存在を示すことだという。安全先取りの手法と言われる所以でもある。外部を指差す手は、同時に己の内面を差す手でもあると言われる。折り曲げられた三本の指は己のほうに向けられている。**指差し呼称は、皆で決めたことを実践しようとする決意表明であり、安全行動のための確固とした意思表示なのだ。**その振り上げる右手は、聖なるもの、清潔、上位、正しさを象徴するとされる。左手が、卑俗なるもの、不潔、下位、世俗、不細工なものを象徴するとされているのと好対照をなす。また、「足で立つ」ことは、一つの表現であり、人格そのものを現出する。能や舞踏などでは、「足で立つ」ことが重要な意味を持ち、巧拙の勝負は自ずと決まってしまうと言われる。また、一流の声楽家の姿勢は常に美しいが、あの直立した姿勢からでないと、見事な声は出せない。指差し呼称のはっきりとした声も、こうした姿勢と無関係ではない。また、姿勢を正すことは、いわゆる腰骨を立てることにも繋がる。これは丹田の充実に通じ、集中力や忍耐力、さらには洞察力が身に付き、心身の安定感が増進されて、自らの主体性を確立し、人間に性根の入る極意でもある。

ところで、橋本邦衛教授の研究によると、意識レベルには五段階あると言われている。フェイズ0、これは眠った状態、あるいは失神した状態である。話を聴きながら欠伸《あくび》をしている人がよくいるが、話すほうの気勢がこれほど削がれることもない。時実利彦教授の『心と脳のしくみ』によれば、大脳生理学上からすると、実は何とか眠気を抑えて、目を覚まして話を聴き続けようとする涙ぐましい努力の現れであり、善良な意志からなされる行為なのだという。そのように素直に受け取ることにしよう。眠気で日常最も悩まされるのは、車の運転中や夜勤明けに近づいた頃の睡魔であろう。防止対策として、被験者に、ガムを噛む、おしゃべりをする、軽い体操をする、音楽を聴くという四つの刺激を与えた時の覚醒レベルを鉄道総合技術研究所で計算したところ、以上挙げた順番で効果があった。

特にガムを噛めば、指差し呼称の際の口の回りの咬筋《こうきん》の中の筋紡錘の働きと同様に、覚醒効果が高いが、長時間噛み続けると、効果は低減する。また、眠気防止には、物理的な刺激の強さ以外に、興味を引くといった心理的要素が大きいことも分かっている。面白い話なら眠気も吹き飛ばし、時の経つのも忘れさせてくれるという訳だ。そうなると、欠伸が出るのはやっぱり話し手のほうも悪いという至極常識的な結論にまた落ち着きそうになる。次の段階のフェイズⅠは、ぼんやりしている状態、心ここにあらずといった虚脱状態、あるいは二日酔いの状態でもある。フェイズⅡは、普通のリラックスした状態で、大体勤務時間の三分の二から四分の三はこの状態だと言われている。フェイズⅢは、意識が最もクリアでミスのない状態だが、連続して一〇分ないしはせいぜい三〇分程度しか保つことができない。人間の集中力には限界があり、四六時中気を張りつめてはいられないのだ。最後のフェイズⅣは、大地震や火災とか大変な事態が発生した状態で、周りが見えなくなるいわゆるパニックの状態を指す。問題は、パニック時のフェイズⅣの状態、あるいは普段のフェイズⅡの状態から、いかにクリアで誤りのないフェイズⅢの状態に意識を切り換えていくかということになる。車にはギアチェンジのギアが付いているが、心にはない訳で、そうした場合に指差し呼称を行うことが有効である。

指差し呼称が、大脳の働きを活発にして、大脳が的確に処理できる状態にするのに大きな役割を果たし、対象認知の正確度が高まることについては、大脳生理学上も実証されている。また、同じく鉄道総合技術研究所の研究によれば、実際に声を出して指を差して安全を確認して行動することのほうが、そうしたことを何もしないで行動する時よりも、誤りが六分の一にまで減少すると言われている。また、**指差し呼称には、自分が何をしたのか確信を持って思い出せるというメリットもある。**よく奥さん方が外出したと思っていたら、あわてふためいて帰ってくることがある。「ガスレンジのスイッチを切ったかしら…」といった類の、十中八九は杞憂《きゆう》に終わるものなのだが、他のことにかけてはうるさいくらい口数が多いのに、家事のほうはただ黙々とこなしているために、後になると確信を持って思い出せなくなる場合が多いということなのだろう。その点、指差し呼称は、指を差して腕を振り下ろし、言葉にして声を出して、いわば五感を総動員することによって、そうした過程を通じて要所で思い出すことのできる記憶として、正確に大脳に植えつけようとする訳である。それに、**前の動作に不安を残して、次の正確な動作に入れるはずもない。指差し呼称は、そうしたあいまいさの連鎖をその所作と共に断ち切って、確実さの世界へと連れ戻してくれるのである。**何事もプロともなれば、世間がプロへ向ける目は厳しくなる。仕事のプロに大きなミスなど許されない。そうした意味でも、仕事の要所では指差し呼称などで安全を確認しながら順次作業を進めていくことが重要であると言える。

　ところで、その話を聞いた当時九十五歳になるおばあさんが知人にいた。このおばあさんは全くぼけがない。特に、どこに何をしまっているかを全部正確に分かっているそうだ。日頃から感心していた知人がその秘訣を尋ねると、「私は物をしまう時は、『この物はここにしまいました』と指を差して声に出して言ってみるのですよ」と答えたという。これは誰に教わることもなく習慣化した生活の知恵だが、指差し呼称そのものだとも言えよう。昔の人は、さすがにここぞというポイントを押さえていて、実に見事なものだ。だから、ぼけもないのかもしれない。ぼけ防止にも指差し呼称をしっかりやりたい。

　こんな話もある。週刊誌に掲載されていたある高名な作家の指差し呼称にまつわる失敗談だった。旅行に出かける際には携行品の一つ一つに指差し呼称で点検して確認することを習慣にしていたという。

先ず、このことに驚くと同時に嬉しく思った。ところが、時間が押していたのでつい省略して家を出ると、中国旅行用にわざわざ買っておいたデジタルカメラを忘れてきてしまったことに上海に着いてようやく気付く。ないとなれば、往々にしてそのことばかりが気にかかってしまうものだ。不自由する場面も不思議と続出し、その忘れものがまるで背後霊のようにまとわりついて、旅の主導権まで奪われかねなくなる。結局、現地でカメラを買い求める気持ちすら失せてしまい、カメラなしの旅行を続けて、一枚も写真のないままの帰国となった。カメラを持つ煩わしさからも解放されて、一期一会の旅の醍醐味を満喫できたとのことだが、イソップの酸っぱい葡萄の狐をつい連想してしまう。まさに恐るべき指差し呼称の効用である。

無事の窮極にある境地

中村天風の本によると、「すぐれし人には絶対不運というものは来ない」と書かれている。**事実、すぐれた人には不運のほうが逆に避けていってしまうもののようなのである。**

鈴村進の『「勝ちぐせ」のセオリー』に、こんな話がある。大正七年のこと、ヨーロッパから猛獣ショウの一行が来日し、東京の有楽座での公演に、右翼の大立物だった頭山満と、その弟子に当たる中村天風、それに黒龍会会長の内田良平が招かれた。案内役に立った猛獣使いは、頭山満を見るなり、「あなたは猛獣の檻に入っても大丈夫です」と言った。中村天風にも太鼓判を押した。そこで、頭山満が中村天風に向かって、「猛獣でも、生死の境をくぐってきた人間というのは、分かるものなのかのう。どうだ、座輿に檻に入ってみないか」と言うので、実際に中村天風が、まだ調教もされず人に馴れていない三頭の虎のいる檻に入ると、そのうちの二頭はたちまち彼の前にひざまずいた。残りの一頭も、その後ろでおとなしく控えていたそうで、その光景を写真に撮ろうとして、カメラマンが檻に近づくと、三頭が一斉にそちらに向かって猛然とつかみかかろうとしたというのである。**虎でも飽き足らない人は、狼に代えていただければよかろう。両者とも不運の代名詞だ。**

フランス貴族モンテーニュの『エセー』（原二郎訳）の「人相について」にも、似た話が出てくる。モンテーニュは、「私を全然知らない人々が、私の風采と態度だけを信用して、自分自身の問題や私の問題で私を頭から信頼してくれたことがある。また、他国に行ってもそのために珍しい歓迎を受けたことがある」と前置きしながら、大挙して彼の家に押し入ろうと計画していた馬上の首領が、後は実行するだけだというのに、「私の顔つきと率直さ」のために踵《きびす》を返し、利益を捨ててさっさと出ていくのを、部下の者たちはあっけにとられていたという話をした後に、休戦を信用して物騒な中を旅に出かけ、大勢の騎兵を従えた十数人もの覆面の武士たちに捕えられた時の顛末《てんまつ》をこう述べる。

彼は馬から降ろされて、金函と共に持ち物を全て奪われるが、生命の危険にさらされながら、身代金のことでは何も約束できないと二、三時間も言い争った後、捕虜として連行されようとしかけたその時、やはり首領が彼にやさしい言葉をかけてきて、金函を含めて一切合財を返してくれた。「彼らの中のひときわ目立った者が覆面を脱いで、名前を名乗り、何度も繰り返して、私が釈放されたのは、私の顔つきと私の物言いが率直で毅然としていたために、このような不幸に会うにはふさわしくないお方だという印象を与えたからだと言った」というのである。**そもそも最初からそんな目に合わないのが一番ではあ**

るけれど、すぐれた人には不運のほうが尻尾を巻いて避けていってしまうとも言えそうである。実のところ、モンテーニュは、功成り名遂げて静かに五十九歳の生涯を閉じ、波瀾万丈だった頭山満も中村天風も、九十歳の天寿を保って大往生を遂げている。

たとえ一歩でもこうした悠揚迫らざる境地に近づきたいものだが、高田明和は『困ったことは起こらない』の中で、善因善果、悪因悪果をあくまで基本に据えた上で、老婆が娘を使って抱きつかせたものの相手にしない修行僧の庵《いおり》を焼き払った「婆子焼庵《ばすしょうあん》」という公案を例にとり、老婆にそんな気を起こさせないほど人間ができてくれば、女性と危険な状態になるようなことは努力しなくても起こらないと説き、禅語に「無事是貴人《ぶじこれきにん》」とあるのも、「その人を見ると卑劣な考えなど消えてしまうような人間にならないといけない」と述べて、傑物たちの悟り澄ましとの一致を見るのである。

トップが最優先すべきもの

トップが最終的に責任を持つ現場管理には、四つの要素があると言われている。それは、品質であり、コストであり、工期であり、そして安全である。トップの経営姿勢として、生産第一に置きたいのは山々だろうが、急がば回れで、実は「安全第一」は何よりも優先して経営の基本に置かれるべきなのである。何となれば、安全第一は、結局は品質第一・生産第一に通じていく道でもあるからだ。生産第一ではこうはいかない。安全は第三以下になってしまう。だから、安全は第一でなければならない。そのことをUSスチールのゲーリー社長が証明してみせて、二十世紀世紀初めのアメリカの鉄鋼業界の常識だった生産第一・品質第二・安全第三を覆《くつがえ》した。そこから「安全第一」のスローガンが生まれた。わが国に導入された当時は「安全専一」と呼ばれていた考え方が、日本のトップにできないはずもない。それに、**安全は品質の一部でもある。消費者は、製品の製造過程にまで選別意識を持つまでになっている。事故を起こすような職場の商品は、一種の欠陥商品であるとも言える。それが分かれば購買意欲はたちまち削がれてしまうだろう。少なくとも品質の良い商品は、そんな職場からは生まれようもない。どこからしても「安全はペイする」のである。**

新年互礼会の挨拶をできるだけ短くするよう依頼されて、こんな話をしたことがある。

その昔、英国の首相チャーチルがオックスフォード大学の卒業生を前にしてごく短い演説を行ったことがある。チャーチルは、例のトレードマークの帽子を被《かぶ》り、正装に威儀を正して、手にはステッキ、口には葉巻をくわえて、貴賓席で出を待っていたが、くだくだしい長い紹介があった後、静かに登壇し、壇上の机の両端をしっかりと掴んで、会場全体をゆっくりと見渡してから、「ネバー　ネバー　ネバー　ネバーギブアップ！」とだけ言うと、再び会場を見渡し、さらに大きな声で力を込めて繰り返し、三度《みたび》会場を眺め渡してから静かに降壇した。これは史上最短にして極めて価値の高い演説とされている。そこで、恐れ多くもチャーチルにならって、手短に繰り返して申し上げる。「労災事故にご用心　社員泣かすな　会社を肥やせ」。ちなみに、チャーチルは「For myself, I am an optimist—it does not seem to be much use being anything else.」が信条の楽天家だった。

ところで、**物事には許されるエラーと許されないエラーがある。安全は許されないエラーに属する。事故やエラーが起きやすい箇所は、徹底してフェイル・セイフ、フール・プルーフに作業環境を設計し**

て整備する必要があるのだ。例えば、指差し呼称や指差し確認は有効で、指を差して声を出して安全を確認して行動したほうが、何もしない時より誤りは六分の一まで低減すると言われるが、逆の言い方をするなら、それでも誤りが六分の一はあり得るということであり、万全を期そうとすれば、やはり人為的な方法だけでは十分とは言えない面もあるのだ。今一度そうした観点も踏まえながら、管理体制全般を見直していかなければならない。

地球環境に配慮した各種の活動が日夜展開されているが、何をさておき、第一に考慮すべきは最も身近な自然であるとも言うべき人間である。人間にも地球環境にも共に安全でやさしい共存共栄できる経済や生産の仕組みの構築が今こそ求められているのである。そのためには、「隗《かい》より始めよ」であり、先ず足元の安全を追求していくことは、表裏一体をなす品質管理に止まらず、健康の保持増進、女性や高齢者・障害者の特性を踏まえた職場設計、さらにはごみとリサイクル、二酸化炭素やダイオキシン等の排出規制や環境ホルモンの問題など、広範囲に及んでいくことは必至である。安全は、今世紀の人類が抱える主要テーマを包含し、またそれらの問題とも直結しているように思われる。

安全が経営者の責任であることは言うまでもないところだが、万が一にも人命にかかわる事故が発生すれば、法定の労災補償給付を上回る補償や慰謝料を求める民事賠償を提訴されることも多い。そのために建設業なら建設共済保険があるが、法違反があれば送検されて処罰を免れない場合もある。指名停止といった行政処分に付される場合もあるし、安全の特別事業場として行政指導の指定を受けることもある。労災保険料もメリット制が逆に作用して増額される。総じていいことは何もないのである。その民事賠償も昭和五十年代に入ると、それまでの不法行為の法理で損害賠償を請求する方式ではなく、契約の法理で債務不履行として責任を問うケースが多くなり、使用者の安全配慮義務が最高裁判決で確立されるようになった。これを受けて、労働契約法の第五条でも「使用者は、労働契約に伴い、労働者がその生命、身体等の安全を確保しつつ労働することができるよう、必要な配慮をするものとする」と規定されたように、債務不履行による損害賠償請求が主流になっている。過大な時間外労働と過労死との関連や、仕事のストレスに起因するメンタル面から派生する諸問題にも社会的関心が集まり、労働時間管理や様々なハラスメントにも適切な対応が求められる一方で、件《くだん》の最高裁判決で「当事者の一方又は双方が相手方に対して信義則上負う義務として一般的に認められる」とされる「ある法律関係に基づいて特別な社会的接触関係に入った当事者間」に付随する安全配慮義務の適用範囲も、直接の雇用関係にはなくても拡大される方向にある。**就労の形態が混在して現場で錯綜するようになった最近ではなおのこと、一番難しいとされるのが安全への対応だが、各社とも苦労している安全に王道はない。地道に関連法規を守り、事故の元となる不安全状態をなくし、安全を確認しながらヒューマン・エラーが大半と言われる不安全行動をなくすべくゼロ災運動などを通じて習慣化するより方法はない。**

その際大きな柱となるのが、トップの安全に対する姿勢である。**部下や協力会社の方々は、トップの後姿を見ながら、トップの指示に従って仕事をしている。トップの安全に懸ける熱意と情熱が、体中から発してみなぎっているようであって初めて、部下や協力会社の方々は、生半可なことで事故など起こしたら大変だと一層身を引き締めてかかるのだ。**そのような意気込みと併せて、トップも安全感覚を持つことが必要である。例えば、危険作業が度々行われるので、その都度現場への立ち入りを禁止して従業員の安全を守らなければならない場合、入口に赤信号、これは赤が点灯している時は入るなというシグナルだが、赤信号を立てるべきだろうか。それとも青信号、これは青が点灯していない時は入るなというシグナルだが、どちらにすべきだろうか。これはどちらも正解なのだが、何かの事情で信号が点灯しない場合まで考慮に入れると、青信号的な考え方、つまり安全に対する考え方が、危険検出型から絶対安全を志向する安全確認型へ移行していると言われている。こうした面にも関心を持っていただくと同時に、トップは自身の経験や考え方を交えて自分の言葉で部下に安全の大切さを語ることも重要である。そのために役立つようなら、人もお金も時間もいずれも大事だが、出し惜しみをしてはならない。**特に、お金は自分のためだけに使っている限り、あまり上等な使い方はしていないし、不思議にそれでは自分も会社も大きくなっていかないようだ。**

第一、社員の安全のため、自分の会社にとどまらず、地域社会のため、ひいては日本のため、孫子の代のために、人とお金を生かして使う算段をしていかなければ、手足となり汗水流して働いている社員も報われない。会社も世の中に十分受け入れられるだけの大きな存在になっていかないと思うのだ。**世の中には、損得勘定を超えたところにもう一つの大きな力が作用しているかのようであって、こうしたものから見放されては、事業活動はおろか、何事をもなし得ないように思われる。**

東京で開催された黄綬褒章の授賞祝賀会の席に駆け付けた時、そのお一人にとある県の建設業協会の副会長や支部長を務められた方がおられた。既にお贈りしていた胡蝶蘭に言葉を添えるように祝意を述べ、建設共済保険に長くご加入いただいていることに感謝申し上げると、立ち上がったその方が、「私は社員が一番大事だと常々思っている。だから、労災上乗せ補償保険も、共済団の補償額は四千万円までしかないので、やむを得ず他の保険にも加入して社員に一億円かけている。そうでなければ、社員が安心して働くことができないからだ」とおっしゃるのである。**思わず「一億円！」とつぶやいて、その耳を疑うような金額に驚いて絶句してしまった（令和三年十月から保険金額の上限を五千万円に引き上げることとしているのは、この時の話も影響している）**。朴訥《ぼくとう》とした口調ながら、社員思いの、厳しい中にも温かみのある人柄を感じさせる方だった。

程無く、協会の会報に授賞を祝う記事が掲載されていた。それによると、その方は、東日本大震災で被災し、津波に襲われて社屋を含めて資産の九割方失ってしまったという。しかし、**社員は全員無事だった**。その方は、廃業も胸を去来していたが、社員から促されるように再起に踏み出した。仕事は大きいものでも小さいものでも、地元の方々の要請とあれば、何でも引き受ける会社の基本姿勢に変わりはない。たちまち業績は旧に復し、その後の完成工事高は五十億円前後を維持している。**建設共済保険には平成に入って間もなく加入しているが、これまで一度も保険金の支払いはない**。日頃の安全衛生対策も徹底しているであろうことは想像に難くない。**その方の真心がどこかであたかも天にも通じているかのように思われた**。

安全を最優先に考える、個性的ながらこんな優れたトップも記憶している。東北電力の配電関係の協力会社で、社員六十数人を擁する社長は、発明家としても傑出していたが、彼の夢は宗教法人を設立して、墓地公園を造成し、全国に一万柱以上ある無縁仏を集めて供養することだった。彼の名刺には「あなたを信じます！」と書かれてある。そのいわれを聞くと、「私は一人一人の社員を信じ切って、安全第一に仕事していただくようお願いしている。その真剣な思いをこの名刺に表現させていただいている」とのことだった。「**あなたを信じます！」と言われて、悪い気のする社員など一人もいないと思う**。事

実、どんなに機械設備の本質安全化を心がけても、最後のところは人間の行動いかんにかかっている訳で、安全は一人一人の社員を信じていく他ないのである。社長がそうした意気込みであるなら、社員は安全作業を心がけるよりないと思った次第であった。

職場は、素人集団ではなく、仕事のプロの集団である。そうした集団が、自分たちを思うトップの真剣な心、願いを意気に感じて作業をすれば、ちょっとやそっとのことで事故など起きるものではないだろう。**トップや役員、スタッフや管理監督者の熱意、そうした眼が絶えず職場に信頼感を伴って注がれることが、結局は職場を動かしていく。**逆に、不信が渦巻くところ、油断してかかるところ、手抜きするところに事故が発生し、まかり間違えば死に至ることにもなりかねない。そうした痛恨の事態は何としても避けたいものである。

会社選びも寿命のうちか

『名言の内側』という本の中で、春秋左氏伝の「三たび肘を折って良医となる」という言葉を取り上げて、碩学《せきがく》村山吉廣がこう解説している。これは「自分の肘を何度も折って痛みや苦しみを知りながら、治療する経験を積んでやっと患者の立場に立った一人前の医者になれる」という意味だが、これと異なる解釈もあるというのだ。それは「自分の肘だけでなく患者の肘を何回も折るようなへまや失敗を重ねてはじめて良医となる」という意味であり、これと同じように古くから言い習わされているものとして「書を学べば紙を費やし、医を学べば人を費やす」という言葉もある。もっと俗に言えば「百人殺さねば良医になれぬ」ということになる。これでは患者のほうはたまったものではない。「**良い医者を選ぶのも寿命のうち**」と言われるけれど、「**良い会社を選ぶのも寿命のうち**」などと言われるようになったら、**その会社はお終いであろう**。その対応は、安全面と労働衛生面に大別されるが、例えれば、安全面は外科、労働衛生面は内科に当たるとも言えよう。

安全面では、第一に協力会社を含めた安全管理体制を確立すること、第二に機械設備の点検整備と本質安全化を図ること、第三に作業標準の整備と安全教育を充実させることに尽きるかと思うが、所要の効果を挙げるためには、まずトップや現場の管理者が、人間の命や体には本人はもとより家族にとっても本人のスペアはないということ、そして安全第一でなければ仕事にならないことを肝に銘じて、安全第一を現場の基本に据えていただくこと、それを受けて協力会社を含めた管理監督者が、現場の不安全な状態や不安全な行動を見逃さないで、持場毎の安全管理を徹底していただくこと、さらには現場で働く一人一人が、安全を自分たちの切実な問題と捉えて、安全意識と安全行動を現場の仕事の中に組み込んでいくこと、こうした会社ぐるみ、職場ぐるみの対応が必要となる。

他方、労働衛生面では職業性疾病の多くは外傷を伴わないものであり、時間の経過を伴って発症に至るものも多い。また、作業と発症との因果関係の究明に研究を要するものや、その証明に複雑困難性を極めるものも多い。外科のように切ってしまえば、あるいは骨を接げば終りというのとは違って、発症すると治癒困難ないしは即死に近いものも多いのだ。そうなると、予防こそが最大の防御であり、生活習慣病の予防対策に近似してくるように思う。栄養、運動、睡眠の三つのバランスが大事とされるが、栄養に相当するのは、会社が現場で何を与えているか、作業環境として有害な物を与えていないかということであろう。国が定めた作業環境以下の設備や物質を提供することは、いわば汚染された食物を提供するようなものである。次に運動は、職業性疾病を予防するために、ひいては快適な職場環境を形成し健康を保持増進させるために、管理監督者や作業主任者がどういう活動を日常的に展開しているか、また現場の一人一人が清掃から始まって作業衣や保護具の着用、洗身、健康診断の受診に至るまで、どのような労働衛生面に配慮した行動が励行されているかということになる。三番目の睡眠、これは休憩を含めた労働時間管理ということであり、変形労働時間制を活用するとか、あるいは労働時間が時間外休日深夜に及んだ場合、さらには女子を本格的に職場に配置するような場合には、よりきめ細かな配慮が必要とされるのではないかと思われる。

安全衛生に決め手はない。チャーチルが戦時中に「I have nothing to offer but blood , toil , tears and sweat.」と自らを鼓舞したように弛《たゆ》まぬ実践あるのみだ。苦労は尽きないだけに、現場の活動は尊い。

リーダーが人を動かすコツ

堺屋太一の『組織の盛衰』によれば、組織管理の手法には三つの方法があるという。一つは、「言葉」による指導である。これだけでは人は全うに動いてくれない。二つ目が、「行動」による指導である。すなわち、率先垂範ということだ。三つ目が「雰囲気」による指導である。

今風に表現すれば忖度《そんたく》ということにもなろうが、リーダーの言動、表現、関心度は、次第に組織全体の雰囲気に影響し、何も指示しなくても、やがて暗黙の内に組織の尺度となり、正義感ともなっていく。

効果的でもあるが故に怖いところでもある。「上がそうだと、下までそうなる」といったところであろう。組織管理の問題は、人間存在を、心身両面のみならず、人間同士の関係において、どこまでも奥深く考えさせられる、人間に始まり、人間に帰っていく一大テーマなのである。

特に、リーダーが発する言葉の力は、極めて重要だ。言葉に託した問題解決に懸ける情熱も、どこか腰が引けていて熱意が足りないと部下に思われたら、もはや指示した事項は、その人から先にはまともに伝わっていかないと思わなければならない。言霊《ことだま》と言われるように、言葉は人を動かす霊的な力さえ有している。その言葉の骨組みに太い精神が伴っていれば、なおさらのことなのだ。

ジョセフ・パジールは、『人間回復の経営学』（W・A・グロータース、美田稔共訳）で、統率者の条件として、仕事の知識があり技術に習熟していること、創造的な行動力、感性のダイナミズムの三つを挙げて、理想的な比率は、二五対二五対五〇と述べる。特に重視するのは感性のダイナミズムだ。人の痛みを自分の痛みにできる力、人の喜びを自分の喜びとして感じ取る力、そして自分の喜びを人に感じ取らせる力を失っている人間は、人の上には立てないという。こうしたテーマに人情の機微という側面から触れたものに、デール・カーネギーの名著『人を動かす』（山口博訳）がある。その要諦の第一は、相手にも五分の理を認めることだ。盗人にも三分の理があり、どんなに凶悪な犯罪者でも、運が悪かっただけで、自分は真っ当な人間であると信じ、自分の行為を正当化して考えているという。ましてや一般人においておや。第二に、相手に重要感を持たせることだ。大学の学期末試験で教官の名前を書く欄があって、〇〇教授と書いて答案を提出したところ、「優」をもらったことがある。その教官はまだ助教授だった。第三に、相手の立場に身を置くことだ。「人の欲するものを人に施せ」という訳だ。特に贈物などの場合、的外れなものや、猫に小判では致し方無い。格言の本来の意味とは用法が異なるが、やはり猫に鰹節でなければ、真に相手に喜ばれる対応にはならないという難しさもある。

人を動かすコツは、山本五十六の「やってみて、言って聞かせて、させてみて、褒めてやらねば人は動かじ」という言葉に集約されるだろう。リーダーの責任を果たすには、率先垂範と共に部下の状況をしっかり掌握すること、さらには叱りかつ褒めることが肝要である。特に「褒める」効果は絶大で、精神科医斎藤茂太の本にもあるように、褒めてくれた人のことは懐かしく思い出すが、叱られた印象のほうが勝っている人のことは、世間でどんなに偉いとされても、ある種の気まずさを伴って想起するだけで、尊敬の念すら湧いてこないものだ。また、自分のことをあえて自分で褒めることも忘れてはならない。それこそ、自信の基となる。もっとも、褒めてばかりもいられないものだ。叱るには自分に実力がなければならないが、さりげないアドバイスに上司としての思いを託し、相手の気付きと成長を待つ、育てようとする我慢強い姿勢も大切である。仕事が期待外れなら、自分が引き取るしかない。

収支相償の悩ましさ

「一身にして二生を経るが如く」とは、明治の黎明期《れいめいき》を思想的に導いた福澤諭吉の述懐であるが、一年半のブランクの後、図らずも公益財団法人建設業福祉共済団の要請を受けて平成二十七年一月から身を投じることとなったこともまた、当方にとっても財団にとっても、期せずしてそのような感慨を抱く結果を招来して今日に至っている。労災上乗せ補償保険を主力事業とするといった予備知識すらないまま入った、二十名を少し超える程度の役職員を擁する、個人が設立した財団だったが、問題はまさに山積していた。**財団は、公益法人改革のあおりを受けて一般法人か公益法人かの選択を迫られて、多くの建設業関係の法人が前者に決めていく中、後者に舵を切って、平成二十五年度に内閣総理大臣の認定を得て公益財団法人に移行すると同時に、特定保険業の認可を関係両大臣から得て保険業法の適用を受けるようになったのだが、これが続出する難問の大本となった。さらに、ＡＳ４００というオフィス・コンピューター・システムのサービス機能の終了時期が迫り、新システムに切り替えなければならない問題も起きていた。また、虎の門界隈の再開発に伴い、入居ビルが取り壊されることとなり、移転先を決めなければならない問題もその後発生した。**

こうした財団の屋台骨と拠って立つ基盤が根底から揺さぶられかねない時期に責任者を引き受ける巡り合わせとなった。特に内閣府から要求されていた事業構造と財政構造の見直しについては、自分で全てと言っていいほど企画立案せざるを得ず、何とか編み出した成案を五月、六月、九月の理事会並びに六月と九月の評議員会で説明して了承を得た。その間、収支相償の原則遵守の改善方策として、新たに公益目的事業化される労働安全衛生推進事業を保険事業に付帯する業務に位置付けることに内閣府の示唆で調整がついたかと思えば、保険事業の会計とは別の新事業の会計を立ち上げて累積剰余金を運用すれば結果は同様になるからと認可官庁に対応を求められるといったように、あちら立てればこちらが立たずの紆余曲折を重ね、来年度実施の見通しが立って迎えた平成二十八年三月の都道府県建設業協会会長会議では、当時の議事録によると概略次のような新制度の説明を兼ねた挨拶をした。

「昨年二月に理事長に就任し、この席上で全国行脚するとお伝えした。全建の七つのブロック会議に全て出席させていただいた他に、単独で十二人の会長に表敬訪問させていただいた。その際の懇談会食の費用は共済団が負担するとお伝えしていたものの、ご厚意に甘えてしまった場合もあったが、費用を負担することが業界還元の第一歩と心得て、今後も全国行脚を継続していきたい。

今年度の決算見込みは、主力事業の共済保険の掛金収入は三一億九千万円に対して保険金の支払いが一六億六千万円で、前年度とほぼ同額の八億一千万円の剰余金が生まれる見込みである。極めて良好な財務状況で何も問題がないと報告したいところだが、この剰余金の取扱いが大問題となった。というのは、当団は平成二十五年度から公益財団法人に移行し、と同時に特定保険業の認可をいただいた。公益法人になると、内閣府から公益目的事業1に認定された共済保険には、収支相償の原則が適用される。これはかかる費用以上に収入をあげてはならない、すなわち利益を出してはならず、剰余金が出る場合には公益目的事業化して早期に解消しなければならないという原則である。他方で、特定保険業を所管とする認可官庁からは、保険財政健全化の観点から毎年黒字を出すように要請されている。この相矛盾する条件をクリアしていかなければならないのである。その一方で、内閣府から公益目的事業2に認定された育英奨学事業・一般助成事業については、一三億四千万円を原資としてその運用益で賄う前提である。しかしながら、そもそも運用益で賄うのは不可能であるばかりか、他の会計から援助がなければ毎年三億円を超える赤字となり、原資が枯渇しかねない状況にある。公益目的事業1の特定保険業が大黒字なのだから、公益目的事業2に回せばよいと思われるかもしれないが、それぞれ別個に公益認定されているため内閣府から固く禁じられている。

こうした複雑な状況下で、平成二十五年度と二十六年度で一〇億円を超える剰余金が発生したがために、内閣府から抜本的な剰余金の解消策、すなわち事業構造と財政構造の見直しを強く迫られていた。このような事情を織り込んだ対応策を昨年一年がかりで検討した結果、平成二十七年十二月二十二日に認可官庁である両大臣の認可をいただいた。平成二十八年三月十一日には内閣府の公益認定等委員会においても無事、審議を通過した。後は内閣総理大臣の認定を待つばかりとなった。

この対応策のポイントは三点ある。一点目は、掛金の現行水準は維持した上で、これまで一〇〇%であった保険料部分を八五%（今後は八二%に改める）に圧縮し、極力剰余金が出ない財政構造とすると共に、残りの一五%を三つの公益目的事業に充当する。二点目は、この一五%のうち一〇%は、育英奨学事業・一般助成事業の財源に充てて、毎年発生する三億円を超える赤字を補填することで、公益目的事業2の会計の財政的安定を図る。三点目は、この一五%のうち五%は、他業として新たに公益目的事業1の2に認定される労働安全衛生推進事業の財源に充てる。この事業規模は約四億円を予定しているが到底足らないので、特定保険業の会計にある累積剰余金一〇億円をこの事業の会計に運用し、特定費用準備資金として計上して計画的に取り崩すことで、その解消を図る（この方式による新たな剰余金の活用は今後見込めなくなるため、五%を当面八%に改めて、規模を縮小したやり繰りとする）。主力をなすのは、安全衛生用品の頒布である。その品目の選定は契約者の方々に選択していただきたいところだが、当団の職員が少数であり事務処理が困難なことから、初年度は当団の運営専門委員会の会議を経て選定された品目を、当団が提携するミドリ安全から送付する対応とさせていただきたい。ただし、平成二十九年度以降は、安全衛生用品に選択制を導入したいと思っている。また、女性の就労環境の改善を図るため、現場に女性専用トイレを設置する際に導入時に助成を行う（その後更衣室も対象とした）。労働安全衛生推進者表彰は、保険金の支払いがない無事故現場でご尽力いただいた方々を契約者と理事長の連名で副賞を付けて顕彰するもので、本人の了解が得られれば「安全の守り手」として当団のホームページに掲載する。地域に開かれた教育訓練施設の整備助成は、建設会館の新設改修に対する特別助成との関係が出てくる。特別助成事業は一六四億円の原資の運用益で賄う前提であるが、長期金利の低下が続いていることから運用益が減少しており、現在一億六千万円ほどしかこの事業に回せない状況である。運用環境は年々厳しくなる一方であるので、こうした事情も考慮して整備助成と組み合わせて対処していきたい。

ところで、建設共済保険は、お蔭様で昨年十一月に創設四十五周年を迎えることができた。全建との特約の下にスタートしたわが国最初の共済制度だが、全体の加入率が長期低落の一途にあり、来年度から何らかのインセンティブを打ち出す必要があると考えている（各協会への事務委託費や一般助成の支給要件の改善、新設した広報活動支援等の言及は省略したが、その後も改定が続いた）。

最後になるが、**今回の事業見直しの最大のポイントは、サービスは大幅に拡充するが掛金の現行水準は維持するので、契約者の負担はこれまでと変わらないことである。別の言い方をするならば、掛金の負担割合を八五対一五にすることで、これまでは剰余金、あるいは内部留保に回っていた資金を生きたお金の使い方をすることによって、掛金の引上げを行わずに多面的なサービスが得られるようになることである。**私ども共済団は公益財団法人の道を選択した。「清濁あわせ呑《の》む」のが世の習いかもしれないが、当団に限っては、濁など許されない清き正しき道をひたすら犀《さい》の如《ごと》く歩む所存である。したがって、内部留保など一切できず、仮に掛金収入が四〇億、五〇億と増大したとしても、共済団だけが太っていくなどということはあり得ないのである。**当団は、契約者から預かった掛金は「契約者と業界の発展のために」をモットーに、全てを公益目的事業に投入していくことで、業界に真に役立つ存在であり続けたいと思っている。**建設共済保険の目的は三つある。「労働福祉」「企業防衛」「余裕金の業界への還元」であるが、これに今回充実した共済事業が加わり、福祉と共済のバランスがとれて、建設業福祉共済団という名前に相応《ふさわ》しい形に一歩でも近づくことができたと思っている。共済団は皆様方の団体であるので、用意した多面的なメニューを大いにご活用いただきたい」。

財政構造と事業構造の見直しに当たって多く聞かれた意見は、なぜ掛金水準を単純に下げて対応しないのかという点だったが、「確かに掛金を下げれば良いのだが、仮に掛金を下げても収支相償を満たさなければどうなるのか、見込み通りにいかなければまた下げるのかという話になる。予測不可能な保険金の支払状況に鑑みると、厳密な収支相償の想定など極めて困難だ。一旦掛金を下げたとして、事故や支払いが増えたからと言って、今度は掛金を上げることなどできるのかという問題もある。ピーク時には七一億円もあった掛金収入は低落の一途を辿って平成二十六年度は三三億円で、平成二十七年度から無事故割引率を二割拡大した（完成工事高一〇〇億円以上六〇％を上限とする一〇％刻みの六区分の表を七二％～一二％に改めた）ので減収が見込まれるところへ、またさらに掛金を下げるとなると、どんどん縮小していき、全体に与えるイメージがすごくマイナーな保険制度になってしまう恐れもある。長年、掛金を納めている企業は重度の事故がなければ掛け捨てのままだが、今回、掛金は圧縮して保険料分は下げて、残りの一五％の財源を使って有効に活用することにより、財政的に厳しい公益目的事業の会計の応援もしながら、契約者や業界に還元すべく、多面的なサービスを展開することが可能となる」と理事会や評議員会で力説してご理解いただいた。
保険業法に疎《うと》い面は、東京海上日動から熟達者を招聘《しょうへい》し、新システムの導入についても、出だしは開発業者の交代等があったものの、NTTデータから高度専門技術者を受け入れて内部体制を固めながら、内田洋行とサイバー・ウェイブ・ジャパンが担当して仕上げることができた。事務所の移転も、一長一短の周辺のビル探しに悩んだ末、宿願だったワンフロアに何とか収まるビルに入居できた。隣接する金刀比羅宮のご加護も頂戴している気がしている。

当団は令和二年十一月に制度創設五十周年を迎えた。国の補助金等の支援を受けることなく独立採算を旨とし、経営者そのものの判断や企画力に加えて、先頭に立ってトップセールスをこなす牽引力が求められる中にあって、掛金を拠出し合う共済の精神に立脚した制度の充実と普及に努める一方、契約者の二極分化の進行と担い手不足等による業界の地殻変動に備え、規模の大きな企業が増加する加入実態の変化と掛金の収入構造との調整を図るべく、無事故割引率の二割拡大の歪みの緩和と併せた改定等を行いながら、収支相償にもとる累積剰余金の解消問題に散々悩まされた末、割戻金制度の検討を開始するに至った。

含蓄のある座談の数々

今はコロナ禍で残念なことに中断しているが、理事長に就任して真っ先に宣言したのは、楽をしようとか、ずぼらを決め込まずに、面倒を厭《いと》わず営業活動の先頭に立ち、都道府県の建設業協会の会長と専務理事に主に照準を当てて、座談と会食の機会を求めて全国行脚することであった。何となれば、当団の収入源たる掛金収入は、ピーク時の平成十年当時の七一億円から長期低落の一途にあり、ボーダーラインと見られる三〇億円を切りかかっていたからである。二年がかりで全協会の会長にお邪魔することができたが、その後に会長が交代したとなれば、できるだけ早い時期に再び訪問した。また、当団の理事や監事、評議員といった要職をお願いしていれば、三度も四度も足を運ぶこともある。なかなか日程の調整がつかない方とは、出張された在京の折に昼食を共にしたりした。**さすがにその地方を代表する名士の方々である。年上の方はもちろん、年下の方であっても、いずれの会食も好ましい印象しか残っていない。教えられることのみ多く、大変意義深いものがあった。**

　酒を酌み交わして打ち解ければ、まるで小説のような話を拝聴することもしばしばだったが、プライバシーにも関わるので割愛し、印象に残る座談を拾ってみると、この会長は映画やドラマに目がない様子だった。その会長が悲憤慷慨《ひふんこうがい》している。ドラマなど特に、犯人はだいたい建設作業員に設定されているというのだ。これでは、建設業は誇りの持てるいい仕事だからと若者に呼びかけようにも、悪いイメージが先行して、求人を出しても自衛隊の募集のほうに人気が集まりかねず、地域を守っていけない。だから、業界挙げて寄付でも募って、一流の脚本家と俳優を起用して、建設業のイメージを一新する、若者に夢を与える映画やドラマを制作すべき時であり、これしか起死回生の策はないと力を込めるのだった。その時、会長は新海誠監督のアニメ映画で『君の名は。』を鑑賞したばかりだった。ここでも建設業は悪者にされている、とまたボルテージが上がっていた。

　出張から帰ってしばらくして、この作品がテレビ放映された。早速録画して確認してみると、主人公の少女の父親は町長をしていて、選挙ともなると建設業者が丸抱えで運動を行い、お金や票がやり取りされていく様子が描かれていた。そんな中、建設業者の息子と一緒に通学していた少女は、町民から「町長と土建屋は、その子供も仲ええなあ」と揶揄《やゆ》されて小さくなって歩いていると、選挙演説中の父親が見とがめて「胸張って歩かんか」と怒鳴る、そんな場面もあるのだった。

会長の意向は多として汲《く》むものの、時間とお金がかかって当たり外れも大きい新作物でなくとも、建設業を讃《たた》える映画や本、建造物や人物、現場の声等を地域なりに集大成して発信するなど、世の中はイメージ、言葉で動いている点を重々踏まえながら、業界の喫緊の課題である担い手の確保・育成に焦点を当てた、若者の心を捉える戦略的広報を重視したい。そんな観点から、当団としても、協会とタイアップした広報活動支援枠を相当額用意し、表彰を行うなどして力を入れることにした。

次なる会長の場合、ただただ感謝の一語しかない。全建のブロック会議の帰り道、昼食を共にする予定だったが、架線トラブルがあって新幹線との接続が思わしくなく、協会前にタクシーで乗り付けた時は、一時近くになっていた。いらいらした面持ちで会長、副会長、専務理事の三人が立っていて、すぐさまタクシーに乗り込んできた。予約してある料理屋にこのまま向かうというのだ。

懇談どころか、殆ど昼食の時間も取れないほど遅れてしまったが、当団への保険加入率は地を這《は》うような状態の協会の現状だったから、食事を済ませば程無く退散することになるだろうと踏んでいた。ところが、食事が出されるまでの間、持参した資料に基づき説明に及ぶと、会長は途中で話をさえぎって、もういい、分かった、徐々にでも加入率を高めていくとおっしゃるのだ。なるほど、会長の足元には関係資料と思《おぼ》しい書類で膨らんだバッグがあり、入念に下調べをして懇談に臨んでいることをうかがわせた。賑やかな会食となると、副会長に「まずお宅から入れ」との会長のご下命である。「この間保険を更新したばかりなのに」と副会長は当惑気味だったが、その後すぐにご加入いただいた。昼日中の宴会は、河岸《かし》を変えてもう一軒、別れ際には会長が自らあれこれ地元の名産品を買い揃えて手渡され、新幹線の改札口で見送られた時は、五時を遥かに回っていた。

その後、会長の強力なリーダーシップで加入率は驚くほど向上し、後継の会長共々に掛金収入と新規加入数に多大なるご貢献をしていただくこととなった。制度を通じてそのご恩に報いている。

理事長のファンだというある会長は、球団への応援も半端《はんぱ》でなかった。その熱意にほだされて球団の勝ち負けをチェックするうち、気が付けば自分もファンになっていた。また、当方が働きかけたある会長は、知事との会合の後に「共済団の保険に入らなければならなくなった」と言いながら酒席に合流し、傍《かたわ》らの支部長に「あなたも入れ」と畳み掛けて納得させる剛腕ぶりで、支部長には誠に申し訳なかった。

高層ホテルまで経営しているある会長は、是非泊まって欲しいと言う。そのホテルにチェックインに向かうと、専務理事が待ち構えていて、「会長の特別のご厚意により、普段は八万円いただく超デラックスルームを四万円で提供させていただきます。どうぞお支払いください」とのことだ。茶目っ気もある会長らしい。出張で二万円を超える部屋すら利用したこともなく、分不相応な待遇に驚いてしまったが、何とか持ち合わせがあって、恥はかかないで済んだ。

理事長就任当時、全国の会長企業の加入は三一社、会員加入率は五〇・二％にとどまっていた。**制度の魅力を知っていただきたいと、未加入の会長や副会長への説明には特に力が入った。資料を工夫し、懇談会食での話題作りにも意を用いた。中には二度、三度に及ぶこともあったが、厭わず快く応じていただく度量の大きさには感服する他なかった。**それぞれ四一社、五二・八％に伸びて、準スーパーゼネコン級の加入に課題を残すまでになった。会合でお会いする度、お気を遣われる様子に恐縮するばかりだが、年間完成工事高契約の加入は、保険金を上回る掛金の納付が必要とされるため、支店等の工事現場単位での加入も含めて「掛金を拠出し合って相互に助け合う共済の精神」に沿ってもう一工夫加えて、協会の大幹部企業も足並みを揃えられる形に環境を整備したい。

男社会の典型とも言える業界を統括する会長ならば、当然肝も据わっている。主宰する地元の勇壮な祭りへの介入を許さず一喝の下に立ち去らせた実力会長もいる。政治に関係する騒動に巻き込まれることは日常茶飯事に近い。政治家の尻拭いの話もあった。その都度、平身低頭する役回りは、人前にいる時とは一変して逆転するのだった。温顔な中にも眼光の鋭い古武士然とした会長は、警察の事情聴取に黙秘を通し続けたという。**何と言っても会長のご苦労は、地域を支える会員全体に満遍なく仕事が行き渡ることと会員各社の経営の安定にある。建設業の宿命は、工事が完成して喜びを分かち合う暇《いとま》もなく、次の仕事を取りにいかなければならないことだと、厳しさを真顔に訴える会長も多かった。治山治水といい、衣食住といい、人の暮らしに建設業は欠かせない。そのことをことさらに言わず語らずとも、醸《かも》し出す風格から等しく感じ取られる思いがして、自然と頭が下がった。**

制度創設五十周年後の新世界

建設共済保険の収支は、契約者の完成工事高（完工高）の動向に加えて、次の六つの要因に大きく左右される。如何に不安定で予測が立てにくいかを直近の二年間に焦点を当てて例示してみたい。

まず支出面では、第一に**保険金の支払件数**がある。平成二十一～二十九年度は六四～九九件で推移していたが、平成三十年度は八〇・五件、令和元年度は七六・五件であり、大数法則が機能するレベルにはない。第二に**平均保険金支払額**がある。これは保険金区分一千～四千万円のどの契約者が請求してくるかにかかっている。平成二十一～二十九年度は一七八七～二一八七万円で推移していたが、平成三十年度は一九八三万円で支払総額は一五・九六億円、令和元年度は一八〇七万円で支払総額は一三・八二億円となった。予測は困難だ。第三に**当該年度の保険金支払額割合**がある。割合が低くなるほど後年度の備えが必要で支払備金の繰入額が増加し、割合が高まれば逆になる。平成二十一～二十九年度は三五・五～四四・五％で推移していた。平成三十年度は五二・三％に高まり支払備金の繰入額が大幅に減少して赤字を免れて五千万円余の実質黒字、令和元年度は三三・四％に低下して黒字見込みが一二三〇万円の赤字に転じたように、このブレが想定できないほど大きく、最も悩ましい。

　他方、収入面では、**無事故割引率**がある。**高めれば掛金の減収に繋がり、全体の事業規模が縮小していく**。平成二十七年度から実施した無事故割引率二割拡大で掛金には九・一％の減収圧力がかかる。**契約更新率**は九七％と最高水準に達しており、**新規加入**は最近顕著な大規模企業の加入増が寄与している。**完工高一〇億円以上の契約者は、平成二十五年度当時一五八六社だったが、その後四五七社も増えて令和元年度には二〇四三社となり、増加率は二八・八％であるのに対し、完工高二億円未満の契約者は、この一年間だけで二二六社減少している。こうした二極分化の進行に伴う加入企業の構造的変化と、完工高区分が上昇して割引率が高まる動きとの調整を行わないと、減収が増幅されかねない。以上の収斂《しゅうれん》しない変数を踏まえつつ、比較的調整可能な無事故割引率を改正する両大臣の認可が令和三年六月十八**

日（母の命日に当たる）にあり、同年十月一日から実施される。

具体的には、無事故割引率二割拡大で生じた契約者負担割合の格差を緩和し、保険金支払後や完工高区分を移動する際に掛金が極端な跳ね上がりや割高・割安になるのを極力是正するため、無事故割引率の現表で増加が著しい同一〇億円以上の三区分を三段階ずつ細分化し、同二億円以上は二％刻みで減じた、同五〇〇億円以上七〇％が上限の一二区分の新表を設定し、契約更新の際に現表の完工高区分を上回るか前年度に保険金の支払があった契約者と新規契約者から新表を適用する。また、全体の六割を占める同二億円未満は割引率一二％のまま新表に移行し、上記以外の契約者には経過措置として五年間現表を適用する。さらに、四千万円では足りないという要望に応えて保険金区分に五千万円を新設する。なお、累積剰余金は異常危険準備金に計上し、今後は剰余金を極力出さないよう掛金割合を保険事業は八二％に圧縮し、労働安全衛生推進事業に八％、育英奨学事業・一般助成事業に一〇％を充てる。黒字基調が前提である保険の性格から発生する令和二年度以降の剰余金については、割戻金制度の検討を開始し、年内の認可を目指す。導入されれば収支相償の悩みからようやく解放されるが、記念行事は全て見送った制度創設五十周年を経て新時代を画すこととなる。ちなみに、令和三年の干支《えと》は辛丑《かのとうし》であり、「古きことに悩みながらも終わりを告げ、新しき芽生えを見いだす」謂《い》いとされる。

リーダーが覚悟すべき箴言

一三歳の時、宗教の先生から「何によって憶《おぼ》えられたいか」と聞かれて誰も返答できず、「五〇歳になっても答えられなければ、人生を無駄にしたことになるよ」と言われた**ドラッカーたちはその答えを求め続けたという。**ジェフリー・A・クレイムズの『ドラッカーへの旅』（有賀裕子訳）には、「リーダーシップは生まれながらの資質であって、後から身につけるわけにはいかないのだ。生来のリーダーはごく限られている」とある。「梅檀《せんだん》は双葉より芳《かんば》し」だが、渋沢栄一も『論語と算盤』で、「蟹は甲羅に似せて穴を掘る」と述べ、「武士道はすなわち実業道」を体現し、仁を王道とする。ドラッカーは、「もっぱら強みに着目する」。リーダー然り、組織然りで、「適材を揃え、それ以外の人材に去ってもらうことだ。まわりに模範を示せない人材、とりわけマネージャーは、組織に残すべきではない」と、手厳しい。それでいて、「生きるか死ぬかの決断を違えない秘訣は、誰にも任せず、自分で決めることである」。だからこそ、トップは孤独で、フォロワーはどこか気楽なものだ。

飯塚昭男の『リーダーの研究 Part Ⅱ』には、「社長の仕事は、想像以上に重く、ストレスも多く、夜も眠れずに睡眠薬の厄介になることもある」とした上で、ある社長の「副社長を務めている頃は、トップとの差は十対一ぐらいと思っていましたが、いざ運命のめぐり合わせで社長になってみると、（略）『無限大対一』という感じでした」という述懐が紹介されている。理事長に就任してみると、仕事のことが二十四時間頭から離れなくなった。**ドラッカーは『経営者の条件』（上田惇生訳）で、「古いものの計画的な廃棄こそ、新しいものを強力に進める唯一の方法である」と鼓舞するが、時代を先取りした商品の改良に没頭しても、何ものかに助けられるかのような感覚にならなければ、ついに完成には至らないものだ。小組織の理事長は、企画立案の構想がどこからも出てこないことも覚悟して、自ら発案して周囲の納得の下に事を進めるより方法がなく、それが役回りとなる。**

アイデアがよく浮かぶのは「馬上《ばじょう》、枕上《ちんじょう》、厠上《しじょう》」と古来言われているが、成案となるまでは無意識的にも解を求めて模索を続けているようで、夜中にふと目が覚めて、行き詰まりを打開する別案を思いつくことも再三だった。そんなぼやきたくなる夜も過ごしつつ、ようやく成案が得られると、責任上説明は一人で受け持って理事会や評議員会を通し、認定・認可の申請に及ぶプロセスを繰り返した。長く理事を務めた方が「共済団は運のいい団体だ」と述懐していたが、その期待と伝統にもとることがないよう戒心しながらのことだったが、それは当事者と一蓮托生の運命共同体なのだと強く意識せざるを得なかった。組織はトップで九九％決まると識者が喝破する所以《ゆえん》でもあろう。

企業経営と仏道修行に裏付けられた稲盛和夫の『心。』は、心がすべてを決めていると説き起こし、善なる動機から発していると確信できたことは、かならずや良い結果に導くことができたとする信念は、会社の大発展が何よりの説得力を持つ。経営上、決断の動機は極めて重要である。またその善なる動機付けが不十分だと、その未来に必ずや問題を発生させる。その動機が善なるものに完全に変じ行くまで、是正を求める追及の手を緩めることがない。無視して放置してしまえば、いよいよ立ちいかなくなる事態が待ち受けている。帳尻は必ず合うようにできているのである。それに、動機を起点として真剣に心の底から願った事柄は成就するのに対して、生半可な思いや物事への恐れといったものが伴えば、まるではた迷惑であるかのように、皮肉にも不首尾な結果を招来するものである。

組織にいれば、行動しないことも有力な選択肢となり得る。また、良きに計らえと部下任せ、組織任せに往々にしてなりがちでもある。「大過なく」は現状維持の代名詞だが、その伝で行けば、当団の場合業績は下降の一途を辿ることは、掛金収入の推移を見れば一目瞭然だ。小組織のトップはプレーイング・

マネージャーたるべきなのであり、特に支店を持たない以上、都道府県建設業協会との緊密な連携なしに円滑な事業の推進は困難であることを考慮すると、**これまで培われてきた人脈と経験値を一挙に無にしない小組織なりの工夫が必要であり、**理事会で度々指摘されていたように「陣容が手薄なために協会長とのコミュニケーション不足となり減少傾向に歯止めがかからない」事態に再び陥らないよう体制を整備し、**事業運営の継続性と安定性を担保することが求められよう。**

小組織のトップのスピーチは、全て自前である。飯塚昭男も前掲書で、メモを読み上げるスタイルは時代遅れであり、「自分で会見を仕切り、一〇〇%自分の言葉で語り、どのような質問に対してもすぐに応接し、分かりやすく相手を説得しなければならなくなった」と述べ、「上に立つ人には教養が不可欠」で、読書と「知的活動の基本形」の「文章を書く」ことを軽視するなと力説する。

さて、**企業経営に並々ならぬ苦労を重ねたクロネコヤマトの宅急便の創始者である小倉昌男の『経営学』は深く共感できる名著だ。**戦前は日本一のトラック会社だった会社を先代から受け継ぎ、商業貨物から個人宅配へと大転換を図り、十字路に集配車が四台停まっているマンハッタンの光景に宅配便のネットワークシステム構想の確信を得たものの、運輸省との許認可を巡る長い闘いに苦汁を呑まされ続けて申請は店晒《たなざら》しとなるが、予定通り実施できないお詫《わ》び広告に打って出て世論を味方につけて動かし、全員経営のやる気の社員集団をつくりあげ、労働組合も経営に生かして、新商品を次々と開発していく。経営哲学が集約された経営リーダーの10の条件には、時代の風を読む、攻めの経営、行政や政治家に頼らぬ自立の精神、マスコミとの良い関係などが挙げられている。

伊藤博文は、「苟《いやしく》も天下に一事一物を成し遂げようとすれば、命懸けのことは、始終ある。依頼心を起こしてはならぬ。自力でやれ」との言葉を残す。依頼心が高じて鰯《いわし》の頭も信心といった迷信に惑わされるようでは心許ない限りだし、溺れる者は藁をも掴《つか》む体《てい》たらくでは成功すら覚束《おぼつか》ない。

経営は人を動かしてこそ成り立っていくものならば、根底に深い人間理解がなければならない。僧侶アルボムッレ・スマナサーラは『まさか「老病死に勝つ方法」があったとは』で、自惚れた人間の浅はかさを、「我々は大した存在ではありません。ロクな人間ではない」と一喝する。「完璧な仕事」も「完璧な美しさ」もないが、「それほどストレスがたまるのは、その人の能力不足なのです」と切り捨てる替り、「仕事ができる人は、ストレスをためません。いとも簡単に遊びのようにリラックスして仕事をしてしまいます」と言ってのけ、同様に、「狂ったように勉強している人」と「本当に頭がいい人」とを対比する。要するに、「精一杯という態度」なら十分で、所詮「みなほどほど」であり、「自分の体はとても汚く、臭く、不浄で醜いのだと徹底的に実感して観察しなさい」と突き放し、「それは明るい考えだとお釈迦さまは言う」と結ぶのだが、逆に覚悟も決まろうというものだ。

もっとも、ギリシャの格言には「人間にとって一番よいことは生まれてこないこと」とある。生まれてくる前が絶対無の平安の世界だとするならば、道理で人は泣きながら生まれてくる。リーダーもフォロワーも、共に修羅場であるに相違はない、ただ一度の人生を、いかに「面白きこともなき世をおもしろく」（高杉晋作）渡っていくかに一人一人の才覚と見せ場があり、人伝えにも憶えられていく。

Ⅲ　大都会の空の下

オランダの素顔

オランダに着いてみると、そこは海の底である。というのは昔の話。本来なら海底だったはずの土地を埋め立てて、九州ほどの面積に広がる国土を造成し、今日のオランダがある。基礎をなすのは治水学で、海水の流れやアムステルダム河の流れを運河で管理し、風車を国内に九百も作ったのもそのためだ。国家総がかりの英知と汗の結晶で守られているのだから、土地は原則として国有である。

アムステルダムは雨。それでも河畔をバスで通ると、ボートを漕いでいる若者の姿が見える。その程度の雨だ。市内に入ると、家と言っても石造りの五階くらいの下駄履き住宅が多く見られるが、外壁には鉤《かぎ》状のフックが取り付けられている。それに滑車を掛けてようやく出し入れができるほどの窓から、家具を揚げ降ろしするのだ。最初に案内されたのは、木靴の製造販売店と、ダイヤモンドの研磨販売店で、観光と買物と抱き合わせた旅行企画は、心憎いばかりだ。次いで、秘密の隠れ家で有名なアンネ・フランクの家へと向かった。何の変哲もない本箱と思いきや、押し開けると奥に幾つもの部屋が内蔵されている。ナチスから逃れようとしたユダヤ人一家の悲惨な生活をこの目で確かめようと訪れる人は、『アンネの日記』が人口に膾炙《かいしゃ》されていることも手伝って、引きも切らないが、その日記の完全版を読み通して訪れる人はどれほどいるのだろうか。多感な思春期を迎える身心のときめきの秘めたる描写には戸惑いを覚えさせられたものだ。最後は、国立博物館である。オランダが繁栄していた十七世紀の作品が主に展示されているが、レンブラントの『夜警』が目玉だ。暗い色調の中に光の採り方をポイントとする地味な作風の写実的な世界が現出される。

夕食会は、一六二七年開業のレストラン『五匹の蝿』で行われた。ぎしぎしときしむばかりの木造りの階段は、中央部が靴型状に磨り減っている。さすが三六〇年の重みだ。その帰り道、運河を挟んで向かい合う有名な飾り窓を一巡した。人間の動物園のようだ。ガラス張りの部屋の入口で、様々な肌の色の女性がほほえみかける。カーテンが降ろされている部屋もある。夜風が肌寒く感じられた。

翌日は、まだ十分に夜の明け切らない街並みを抜けて労働組合連合会（ＦＮＶ）との懇談に臨み、またバスに乗り込んで昼食の洋風弁当をつまみながら、シェイバー製品を愛用したこともあるフィリップ社に赴いた。アイントホーフェンにある社屋は偉容を誇り、多数分散されている。何か硬質的で、今一つ友好ムードが醸《かも》し出されていない気がした通り、お土産用に手提げバックに余裕を残していった期待も裏切られて、日蘭経済競争の厳しい現実をみる思いがした。

夜は、オランダ生活二十年という現地法人の日本人社長との会食で、素顔のオランダの話を伺った。**この国は形を変えた社会主義国と言うべきなのだろうか。例えば月額六千ギルダーの給与も手取りは三千五百ギルダーといった高い累進制の租税と社会保障費が徴収される結果としての所得格差の小ささ、職がなくても就職できるまでは失業手当が支給される仕組み、資産があれば有料で無産者には無料の老人ホームの存在、低所得者には無料の医療制度、冒頭に触れた土地や住宅事情等からして、その感を深**

くする。もちろん、老後の生活上の不安はなく、国民の貯蓄意欲も低いとのことだ。街路に放置される犬の排泄物の不始末や建物への落書の多さなどに、公徳心の低下を思わせるものがあるという話も聞いた。**「福祉」というマジックワードで万事正当化された場合の落とし穴にも注意を促されるが、高福祉高負担の是非は永遠の論争テーマであり続けることだろう。**

プラハの時計台

機内は狭く、サービスもぎこちない感じがする。「社会主義国だから何も出ないよ」と自信をもって語る人がいたのに、軽食とビールが提供されたのは嬉しい誤算だったが、パンだけはまずい印象がずっと続いた。スチュワーデスは美人である。何しろ、東京オリンピックの名花と謳《うた》われた体操のチャスラフスカの国だものと、すんなり納得できた。

プラハに到着すると、もはや日も落ちて、バスでホテルに向かう途中の街の風景は街路も暗く、人通りも少ない。ネオンなどのけばけばしいものもなく、白黒の世界に来たようで、どこか陰気なイメージが漂い、暗い中を手探りで進まなければならない感じの街だ。人口は一二〇万人である。**中世を思わせるゴシック風の建物が天を衝《つ》いていて、その狭い路地から突然中世人が飛び出して来たとしても、何の不思議も覚えないことだろう。**ホテルの部屋は、調度も必要最小限のものしか置かれておらず、テレビも白黒で、二つのチャンネルに映像が出るだけだった。固い寝心地の悪いベッドに悩まされて寝不足のまま、午前中の労働社会省との懇談に臨むが、部屋はメモをとるには暗く、こちらの要請でようやく照明がつけられた。「変な質問をすると、シベリア送りだぞ」といった流言飛語でも心理的な圧迫となったのか、プロパガンダをひたすら拝聴する格好でお開きとなった。

旧市街広場は、宗教改革の英雄フスの銅像が立ち、広場を囲む建物の色彩が美しく調和がとれて、まさに市の中心を思わせる佇《たたず》まいだ。外貨目当ての私設マネーチェインジャーたちが日本人と見て話しかけてくる。午後一時になると旧市役所庁舎の天文時計の開かずの窓が開き、からくり人形仕立ての十二使徒が登場するとあって、広場には大勢の人が集まり、今か今かと待ち受けている。その時計台を見上げれば、抜けるような青空が広がっている。やがて骸骨の人形が紐を引くと、カーンカーンと響く鐘の音が澄み切った空に吸い込まれていき、その後を人々のどよめきが追いかけていく。

開け放たれた時計台の窓から十二使徒が回り灯籠のように現れて一巡すると、窓は再び閉じられて、紐を手繰《たぐ》っていた骸骨の人形もだらりとして動かなくなった。その間、一分もあっただろうか（最近放映されたNHKのトラムの旅「チェコ・プラハ」の映像によれば、四十五秒ほどだった）。ため息ともつかない声を残し、あっという間に広場から人々がいなくなり、元の静寂に帰した。「おもしろうて　やがて悲しき　鵜《う》舟かな」という一句を、「鵜舟」ならぬ「時計台」と、季語はなさそうな字余りにでも読み直したいような心情に誘われる一場の夢だった。

午後は、オリオンチェコレート工場を見学した。女性が主体で、オートメーション化されているのにテンポは手工業的だ。照明は全体的に暗く、パンをかじりながらといった者もいる。労働力不足が悩みの種で、キューバ、ベトナム、ポーランドなどの東側の外国人労働者が加勢している。懇談では、労働組合への質問にまで答弁に乗り出す、若き工場長のハッスルぶりが印象的だった。

翌日は、プラハ観光の名所であるカレル橋とプラハ城へと向かう。カレル橋を渡る途中で振り返れば、美しいプラハ市内が一望できる。同じようなゴシック調の建物の連続に、逆に印象すら薄れていく感じもする。それらを今一度鮮明なものにしようと、プラハへ再びと思ってみたりもする。

その後のチェコスロバキアは、社会主義政権が倒れて、国はチェコとスロバキアに二分された。あのオリオンチョコレートの若きエリート工場長は、今何処《いずこ》なりや。

パリの風のそよぎ

「ふらんすに行きたしと思えどもふらんすは余りに遠し」と萩原朔太郎をして嘆じせしめ、あこがれを募らせたあのフランスはパリの街は、ユトリロや、渡仏してアトリエを構えた佐伯祐三や荻須高徳たちが好んで描いた世界だ。どのアングルをとっても、すんなりとキャンバスに収まりそうな、絵画的な風景がそのまま眼の前にある。**裸木の街路樹は、細々としてパリらしい上品さをのぞかせながら、風のそよぎに季節感を運んでくれている。**

先ず訪れたのは、さすがフランスと思わせるセンスのいい制服の警官が警邏《けいら》するパリ警視庁と向かい合わせで、シテ島に聳《そび》え立つノートルダム寺院である。巨大すぎて、とてもカメラに収めきれない。**院内を飾る円形状にデザインされたステンドグラスは、二〇一九年の火災でも無事な様子だが、日の光に濃い藍色が映えて、筆舌に尽くし難い美しさだ。セーヌの河畔に出ると、それぞれにゆかりのある橋が架けられている。その河には夏ともなると、トップレスでパリジェンヌが水浴びに興ずる姿が見られる**

という。河岸《かし》にはルーブル美術館がある。管理運営費と入場者数との兼ね合いで、利益を出さないよう収支相償の原則の下に入場料が設定される仕組みだ。オルセー美術館、レジョンドヌール宮を左手に見ながら、コンコルド広場へと出る。この広場から、遠く凱旋門と、シャンゼリゼ通りが望める。その左手にはエッフェル塔があって、パリのもっともパリらしい広場である。

シャンゼリゼ通りを凱旋将軍になったような気分でバスで通り抜けると、越地吹雪の「♪オー シャンゼリゼ」という歌声が脳裡をかすめて心が浮き立つ。パリの道路は車線がなく、それぞれが空きを見つけてはもぐり込み、先へ先へと急いでいる。要領の悪い運転は女性と相場が決まっているそうだが、花の都にもまだこんな偏見がまかり通っているとは意外の感もある。

パリの大丸で買物を済ませて一安心したところで、その夜パリで合流することとなっていたパリ通の案内で、パリ初心者向けコースを飛び越して、直ちに上級者向けコースへと進級することになった。パリきっての劇場で、その名も『クレージーホース』である。十一時頃に入ると、女性客も多く、明るいムードだ。チップの威力で前の席が用意されたが、足を伸ばそうにも余裕がないほどの窮屈さである。小さなテーブルに水割りとシャンペンを置き、登場するパリジェンヌの美しさに目を見張ったが、芸術的な効果を計算に入れた照明にも助けられた美しさのようにも思われた。面白かったのは、幕間でのユーモラスなコントを交えた手品の二題で、ショーが終わったのは一時過ぎである。ホテルへ戻っても、軽快なクレージーホースのテーマ音楽が、耳をついて離れなかった。

翌日は、パリからブルターニュ地方のレンヌまで三時間かけて列車で行くとあって、モーニングコールは六時半で、起きるのがやっとの状態だ。まだ暗い中をモンパルナス駅へと向かい、八時半発の列車に乗り込んだ。列車が出発のアナウンスもなく動き出すと、十数分で田園風景が開けてくる。延々と緑なす牧草地に牛や羊が遊び、畑が広がり、時折出現する小さな町に好奇心をそそられながらの旅となった。時にうとうとと眠り込んでいる間にレンヌに着いて、町のレストランでの食事は、牛肉と帆立て貝とケーキがおいしい、ディナーと言ってもいいくらいだった。

瀟洒《しょうしゃ》なレストランに別れを告げて、人里離れた所までバスが入ったかと思えば、そこがキャノン・ブルターニュ社の本社と工場である。工場のラインには金髪のフランス女性がずらりと配置されている。よくぞここまでと、感無量の思いだったが、人なつこい視線を向けてくる者がいるかと思えば、お金で雇われていても誇りまで売りはしないわ、そんな心意気が伝わってきそうな感じの者もいる。同社を紹介するパンフレットからは、**日本本社のグループの一員としての企業理念を実践することを究極の目的としながらも、現地法人としてその土地の一企業になりきろうとする姿勢を経営の基本に据えて、ブルターニュの地域に溶け込んでいることが幾度となく強調されている。日本直系の傀儡《かいらい》型の企業であると認識されることを極力避けようとする配慮が随所に窺《うかが》われて、現地人の現地人による現地人のための企業として存立しようとする意気込みと苦労がまざまざと感じられた。**レンヌ駅に戻り、再び三時間かけてようやくエッフェル塔の灯が見えて、夜の帳《とばり》の下りたパリに入った。

その翌日は、フランス社会問題雇用省への公式訪問日である。懇談の相手方の労使関係局長は三十歳代の若さだ。見事な対話能力の持ち主で、まさにヨーロッパの持つ合理性と明快な論理性を体現しているかのようだ。午後からはベルサイユ中央病院を視察した。小柄だが太って貫禄のあるまだ三十歳代と自称するマドモワゼルの事務局次長と、雲を衝《つ》くほどの上背だが細身な若い人事担当者との取合わせの妙は、天の配剤かとも思われたが、その説明を受けた後、内科病棟を見学した。病室は、外の光をふんだんに採り入れて明るく、遠くベルサイユ宮殿を望むことができる。

病院を後にしてそのベルサイユ宮殿の門をくぐり、太陽王ルイ十四世の騎馬像の前で写真を撮った。その背後には音に聞こえた宮殿の全容が迫って圧倒される。建物が王に一層の威厳を与え、建物にフランスの国家としての威信が集約されているような重厚かつ華麗な佇《たたず》まいには言葉を失ってしまう。**車で宮殿の庭園内を走り、途中、池が長く伸びて、はるか前方にラグビーのポールのように二本の木立が並んで、その両側に森を従えているところまで出て、車を止めた。夕闇が迫り、ひとかけらの残光をわずかにとどめたような寂し気な空の下で、あわててカメラのシャッターを切ったのだが、暖冬だがまだ冬なのだぞと思わせるほどの冷たさを風が運んで、池の水面を震わせていた。**

車が渋滞する中をパリ市内に戻り、レストランらしくない響きのある『タベルナクロネンブルク』へ向かった。パリの最後の夜も更けてきた。名残を惜しむかのように、『クレージーホース』でも先導していただいた方の案内で、カルチェ・ラタン近くのカラオケ・バーへと急いだ。プロはだしの団長に続いて、歌唱力が劣るところは映像で補おうと、成人向けビデオのマーク付きの曲を選んで、勇を鼓して歌うも、店ではまともなほうのビデオを選んでくれたらしく、画像は真面目そのものだった。

ホテルに戻ると、深夜にもかかわらず、日本人ツアー客の洪水である。翌朝、食堂に降りると、日本人の世界と化し、あとは和定食がないだけで、新婚カップルあり、学生あり、社会人ありで、総じて女性が多く見られた。海外旅行も何と身近になったことだろうか。一時間近くホテルの近辺を散策すると、朝の空気が、肌をさすこともないほどの快さで、寝不足の体を刺激してくれた。

三越での団長の買物の後、店の人の驚きの声を背中で聞いて、三十分の駆け足ながら最後の執念でルーブル美術館に赴き、パリ滞在中お世話いただいたOECD日本政府代表部に出向していた後輩の手際の良い案内で、『ミロのヴィーナス』の彫像や、レオナルド・ダ・ヴィンチの『モナリザの微笑』、ダヴィド作の『ナポレオンの戴冠式』などの名画の前を、ともかく「通過」することだけはできて、まずは後悔することなく、初めてのパリを後にしたのだった。あまりの日本人の多さに、ちょっぴりありがたみが薄く感じられたパリではあったが…。

スペインの昼と夜

人の顔はその国なりに特徴があって面白いものだ。なるほどと思える風貌の人がパスポートをチェックしている。当方も乗り合わせたエレベーターの外国人に「日本人ですね」と図星をさされた。

バルセロナ市内は青空が広がり、高層アパートが立ち並ぶ中を、地中海の風が吹き渡っている。昼食をとったレストランには、地中海の太陽が差し込んでまぶしいくらいの明るさは、まさにアラン・ドロンが主演した映画の題名のように、「太陽がいっぱい」だった。その陽《ひ》も落ちて、海鮮料理を食べに出かけた。『ボタフメイヨ』という最高級のレストランである。大して食べた気もせず、さほどおいしいとも思わなかったが、請求額は五千ペセタ（約六千円）だった。お金を支払い、店を出ようとすると、さらに五千ペセタ足りないとの追加請求である。事務的な手違いでもあったのだろうが、その名の通り「不明朗な」店だと苦笑する他なかった。十一時過ぎに引き上げたのに、店内には沢山の客がいる。一晩が

かりで食事する姿を「ゆとり」と理解していいのかどうか。

彼らにとっては、余暇こそが人生なのであり、少なくともそこに充実した人間的な生活を初めて見いだし得るとするのであり、賃金の若干の上昇か、労働時間の短縮かの二者択一を迫られた場合、後者を選好する気質を有している。そこには、レイバー（労働）の語源が苦役から発しているように、働くことは人間にとって罰であるとするカトリックの影響を受けた思想が流れている。**休暇を楽しむために働き、また、そうした生活水準を確保するために、一人ではなく、夫婦二人が働く姿が一般的でもある。家族なくして何の人生かという考え方の下で、転勤にも家庭の同意が必要である。**さらに、家庭中心に営まれる生活の満足度そのものは高く、バカンスもそれなりに安く過ごす術《すべ》を心得ていて、むしろ精神的には全般的にゆとりさえ感じられるというのだ。

翌日バスで向かったのは、スペイン内戦で多くの犠牲者が出たモンジュイックの丘である。春の嵐のような強風が吹き、空は快晴で、丘からの見晴らしの良さも格別だ。海が迫り、丘に囲まれて、鰻の寝床のように細長く発達したバルセロナの街は、関西の人には港神戸を、関東の人には港横浜を思わせるそうだ。遠く、そしてひときわ高く見えるのが聖家族教会だ。目を転じれば、まばゆいばかりに地中海が広がっている。空と海がその青さを競い合っている中を、強風にさらわれた髪の乱れを気にしながら、写真を撮り合った。丘を降りると、港の入口にコロンブスが立っている。高さ六〇メートルもの巨大な像で、アメリカ大陸を指差している。実際は、その方角にアメリカはないらしい。

バスはランブラス通りという目抜き通りに入るが、ここは車道が両サイドに、歩道が中央に位置されていて、人間優先のレイアウトだ。日本企業の宣伝広告塔が多いカタルーニャ広場を経て、ガウディというスペイン随一の建築家の作品を寄せ集めて造成されたグエル公園へと向かった。道すがら、ガウディの建築作品二点が実際に建物として使用されているのを見たが、グロテスクでぎょっとさせられる中にも、怪獣など子供の無邪気な夢の世界を大人の感覚で再現してみせたような独特の作風なのだった。同じくガウディが手がけたという聖家族教会に来てみると、あちらこちらでまだ普請中である。ガウディの没後、弟子が引き継いでいるのだが、鋭くとんがった円錐《えんすい》の塔が幾重にも並んで聳《そび》え立っている。イマジネーションは無から有を生み出す源泉だが、これほど創造意欲を掻き立ててくれる建物は他になかろう。**一八八二年に着手されて、完成までにあと百年とも二百年とも言われる聖家族教会を挙げるまでもなく、二時間もかけて会話を楽しみながらとる夕食、病院の廊下に当たり前のように掲げられている絵画や写真の数々、街の至る所にあるユーモラスな落書、乳母車を引いて家族ぐるみで楽しむ美術館の情景、それに半日もじっと公園のベンチに座っていられるようになれば立派な欧州人といったジョークなどに、経済的価値の他に無為の時間も含めて、文化的価値がしっかりと生活上確立されているその一端を窺《うかが》うことができる。いずれにしても、数値を追いかけて効率一辺倒に傾きがちなわが国とはいささか異なる分だけ、それが「ゆとり」となって見えるのだろう。**

空港でキスを交す市民を横目に見ながら、一九九二年のオリンピックと万国博覧会のダブル開催に燃えるバルセロナを離れて、空路マドリッドへと向かった。

マドリッドは、近代的な大都会である。ホテルも超一流といってよい所だ。ある人を探しに一階まで降りてみると、折しも結婚式のパーティーなのだろうか、盛装の男女でごったがえしている。何よりも驚いたのは、ステンドグラスで飾られてひときわ高いドーム一杯を震わせる声のすさまじさである。何の脈絡もあるはずもないあちらこちらの話し声が、音の一団となってそれなりにハーモニーして作り出される抽象音は、さながら人間が奏でる壮大な交響楽のような気がした。

夜のスペイン料理店で、鰻の稚魚《ちぎょ》料理などを「こんな小さいうちに食べるのは忍びない」と言い訳しながら食べていると、学生三人組の弾き語りの一行が入ってきた。楽器片手に、太り気味の体格の良さがそのまま歌になったような堂々たる喉を披露し、チップを稼いでいたが、果たして学費に回るのであろうか。十一時過ぎになって、いよいよこの夜のクライマックスのフラメンコへ出かけることになった。店内に入ると、真打ちのお出ましにはまだ時間があるというので、横合いのテーブルで飲み直すが、殆ど限りなくこっくりこっくりの白河夜船の状態である。十二時を回り、いよいよ真打ちの登場となった。何と、この店の年配の経営者がその踊り子なのである。歌手の男と楽器を弾く男を付き従えて、大柄な体をフラメンコの衣装に包んで舞台に立つ姿には侵しがたい気品がある。あえて年齢不詳と書くしかないほどの若々しさだ。フラメンコのほうはと言えば、相変わらず睡魔が襲ってきて、半分眠りながらの観賞となった。まさか不届きな観客を狙い打ってではあるまいが、踊り子の高らかに踏み締める靴の音が目覚ましの役割を果たし、はっと我に返らされては、恨めし気に薄目を開けて舞台を見上げたものだった。ホテルに帰ったのは一時十五分過ぎである。

七時半に、眠い目をこすりながら起床した。マドリッド市内観光と言えば、プラド美術館である。入口で、青年たちが日本語版の美術本を売らんかなと、「安いよ、安いよ、一冊千円。富士山高い」などと言いながら、まとわりついてくる。館内に入ると、教科書や画集で目にしたことのあるベラスケス、ゴヤ、グレコ、チチアノなどの名作が、惜し気もなく並べられている。特に、遠近感覚を取り入れて人物を見事に配したベラスケスの『宮廷の侍女たち』、ゴヤの『裸のマヤ』と『着衣のマヤ』、ナポレオン軍に果敢に抵抗する市民を描いた同じくゴヤの『一八〇八年五月二日、三日』の連作などが圧巻だった。続いてスペイン広場へ向かうと、セルバンテス本人と、彼に創作されたドン・キホーテが馬にまたがり、従者のサンチョ・パンサがロバにまたがる像の前で、記念撮影と相なった。この広場は高層ビルに囲まれて、空の青さに、オリーブの木の葉の緑も鮮やかだ。前方に王宮が望め、ドン・キホーテが眺めている。それぞれに、スペインらしさで躍動している。

マヨール広場に出てみれば、ここは市庁舎が置かれていたところだ。ぐるりと建物で取り囲まれて、中央にフェリペ三世の騎馬像のあるこの空間は、闘牛場でもあり、処刑場でもあっただけに、人々を震《しん》撼《かん》させてきた名残をとどめて、何が起こってもおかしくないだけの奥行きの深さを感じさせられた。

午後からは、古都トレドへ向かう。その途中は、スペインの平原と緑なす大地の連続で、これもセルバンテスの世界かと思わせるものがあったが、睡魔が襲って、その風景を楽しむほどの余裕はない。対岸からはトレドの全景が一望できる。眼前の河は、濁流をなしてなだらかな峡谷の中を流れていて、岸が開けて小高い丘になったところに、深いきつね色ともセピア色とも表現できそうな美しい中世の街があった。教会のとんがり屋根が、同じような大きさと色調の建物の集合体に、アクセントを与えている。街に入ると、こぢんまりとして眠ったような佇《たたず》まいに、つい幻滅すら覚えかねなかったが、ここは遠目の美しさで満足すべき街なのかもしれない。曲がり角の多い道をくねって入ったステンドグラスに飾られた教会は、かつて征服されたアラビアの影響が抜き難くミックスされて異彩を放ち、宝物殿にあったフランコ将軍の指揮棒と、ありとあらゆる宝石がちりばめられて時価には換算できないというイサベル女王の王冠の輝きが、印象に残った。
ヨーロッパは、様々な民族の血が混じり合った多民族国家である。個人間の考え方には多様性があるが、相互に尊重し合うことで、個人主義の発達した国家だ。そして、これらの多様性を宗教、特にキリスト教が統括し、ともすればまとまりを欠きがちな国家に一体感と安定感をもたらしているように思われた。

翌日は、スペイン経団連を訪問した。経済の総本山とは思えないほどの地味なビルである。国際委員会の委員長は高齢で足の悪い方だったが、簡単なスピーチの後、ペルーの大統領が来ているとのことで、すぐに退席された。格下の人たちに説明が任されると、自信満々の講演会といった様相を呈したが、担当によって数字が違うなどスペイン的なおおらかさも垣間見せて、何かフラメンコの歌手を思わせる押し出しだった。午後はスペイン労働組合同盟を訪問した。現政権の社会労働党の支持母体とあって活気がある。懇談に出た組合員もネクタイを締め、表情にはインテリジェンスを感じさせられるものがあり、労使協調的で、これが組合かと思うほどの柔軟さである。日本企業の海外進出は大歓迎との答弁に力づけられたような気分になって、ホテルまでそのまま歩いて帰った。

一九八八年一月に訪れたヨーロッパは、大きく変わった。EU（欧州連合）は、東側だった諸国を含めて加盟国が拡大し、ユーロという統一通貨の下に、ヨーロッパ全域を包摂した。しかし、ギリシャの財政危機に端を発した信用不安はイタリアに飛び火し、フランスとベルギーを拠点とする大手銀行が破綻するなど、波紋を投げかけていたが、**ドイツを先導役としながらも共通して経済の伸び悩みと移民が政治問題する中、イギリスが二〇二〇年一月にEU離脱に踏み切った。**現在は、各国ともコロナ禍の最《さ》中《なか》にある。スペインのバルセロナでは、華々しくオリンピックが開催されて、女子二百メートル平泳ぎで十四歳の岩崎恭子選手が史上最年少で金メダルを取り、「これまで生きてきて一番幸せです」と感想を述べた。モンジュイックの丘には多くの競技施設が集まり、聖火が灯された陸上競技場には、女子マラソンの有森裕子選手がデットヒートの末に、惜しくも二位でゴールインした。そして今、二〇二〇年に開催予定だった東京オリンピックがコロナ禍で一年延期されて、殆ど無観客を余儀なくされている。

旅の同行者も、団長を始めとして鬼籍に入った者も多くなり、写真を撮ればVサインを作ってはみなぎる若さを誇示していた者ですら還暦どころか古希に近づき、サンデー毎日の編集長の辞令が下りるのを半ば覚悟しているとの年賀状を頂戴してから早くも幾星霜を閲《けみ》するようになった。

ペスト禍のロンドン

新型コロナウイルスがパンデミックとなり、わが国でも二〇二〇年四月に緊急事態宣言が出されて、不要不急な外出は自粛するよう要請された。職場の勤務体制も週二日程度に制限したため、自宅にいる時間が途方もなく多くなった。図書館も軒並み閉館である。そうなると、読むべき本は、読まれざる蔵書にチャレンジする以外は、これまで以上に自分で仕入れていくより手がない。

自粛直前の書店の書棚から、ダニエル・デフォーの『ペスト』（平井正穂訳）という文庫本が眼前に浮かび上がってきた。同名のカミュの本は読んでいたが、殆ど内容を思い出せない程だったし、そうなると今ぴったりの本だ。予言に満ちた小松左京の『日本沈没』と『復活の日』も買い求めた。

さて、『ペスト』は、一六六五年のロンドンが舞台のドキュメンタリー風の小説である。**まるで昨今の感染者数の報告を目にしているかの如く、臨場感に溢れている。そのように、ロンドン市内の各地域のペストによる死者数が日々伝えられて、時々刻々と市民が追い詰められていく様子が、克明に見て取れるのである。**多くの市民はロンドンから逃げ出してしまうが、筆者は迷った挙句に生きるも死ぬも神のご意思だと覚悟を決めて、兄の誘いを断って店の稼業を続けるのだ。

ペストの被害は日増しに拡大していく。感染者が出た家は家族ごと閉鎖され隔離されて、監視人が付けられて、多くは死と背中合わせの生活を余儀なくされる。宮廷人たちに惨禍は及ばず、彼らをまねて驕慢と奢侈《しゃし》の風潮に染まった市民に犠牲者が出た。街路に死体が転がっている場面に出くわすことも多くなり、大きな穴を掘って死体を埋めようにも、あちらこちらから持ち込まれる死体の処理に難儀するほどの勢いだ。娯楽場は閉鎖となり、宴会も禁止された。居酒屋やコーヒー店も夜九時以降の出入りは許されなくなった。**何と今回と同じような対策が取られていることだろうか。**

住民の不安に乗じて、偽薬や様々な占い師が暗躍し、暴利をむさぼったが、その末路は推して知るべし。教会は宗派の別を越えて住民に開かれ、踏みとどまった牧師たちは懸命に導き手になろうとした。逆に逃亡した牧師や医師は、ペストが収まって戻ってから風刺の対象となり、相手にされなくなり、転地を余儀なくされる者も多かった。ロンドン市長を始めとする市当局者は、終始一貫して統制と秩序を維持した。条令を発して市民生活を守ろうとする姿勢には、惜しみない賛辞が送られている。郊外からはパンを始めとする食料が不足なく届けられたが、市と間断なく往来を繰り返していても、業者の中からは不思議と犠牲者が出なかった。また、篤志家も同様だった。神のご加護のなせるところなのだろう

か。今次のウイルスも、最も弱いはずの赤子や子供たちに感染者は少なく死者も例外的で、あたかも知能と感性を有するウイルスが選択をしているかのようである。

猖獗《しょうけつ》を極めたペストも、ついに終わりの時を迎える。まだ感染者が続出していた頃、死亡者が減少し出し、軽症者や回復者が多くなる趨勢《すうせい》に、毒性が薄まっているとして、終息が近いことを予測する医師がいた。その「予言」通り、もはや持ちこたえられまいと思っていた瀬戸際で、神の救いの手が差し伸べられて、ロンドンは生き残った。今回は三度の都市封鎖とワクチン接種を経て、ようやく曙光《しょこう》を見いだしている。わが国では八月の第二波の感染者数は第一波を上回っても死者数は少ない状況が続き、毒性が薄れて終息に向かう『ペスト』と同じ展開かと思った矢先、人の往来が頻繁となって第三波が襲来し、緊急事態宣言が再三発出されて、ワクチン接種までいよいよマスクが手放せなくなった。

ああ、勘違い

京都が好きなペーソス君は、日帰りの旅行すら厭《いと》わないほどだった。その日も朝早くに東京を出て、大原や三千院まで足を延ばして女ひとりならぬ男ひとりでさまよった末、四条河原町のリプトンで夕食を済ませて信号待ちしていると、黒髪の若い外国人女性から「羅生門という店はどこでしょうか」と聞かれた。妙な英語を並べるよりも先に体が動いて案内すると、立派な店構えに恐れをなしてか、「too expensive（高すぎます）」と言う。それなら先ほど食事を済ませた店があるからと、また道を渡って結局ぐるりと一回りした格好でその店に入り、ペーソス君はレモンティーを注文して食事に付き合うことにした。「Where do you come from?（どこの国から来たの）」と聞いてみると、「イングランド」と聞こえたので、「I respect sir Winston Churchill. He is one of the greatest statesmen the world has ever produced.（チャーチル卿を尊敬しています。世界で最も偉大な政治家の一人です）」などと、教科書にあった風の文章を口にして英国を礼賛したのだが、不可解な表情をしている。改めて確認して見れば、イランのイスファハンなのだと言う。ああ、勘違いだ。途端に話題に乏しくなった。来日の目的を聞けば、国際会議に出席するためで、研究者なのだそうだ。都ホテルに滞在しているが、そこも高すぎるので手頃な宿があったら紹介してほしいとも言う。そんなことが旅行者に分かるはずもなく、新幹線の帰りの時刻が気になるばかりで、後ろ髪を引かれる思いで別れたのだった。その後ホメイニ師によるイラン革命もあり、イラン・イラク戦争に揺れるなど政情不安定な情勢を耳にするたび、彫が深く清楚なペルシャ美人の面影が浮かんでは消えて、ペーソス君の**手元には般若面のデザインの羅生門のパンフレットの余白に青のボールペンで書かれた彼女の名前のサインが残っている。**

若い頃は可能性に満ち満ちている分、大いに迷うものだ。それは文系理系の選択に始まる。三年次を振り分けなしに過ごしていたら迷わず文系を受験していたことだろう。文系は女子が主流で半数近くも占めると聞いて敬遠する心理が働き、ペーソス君は男子だけの理系クラスに所属してみたものの、機械電気系統には興味も持てないまま、後年も轍を踏んだ周囲の思惑に流されて肝心の自分で決めるというカードすら捨ててしまうかのように、行きがかり上受験した理系は二次で敗退し、選択の勘違いを厳しく悟らされた。妹の一言にも助けられて、やはり法学部で初志貫徹だと進路を確定すると、素直に文系を受験していたらあの問題なら合格できたはずだという勝手な思い込みから離れられず、不戦敗となったことが悔やまれ、惜しんで余りあるロスの一年に思えて、現役の延長のような態度を引きずった、誤解を与えかねない心のわだかまりのようなものから長く抜け出せなかったものだ。

最近あった勘違いでは、注文を取ると前払いする横合いの店にいたつもりで、ペーソス君が食事後そのまま店を出てしまい、店員が息せき切って追いかけてきて恥をかいたことだ。釣り銭はいいからと断ったのに、店員は大急ぎで店に戻って釣り銭を持ってきた。次回からは、注文する時に前払いして釣り銭を貰うことした。ある日、前払いしたのに、忙しさに取り紛《まぎ》れたのか、釣り銭を貰えない時があった。これでおあいこだぞと、ペーソス君は損をしているのに痛快な気分になって店を後にしている。

最後は機内の珍事だ。がら空きの後方で手持ち資料に没頭していると、客室乗務員が足を止めて「お客様はいいお顔されていますね」と突拍子もないことを言う。勘違いも甚だしい。からかわれたに違いないのに、空から舞い降りた天女かと勘違いして舞い上がったペーソス君には会話の記憶すらない。

横浜散歩

五月の連休は、遠出でもしなければ間が持たない。手っ取り早く選ばれたのが横浜だった。横浜駅から根岸線に乗り換えてわずか一駅走る中、予告映画のように広がる近未来都市みなとみらい21の情景を眺めながら、桜木町駅に降りると、左手には明るい陽光が差して、さわやかな風に乗せてかすかな塩の香りすら感じられそうだとなれば、足を向けたくなるのは山下公園の方向だ。拡張された駅前広場が、大海原のように前途に開けている。ロイヤルグランドホテルを擁する横浜ランドマークタワーは、みなとみらい21地区の入口に位置し、行き交うエスカレーターを上り切り、歩く歩道のようなエスカレーターに切り替わった所から、右手に白い帆船の日本丸が間近に巨大な姿を現し、万国旗とマスト先端の日章旗が風に勢いよくはためいて差し招いている。タワー下のゆるい階段状になった広場では、にわか道化師の大道芸に人の輪ができて、座り込んで眺める者も多い。日本丸の周辺は遊園地となっていて、コーヒーカップ状か、メリーゴーランド風か、巡り巡る戯れに行楽客は余念がない。遊園地の殆どの施設は回転運動が売り物なのだが、くるくる回れば人の頭のほうは停止状態となって恍惚感が生まれるのかもしれない。その道を直進すると、パシフィコ横浜に行き着く。蒲鉾《かまぼこ》を縦に張り付けたような白い建物だが、建物ごと波乗りしている感じも受ける。その交差点を右折すると、橋を渡るその右手向こうには内海が広がり、クルージングを楽しむ船も見える。さらに進めば、目の前には大観覧車が迫り、動いているのか分からないほどのスピードでゆっくりと回っている。今日は、暑いと言うべきかさわやかと言うべきか判断に迷うほど、五月晴れに風がアクセントを付けてくれている。

駅前地区に別れを告げて、赤レンガ倉庫のある広場に向かう。北海道の小樽もそうだったが、倉庫が見事に化粧直しをしたリサイクル商品と化し、いつの間にか港町の観光スポットに躍り出ている。昼なお暗い倉庫の中を煌々《こうこう》と電球が照らし、考え得る全ての店がひしめき合って、通り抜けるのでさえ苦労するほどの混みようだ。こんな天気のよい日は外にいるに限るとばかり、山下公園へと向かう沿道は、時刻も二時に近く、引きも切らず人の流れが上り下りと、風の流れと共に交錯する。もう初夏の趣で、思い切り軽装を楽しむ女性も、男性と肩寄せ合って歩いてこそ、価値の高まる横浜だ。いい連休だなと背伸びでもするような気分で山下公園に入ると、目の前は遠く太平洋へと続く海である。犬を散歩に連れ出している者、芝生に寝そべっている者、ベンチで談笑している者、思い思いの連休を消化中である。水を守護する女神像が水がめを抱えて立つ噴水の辺りは、フランス風の庭園になっていて、花々の彩りも鮮やかだ。世界を巡航した旅客船氷川丸が公園のシンボルになっていて、日本丸より遥かに重量感のある船体を浮かべている。公園を出るとマリンタワーがあるが、これだけ高層ビルが立ち並ぶようになれば影が薄くなっている感じがする。それでも展望台を売り物にして集客に必死だ。

さらにその先の小山を上ったところに、ネーミングも横浜らしい港の見える丘公園がある。公園に至るルートは整備されてエスカレーター付きとなれば、坂道を踏みしめて上っていく者は少ない。案の定、誰一人としていない石段を辿っていくと、空気もひんやりしてかえって気分がいい。フランス山と呼ばれる中腹は、領事館のあった所で、その名残をとどめる辺りに赤い風車と古井戸があった。風車は、井戸水を汲み上げる動力として使われたものだという。それが証拠に、にじみ出るように水が湧き上がり、ごく細い流れをなしていた。そこから港の見える丘公園の高台へと通じる空間は、かつては豊かに木々が生い茂って木の下闇の広場を形成していたはずだったが、木々が植え替えられたようにスマートになり、ベンチの位置も往年の趣がない。ロマンチックな場所を求めて歩いた頃から途方もない時が過ぎたことを思えば、佇《たたず》まいが一変したのも無理はない。丘の上の展望台に立つと、横浜の倉庫群を手前に見て、白く伸びやかな横浜ベイブリッジと青い海といった光景にアクセントを付けるかのように、オレンジ色のクレーンが林立している。横合いの広場では若者の大道芸が披露されて、人々が展望台にまで溢れている。展望台にいながら、もったいないことに海を背にして興じているのだ。カメラを構える二人連れと目が合ってしまったから、もういけない。「写真、撮ってくれませんか」と男性に頼まれ、女性からは「ベイブリッジ、入れてくださいね」との注文である。はい、はい、分かりましたとも。ベンチに座って考える人となったこともあるフランス庭園を抜けると、行き止まりに大仏次郎記念館がある。横浜が舞台となった文学作品はすぐに思い浮かばないが、歌謡曲なら枚挙に暇《いとま》がない。いつもならここに来るまで、何曲もの横浜ストーリーを口ずさみながらの道行きなのだが、そう言えば今日はまだ一曲も口をついていなかった。こんな日もある。

日本文学ゆかりの建物を後にした辺りからは、いよいよカタカナのヨコハマの登場である。小ぶりな山手一一一番館に、門から十歩ほどの小道を伝ってスリッパに履き替えて入ると、すぐにリビング・ルーム、その奥がどっしりとした食卓に木の椅子が七つ八つほど配された食堂だった。折からの陽光に、家庭の幸福のかたちが輝きを増してそこにあるといった感じだ。この住宅を設計したのはモーガンというアメリカ人で、二階の角部屋にその足跡を辿るコーナーがある。明治の初期に四十歳を過ぎて独身で来日した彼は、何と日本人女性と結婚し、仲睦まじそうな写真が並べられている。今に残る邸宅や教会の設計などを数多く手がけて大活躍の日々だったが、五十代後半に没し、本人の希望に従って外人墓地に眠っているという。赤い屋根瓦と、淡いクリーム色の外壁にふんだんに取り入れられた格子風の窓が、全体として小ぢんまりとした調和をなして、女心をくすぐりそうな洋館に見とれながら、その隣にある白亜の旧イギリス総領事公邸のバラ園を眺め、踵《きびす》を返して外人墓地の門に立つと、扉には「どんな富も美貌も何もかも、死の前には無力だ」といった風のことが書いてある。とは言え、異国の地で彼らが果たした大きな役割、思いがけず恵まれた肌の色の違いを越えた深い愛、そうした諸々の思いが十字架や墓標に象徴されたその佇まいからは、洋の東西を問わず諸行無常へと収斂《しゅうれん》されていく虚無と抗うかのごとく、葬られてなお人生の持つ尊さとその意味合いを懸命に主張し続けているかのようで、何か崇高なものを感じさせられる。

いつもなら、この墓を遠巻きにする形で、元町公園内の弓道場やプールなどを真下に見て、カップルで歩けば密かに胸が高まりそうな死角の多い木陰のある小道を回り下って、元町商店街に出るのだが、今日は、外人墓地の向かいの野外にもテーブル席を置いてにぎわっている洋風レストランを左手に見ながら教会へと続く道を直進してみることにした。山手本通りと呼ばれるなだらかな坂道には次々と西洋館が出現し、そのたびに足を止めては同じような感慨に打たれて建物を後にする。この辺りは横浜でも指折りの文教地区ともなっていて、名門女子学園が妍《けん》を競うように集まっている。

フェリス女学院を通り過ぎた辺りの坂道の左手に、カトリック山手教会がある。これもモーガンの設計であったかと、もう曖昧になった記憶にそれでも後押しされるかのように興味が湧いて、階段を上って中に入れば、テーブル付きの長椅子が列をなし、祭壇にそびえる聖なる巨像が放つ白い光彩の神々しさは隅々まで行き届いて、宗教的荘厳さに圧倒されそうな教会である。一つ一つの椅子の前には緑色系のフェルトで覆われた足台のようなものがある。さて帰ろうかと立ち上がったその時、深刻な面持ちの二十歳を少し出たばかりかと思《おぼ》しい女性が走り込むようにして教会に入ってきた。そして、その用法がよく分からないでいた足台に膝間づいて、テーブルに両肘を乗せ両手を組み合わせて頭を垂れ、差し迫った表情で祈り始めた。

このコースの極め付けは、山手イタリア山庭園にある、東京は渋谷の南平台から移築された外交官の家である。淡いクリーム色系の外壁に窓が多く、落ち着いた二階建ての洋館は、横合いの入口から一階部分に進んでみれば、モダンな家具や椅子が配置された応接間は明るい日差しに溢れ、窓辺の花瓶に挿された花々も一層映えている。踊り場のある階段を伝って二階に上がると、そのまま休めそうなベッドが置かれ、寝室の半分は夫人の部屋に当てられ、奥の小部屋にはロッキングチェアがあり、体を預けてみればゆったりとして快い。窓の効用で、寝室に近接するとは思えない明るさだ。壁一つ挟んだ向こうの角部屋は、洋書がガラス戸の書棚に納められた書斎になっていて、どっしりと重量感のある長めの机があり、擦り切れた箇所も目立つ丸い皮カバーの椅子が入口を背にして置かれている。座ってみれば、外に向かって大きく広がる窓一杯に、風のそよぎに光を交錯させながら揺れる木々の緑が色鮮やかで、天然のステンドグラスを見ているかのようで心地好かった。この館の裏手には、庭園の花壇の中央に水路を走らせた空間がある。多くの人は、この庭園から高台に立つ館に向かって写真を撮るのだ。庭園の巨木は、枝葉を空に向かって大きく広げ、館と背丈を競っているかのようだ。少し涼しめに変わった風が渡り、さらさらと葉音を立てて、傾いた陽射しに照らされて光る緑を際立させている。薄手のジャンバーで身を包むようにし始めれば、頭は帰路へと向かう。

中華街へ招き入れる門をくぐった頃は、五時を回っていた。猥雑とも思えるような独特の活力を肌身に感じながら、空き腹に長居は無用とばかり早足で通過し、山下公園前の通りに出ると、そのまま速度を緩めずに、シルク会館のふくよかな女性の立像に敬意を表しながら、煉瓦造りの横浜開港資料館を横に見て、三角の照明灯が特徴的なマリーンブルーの横浜スタジアムへと通じるその名も日本大通りに面した、一見中国風のそれでいてキングの塔と呼ばれるのっぽの尖塔を有する、建て増しの連続で境界が分かりにくい神奈川県庁、その港側手前にはかつての横浜の代名詞でもあった税関があり、こちらのほうには穏やかでやや控え目な尖塔がある。さらに、それらを全て凌駕しかねない鉄格子の集合体のような巨大なビルの神奈川県警本部もある。

開港以来の建物の面影は、日本郵船会社とローマ字で書かれた白亜の建造物にとどめを刺す。地下鉄の開設で最近できた馬車道駅周辺を冷やかせば、旧横浜正金銀行が横浜県立歴史博物館に衣替えして、堂々たる体躯で鎮座している。青く丸い帽子のような屋根は、明治の生まれであることを伝えている。

街の再開発で生じる古い物と新しい物との相剋は、多くは物珍しさも手伝い、時代の風を背中一杯に受けた新顔の勝利となる。しかし、多くの名馬、例えば有馬記念で翔ぶが如き圧倒的強さで有終の美を飾ったディープインパクトの引退を惜しみつつも、種牡馬《しゅぼば》も悪くないなどと半ば羨むような気持ちで、その子供に片鱗を期待するように、老兵はただ消え去るのみといった寂しい退場ではなく、港ヨコハマの顔だった面影は、横浜の良き遺伝子として形を変えてでも、何とかとどめておきたいものである。

ひばりの歌と人生

美空ひばりは、敬遠するほうに分類される歌手の一人だった。ところが、『川の流れのように』という最後の曲を耳にしてからというもの、彼女の人生が投影された、その歌の力に魅せられてしまった。それからというものは、これまでの非礼を詫《わ》びるかのように歌全体を見直す気持ちにさせられて、少女時代の『悲しき口笛』から始まる歌に耳を傾けては、改めて定番とされてきた数々の名曲に、これまでまともに味わい取れなかった良さを発見しては得心させられて、悲喜こもごもの人生の思いを共感させられるだけでなく、大げさな言い方をするなら、日本と日本人の本質な所まで実感させられたりもするのだ。確かに、彼女の芸風は『愛燦燦《さんさん》』の頃から変わっていった。それは、これまでの美空ひばりとしての天才的な歌唱力に加えて、終始二人三脚を組んで芸能界の指南役でもあった最愛の母の死、相次ぐ弟たちの死、追討ちをかけて襲ってきた大病といったように、加藤和枝として味わった不幸に決定的に影響されている気がする。もちろん、それまでの彼女の歌も、実際の横浜にはそんな所番地はないと言われる『港町十三番地』や『りんご追分』、『津軽のふるさと』、『ひばりの佐渡情話』といった枚挙に暇《いとま》のない名曲の数々も素晴らしかったし、特に敗戦後の『リンゴの唄』や『東京キッド』など、彼女の明るい歌声は国民に心の潤いと元気を与えた。

歌に翳《かげ》りが出始めるのは、一九六六年の『悲しい酒』辺りか、それでもその頃の不幸は、離婚後の切なさなどからくる哀しい女の情感にとどまっていた感じがする。年齢的に見てもまだまだ若く、人生全体を感じさせて、慟哭《どうこく》するような、聴く者を震撼《しんかん》させるような、深みにまでは達していなかったように思われるのだ。**それが不幸という形を取るのは残念なことだが、一つまた一つと人生経験が加わるつど、美空ひばりの歌は、醸成された名酒のように味わいを濃くしていく。ファンのほうも相応に年齢を重ねていく分、共感も一層深まっていく。そんな関係にあったように思う。**

そのようにして迎えた一九八五年、NHKの思い出のメロディの舞台に青いドレスで出演した彼女の『悲しい酒』は、台詞《せりふ》の途中から感極まって涙ながらの切々たる歌となった。この境地から、『川の流れのように』まではもう一直線である。しかし、大病から不死鳥のように蘇《よみがえ》ったという触れ込みで、東京ドームで行われた公演の頃は、歩くのもやっとの状態で、それまで足を引きずって歩いていた彼女が、本番の舞台になると、何事もなかったかのようなしゃきっとした動作に変わる姿は、舞台裏が分かってだけに痛々しい限りだ。そんな無理を重ねながらも、最後まで声の衰えを見せず、平成に入るとすぐに天に召されていった。「美空ひばりには神様がついているけれど、加藤和枝にはいない」という言葉を残して。享年五十二歳、あまりに早すぎる死という他ないが、彼女のイメージを損なうことなく永遠にとどめるために、選ばれた人に与えられた絶妙にして寸分の狂いも許さぬ厳格すぎるほどの天の計らいの下に、始めから終りまで、歌だけでなくその人生までも、活躍する時代と共に周到に用意されていたようにさえ思われる。西木正明の小説『一場の夢』によれば、戦前に女優「美空ひばり」として活躍していた人がいたが、彼女と入れ替わるような形で戦後に歌手「美空ひばり」が誕生している。美空ひばりが二人いても、偉大さにいささかの変わりもない。芸名の素晴らしさは、名は体を表すかのように、大看板に相応《ふさわ》しい女優を生み、歌手を生んだのだ。ＡＩで彼女の歌声を蘇らす試みがなされたが、ファンにとってはある種の冒瀆《ぼうとく》でしかない。

銀座界隈今昔

今年（二〇〇六年）は、暖かい日と春は名ばかりの寒い日とが極端に交錯する。こんな年は、かえって桜は早く開花するようで、三月下旬には満開を迎え、四月に入るとあらかた散ってしまい、桜前線は暖冬だった西へと南下するといった、変な現象もみられた。桜にも、寒暖差によるショック療法が必要だそうで、例年になく寒気が強かった日が多かった分、東京では早い開花を促したようだ。

そんな四月半ばのまだ幾分寒さの残る日、カジュアルなブレザーを引っ掛けて、日曜の昼下がりの銀座歩きとしゃれこんでみた。もっとも、大枚をはたいて買物をしようという気などなくて、要は花の都の時めくファッションに酔い、都会の風に吹かれに行くようなものである。場所柄を弁《わきま》えて伊達の薄着にしたつもりが、新橋駅に降りてみれば、コート姿の人も多い。そこから銀座はもう目の前だ。その昔、地方から出てきた人を接待しようと、あえて銀座の方角からずっと歩いて、まだ銀座と思わせる辺り、実は新橋に入っているのだが、その絶妙な辺りで、少し安上がりのお酒を飲ませると、相手は銀座で飲んだと勝手に勘違いして、大喜びで帰ったものだ、といった話を聞いたことがある。どこからどこまでが銀座か新橋か、それほどに境界は悩ましい。

さて、新橋からすぐに続くその銀座の裏通りは、バー・スナック・クラブの類が、ビル丸ごと、ひしめいている。夜ともなれば、紛《まぎ》れもない銀座の顔だ。『銀座の恋の物語』を始めとして、曲名に銀座が入っている歌謡曲だけでも、どれほどのものになろうか。しかも、その歌詞の断片には、いくばくかの真実が含まれているものだ。恋にも栄枯盛衰があれば、それ以上に店の出入りの振幅は、バブル経済崩壊の動向と運命を共にして、さぞ大きかったことだろう。裏通りに入る時間帯でもないし、そもそも有資格者とも見なされないような人間が通常辿る道は、やっぱり表通りということになる。

夜の蝶が艶やかに身に纏《まと》うドレスを展示したショーウインドーのある店を横目に見ながら表通りに出れば、歩行者天国である。少し歩を運ぶと、福家書店（この書店ももはやない）があり、よくサイン会が催されて、長蛇の列になっているのに遭遇することがある。筋向かいに、音楽の殿堂ヤマハ（その後建て替えられてレイアウトが一変している）があり、グランドピアノが置かれたガラス張りの店内入口付近のステージで、小さなコンサートが開かれていて、中堅に入りかけた風の女性ピアニストと若い男性チェロ奏者の二人による演奏会がたけなわだ。二階の売場から手摺《てすり》越しに眺めている客も含めると、三、四十人はいると思われる聴衆に混じって耳を傾けると、既に会も終りに近く奏されたのは、メンデルスゾーンの「ピアノとチェロのためのソナタ第一楽章」だった。**空気の振動がそのまま伝わる生の演奏は、音量の豊かさと共に、格別の感動を伝えてくれる。**

その先からは、松坂屋を皮切りに、次々に我が国を代表するデパートが立ち並び、これぞ銀座の顔だと、誰もが納得する佇《たたず》まいへと移行する。銀座は、特に地方から出てきた、若い女性の憧れの街でもある。おそらく有楽町のソニービル（取り壊されて今は昔だ）辺りで待ち合わせて、彼女たちが近況報告もかねて、友達とだべる場所となると、喫茶店や甘味処《かんみどころ》が必要となる。そうした店にも、銀座は事欠かない。時には、出張者もそうした気分になるようで、その昔、伯父さんに呼ばれて銀座に行ってみると、もう一人の年配の同行者と共に連れて行かれた先は、虎屋だった。それも虎屋だからこそ、何とか収まるのであって、これが若松などだったら、完全に違和感があるくらい、この辺りは女性の植民地の感がある。銀座も店の雰囲気に応じて千変万化する。

これがレストランとなったら、もう百花繚乱に近く、案内書に任せる他ない。その昔、懐具合とも釣り合って、よくお目当てに通っていたのは、スエヒロのサービス・ステーキ一五〇グラムと不二家レストランのハンバーグ・ステーキだった。前者は、その格安さに店の良心を感じ、後者は、ポタージュスープの絶妙な味わいに、コックの奥深い技量を感じてのことだ。いつの日か、料金システムやスープの味わいも変わり、少しは可処分所得も増えて、二つながら足が遠のいた。食べることと言えば、通常飲むことも伴って、そんな店の代表格の一つであるライオンも、銀座のシンボル的に、目抜き通りに、堂々たるビアホールを擁している。その横合いには、銀行の銀座支店も点在しているが、都市銀行も統合に次ぐ統合で、銀行名がだんだん長くなってどうにも舌を噛みそうな按配だ。

銀座四丁目の交差点に来ると、ここは銀座の中心で、象徴するのは時計台のあるどっしりとした服部時計店の建物だ。向かい合わせの丸い三愛ビルも、プロレス中継華やかだった頃は、スリーダイヤ・マークの広告塔となっていたはずだ。その真下に交番があって、その向かいが日産のショウ・ルームである。この二階には瀟洒《しょうしゃ》なフランス料理のレストランがあって舌鼓を打ったことがあるが、菱形デザインの白亜の館と化して昔話になった。その向かいは、ぐるりと一巡した格好になるが、三越デパートである。三越の前には、どこもライオン像が置かれているが、とりわけここのライオンは、ついさっきまで頼りなげに自分に寄りかかっていた美女が、喜々として連れ立っていく様を幾度となく目の当たりにしては、野獣の悲哀を味わってきたことだろう。

この交差点を渡る時、道路一直線の道なりに、銀座の表通りの全貌をほぼ見渡すことができる。暫く田舎に帰ろうとしていたある日、その交差点から、ふと新橋へと続く銀座八丁目に至る街路を眺め渡すと、空が夕焼けの茜《あかね》色に染め抜かれて、並び揃った銀座の眺めと渾然《こんぜん》一体となって光輝くその情景に、ああいい景色だと深い感動を覚えて、後ろ髪を引かれる気持ちに駆られたことがある。そんな人を去り難い思いにさせる風情を、銀座は持っている。交差点を、歌舞伎座のある方向ではなく、有楽町と言われる方向へと歩を転じると、ミントグリーンの地と記憶する「知は力なり」と書かれたブックカバーが印象的な近藤書店があったはず、と思うのだが、もうそっくりなくなっている。移転したのでなく、店を閉じたのだとしたら、寂しいことだ。良貨は、あくまで良貨として、残っていて欲しいものだ。

有楽町と銀座の境目もあやしいものだが、阪急デパート（新装された）まで来れば、有楽町ということになるのだろう。交差点の向こうには、紛れもなく本物の有楽町と言える数寄屋橋、と言っても今や名前だけの橋だが、その橋の先の朝日新聞社ビル跡に、デパートやら映画館やら複合的な機能を盛り込んだアミューズメント・ビルが、銀座を睥睨《へいげい》するかのように、聳《そび》え立っている。その昔、この辺りは、フランク永井のヒット曲『有楽町で逢いましょう』で、一世を風靡《ふうび》した所、その昔、実際に数寄屋橋もあった頃は、すれ違いの連続の恋の行方に、母を含む当時の若い女性をやきもきさせて、放送時には銭湯が空っぽになったという、ラジオドラマ『君の名は』の春樹と眞知子の出会いの舞台となった所だ。大きな空洞が有楽町駅への通行路ともなっている、この巨大なビルを抜けると、銀座へと広がっていくほうの片側は、改造予定を告げる囲いがぐるりと巡らされている。駅前広場風の空間も企画されて、銀座の玄関として遜色ない様相を呈していくことになるのだろう。その一帯と道路を隔てた現在の有楽町駅の顔の一つは、白亜の東京交通会館ということになる。ここには三省堂書店が入居していて、デパートと同様に、多くの有名書店による、東京駅付近から始まり銀座へと連なる、知の包囲網が形成されているかのようだ。

ガードをくぐると、デパートの中では新参者のプランタンが、道の両側を挟む形で店舗を構え、また銀座の華やかさへと誘われる。その道を辿っていくと、松屋デパートの前に出て、そこから先程の銀座四丁目交差点の近くまで戻って、さっき通り過ぎることなく終わった、あんパンの元祖に敬意を表しながら時々は並んで買い求める木村屋本店、次いでヤマハと双璧をなす山野楽器（ここも改装された）があり、品揃えも豊富で音楽ファンには堪《こた》えられない店の一つだろう。そして、クリスマスの頃になると大きなツリーも鮮やかな、真珠の店ミキモト（ここも建て替えられた）があり、銀座はファッションセンス溢れる街であって、眺め渡せば、時計台を冠に戴く和光もその一つ、バーバリー、ルイ・ヴィトン、ティファニーと、あちらこちらに世界の一流ブランド品の店や、デパート内の直営コーナーが目白押しにスタンバイしていて、きらびやかな銀座の顔を演出している。

風月堂という喫茶店も兼ねた店や、文房具店としていつも賑わう伊東屋を過ぎる頃となると、段々と人影もまばらとなる。**銀座の余韻を反芻《はんすう》しながら、さらに歩いていくと、一息つきたくなるちょうどその頃合の所に、あづま（ここも廃された）という甘味喫茶があって、暑い日には、蜘蛛の巣に引っ掛けられた蛾のようにして、抗し切れずに、ついつい氷あずきなどを注文していた。**そうして元気はつらつとなって、歩を早めていくと、所番地も京橋に変わり、時々マーマレードの瓶詰めを買い求める明治屋を過ぎて、日本橋まで来れば普請中の本の丸善がある。その向かいが横浜に本店のある高島屋、そしてやがて右手の先には、かつて火事の救出の際に、和服の裾が乱れて下半身が露になることを恐れて、多くの女性が犠牲となったデパート白木屋の跡地に建てられた東急デパートのさらにその跡に、巨大な高層ビルが建っている。コラドという複合店舗施設で、早稲田大学の大学院の一部まで入っているというから驚きだ。やや急な角度のエスカレーターに乗って、各階をのぞいてみると、郷里の平田牧場が出店している。黒豚のヒレかつが売り物のようで、開店は五時からとあり、その頃合に改めて行ってみると、何組かお客さんが並んで待っている。やあ順調なのだと、嬉しくなって店を後にした。さて、時計の針も五時を回ったことだし、帰宅するとして、こちらはわびしい晩飯かなどと言うと、料理を作る人に申し訳ないが、日曜のほぼ定番となった感のあるカレーライスのご相伴に、多分今晩も与《あずか》ることとしよう。

高速道路が頭上に迫っている日本橋は、この辺りでは唯一名前だけでない本物の橋である。もちろん、弥次喜多道中の江戸の昔そのままの橋とはいかず、鉄の頑丈な橋である。中国の竜をあしらったのか、手の込んだ微細な彫刻が欄干に施されていて、日本の道路はここから出発するようで、日本橋を基点とする全国主要都市までの距離が表示されている。日本橋を締め括るのは、三越デパート本店が最も相応《ふさわ》しい。リニューアルしてさらに魅力を増した新館と、堂々たる風格のある本館が並び立って、まさに銀座巡りの掉尾《とうび》を飾るに、もってこいの佇まいである。この本館には、中学の修学旅行で訪れているが、子供心にその巨大さに圧倒されたものだ。実のところ、デパート側も、たいした売上にはならないし、邪魔になるだけで迷惑したのだろうが、高級品の並ぶ店内で、田舎の中学生の大群が、果たして何を土産に買ったものだろう。そんなことを思い出しながら、新日本橋駅の総武快速線乗り場へと続く階段を下りていった（カッコ内はその変貌の激しさを物語る）。

退職予定者送別会挨拶二席

「伝統をしっかりと受け継ぎ、充実させて引き継いでいく責任」　―挨拶Ⅰ―

お晩でございます。この度退職される皆様方、長い間大変ご苦労様でした。心から感謝申し上げます。弥生三月は別れの季節でありまして、個人的には余り好きな季節ではありませんが、逢うは別れの始めとは言うものの、皆様方のますます円熟味を増したその実力を今後とも遺憾なく発揮していただきたい思いは山々ですけれども、退職されることは公務員の定めながら何とも言葉に尽くせない寂しさを禁じ得ません。物事はその時にならないと分からないことが随分あるようでして、退職することもその一つで、寂しさもそれぞれひとしおのものがあろうかと思います。

本来なら、お一人お一人のご功績に触れるべきところですが、枚挙に暇《いとま》なく、とても紹介し切れるものではありません。何と言っても、ご自身と天が全てお見通しですので、後程しみじみと振り返って、ご自分をいたわっていただきたいと思います。ともかく皆様方は公務員生活を大過なく、また私どもの期待に十分応えて職務を全うされた訳です。「無事是貴人」という言葉があります。皆様方は、世のため人のためご尽力されて無事に公務員生活を終えられるのですから、四月以降は貴い人、心の貴族に列せられたのも同然です。大いに胸を張っていただきたいと思います。

組織は人が代わっても何一つ変わらず動いていくものだと言われますが、組織も人が代われば変わるものであり、同じであろうはずがありません。皆様方のいない労働局・監督署は、もはや元の労働局・監督署ではありません。皆様方が抜けられた分、当然変わってきますが、そこを皆様方のご薫陶を受けた後輩たちが、極力支障の出ないように懸命に穴を埋めようとする訳です。組織はその繰り返しであり、仕事のプロの集団として、何とか全体としてレベルを後退させず維持向上させたいという思いで、今日まで来ている訳でありまして、皆様方の築いた伝統をしっかりと受け継ぎ、より充実させて引き継いでいくことが我々に課せられた責任だと心得ております。

どうか、今後は大所高所の立場から我々を叱咤《しった》激励いただきますと共に、人生八十年であります。いや、八十年と言わず百までも長生きしていただきまして、皆様方の人間の完成、個性の完成に向けて、まだまだ遥かに続く人生という旅をますますご壮健で満喫していただきますようご祈念申し上げまして、私の送別の挨拶とさせていただきます。

「九十歳以上の長命、個性の完成に向けて、ますますご壮健で」　―挨拶Ⅱ―

お晩でございます。労働局になっても、職業安定と労働基準が送別会を合同で行うまでにはまだ時間がかかるようでして、私は基準のほうの送別会と掛け持ちで既に微燻《びくん》を帯びておりますが、この度退職される二十名の皆様方、長い間大変ご苦労様でした。これまでのご労苦に対して心から感謝申し上げます。弥生三月は別れの季節であり、個人的には余り好きな季節ではありませんが、逢うは別れの始めとは言え、皆様方のますます円熟味を増したその実力を今後とも遺憾なく発揮していただきたい思いは山々でありますのに、退職されることは定めとは言いながら何とも言葉に尽くせない寂しさを禁じ得ません。

物事はその時にならないと分からないことが随分あるようでして、退職をするというのもその一つのように思う訳です。**現職の人は、皆さん半永久的に行政におられるような涼しい顔をしていますが、俵万智さんの短歌に「地ビールの泡《バブル》やさしき秋の夜　ひゃくねんたったらだあれもいない」という歌があります。この中にまさか百年も頑張ろうという人はさすがに一人もいないでしょうが、何も三十年たたずとも遅かれ早かれここにおられる全員が誰もいなくなってしまう訳です。**現役を去ることの寂しさは、皆様方それぞれにひとしおのものがあろうかと思うのであります。本来ならば、お一人お一人のご功績に触れるべきところですが、枚挙に暇なく到底紹介し切れるものではありません。何と言っても、ご自身と天が全てお見通しのことですので、後程しみじみと振り返ってご自分をいたわっていただきたいと思います。

さて、退職される方の多くは、昭和三十年代中頃に行政に入られました。高度経済成長真っ盛りの時代から、ニクソンショック、オイルショックを経て安定成長、さらにはバブルを経て長い不況の時代を迎えている訳ですが、北海道は炭鉱の閉山が相次ぎ、失対事業も終息を迎えるに当たって、窓口で様々なトラブルもありました。法制度的にも失業保険法から雇用保険法に衣替えし、冬期援護制度が当分の間ということで創設されました。また、同じく当分の間ということで五十年間続いた地方事務官制度も廃止されて国の直轄に整理されました。この間、林野行政から移ってこられた方もおられます。慣れない行政でのご労苦は察して余りあるものがあります。

しかし、皆様方の不断のご努力のお陰で、いつの時代も職業安定行政は働く人たちのセイフティネットの役割を果たして今日があることに深く感謝申し上げます。とかく組織は人が代わっても何一つ変わらず動いていくものだと言われますが、組織も人が代われば変わるものでありまして、同じであろうはずがありません。皆様方のいない職業安定部・職業安定所はもはや元の安定部・安定所ではありません。行政サービスの面でも皆様方が抜けた分当然支障が出てまいります。そこを皆様方のご薫陶を受けた後輩たちが懸命にその穴を埋めようとする訳です。組織はその繰り返しでありまして、仕事のプロの集団として、何とか全体としてレベルを後退させず維持向上させたいという一心で今日まで来ている訳でして、皆様方の築いた伝統をしっかりと受け継ぎ、より充実させて引き継いでいくことが我々に課せられた使命だと心得ております。

どうか、今後は大所高所の立場から我々を叱咤激励いただきますと共に、人生八十年であります。いや、八十年と言わず百までも長生きをしていただきたいと思います。伊藤桂一さんのエッセイにこんなことが書いてありました。「人間の最大の幸福は長生きすることにある。八十歳を越えるとその意味が分かる。人間は八十歳を越えて初めて長命の価値が分かる。九十歳を越えると死ぬ時絶対に苦しまない。これもまた最高の幸福でしょう。八十代ではまだそこまではいかないので自分は精進している。禁酒、禁煙、禁美食、禁遊楽を信条として行者的な暮らしをしているが、これはそうすることが楽しいからだ」。何もそこまでして長生きすることもないという方もおられるかと思いますけれども、これは人生観の違いですが、**いずれにしても我々にできることはその日その日を精一杯悔いなく全力を尽くしていくことだけでありまして、その後の事は大いなるものに身を委ねて流れに任せていくしかありません。まさにどこまで行っても「人事を尽くして天命を待つ」のみです。是非とも皆様方の最高の幸福の実現、すなわち九十歳以上の長命、人間の完成、個性の完成に向けて、まだまだ遥かに続く人生という旅をますますご壮健で満喫していただきますようご祈念申し上げて、私の送別の挨拶とさせていただきます。**

（いずれも二〇〇二年三月十九日・札幌にて）

通勤の情景

北海道から戻り、再び電車で通う身となった。そんな四月の情景をスケッチしてみよう。

私鉄の駅前では、特急に続いて快速も止まらなくなり、通過する電車を眺めるばかりの寂しい駅になった現状を打開しようと、市会議員立候補予定者が特急停車の復活を求めて、辻立ちと署名活動を展開している。改札を抜けてプラットホームに出ると、パート勤めと思《おぼ》しい中年の女性たちがたむろしている。時々奇声を発する体の大きな三十過ぎのお兄さんも、よく乗車してくる。当方は、文庫本などをポケットから取り出しては、電車を図書館にしてしまう。無為の時間をやり過ごす贅沢には耐えきれず、本を手放せない貧乏性が続いているのだ。

ＪＲへの乗換駅に着くと、見慣れた顔ぶれは散り散りとなり、今度は群衆の中から、五十代半ばかと思われる小柄な男性が浮上してくる。笑顔を置き忘れたような感じの人で、実に縮こまって寒そうな印象を受ける。自然と追い越す形になり、ＪＲの駅のプラットホームに立つ。混んだ電車での押し合いへし合いを避けて一本やり過ごし、すぐ手前の駅が始発の電車を待って並びかけると、どこに潜んでいたのか、例のおじさんが、黒い小ぶりのカバンと新聞を小脇に抱えて、ぬっーと横に現れる。すぐ後ろを見れば、三十手前のＯＬが、ニコリともしない能面のような表情で立っている。この三人がこの時間帯のこの場所の常連という訳だ。

電車が到着すると、当方は再び移動図書館の人になってしまうのだが、時々おじさんも並んで立つことがあって、四つ折りにしたスポーツ新聞をまるで経済紙を読むように丹念に見入っている。そんなことから、並ぶ列を変えてみたことがある。しかし、そこには別の先住民がいて、どこへ行っても同じような現象からは免れ難く、夏目漱石の『草枕』の一節にあるように、「どこへ越しても住みにくいと悟った時、詩が生れて、画が出来る」と悟った次第だった。しかも、場所を変えれば、車内の雰囲気や立ち位置に何となく違和感があり、日頃なじんだ場所が一番だと観念することになる。並び立つ居心地の悪さは、通行税とあきらめる他ない。

とどめは、快速電車の終着駅で山手線に乗り換える時だ。今度は例のＯＬが大概先にプラットホームで無表情で立っている。その前を通り過ぎ、少し離れた所で電車を待つ。まれに登場人物が姿を見せない日が二、三日続くと、気がかりになるが、また現れればどこかほっとさせられる。

良くも悪くも、慣れとは恐ろしいものだ。これも北海道から戻った頃のことだ。構内に入ろうとすると、定期券が自動改札で引っかかって押し戻される。定期券を示して訝《いぶか》しげに問い合わせると、ちらりと見た駅員が、「定期券が切れていますよ」と一言。なるほど…。北海道では定期券と縁のない生活だったので、一か月定期などすぐに買い替えの時期が来るのをすっかり忘れていたのだ。

それから四年の歳月が流れて、前回首尾よく当選した市会議員立候補予定者は改選時期を迎え、今度はせめて快速の止まる駅にしようと、いささかトーンダウンした主張を繰り返している。奇声を発するお兄さんは、見かけなくなった。寒そうなおじさんは、一本早めの電車に乗ったりすると、ひょっこりと顔を見せる。**能面のようなＯＬは視界から消えた。**入れ替わるようにスタイル抜群だが個性的な顔立ちのＯＬが登場し、通勤にも配置換えがあるかのようだ。**一言も交わさぬまま別れた彼女の幸せを祈りたい。能面がお多福に変じてしまうほど笑顔いっぱいになった姿を思い描いて。**

ルビ訳付英語本のありがたさ

手書きせずパソコンで済ませるようになって、漢字を書くのが怪しくなるのは日常茶飯事となった。普段使いもしない英語ならなおの事、単語の綴りの表記など全く心許ない。**話すより読むほうに重点が**

置かれて学んできた英語なれば、せめて毎日少しでも接することで、ドイツ語のように一切を忘却の彼方に委ねるのではなく、グローバルな世界への小窓を開いておきたい。そうなると、手っ取り早いのは、長らく読み止《さ》しや積《つ》ん読《どく》にしたままの小説に再挑戦することで、二〇二〇年にコロナの緊急事態宣言が一旦解除されてから、通勤途上の電車に持ち込むことにした。

　まず、手始めは、題名からするといささか諧謔じみているが、チャールズ・ウエッブの『卒業（THE GRADUATE）』である。結婚式場から花嫁を奪ってバスが走り出す劇的な幕切れは、「The bus began to move.」という全くもって平易な英語で閉じられる。このシンプルな表現にかえって感動を覚えるのだ。映画が気に入り、手元にそのビデオを有していて、粗筋が頭にも入っている分、解釈の脱線はそれほど気にならず、読み通せたように思う。それは、フィッツジェラルドの『華麗なるギャッツビー（THE GREAT GATSBY）』も同様で、文章の難易度は上がった分、邦訳で確認することもしばしばだったが、映画の粗筋に助けられはしたものの、原作と必ずしも一致しない脚色にはもどかしさも覚えた。文中の人名や地名の馴染みにくさに辟易しながら品定めして、次いで挑戦したのはサリンジャーの『ライ麦畑でつかまえて（The Catcher in the Rye）』で、邦訳ですら読み止しにしていたものだが、英文に刺激されて何とか読み終えた。辞書にもない隠語のような見慣れない単語が時折出てきて、邦訳の助け舟がなければ途中で座礁していた可能性がある。オスカー・ワイルドの『ドリアン・グレイの肖像（THE PICTURE OF DORIAN GRAY）』は、三分の二ほどで読み止しになっていたもので、分からない単語が頻発し、芸術度の高い文章にも圧倒されて断念していたものだが、余勢を駆って邦訳と突き合わせては誤訳の連続に落胆を重ねて、最後の頁まで辿り着いた。知らない単語との悪戦苦闘に嫌気がさしていた頃、「辞書のいらないルビ訳付」の本を見つけて、カポーティーの『ティファニーで朝食を（Breakfast at Tiffany's）』から始めると、これが意外と性に合い、「短時間でスラスラ読める」とのお題目も納得できる気がした。**巻末に注釈を並べる本よりも、そのページに直接ルビ訳が付いているほうが遥かに読みやすい。**すっかり気に入り、『オー・ヘンリー傑作集（THE BEST STORIES OF O.HENRY）』を次に買い求め、高校の教科書にあった「二十年後（AFTER TWENTY YEARS）」の原文を55年後に楽しんだ。アガサ・クリスティの推理小説は一冊も読んだことがなかったが、『そして誰もいなくなった（AND THEN THERE WERE NONE）』と『オリエント急行殺人事件（MURDER ON THE ORIENT EXPRESS）』を続けざまに読み、最後まで犯人が特定できないその構成の巧妙さに舌を巻くと同時に、英語の会話の面白さに目を見開かされた。学生の頃に読んだ『老人と海（THE OLD MAN AND THE SEA）』を思い出して原書に挑んだ、ヘミングウェイの『武器よさらば（A Farewell to Arms）』は、雨の情景が多い悲恋物語だ。残念ながらルビ訳付の本はないが、女心が切なく原文ならではのニュアンスで迫ってくる。邦訳で確認した後の原文の分かりやすさにも驚かされた。そして現在進行形は、D・H・ロレンスの『チャタレイ夫人の恋人（Lady Chatterley's Lover）』である。身分や階級の差に由来する訛りや方言の分かりにくさに時に閉口しながらも、戦後の日本でわいせつ文書の頒布・販売罪に問われて、表現の自由を巡って一大論争を巻き起こした核心部分へと日一日と近づいている。

Ⅳ　無事是貴人

言葉の力

新年を迎えた。おなじみの童謡を歌いながら指折り数えて正月を待ちわびた子供の頃とは違って、月日の経つ速さには驚かされる。思い思いの晴れ着をまとって、今宵は出初め式とでも言うべき会合である。にこやかに挨拶を交わし合う中、内科小児科医院の当主である通称ダンディ氏とその細君グレイス夫人が共に和服で応接間に現れた。「皆さん、新年おめでとう。ご難続きの昨今ですが、今年こそは内外ともに明るく希望に満ちた良い年であって欲しいものです。皆さん、今年もよろしくお願いします」と、ダンディ氏が頭を垂れると、グレイス夫人が皆に座るようにと促した。

大ぶりなテーブルを囲んで、ダンディ氏の重厚な椅子を起点にして、ソファーや椅子で車座になって何となく所定の位置に皆が落ち着くと、古希を迎えたダンディ氏が、夏目漱石の『吾輩は猫である』の猫の主人を思わせるような口髭に手をやりながら、おもむろに切り出した。

「人間、最後に頼るべきは、どこまで行っても己自身でしかありませんね。また、生老病死の輪廻《りんね》を避けることができない人生が、楽しいことばかりであろうはずもなく、生きることは時に辛《つら》いことも多いものです。しかし、辛いからこそ、気力をふるって懸命に生きることに価値があると言えるのでしょ

うし、そうした自分を励まし、陰に陽に支えてくれているのは、その人にとってのかけがえのない言葉の力だろうと思います。言葉と言えば、まさに本はその宝庫です。今回は、皆さんに読んできてもらった、各界の名士が共に携えて人生を渡った極めつけの一句をまとめた、以前も紹介した『ことばの贈り物』や『贈ることば』、ことわざをテーマに寄せ集めた『百人百語』や『世界のことわざ100』といった本、あるいは皆さんが感銘を受けた本から気に入った箴言を紹介し合って、新年の抱負に代えていただくと同時に、将来の戒めに役立てていただくことにしましょうか」。

さっそく応じたのは、『坊ちゃん』そのままのキャラクターで還暦も過ぎた、製薬会社の部長待遇というどこまで偉いのかよく分からない、ダンディ氏の盟友ユーモア氏だった。

「私は、西洋のことわざにある『時に愚人の素振りができない人は、本当の賢人ではない』、さらにそれを受けたようなフランスのことわざの『間違いをせずに生きるものは、それほど賢くない』を挙げたいと思いますね。何も自己弁護する訳でもないけれども、過《あやま》つのが人間存在の本質だと心得るからで。大事なのは、間違いを繰り返す本物の馬鹿にならないことでしょう」ととってつけてみせたが、だからと言って、彼を賢人だと素直に受け止めてくれる者は少ないようだった。

のっけから刺激的な話題を提供したユーモア氏に代わって登場したのが、万事に中庸を心得た政府関係機関に勤務する五十歳の節目を迎えたペーソス氏である。

「いささか今の話とも関連するかもしれませんが、『品のない人は品のない面を打つ』という一句は、能面師の岩井彩が師事した北澤如意の教えだということです。これは全てのことに通じるように思います。『間違い』を巡る、その文章や話し言葉、厳しくこき下ろす批評や物事の批判などには、特に当てはまりそうです。だから、逆に品格という言葉がもてはやされる所以でもあるのではないでしょうか」。

浮名を流し続けて優雅な独身生活を送っていると羨望されているパッション君は、グレイス夫人の甥でシンクタンクに勤務する三十五歳だが、彼は「世の中のつめたさをわが師に」という言葉を口にした。

「これは、進学を諦めて流しの歌手から作曲家となった遠藤実が、神仏が贈ってくれた言葉だという触れ込みで、選んでいます。確かに、世の中の冷たさは、そのまま自分の至らなさの結果であって、目明き千人の、冷たくシビアに覚めた現実を思わざるを得ません。それをわが師にして刻苦勉励せざるを得ないとしても、意地を通して世の中の冷たさに屈せぬ起死回生の心意気を保って、いつかは目明き千人の、たとえ何人かであれ振り返ってもらわなければ、浮かばれませんね」。

すると、彼と呼吸を合わせるかのように、妙齢と言うより他にない美しい顔《かん》ばせのハミング嬢は、作詞家岩谷時子が選んだことわざ「悲しい時は身一つ」を挙げた。

「人生に生老病死がある限り、悲しみは付き物ですが、身内に不幸があれば、止めどない喪失感と共に悲しみはいよいよ深まるものです。誰もが例外なく遅かれ早かれ免れないことだとは分かっていても、人に励まされその場では気丈にふるまっているようでも、一人になればその悲しみは我が身に引き受けていくしかありません。結局、仕事に打ち込み、本や映画に音楽や歌に趣味やスポーツに気分を転じ、人の情けや言い伝えられる教えに慰められて、忘我の時を過ごしているうちに、心が癒されていくのを待つ他ないのでしょう。人の生死にかかわるようなことでなくても、ひたすら願っていたことが無残にも打ち砕かれて、悲しみのどん底に突き落とされることもあるものですが、思うに任せぬ人生の悲しみは、できるだけ避けて通りたいものですね。『無事これ名馬』と言われるように、アクションがなければ

リアクションもないとばかり、ついつい消去法で物事を考えて、何事にも慎重になってしまいがちにもなるのですが、これでは悲しくはなくても身一つの立場からなかなか抜けられませんね」。

彼女は、この会のマドンナ的存在で、保険会社に勤務する才色兼備の麗人なのだが、昨年のクリスマスにパッション君と食事を共にして、恋に発展しそうな内心のおののきを感じているところだった。ハミング嬢の視線がパッション君に向かうかのようで、熱を帯びた雰囲気が漂うのを振り払うかのように、夏目漱石の『三四郎』に登場する広田先生にも擬せられて、大学で哲学を講ずる准教授のウイット氏は四十歳で、ダンディ氏の恩師の甥にあたるのだが、国語学者大野晋が英語の教科書から見つけた「岩に刻みつけたい事を書いたのが本だ」という言葉を提示した。

「実際何かものを書く立場になってみると、この気持ちがよく分かります。自分の拙い論稿も、やむにやまれぬ思いが積もり重なって全て書き上げてきたもので、縁があってそれを読んでくれる人に、何か参考となるところがあって、以後少しでも益するところがあってくれればいいとの一心からなのです」。

大学のテニス部に所属するダンディ氏の令息の先輩で、二十五歳と若く元気なホープ君が持ち出してきたのは、一休禅師の「ナルヨウニナル　シンパイスルナ」といった言葉だった。

「山より大きい猪はいないはずで、『案ずるより産むがやすし』で、万事なるようになっていくものでしょうが、こうした楽観した姿勢を持ちながらも心の底では、ラグビーの監督として君臨した北島忠治が座右の銘として挙げていた孟子の『千万人と雖《いえど》も吾往《ゆ》かん』くらいの断固とした思いがなければ、鬼神も避けてあわてて道を譲るほどの天の味方は得られないとも、本当のところは思っていますよ」。

人一倍心配性なところがあるペーソス氏は、自らを納得させるような口調で、さらに続けた。

「河井寛次郎の『助からないと思っても助かっている』という句を選んだ将棋の大山康晴には、正直な感慨が含まれていると思います。幾度となく、こうした難所をくぐり抜けなければ、最高位の名人の座には辿り着けないことを示唆するような内容でもあります。**それを天佑と見れば、天は真に実力のあるものを、正しくその座に導くために、助からない所を生かしてくれた、とも解釈できますね。**その人に与えられた使命と言うか、寿命と言い換えてもいいのでしょうが、それが尽きるまで天は生かしてくれるものでしょうから」。

「敵を見れば自分が分かる」をキーワードとしたのも、ペーソス氏だった。

「これは、私の郷里愛知県の陶芸家加藤唐九郎が、漢籍と南画を教えてもらった先生から教えられた言葉だということです。他人は自分の鏡と言いますが、実力が拮抗する敵は、得難い反面教師でもあることでしょう。敵の弱点が己の長所となり、敵の長所が己の弱点となります。あるいは、相似形《そうじけい》の好敵手という場合もあります。ならば、人のふり見て、我がふり直せということになる訳でしょうが、一体どちらのケースが、本人のためになるのでしょうかね。往年のスポーツの好敵手を思い浮かべてみると、両極端の個性の競合のほうが、両者に大輪の花を咲かせるような気もするのですが」。

ここで、皆に紅茶を振る舞い、手作りのケーキを出すなどしてサービスに余念のなかったグレイス夫人が、ソファーにようやく落ち着いて腰を下ろして、仲間入りをしてきた。夫人は、ダンディ氏の恩師が縁を取り持った横浜の良家の出で、一男一女に恵まれて還暦を超えたとはいえ、まだまだ女性のふくよかさと華やぎを失っていない。

「歌人の佐佐木幸綱が紹介するのは、『美しく、お暮らしください』という言葉です。誰もが美しい執跡を描きながら人生を送りたいものだと願っているのではないでしょうか。時には、加点されないと分かってはいても、トリノ冬季オリンピックの女子フィギュア・スケートで、見事に金メダルに輝いた荒川静香選手が、イナバウワーにこだわって演じたように、それぞれの人生のイナバウワーを美しく。少なくとも、私はそうした生き方にこだわり続けていきたい気がしています」。

「それもこれも、欲のなせる世の中で、そうした欲からあえて離れていかないと、なかなか美しい世界は開けてこないことでしょうね」と、ウイット氏がさらに解説を加えた。「それは『離欲』ということになりますが、この言葉はスルガ銀行の創立者で現役のまま百一歳で他界した岡野喜太郎が生きる寄辺としていた心がけだと、同じく沼津出身で百歳近い長命で現役の作家として世を去った芹沢光治良が述べています。**金、権力、異性、名誉など、欲は人生そのものでもありますが、限りない人間向上の原動力ともなれば、止めどもない人間堕落の温床ともなる代物です。しかしまずもって、『恒産なければ恒心なし』と言われるように、欲から離れることの大前提は、生活基盤の安定、さらには人生に対する達成感でしょう。マスローの学説として有名な、人間の基本的欲求の五段階である、生理的な欲求、安全の欲求、所属と愛の欲求、承認の欲求、自己実現の欲求、これらが順に満たされていくようでなくては、禅僧のように欲を離れようと無理をしてみても、凡人には到底叶わぬ境地なのではないでしょうか**」。

ここで、ペーソス氏が日ごろの読書の果実を惜しみなく皆に振る舞った。「佐藤正忠の『人生、生きるに価値あり』によると、自分の幸せだけを求める者に幸せは来ない、人にまず幸せを与えよ、情けは人のためならず、自分を忘れよ、謙虚たれ、神仏の存在と加護を忘れるな、立身出世を人生の目的にするほど虚しいことはない、人間はそれぞれ使命を持って生まれてきている、要はその人の肩書ではなく人間そのものなのだ、魂は永遠に生き続け、地獄も天国もある、人間は人間でいい、異性を愛する喜びも忘れるな、といった平凡な中にも箴言がちりばめられていて、得難い人生肯定の書となっていると思いました。片言隻語《へんげんせきご》であっても若い人に記憶しておいてもらいたいですね」。

凡人そのもののユーモア氏が、またまた割って入った。「そんなに大上段に振りかぶらなくても、『泣いて暮らしても笑って暮らしても一生』ということわざを動物生態学者の宮地伝三郎が選んでいますよ。泣いて暮らせば、『悲しい時は身一つ』とあったように、所詮一人になるだけのことで、人の輪は広がっていきません。誰しもしかめ面をした暗い人には近づきたくないもので、明るく屈託なく笑い合う人のほうに惹かれますからね。幸せは人が運んできてくれるものですから、『笑う門には福来る』という訳でもあります。たとえ目に見える福は来ないとしても、やけになった投げやりな気持ちではなく、何はともあれ生かされていることに感謝を込めた気持ちが下地となった笑いであれば、笑って暮らせば心身が幸せな気分になっていくことでしょう。幸福の要素は気分に左右されるとしたなら、笑うだけでも福は満たされていると言えるのかもしれませんね」。

ハミング嬢が再び取り上げたのは、「一生を終えてのちに残るのは、われわれが集めたものではなくて、われわれが与えたものである」というジェラール・シャンドリーの言葉だった。「これは、作家三浦綾子の選んだものです。彼女の膨大な作品群も、おそらくそのようなものでしょう。集めれば散じたくなるのが、人の心理です。それがお金であれば、人は寄付をしたくなり、誰かに益すると思う知識や話であれば、人は本や手紙に託したくなる、という訳でしょうか。そして、与えるとなれば、最も崇高なものは、人と人との愛ではないでしょうか。私もあやかれるといいのですが」。

「おっほん」と咳払いをして、ダンディ氏曰く「植物生態学者の宮脇昭が選んだ、『好きでなくても嫌いでなければよい』という言葉も、人生の叡智《えいち》すら感じさせられて、何とも味わい深いものがありますね。人生の三大関門と言われる進学、就職、結婚といった一大事をくぐり抜けるヒントは、この言葉にあるのではないでしょうか。**何事も『好きこそものの上手なれ』と言われるようにこれが一番であって、幸福へと通じる近道であることは動かしようもない所ですが、それが残念ながら叶わないとした場合、次善、三善に甘んじる他ないことも多々あります。そうした決断も含めて、ぎりぎりの所を自分の意思で最終決定したということでなければ、好きでもなく嫌いでもないといった曖昧な気持ちでは、確固とした態度で人生を渡っていけるものではなかろうかと思います**」。

すると、見合い結婚で隠れた苦労人だとの噂もあるペーソス氏が、しみじみとこう語った。「万事につけて、吟味を重ねて、些細《ささい》な瑕瑾《かきん》を見つけて難癖をつけては、選ぶことを思いとどまり、選択を重ねた末に、どこまで行っても欠点のないものなどないことを悟った頃には、当初の純な思いも変じて、結局つかんだものは、すんなり最初の頃に決めておけばよかったものより数段品が落ちそうなものに往々にしてなりがちです。最初の直感というか、内なる声に素直に従うべきだとはよく言われることですね。大勢の人と見合いしても、二番目か三番目辺りに相性の良いピークの人が現れやすいといった心理学的考察もあるようで、サッチャー元首相が「I usually make up my mind about a man in ten seconds, and I very rarely change it.」と自信の程を示した10秒で人を見抜く眼力に少しでもあやかりたいものですが、いざ結婚しても、思いもよらぬ悩みを人知れず抱え込むこともあります。それに、万物は変わりゆくもので、相手が期待通りに変じていくかどうかも、それこそ神のみぞ知る世界です。これが与えられた運命なのだと達観する他ないのかもしれませんね」。

二度目の縁談で夫人と結ばれたダンディ氏はにんまりとしながら、話を続けた。「良くも悪くも、自分の意思決定による結果だとなれば、人生はどこまでも自分の責任において展開していくものですから、どこかきっぱりとあきらめもついて、次の身の振り方も新たな決意で踏み出していくことができるものです。重大な事柄は、全て自分で決めるのが最善です。結婚などその最たるもので、何事も偶然と見てしまえば全て偶然と片づけられる性格を有しているものですが、それを偶然というあなた任せの世界に逃げることなく、どこまでも自分が選んだもので自己責任なのだから己の必然へと変えていく気概なくして、道は開けていかないかと思います。そして、確かに嫌いでさえなければ、変な欲さえ出さなければ、他人の芝生が青く見えるようでも何とかまとまっていけるもので、そのように日々過ごすことが習慣の重みとなって、人生行路を踏み外さないよう、ガードもしてくれることでしょう。遠藤周作の『結婚論』には、「結婚生活は人生そのもの」であり、「幻滅、失望、落胆からはじまり、それが長期間にわたって続くもの」だが、「華やかに楽しげに見える他人の結婚生活も地味で苦労多き自分の結婚生活も結局同じ」だが、「それを維持することによって光を放つ」もので、それが「愛」であり、「何よりも大きなことは，あなたがもう一人の人間と」「共に生きた」ということだとあります。「An archaeologist is the best husband any woman can have : the older she gets, the more interested he is in her.」とアガサ・クリスティーが再婚して身を以て証明したように、夫には古いものほど興味を示す考古学者が最も相応《ふさわ》しいかもしれませんね」。

横合いからウイット氏が、「アドラーは『生きる勇気』（坂東智子訳）で、理想的な相手が見つかることは期待できないが、結婚相手は適切な範囲に入っていればよく、結婚生活は『共同体感覚』で行う『仕事』であり、二人が性格上の欠点を認め、『二人は同等だ』との考え方でやっていけば、うまくいくと言い、一夫多妻制を断固として退け、最高の形は『一夫一妻婚』で、結婚は個人だけのためでなく、社会（集団）のため、ひいては人類のためのものと言えるとしていますよ」と気宇壮大に補足した。

含蓄のある話に聞き入っていたホープ君が、これまでを総括するように、「人間本来無一物」という、新聞人渡邉誠毅が好んだ言葉を取り上げた。「人間の生死や浮沈に身近に接すればこその実感でしょう。はたまた不首尾に呻吟《しんぎん》する人は、迷惑をかけ通しのわが身を嘆いて、森岡正博の著作名にあるように『生まれてこないほうが良かったのか？』と自責の念に駆られることもあるでしょう。作家モームの『思い煩うことはない。人生に意味はないのだ』という虚無的な言葉もありますが、見方によっては真理の一面をついているとはいえ、意味はないと片付けようにも、人の世は、一人一人の人生を容赦なく裁き、意味付けていくものでしょうからね。だからこそ、万物が何一つ原形をとどめ得ず、流転を繰り返す中で、様々な感慨を凝縮した格言が生まれるのだと思います」。

一同が紅茶のお代わりとケーキで一息入れると、ペーソス氏が第二ラウンドといった風に切り出した。「新年を迎えると、年を重ねるほどにたった一度の人生や自分であることに思いを致す訳で、これからの抱負を思い浮かべます。イタリアのことわざにもあるように、『口に出さなければ、神様も聞き届けようがない』訳ですが、シラーは、『青春の夢に忠実であれ』と言い、スマイルズは、『もし機会を見出ださざれば自ら機会をつくるべし』と、光陰矢のごときを憂えています。フランスのことわざにも、『機会が人を見捨てるよりも、人が機会を見捨てる方が多い』とありますからね」。

ユーモア氏にとっては、後悔の多い人生行路でもあったらしい。「シラーなどいざ知らず、青春を遥か彼方に見送った者には、所詮、後知恵の域を出ないのが、歯がゆい所ですね。だから、数々の企業の再建を手掛けた大山梅雄が言うように、『人生には幾山も欲しい。ヨーロッパの言葉に「幸福な人には歴史がない」というのがある。人生に波乱万丈が必要。サラリーマンの定年も四五歳にしてもう一度花を咲かせたらいい』といった中年辺りで手を打つしかないのかもしれませんが、定年をめでたく迎える者は、波乱万丈とか冒険精神とかいったものとは無縁ではないでしょうかね」。

ダンディ氏も、こうした懐古趣味的な話には、どこか身をつまされる所もあるようだ。「まぁしかし、そうしたことも含めて、全ては運命のなせる業《わざ》だとうそぶいて、達観するしかないのかもしれませんね。己の厳しい境遇に辟易しながらも、天や宇宙や神を持ち出すことで、開き直れる分だけ、大いなるものに安らごうとする中に、どこかで人は救われてもいるものです。**大いなる自然の懐に抱かれて、これでいいのだと心ひそかに感じ取ってこそ、人ははじめて安心立命できるもののようですね。あまり自分を責めるのはやめにしましょう。これまで辛いことも多い中を何とか生きてきただけでも、苦労のほどは偲《しの》ばれますし、それだけでも十分に立派なことでしょうし、さらに、どこかで人や世の中のなにがしかの役に立っているようなら、もって瞑すべきなのでしょうからね**」。

「名言のオンパレードついでに」と前置きして、パッション君が取り上げたのが、『元気がでる言葉』という小冊子だった。「これは、著名人の本音に近い片言隻句を中心に寄せ集めた人生読本です。おやっと思った言葉を、打ち上げ花火のように紹介して、世界のことわざと重ね合わせて見ましょう。文豪谷崎潤一郎から始めると、『女を慕うて死ぬという事は、いろいろな死に方のうちで最も楽しい死に方である』とあって、『春琴抄』の佐助のようです。J・D・サンリジャーの『ライ麦畑でつかまえて』の少年は、「I know it's supposed to be physical and spiritual, and artistic and all.」と想像を膨らませていますが、対照的にナポレオンは、『女をものにするには理屈も嘆願もきかない。単にものにすればいいのだ』と実に明け透けで唖然とさせられます。凡人がこの通りに行えば犯罪で捕まりかねません。ナポレオンには、口説いている暇などなかったかもしれませんね」。

するとウイット氏が「セネカは『幸福な生』（大西英文訳）で、最高善は徳を求める生き方にあって、快楽を求めるような生き方とは両立しないのは、悪人でも享受できるものは善にすら値しないからだと峻拒しています。オスカー・ワイルドが活写した『ドリアン・グレイの肖像』のように、肖像画が老いと醜悪さを増すのと引き換えに美と快楽を追求し続けて無残な死を遂げた青年を引き合いに出すまでもなく」と牽制すれば、ユーモア氏は「アンドレ・モーロアの『青年と人生を語ろう』（谷長茂訳）には、『若いころに恋愛を味わえなかったひとは、なにかを剥奪されたような感じからぬけきれず、永遠になぐさめられないままでいることでしょう。（略）青春を愛情と情熱にあふれたものにしてください』とありましたが、マドンナには腰が引けてばかりでした」と苦笑いした。

パッション君は、意に介せずにさらに続けた。

「哲学者プラトンは、『人間のやらかす事件で、心配するに値するものなど何もない』というご託宣で、自分で処理し得ないことなど起こりはしないという達観でしょうか。作曲家の中山晋平は、『らしく…というのはいい言葉だよ。誰でもその人らしく振る舞えばいいのさ』と言うけれど、それが一番難しそうです。**自分の持ち味になかなか自信が持てず、ついつい人の流儀を真似れば、容易に世間に受け入**

れられると思ってしまいがちですが、偽物は所詮偽物であって、インパクトのある本物には到底なれませんね。ダンテもまた、『汝の道をゆけ、そして、人の語るにまかせよ』と言っていますが、これくらいの図太さがなければ、名作『神曲』など書けるはずもなかったでしょう。セネカと対比される古代ギリシャの政治家で哲学者キケロの言葉は、『長生きをするためには、ゆっくりと生きることが必要である』でしたが、長い人生とは、悠久の川の流れにも比せられるものでしょうね。

あくが強かった男優勝新太郎ともなると、『大統領や総理大臣には代わりがいるだろうが、オレの代わりはいないんだ』とさすがに豪快ですが、代わりがいすぎるのも不幸なことかもしれません。政治学者のW・バジョットの、『人生における大きな喜びは、君にはできないと世間がいうことをやることである』という言葉は、『がんばれば誰でも首相になれる』という鈴木善幸の語録と対比されそうです。表面穏やかながら権謀術数に長《た》けていた竹下登は、『私は大蔵大臣になった。しかし、なるために謀《はか》って謀って、謀り抜いた。みんなも上のポストを狙うときは、謀って謀って、謀り抜かないといけない』とあって、本当はそういうことかと納得させられもしますが、『謀らずも』が大臣の就任挨拶の常套《じょうとう》文句であることからしても、政治の信頼を回復するのは容易ではありませんね。

イソップによれば、『難事に際しては、他人の忠告など、信じてはならない』ということですが、最後に頼るべきは自分しかいないことを改めて教えられます。デンマークのことわざにも、『みんなからの忠告に基づいて、家を建てると、できた家はいびつになる』とありますしね。

『ドン・キホーテ』の作者セルバンテスの処世訓は、『流れに逆らおうとしたところでむだなことだ。流れのままになっていれば、どんな弱い人でも岸に流れにつくものだ』ですが、こんな分別があればドン・キホーテの奇行などそもそもあり得なかったことでしょうが。

将棋の米長邦雄の、『大事な局面では長考しない。簡単に決断する』ことも、逆説的のようでも、実は成功の要諦の一つかもしれません。**直観は過たないものでしょう。**それでも慎重を期したい人は、一晩寝て考えて、ロシアのことわざにある『朝は前の晩より賢い』に従うべきでしょうか。

作家の井上靖は、『何でもいいから夢中になるのが、どうも、人間の生き方の中で一番いいようだ』とあって、そうであればこそ、夏目漱石の言葉、『どうぞ偉くなって下さい。しかしむやみにあせってはいけません。ただ牛のように図々しく進んでいくのが大事です』にも通じていくのでしょう。

『聴く人の期待を裏切るにせよ、音楽をやるしかない』と、武満徹はやむにやまれぬ作曲家魂を吐露していますが、美術家ダリのほうは、『完璧を畏《おそ》れるな。誰も到達できないのだから』と、何よりも自分を納得させようとしているかのようです。しかし、**いい加減と程よさのさじ加減は紙一重です。**青春ポップスで一世を風靡《ふうび》してノーベル賞にも輝いたボブ・ディランの、『客の前で毎晩うたっていれば、客がなにを聴きたがっているか、わかるようになるよ。そうなると、歌をつくるのはもっと簡単になってくる』という言葉は、万事に通じる名人上手のコツではないでしょうか。

こうしてみると、話題性のある人の言葉には興味は持てても、時代の風潮に乗せられたような一過性の感じもあって、やはりここぞという時に頻繁に引用したくなるのは、民衆に言い伝えられてきた格言や、風雪を経てきた歴史上の人物の言葉であることは、どうも確かなようですね」。

毎度ながら、ダンディ氏が締めくくった。「まあ、これらの言葉一つ一つに託された本当の意味が心底**分かった頃には、こうした本で取り上げられた、あらゆる珠玉の言葉が渾然《こんぜん》一体と化して、禅の悟りに**

も似て、凝縮された数語に要約されてしまうか、全く言葉にすらできずに、表現あたわざる不立文字《ふりゅうもんじ》のようにして、深い自信を伴って再び感じ取られることになるのではないでしょうか。そんな境地を胸に秘めて、今年も頑張っていきましょう」。はて、どんな年になるのやら。

因果をくらまさず

物事を偶然である、運だと片づけてしまいがちだが、偶然と思えることも、詰まるところは必然であるという見方がある。唐の時代の話だが、若い雲水から問われた際に、仏教の修業者だった頃「不落因果」だと答えたため狐にされた老人が毎回説法の場に出てくるのを、ただ者ではないと見抜いた百丈は「不昧《ふまい》因果」と一喝して、その野狐禅から解脱させたと伝えられる。

何事も善因善果、悪因悪果がもたらす結果であり、「不昧因果（因果をくらまさず）」という訳だが、顧みれば、因果応報の理《ことわり》そのままに、誤りがあれば程なく天罰を下されたと思わされる事柄の連続だったと述懐する人も多いのではなかろうか。悪因悪果で、寸分の狂いもないものだと性懲《しょうこ》りもなく嘆く他ないのだが、それだけにとどまらず、当座許されたようなつもりでいても、実はそうではなく、後々までも機会があるごとに執拗に懊悩《おうのう》を迫られて、全体の帳尻をどこまでも合わせられるかのような、やるせない思いを抱くこともあることだろう。「親の因果が子に報い」と言われるのもその流れであろうが、その内実はともかくも、風貌や声からして親子は驚くほど似てくるもので、行動様式も親の流儀そのままに、その人生行路も親が刻んだ軌跡を辿るようになりがちだ。

佐藤愛子の『血脈』は、その典型をなすような大長編小説だった。若い頃から血気盛んな実力者だった父親の表向きの子供の数は、最初の妻との間に長男八郎ほか三男一女、二番目の妻との間に一男二女、加えて認知した子供が二男の総計十人、その血を文学でも女性関係でも忠実に受け継いだような詩人の八郎の場合は、最初の妻との間に一男二女、二番目の妻との間に二男、三番目の妻との間には子はなく、総計五人だったが、戦争の犠牲になる者あり、金や女で問題を起こす者あり、夭折する者ありで、そうした傾向は孫の代まで続き、結局家を継ぐ者は絶えてしまうのだった。巻末に至って、呆然とした人も多かったことだろう。

井波律子の『酒池肉林』では、『金瓶梅』の主人公たる成り上がり商人が、手厳しく引き合いに出されている。彼は、井原西鶴の『好色一代男』の世之介さながらに、数多くの女性と関係を持つのだが、二男一女を得ただけで、「この三人の子も、虚弱児で夭折、性悪の夫にいびられて自殺、出家といった風で、その血統は途絶えたのも同然となってしまう」。絵空事のようでも現実も近似することが多い。**子には恵まれても孫がいなければ血脈は断たれてしまうのだ。独身を通した哲学者スペンサーは、重量感のある全集を手にして、「これより孫一人の重さが欲しい」とつぶやいたという。**

円地文子の流麗とした名訳で読んだ『源氏物語』は、因果は巡る大恋愛小説だった。恋多き光源氏と彼の父親である帝の後添えの藤壺の宮との間に生まれた子供が、帝の子として育てられたのと同じことが、頭の中将と言われた頃から誼《よしみ》があって内大臣になった友人の息子柏木と光源氏の妻の女三の宮との間に起こり、薫が誕生して光源氏の子として育てられるのだ。長じて薫と源氏の孫の匂いの宮との恋の鞘《さや》当てもある。代を重ねる都度輪廻《りんね》の深みを増しながら、因果は巡り巡って永遠に続いていくかのようだが、**恋の夢の実現がより大きな人生の夢の妨げにならないよう祈るのみだ。**

それはそうと、良からぬ所業を重ねても、悪運強く巧みに急場をしのぎ、「不落因果」を地で行くように見える者もいる。物事には例外が付き物だし、幸運児であり続けるのだろうかなどと思い巡らしていると、**どこからか「不昧因果」と一喝する百丈の大音声が聞こえてきそうな気もする。**

台風脱出記

今年（二〇〇四年）は、べらぼうに台風の多い年である。かなりの数が日本列島を直撃し、大きな被害をもたらしている。そんな印象が覚めやらぬ中、十月十九日から二十日にかけて、年一回あるかなしかの出張となった。場所は四国の高松である。当初は、日帰りを考えていた。

ところが、担当窓口の若い職員が、「懇親会にも是非出ていただきたい。最終便に間に合わせるとなると、非常にせわしいし、一泊してほしいという地元の強い希望もあるので、そうしていただくと、ありがたいのですが」と言って譲らない。誰か随行する人の希望が入っているのだろうと勝手に想像し、それでは一泊して出張気分を味わわせてやろうといった親心も働いた。

そこで、十九日の午後一時前に羽田を発ち、翌日午後二時半頃の便で羽田に四時頃着く日程を組んだ。ところが、蓋を開けてみれば、随行者は誰もいないのだった。**何だか幸先の悪い感じがした。**

さて、当日である。前の日から、超大型の台風二十三号が、着々と日本に近づきつつあるという情報が喧伝《けんでん》されていて、朝のニュースでも、台風の予想進路を示す円は、すっぽりと四国地方を飲み込んでいる。これは困る。問題は接近するスピードだが、到底逃れようもないように思われた。
仮に出張を急遽《きゅうきょ》取り止めたとしても、それほど失礼には当たらないのではないかと思いながらも、それでも律義に任務を果たすべく羽田空港へと向かう途中、明日の便を午前十時頃に変更しようかと考えた。しかし、ビル内の旅行会社のカウンターでは、旅行代理店なのでそうしたことは扱っていないと断られる始末だ。**これまた幸先が悪い。**飛行機の座席は、チェックインした時、指定された他に、なぜか別の番号が連想されて、どこか間違えそうな危なっかしい感じがしたのだが、着席して一息入れていると、乗り込んできた客が「ここは私の席では？」と言う。なるほど、間違いそうだと感じた別の番号の席に、ちゃっかりと座っていたのだった。**これは本当に幸先が悪い。**

少し早めに会議の席についたが、同じく東京から来た隣の人との話題も、帰りの便の話しかない。懇親会と続き、その立食で夕食を済ませてテレビで台風情報を確認すると、危機は募り、フロントに便変更の取扱いを聞けば、「七時を回ったので、やっていません」と言う。**幸先は悪いままだ。**

再び部屋に戻ると、最上階のラウンジでの二次会に参加いただきたいとの電話だ。東京からの出張者が何人か輪になる中に、地元のコンパニオンの女性もいて、話題は台風のことばかりだ。それも明日東京に帰れるかどうかの一点に集中する。しかし、彼らは午前十時頃の便を朝一番の便に変更していて、その便に使用される予定の今日の最終便は高松に到着しているとあって、余裕綽々《しゃくしゃく》だ。気もそぞろで、何とも締まらないのは、この私である。コンパニオンの話では、高松のようなローカル空港はいったん欠航となるとその日は一日欠航で、台風の進路からしても飛ぶのは明日の第一便がせいぜいなのかも…、今晩中に瀬戸大橋を渡ってＪＲで岡山に出れば、何とかなるかもしれない…、ただ瀬戸大橋も風速十五メートルを越えると通行止めになってしまうけれど、外の様子を見るとまだ波も穏やかだし…、でもやっぱりもう一泊するしかないのでは…、ということだった。

やれやれと重い心境にさせられて部屋に戻り、することはと言えば、テレビで台風情報を確認することである。そのうち、欠航の情報が流されるようになって、高知と東京の便が、まず明日は全面欠航と出た。台風の進路も、明日午後三時頃にはちょうど四国を通過するという。まさに帰りの飛行機に乗る時間帯とどんぴしゃりだ。台風が勢力を保ちながら、明後日にかけてゆっくりと日本列島を縦断するようなことにでもなれば、一泊どころかもう一泊しなければならないのかもしれない。特に明日はホテルから出られそうもないのが、何とも癪にさわる。十二時近くまでチャンネルをとっかえひっかえ、明日の高松発の便は飛ぶのか飛ばないのか、それが問題だと、ご託宣が出されるのを待ったが、結局らちが明かず、**明日のことは明日決めるしかないと観念し、眠りに就いた。**

目覚ましは六時半にかけていたつもりだったが、五時過ぎには目が覚めた。テレビをつけると、台風は九州南端沖合まで接近している。進路は四国直撃の確率が高い。やはり飛行機は第一便が飛ぶか飛ばないかだけが唯一の選択肢で、それ以降の便は当てにならない。電話でそうしたことを問い合わせようとしても、通話中の状態でつながらない。下手に予約変更でもしようものなら、かえって始末が悪いようにも思われた。四十分かけて、バスで空港に行っても、「はい、欠航です」と言われて、「それでは結構です」などとは言っておれず、暴風雨の中でそれこそ立ち往生してしまう。

飛行機はあきらめて、ＪＲに切り替えるとなると、風が強まらないうちに、脱出しなければならない。七時に開いた和風レストランですぐに食事をとり、フロントで情報を確認すると、いよいよ飛行機は当てにならない。**ＪＲでの脱出作戦を披露すると、そのほうがまだのぞみがある、と言う。**間髪を入れず台風脱出作戦を開始した。岡山行きの時間を訪ねると、次は七時四十五分とか、今は七時半、これは渡りに船だと、目の前の高松駅へと急いだ。雨は降っていたが、風はまだ出ていない。

ひょんなことから瀬戸大橋を初めて渡ることになったが、あいにくの天気で視界も悪く、景観を楽しむどころではない。ともかく大橋を渡り切って児島に着いた時は、やれやれこれで助かった、高松を見事に脱出したぞ、と嬉しくなった。岡山駅には九時ちょっと前に到着した。そのまま脇目もふらずに新幹線の乗車フォームに立つと、**九時五分発ののぞみが近づいてきた。**一**路東京へ。直径の大きな台風との競争は、新幹線に軍配が上がった。**車窓から雨模様の様子はうかがえるものの、台風が目の前に来ているとの感じをまるで持てないまま、十二時二十二分定刻通りに品川に到着した。

浜松町で航空券の払い戻し手続をする際、飛行機の発着状況を電光掲示板で確認すると、飛行機に執着せずＪＲに切り替えたのは成功だった。同じ日に広島に出張していた職員によると、彼は用務が昼にかかったため、日帰りできず一泊を余儀なくされた口だったが、「**新幹線は、広島を九時頃通過する便が最後くらいで、その後は不通になるかもしれない**」と、駅では話していたという。広島と岡山の間が三十分程度かかるとすると、本当に間一髪セーフだったのかもしれない。目覚ましで設定した通りに起きるか、**あれこれ逡巡して、ホテルを出るのが一時間でも遅かったら、仮に高松を脱出できたにしても、今度は岡山で、右往左往していたのかと思うと、ぞっとする。**

二時頃に帰宅してテレビをつけると、まさに脱出してきた高松の港に程近いホテル付近や、岡山市内の激しい風雨の状況が映し出されて、肝を冷やした。ついさっきまでその渦中にいたはずなのに、まるで嘘のようだ。それから一歩も外へ出ず、首都圏は夜中に通過したので、今度の台風は、最後まで実感のないまま、死者と行方不明者九十名という貴い犠牲を出して、駆け抜けていった。二十三号を最後に、いまいましい台風の惨禍から、ようやく今年は逃れ出たように思われた。

しかし、虎は、背後に狼を引き連れていた。台風一過からわずか二日後、十月二十三日の夕刻、新潟県中越地震に見舞われたのである。**日本列島が泣いている。**

本を読む人の探しもの

人が何とはなしに本を求めるのは、生き方の道標《みちしるべ》を垣間見たい気持ちの表れではなかろうか。実は、一人一人が人生の「哲学者」なのであり、その哲学を生涯かけて紡ぎ出す旅を続けているとも言える。

辻村明東大教授の『自分と戦った人々』で印象に残るのは、教授の大学紛争での毅然とした姿勢の他、同じく文学部長で九日間の監禁に耐えた林健太郎教授、アウシュヴィッツ体験のフランクル教授、孤高の保守の評論家福田恆存である。特にフランクル教授によれば、過酷な収容所生活にも耐えることができたのは、精神の自由と内的な豊かさへと逃れる道が開かれていたからであり、未来を失うと同時に内的に崩壊し身体的にも転落していったことからしても、未来に希望をもち、「俺は生きるんだ」という意志と精神力とをもつことが、人々を生かしていくと述べる。精神的人格はそれ自体精神的なものであって、決しておかされることはないのだから、不安と面とむかってもあざ笑うことを学ばねばならないとも述べていて、前向きの姿勢を獲得した後は、自我を放棄し、自然や仏性に任せるべきだとしている。

また、福田恆存の論説を引いて、過去を否定してしまえば、自分そのものも存在しなくなってしまうのであって、その大切なことを忘れてしまったのが戦後の日本人であると言い、現在を基準にするといふのは、基準を持たないといふのと同じ意味だからで、過去を失えば、現在を含めて今後どうして生きて行つたら良いか、何をすべきか、その方途も根拠も全く失つてしまふと諭している。胃弱を完全に癒してから仕事をしたらいいといはれても、完全に癒えるかどうかもわからない胃弱の治療に専念して、やりたい仕事を放擲《ほうてき》する手はないとも述べていて、**所詮孤独な人生行路は、精神の逞しさと強靭さなくして渡ることは覚束《おぼつか》ないことを物語る。**

谷沢永一の『山本七平の智恵』によれば、誰もが暗黙のうちに了解している日本教なるものがあって、そうした同質性の下に、ぬるま湯につかったような形で日本人が寄り集まって社会が構成されているという。例えば、日本人にとっては、真実は全部自分の胸の中に収められているのだが、それを言わず語らず、自ずと精神的な空気が形成されて物事が決められていく。人望を説くところでは、あの男に任せておけば大丈夫と人に思われることが山本七平の定義する人望なのであり、問題は職場で何歳になったらそうした立場に立ち得るかが肝心で、それがなければいかに実績を積んでも全く無意味だという。偉人の生き方の代表例として渋沢栄一を挙げて、彼が変転定まらぬ激動の時代に平常心を保って大成し得たのも、彼には詩作という隠れた自分だけになり得る場所があったからだとして、そうした自分を取り戻せる時間の大切さを示唆している。人生はバランスなのだ。

翻《ひるがえ》って、『戦争絶滅へ、人間復活へ（むのたけじ・聞き手黒岩比佐子）』は、九十三歳のジャーナリストの反骨精神に溢れた本で、自分を救えるのは自分以外になく、自分を変えるのも自分であり、何をされようと他力では変わらず、歴史は一人から、自分が変わることから始まると述べる。英雄や偉人や教祖に導かれて救われることは絶対にないのだから、自分を信じて自分に誇りを持たなければだめだと念を押す。宗教は否定しないが、人間の作ったものだから、もう卒業してその代わりに人間の常識に信を置くべきだと言うのだが、ここまで徹底できる人はそう多くはないことだろう。

同じ本でも読み方で随分ポイントの置き方も変わってくるもので、文は人なりと言うが、文の受け取り方も人なりという言い方もできそうだ。読者の力量もまた本に試されているかのようである。

人生の演じ方

人生は、大いなるものに役柄を与えられて、そのエンディングの伏せられた脚本と監督の下に、その人ならではの、余人を持っては代えられない映画の主役を務めるようなものだ。ただし、物心がついてから始まるこの映画の一部始終を、主役の内面まで立ち入って奥深く鑑賞できるのは、自分一人だけである。**渡された映画の撮影フィルムの中身は、主役たる自分が役柄に没頭し、大いなるものの演出に忠実に打ち込み、我を忘れている時間が長ければ長いほど、その内容は充実し、自分も満足して幸福感を覚え、映画そのものも楽しめる。**ところが、主役たる自分が心ここにあらずで、我欲に振り回されて我がまま勝手を決め込んで、演出も馬耳東風にあしらって、いい加減に我流で振る舞う時は、当座の幸せも安直に得られたはずが次第に空しさすら感じて、肝心の映画は焦点が定まらぬ砂を噛むような出来栄えで、とても見られたものではない。だから、大いなるものと己との一対一の関係で成り立つ映画ならば、己の無私の思いが通じて脚本が一部書き換えられることもあるだろうが、先ずは与えられた使命に不平を唱えても仕方がない。他人の役柄を羨んで無理やり手に入れて成り済ましてみても、どこか不具合でしっくりせず、大根役者のそしりを受けるのが落ちであろう。真に問われるべきは、単に何になったかではなく、自分でも納得がゆく何をなし得たかなのである。とはいうものの、大いなるものから与えられるものが何であるかは、容易に悟りきれるものでもない。

陸軍医監にまで上り詰めた森鴎外は、『妄想』の中で人生を回顧して、「自分のしている事は、役者が舞台へ出て或る役を勤めているに過ぎないように感ぜられる。（略）背後にある或る物が真の生ではあるまいかと思われる。（略）どうしても自分のいない筈の所に自分がいるようである。（略）自分はこのまま人生の下り坂を下りて行く」と述懐している。功成り名遂げたように見える明治の大文豪にして、この嘆きがあるのは驚きでもあり、ままならぬ人生における与えられた使命と己との関係の難しさを思わせるが、深い慰めを与えてくれる言葉でもある。

V・E・フランクルは、『それでも人生にイエスと言う』（山田邦男・松田美佳訳）の中で、「私は眠り夢見る、生きることがよろこびだったらと。私は目覚め気づく、生きることは義務だと。私は働く――すると、ごらん、義務はよろこびだった」というタゴールの詩を引用して、「しあわせは、けっして目標ではないし、目標であってもならないし、さらに目標であることもできません。それは結果にすぎないのです。しあわせとは、タゴールの詩で義務といわれているものを果たした結果なのです」と述べている。九十二年に及んだ教授の毅然とした生き方と理論に勇気づけられる人は数を増すばかりだが、明日とて定かでない時代にこれほど力強い援軍はない。**なるほど、目標を掲げることは自由だし、そうありたい**

思いは万人に共通するが、それは結果としての天恵なのであり、極論すれば「棺《かん》を蓋《おお》って事定まる」性格のものであろう。人は、何者かにささやかれるようにして、動作を起こしているものだ。その動作が、充足感を伴う行動となって集積されて、一定の方向性を見いだすようになると、そこには自我を忘れるほど没頭する自分がいて、ついに自我の限界を踏み越える力すら与えられるようになり、自分自身を価値と共に発見する。それを人は、使命だと言い、天職だと言うのであろう。そこに至る過程には紆余曲折もあるが、その時々の差し迫った状況や、人間の持つ限界や、微妙極まりない諸々の力関係、大いなる摂理のような働きに、人は運命を自覚していく。

時間と共に増す重荷に耐えて　―永年勤続表彰式祝辞―

このたび永年勤続表彰を受けられた皆様方、誠におめでとうございます。

これまで永年勤続表彰は、旧労働省の設置記念日であった九月一日に行われてまいりましたが、昨年一月六日に厚生労働省が発足したことに伴って日延べされまして、今回から正月早々に行われることになりました。皆様方の中で、厚生労働大臣の表彰を伝達される方は、厚生労働大臣名で初めて職員表彰を受けられる訳です。労働大臣の他に厚生大臣のおまけまで付いて、何か正月から得した気分になるのではないかと思います。

さて、何事も一人前になるには十年かかると言われていますが、その伝でいきますと、十年勤続の方はようやく一人前となって、今度は人に教えられる立場から人を教える立場に回っていただくことになり、二十年勤続の方はいよいよ仕事に磨きがかかって二人前、二馬力となり、三十年勤続の方は指導的な立場になって三人前、三馬力の働きが期待されることになろうかと思います。どうぞよろしくお願いいたします。

ところで、この十年、二十年、三十年という時間を考えてみますと、**時間は目で見ることもできなければ、手でつかむこともできない、全くもってよく分からないものです。科学の世界では時間は最大の難問であって、時間が何であるかを知っていると主張できる科学者は一人もいないとのことです。しかし、この時間という得体のしれないものを目に見える形で示しているのが砂時計で、確実に時間の量が残されています。それを眺めているだけで心が落ち着くといった治療的な効果もあるとのことですが、我々が生きてきた時間は、消えてなくなる訳ではなく、確実に蓄えられていくと言われています。それはどこかと言うと、人々の記憶の中に、そして何よりも自分の右脳に蓄えられていくのです。**人間には右脳と左脳があります。左脳、これは言語系と言われて、言葉に置き直して記憶する脳です。これに対し、右脳は動物系と言われて、過去に経験してきたことを全てイメージとして記憶する脳です。我々の過去の全てが右脳に収められています。左脳の記憶は消し去ることができても、右脳の記憶は消し去ることができません。したがって、**仮に誰一人評価してくれないとしても、右脳は完全に正しい形で記憶を保存し、生きている限り自らを称え続けてくれているはずです。**どうか引き続き、堂々たる公務員人生を歩んでいただきたいと思います。

ところで、「人の一生は重荷を負うて遠き道を行くがごとし」というのは、徳川家康の遺訓だとされています。我々も公私にわたり人生の重荷に苦労している訳で、その重荷から解放されたいと願っている

人も多いかと思います。現に、ローマ時代の兵士は十五日分の食料を背囊《はいのう》に携えていたとのことです。その重さは二七キログラム、しかし重いからといって放り出したら、兵士は生きていくことができません。重いからといって軽くしていったら、それだけ食料も減る勘定になります。人生の重荷もこの背囊のようなものであって、実は人生の重荷こそがその人に与えられた生きるための糧となっている、と最近読んだ本に書いてありました。新約聖書にも「人はそれぞれ自分自身の重荷を負うべきである」とあるとのことですが、今後ともいろいろとご苦労をおかけし、皆様方の重荷を増やしていくことになろうかと思いますが、健康に留意されてますますご活躍いただくことを心からご期待申し上げて、私の祝辞とさせていただきます。

（二〇〇二年一月七日）

ベストセラーのつぶやき

コロナ禍の時代を迎えて、今や国民的な人生の指南役作家とも言える五木寛之の名著『大河の一滴』が平積みで書店に置かれるようになった。この本が店頭に出た一九九八年当時、ぱらぱらと内容を見て、これはベストセラーになるだろうと思いながら、すぐさま購入したものだった。

誰しも似たような経験があるだろうが、並べられた本の中から立ち上ぼるオーラや訴えるようなものを感じることがある。多くの読者に迎えられそうな本かどうかは、そうした直観からもおよそ判別がつく。それなら自分が書いたものも出来不出来など容易に分かりそうなものだと言われそうだが、それはその通りなのだ。一般受けせず、出来も悪いと素直に認めてしまえばいいものを、いや意外といい所もあるなどと途方もない判断に傾きそうになるのだから、始末が悪い。母の追悼本が契機だとはいえ、納本の関係でやむなく流通ルートに乗せることには気恥ずかしさが伴う。こうした心理は、人と違った決断をする人生万般に共通する。多くの人は、遠慮しいしい賢明な選択の結果として、書くよりは読むほうに甘んじているものだが、一人一人の違いにかけがえのなさを認めるココ・シャネルの「In order to be irreplaceable, one must always be different.」に鼓舞されると、エマーソンの「The courage of the tiger is one, and of the horse another.」のその勇気は虎より馬のほうなのかと気になり出し、アイゼンハワー元大統領の言葉「What counts is not necessarily the size of the dog in the fight—it's the size of the fight in the dog.」に、向かう姿勢こそが大事なのだと納得する。

さて、『大河の一滴』の話に戻すと、著者は現代の不安に真正面から答え、しかも本音の自分をさらけ出している。もちろん、上辺だけ明るく生きるためのノウハウを安直に伝授するような本でもない。逆に、人生を明るく皮相的にプラス思考でのみ物事を見ようとする考え方に疑問を差し挟む。若い頃に二度自殺を考えたことがあると告白することから切り出して、そうした心なえたマイナス思考の極限状態の経験から、人生は生きながらの地獄なのであり、何も期待しないと覚悟を定め、愛情も家庭も「老・病・死」するものであり、国に尽くすことはしても、国を当てにすべきではないのは、会社や寺や思想家に頼れないのと同じであると言い切る。そのほうが、かえって逆説的ながら、明るい気持ちや一条の希望さえ生まれることもあろうというもので、悲惨を極めた戦時中から戦後にかけて、はしなくも著者の命は燃えていたことに、限りないノスタルジーを感じていることからも証明できるというのだ。そして、現代における自殺者やその志願者の膨大な数、さらには凶悪事件の多発に眉をひそめて、今ほど人の命を重く感じ取れない時代はなく、応仁の乱前夜にも似て、心の内乱はますます激化していると嘆くのだ。著者夫婦は、それが本音かどうかはともかく、「お互いに、こんな世の中に、長く生きなくて済むのは、幸せよね」と、共鳴し合っている。合理性を追求するあまり、人の心が干涸《ひから》びて、ひび割れかかってしまっているというのだ。

物事には、光があれば影もある。プラス面もマイナス面も共に受け止めて、あれかこれかの二者択一ではなく、あれもこれもという包括的な生き方をするほうがいいのではないかというのが著者の考え方である。それは、寛容に通じ、ひいては病気を探すような現代医学のあり方とは異なる生き方をとらせる。そこには、内なる声に忠実に、気の進まないことはせず、したがって、医者に頼らず、極力病院に行かず、自分には人間一般に大括りできない、親や兄弟とも違う、個としてのリスクを負う、もう一人の自分があり、髪の毛一本、歯一本にすら命や魂が宿り、全身の健康とのバランスの上に立っていると考える凛《りん》とした姿勢がある。自分こそがどこまでも己の主治医という訳であろう。

それは、聖書を奉ずるササキ・アイザック・ミツオ弁護士の『どんなことにもくよくよするな!』とも似た対応である。ついでながら、その小冊子は、心配事の的中率は一%にすぎず、若い頃に手術しなければ命取りだと言われたのを別の医師から「放っときゃ治るよ」言われて、身体に関する心配を一切やめて今日に至っていると述べ、「どんな問題もなんとかなる」という揺るがない確信を掴むと、ほとんどの場合、願いどおりに問題は解決してしまい、願ったとおりでないときは、神の永遠にして無限の視点からよく考えてみると、願った以上のよい解決が与えられていることがわかってくると結んでいるが、歌手ケリー・クラークソンも「God will never give you anything that you can't handle ; so don't stress.」と神の計らいに安らごうとする。無論、様々な考え方があろう。

『大河の一滴』に戻れば、人という大河の一滴として生まれ、死を以て海に注ぎ込むまで生き抜くことは、実は大変なことであり、ただそれだけでかけがえのない固有の価値を有し、また別の本では人生に目的はないと述べる。**生き抜くことそのものがまさに「政治」なのであり、何人も政治家なのだ。**

ところで、こうした殺伐とした現代を救う手だてとして、著者は、仏教の布施行の、笑顔による施しとまなざしによる施しの、二つの施しに注目している。もっとも、マスクで半分顔が覆われた日常を繰り返すようになったコロナ禍の時代では、笑顔は眼の動きから推察するより他に手がなく、誤解やもどかしさを増幅しかねないが、如何《いかん》ともなし難い。こうした人と人との触れ合いを突き詰めるならば、「人は、かろきがよき」と蓮如が言うほどに、周辺の人たちと、ものを言い合うことの大切さと、書き言葉とは違った、「面授」という形での、直接肉声で伝える言葉の威力、ということに思い至るのだ。それにしても、**面授とは、心の温かみさえ感じ取れる、何といい言葉だろうか。**

この「面授」については、赤瀬川原平も、『千利休　無言の前衛』の中で、活字の言葉ではなく、目の前にいる人の肉声による話によって伝わるものが確かにあると指摘する。そして、笑いや、言葉が先走ったり、言葉の選択に躊躇《ちゅうちょ》したりなどといった微妙なゆらめきが、もう一つの重要な伝達機能として、触媒のような役割を果たすのだが、同じことを活字言葉でやりとりするには、書く者と読む者の双方に大変な技量が必要であるという。確かに、講演などを文字に起こしてみても、その場の臨場感を十分の一も伝えられないのと同じことだ。**この膝を交えた「面授」も、オンラインでのやりとりでは代替できそうにも思えないのだが、果たしてどんな形に変容していくのだろうか。**

しかし、諸々の尊い施しも、所詮「大河の一滴」に過ぎず、殺伐とした現代を救う力たり得ないのかもしれない。何となれば、『大河の一滴』の底を、滔々《とうとう》と静かに重く流れているのは、地獄絵にも似た人生のマイナス面を見据えて、世俗的なものに頼る心を持たぬ、一種の上質な開き直りへと昇華させた上での、「君看《み》よ双眼の色、語らざれば憂いなきに似たり」という、人生への深い慈しみと哀感と諦観と悟りであるようにも思われるからだ。明るく屈託のない作家だった川口松太郎の言葉を引いて、「もしも、またこの世に生まれ変わってくるようなことがあったとしても、おれはもう金輪際、人間なんぞ生まれ変わってきたかねえや」という、つぶやきでもある気がするからである。**とは言え、マイナス思考に一時遊弋《ゆうよく》することはあっても、それでもなお言葉の持つ無限の力を信じ、己にプラス思考で語り続けて励まし、未来を切り開く気概までなくすようでは本末転倒も甚だしい。**

地上の二つ星

NHKが放映した『プロジェクトX』は、テーマ音楽に流れる中島みゆきの『地上の星』と共に大ヒットしたが、仕事と家庭をめぐる日々のドラマは、あまりに身近過ぎて、当人たちもとんと気が付いていないばかりか、よその家の日常茶飯事の事柄には人は首を突っ込みたがらないという意味で、まさに地上の星の最たるものの一つではなかろうか。**特に専業主婦は、経済的価値としていちいち計数化できないにしても、大地のようなその存在と力を忘れてはなるまい。天上の星の煌《きら》めきはなくとも、十分に地上の星たり得るものであろう。また、共働きの家庭なら、相手の苦労を共にいたわり合い、諸事分担**

し合って、負担を軽減し合う心遣いもまた、地上の二つ星たり得るものだ。

こうしたことは単身生活をして身に染《し》みて分かったことだが、疲れて帰ってきた体には、家事は面倒な分、趣味にも気分転換にもなりにくい感じがした。そこから家事を分担するという発想も生まれる訳であろう。家事は趣味たり得ないからこそ、心に潤いを持たせる真の趣味が必要で、実際有意義な時間を送っている人も多い。それでも単身生活は単調で、当面の目標も健康の保持といった守りの姿勢に入りがちで、家庭生活の有難味を再認識させられるのが関の山といったこともしばしばだ。**仕事という天上の星を追い求める前に、身近な存在に地上の星の輝きを見いだし、まずもって感謝することから、全ては始まるように思われたのだった。**この程度の浅薄な悟りはともかく、ここで今井彰の『プロジェクトX　リーダーたちの言葉』から、三人の男性の話を紹介したい。

青函トンネル工事に三十六歳で関わり、直ちに土木号令、二年後には総号令を務めて二十二年、二百人ものリーダーとして、難工事を完成に導いたOは、六人の仲間の犠牲を片時も忘れることがなかった。昭和五十八年一月二十七日に海底トンネルが貫通すると、泣きながらの弔辞で約束した北海道に、六人の遺影を胸に抱えて渡った。「おい、みんな、北海道に行くぞ。これが約束した北海道だぞ」と言いながら。**そんな夫を妻は、「あんた、すごい旦那さん持ったよねぇって言われました。そして、トンネル一筋に、仕事一途に成し遂げたというのは、私たち家族の誇りです」と敬愛する。**

東京タワーの建設に携わった鳶職Kの信条は、「愛でしょうね、仕事に対する。お金とか名誉とかってのは、あんまり考えないですよね、われわれは」に全て言い尽くされている。当時二十五歳の青年は、見合い相手に赤い糸を見た。彼女は、高所で颯爽《さっそう》と働く彼に見惚れて、結婚に至る。それからというもの、彼の働く現場に同行する生活となり、三人の子供たちは別々の場所で生まれた。**彼は、「俺なんか幸せなほうだよね。いい仕事をさせてもらって、気に入った女を嫁さんにもらって。世界三位ぐらいの幸せ者じゃないかね」とのろける。**ファンクラブが何とニューヨークにできると、「もっとも恰好《かっこう》のいい日本人男性」に惚れたという青い目の女性たちが多くを占めたという。

　次なる、工期十年の本四架橋建設計画でも最長で難工事が予想された瀬戸大橋の工事事務所長として全ての采配を振るったSは、将来を嘱望されていた国鉄技師から四十一歳で出向ではなくあえて転籍を願い出てやり遂げるのである。地元住民との延べ五百回にも及んだという厳しい交渉には誠実に一人で対応し、部下に任せることも逃げることもなかった。しかし、私生活では妻が不治の病の床にあり、三人の幼児を抱えていたのだが、妻の元で寝起きして看病し、娘たちの世話に黙々と当たった。十年間所長を続けて工事を仕上げると、公団に部長として入るが、現場の待望論も袖にして、今度は娘たちを育て上げることに精魂を傾ける。再婚話には一切耳を貸さなかった。六十二歳で生涯を終えた彼は、**「偉大なる人生とは何か。橋を作ることよりもっと難しい人生がある」**と母校の高校での講演で語っている。

　こうしたひたすら耐え忍ぶ生き方は、女性に多く見られたが、このような厳しい道を選択する男性も現にいること、仕事と家庭を二つながら高い水準で両立させようとするなら、生半可な心掛けでは成し遂げることなど到底できないこと、それだけに職場の理解も不可欠であることを物語っている。それにしても、**何と崇高で立派な惜しむべき生涯であろうか。**

　少子高齢化が進んで家族を取り巻く社会の状況が変化していく中で、育児や介護は働き続ける上での大きな課題となっている。既婚女性が産む子供の数はそれほど減少していないけれど、非婚の増加が予想以上であることから、日本女性が生涯に産む子供の数を表す合計特殊出生率は、人口維持には二・〇七がぎりぎりのラインとされているが、ついに一九七四年に二・〇五を記録した後、低下を続けて、百年後の人口は現在の三分の一になるとも試算されている。働く女性が増加し、勤続年数が伸びている以上、安心して子供を産み育てることができるよう、仕事と家庭を両立できる環境を整備していくことは急務である。女性の社会進出が進む先進諸国が通ってきた道でもある。

もっとも、子供心には自分を待つ母親が必要であり、学校での話を早くしたくて息急き切って帰ってきても家には誰もおらず、肩透《す》かしを食った思い出が幾度となくあって、そうした思いを子供にはさせまいと専業主婦の人を望んだものの、育児は専業主婦の領分だと殆ど介入せず、そうして育てられた子供はただでさえ強力になった母親のさらに強力な味方になって、多勢に無勢で給料運搬の使用人の役割に甘んずるばかりとなってしまった人も多いことだろう。共働きで仕事を持ちながらも、触れ合いを望む子供の気持ちも尊重していこうとするならば、育児の際だけではなく、子供を持つ女性の働き方にもテレワークやワーク・シェアリングを含めた多様な選択肢が提供される方向にコロナ禍後も世の中全体が動いていくことを期待したい。

他方、介護は、育児とは違って、家族の歩みを背景に多分に懺悔《ざんげ》の気持ちも込められた当事者間の感情が潜在しているようで、阪田寛夫の悔悟詩集には、「夜の底の病院で握りつけぬ妻の手を握った。この事態の遠因も近因も私にある。私は萎《しお》れて『ごめんごめん』と言った」とある。介護の世界には、どこか法制度の理屈を越えて、人を駆り立てる心の深層の領域があって、それぞれの「看取り」の原動力になっているようにも思われる。「市長の代わりはおっても、夫のかわりはおりまへん」という台詞《せりふ》を残して、大阪府の市長を辞任した人もいる。妻の介護に専念する生活に入ったのだ。これまでは多くの女性が歩んだ道だったが、時代は急速にバリアフリーの方向に進んでいる。

このように見てくると、**仕事と家庭を考える上で、様々な法律や制度的な裏付けもさることながら、その根本をなすのはお互いに培ってきた家族の歴史を土台とした、西田哲学に言う「人が人に対する」愛情（エロスではなくアガペ）と尊敬といったものであって、それなくしてはいかなる制度も絵に描いた餅にすぎない。**男女の固定的な役割分業意識も払拭していかなくてはなるまいが、働く女性が仕事と家庭の両立に悩むケースが相対的に多い。**かつて資生堂のキャッチコピーに、「彼女が美しいのではない。彼女の生き方が美しいのだ」とあったように、「彼女は美しいが、彼女の生き方はもっと美しい」と言われるほど、周囲の協力を得て、地上の星の輝きを増した働く女性が増えることを期待したい。もちろん、それは彼が美しいと言われるようであってもいいのだ。**

信長よ、いでよ

女性の元気さが目立つ世の中である。男の世界とされていた分野にまで、挑戦状が突き付けてられてくる。旧聞に属するが、例えば野球だ。愛知大学硬式野球五部リーグに中京女子大が参加し、初陣は一安打で、〇―三〇と大敗しているが、ついにここまで来たかというのが率直な印象だった。

木村尚三郎元東大教授の『けじめの時代』は、ヨーロッパ世界に造詣《ぞうけい》の深い著者が、国際化時代を迎え、いやが上にも、西洋の人間と対峙していかなければならないにもかかわらず、野性味やバイタリティを失いつつある国民を叱咤激励した本である。著者が『葉隠』を紹介したところでは、「何事であれ、若いうちに己の肉体と精神の限界にまで挑戦し、自己を燃焼し尽くして一つのことを成し遂げた人間は、心の中に生きる上での基本財産が形作られ、どのような難しい問題が生じても、自力で解決できる。話をするときは相手の目を見ろ。書物は過去のデータとか経験しか書かれていず、書物だけを頼りにしては裏切られ、時代遅れとなる。読み終わった本は焼き捨てろ。何十億人が共に今書き続けている現代の世界が、読まれるべき真の書物である。夜はクヨクヨと悩まず、ちょっと酒でも飲んでサッサと寝てしまえ。勝負は朝の出掛けにきまる」と発破をかける。

読まれるべき真の書物は、世間そのものであるというのは、デカルト的到達点でもあるが、自己信頼の拠《よ》るべき源は、若いうちに己の極限まで鍛錬したその基本財産に発していることもまた、洋の東西を問わず、識者の指摘する処世の要諦でもある。精魂を込めて核心に迫って行ければ行く程に、物事の勘所は見えてくる。逃げずに懸命に前向きに対処していくことで、案ずるより産むがやすしといった経過を辿るのが通例である。仮に上首尾ではなかったにしても、得るところは極めて多く、自然と次なる舞台へと誘われていくものだ。失敗にめげず弛《たゆ》まず継続すれば成功の前奏曲となる。実地の体験を積むことが全てと言ってよい。目と目の果し合いのようなやり取りこそ仕事の醍醐味でもある。

「人は立つことから始まる。立って読むのは最高にいい。立つことができたら、今度は発声で、大声ではっきりと発言させ、自分の声の特性を良くわきまえさせ、自他のケジメをつけさせる。シャンと立つ、しっかり話す、アゴを引いてまっすぐ歩く、ジッと身じろぎしないなど、美しく生きる基本を今は教えない」と説法は続く。これに先ほどの目力も加わるのだろう。

特に「足で立つ」ことは、そのまま人格や技量を顕現するものであり、正しい姿勢へと通じていくが、形は、古くからの何事かを象徴し、人間世界の経験則と英知を集積したものであるのだから、形さえ整えば、心は、その精神は、自然に影のように寄り添って来て、やがて形の中に入り、内実が伴ってくる。だから、良いも悪いもない。習うより慣れよだ。

そして、「生きることは、他人に迷惑をかけることである。この世に生きることを望むなら、他人に迷惑のかからぬよう、日陰のもやしのように生きるのではなく、自分も積極的にお返しし、恩返しをしながら生きるべきであるはずだ」と説くのだ。盲点を突く見解ではあれ、散々迷惑をかけてきた者にはどこか逆説的ながら心に救いを与え得る、蓋《けだ》し名言である。償いは、それから先の行動の積み重ねの中から、世のため人のためにという思いに託して、捧げるように繰り出していく他ないのだ。

豊田良平の『古典を活学する　安岡正篤師に学んだ人物学』は、いぶし銀のような師の箴言が味わい深い。「人物というのはその人の放つ光でなんとなく明るくなり、その一言で大概の事は治まっていくもので、常にこんこんと湧き出る泉のような晴朗さ、活気・活力というものがなくてはならない」と言い、「別に偉い人になる必要はないじゃないか、どこかの社会にあって一つの場においてなくてはならぬ人になり、その仕事を通じて世のため人のために貢献することを考えたらいいじゃないか」と諭す。そして、「自分のことは自分で決め、能力よりは努力であり、健康の保持も含めて原因も結果も自分に由来するのだから、かけがえのない自分を慎み、自分を限らず、何よりも物事におそれず、師匠や愛読書を持ち、心中に喜神を含んで感謝し陰徳を積み、えり好みをせず、過去のどうにもならぬことは忘れて、『ニコニコ顔の命がけ』で事に臨んでいくべきだ」と伝授するのだ。

ところで、夥《おびただ》しい信長物語があるが、人物描写として特徴的なのは、信長に比較して敗者の光秀の人物像は実に弱々しい。**焦点の当て方や主観の相違と言ってしまえばそれまでだが、歴史上の人物論は、当事者として居合わせていない以上、真偽の程は分かりようがない。**

ルイス・フロイスの日本史を抜粋した『回想の織田信長』（松田毅一・川崎桃太編訳）によれば、信長は、背丈は中くらいで、華奢《きゃしゃ》な体躯《たいく》だが、はなはだ声は快調で、早朝から起床し、食は節し、酒はたしなまず、戦を好み、果断にして侮辱された相手には徹底的に報復し、楽市楽座を敷き、神仏や迷信の類は受け付けず、仏罰すら恐れず、進取の気象に富み、日本の諸国王、諸侯、諸将ら全てを軽蔑し、自ら神的生命を有するかの如く希求する。宣教師には丁寧に対応し、その述べる言葉は穏やかで好奇心と情愛に溢れ、非情な面とは裏腹の人柄の温かみさえ感じさせられる、稀に見る優秀な人物だとの評価だ。

一方の光秀は、小泉三中の『明智光秀』と筆致が異なり、取り入ることに長《た》けた、抜け目なく策謀をめぐらす、残酷で油断のならない狡猾な男に描かれており、人を欺く七十二の方法を体得していたと豪語し、信長すら瞞着《まんちゃく》して丹波、丹後二国を拝領し、比叡山近くの坂本に安土城に次ぐ豪壮な城を構えた。本能寺の事も直前に知らされて呆然とする家来たちは、是非もなく凶行に運命を共にしたが、三日天下の後、敗走して隠れ歩く光秀は農民たちに刺殺されて首をはねられる。「瞬時にして地獄に落とされた」両者を、「日本においては、人の世のはかなさと、その流れの速さを思わすものはあまりに多い」と概括し、全能のゼウスの御摂理の賜物だとする。

信長は、男の座標軸の基本に厳然と屹立《きつりつ》する巨大な存在だ。日本の未来を雄々しく切り開いていくために、「信長よ、いでよ」と叫び続けなければなるまい。世の中が澱《よど》み切って元気をなくしてしまわない

ように。暴君や独裁者ではなく、男の存在意義の証《あか》しとして。特に日本は、歴史的に見ても、「真の英雄」が現れにくい国の一つだ。ましてや、政治の最大のファクターである戦争の危機が遠のいた現代では、「英雄」の多くはスポーツ界に登場するが、現代こそ、一人一人が真の英雄にならなければならない。コロナ禍の時代を迎えて焦燥と混迷は深く、困難な課題と不安をあらゆる領域で抱える中、英雄的精神を忘れたまま、手をこまねいて呻吟《しんぎん》するようであってはなるまい。

ところが、酒見賢一の『泣き虫弱虫諸葛孔明』によれば、「真人は足跡を残さず」というのは、「真に重要なことをやった人間の名は残ることはない。逆にいえば名が歴史に残ってしまうようなやつは駄目で、じつは大した仕事はしていない、という意味である」とした上で、「史書に男の名前ばかり出てきても、それを支え助けた女性たちの名は稀にしか残らない」と述べ、特に内助の功に象徴される背後の役割に着目する。こうなると、論考の土台は一挙に覆る。男にとって良かれ悪しかれ女性の影響力は甚大だ。有名な「英雌」はいても、まだまだ発掘の努力や作家の構想力が足りず、それは歴史関係者の隠れた一大テーマになっていくのかも知れない。

史伝で綴る政治指導者の群像

百獣の王ライオンを人間になぞらえれば、王侯貴族ということになろうが、市民革命の前に次々と没落し、立憲君主国の中でわずかに王族や皇族として命脈を保っているにすぎない。

西尾幹二の『ニーチェとの対話』によれば、ニーチェは、牧人の存在しない畜群のみと化した現代の到来を、恐ろしいまでに予言していた。そこでは、王を引きずり降ろし、誰もが王座に上ろうとし、物質的自由の拡大とあまねく福祉の増大を求め、何かのために生きるのではなく、ただ生きるために生きることにしか、生の目的を見いだせなくなる。高貴さを失い、エゴイズムと悪平等が支配的となり、誰ももう統治しようとせず、誰ももう服従しようとしない。こうした上も下も賤民ばかりの世の中ならば、一人超人の高みに立って、ひたすら光り輝く存在としての宿命である孤独に耐えて、言葉よりも行動と信念の人となることで、真の実存的教養と指導的役割を発揮し、ディオニュソスと呼ぶ根源的一者に触れて、その大いなる理性に導かれて本物の自己を顕現していく。そこに人間のあるべき理想像を見ようとする。しかし、**現実はと言えば、狂気と紙一重の大衆心理の扇動に長《た》けた無法者の登場を許し、幻惑されて救世主のように崇め奉った指導者に完膚なきまでに裏切られ、国運すら危うくして容易ならざる事態を招くことのほうが遥かに多いように思われる。**

ポール・ジョンソンの『現代史』（別宮貞徳訳）は、偉大とされた指導者への失望の記録でもある。**特に、第二次世界大戦に至るまでに国際舞台に登場した敗戦国の指導者の、ヒトラーを始めとするいずれ劣らぬ特異さに加えて、指導者に魅せられるあまり、それを許してきた大衆の持つ得体の知れぬある種のベクトルの強さには戦慄《せんりつ》すら覚え、こうした歴史を編み出し続ける人間存在の不可思議さに呆然《ぼうぜん》とした気持ちにさせられる。**バートランド・ラッセルの『人生についての断章』（中野好之・太田喜一郎訳）における「多くの偉人の実際活動や理論に見られる残酷な要素は、彼らの経歴がそれと自覚されぬまま、その幼時に嘗《な》めた不幸に対する、世間への復讐に他ならぬという事実に由来する」との指摘は、示唆に富む。V・E・フランクルは、『苦悩の存在論』（真行寺功訳）で、「すべての問題は、政治によって解決できると政治に期待することに警戒しなければならない。政治は万能薬ではない。現在、人間が非常に苦悩している状況に政治自身も当然属しているのだから、万能薬でありうるはずがない。それ自身症状であるものが治療法でありえない」と述べるが、良かれ悪しかれ指導者は要る。

プラトンの『国家』（藤沢令夫訳）には、「すぐれた人たちが支配者の地位につくことを承知するのは、金のためでも名誉のためでもな」く、「もし自分が支配することを拒んだ場合、自分より劣った人間に支配されるということだ。（略）こういう罰がこわいからこそ、自分が支配者になるのだ。（略）もしすぐれた人物たちだけからなるような国家ができたとしたら、（略）支配の任務から免れることが競争の的になることだろう」と述べるソクラテスの言葉がある。そのせいなのかどうかは知らないが、子供たちの夢も、博士のほうはともかく、だいぶ以前から末は大臣ではなくなっているかのようだ。

さて、ポール・ジョンソンの『現代史』に登場する二十世紀の後半を飾る人物像は、ヒトラーなどの怪しい巨星の抜けた穴を、しぶとく生き残ったアデナウアー、ドゴールらによって、さらには第三世界の新興国の指導者たちで埋められていくことになるが、なおチャーチル、スターリン、毛沢東などの歴戦の士が、多大な影響力を持って戦後世界に君臨している。

ポール・ジョンソンは、チャーチルの洞察力と政治力に高い評価を与えているが、如何《いかん》せん彼一人では国際政治のパワーとして十分ではない。病気のルーズベルト、弱腰のイーデンらが、ソ連及びその勢力を背景にもつ新興国のパワーに押し切られてしまう。国際政治において、特に戦時下では指導者がいかに大事であるか、その巧拙によっては、戦勝した強みすら失われかねないことを歴史は教える。こうした西側の軟弱を突くかのように、ソ連は崩壊する直前まで国際政治を引っかき回した。

そして、イデオロギー対立の終焉した世界にあって、著者は、環境の劣化や新たな伝染病や麻薬の蔓《まん》延《えん》する世紀末を憂慮して、他方、人間の知性というもので全てを割り出していく理性万能による手法が、二十世紀の歩みを振り返るまでもなく、果たして今後とも通用していくのだろうかと疑問を呈している。自然への思いやりも含めた感性をより重視した節度ある政治哲学が求められよう。

チャーチルには及ぶべくもないが、ルーズベルト亡き後の大国アメリカの舵《かじ》取《と》りを任せられて日本への原爆投下を命じた大統領トルーマンを描いたイーブン・A・エアーズの『ホワイトハウス日記』(宇佐美滋ほか訳)も、指導者の心理を探るものとして興味深い。

父が先物相場に失敗したため大学に行けず、さしたる経歴の持ち主でもなかったトルーマンは、国際経験にも乏しく本人も意外なまま大統領となった。「トルーマンは、程々の知名度、十年間の上院議員生活、そしてそれ以前の十年間の判事の経験、そのうち八年は、ミズーリ州ジャクソン郡裁判所の首席判事だけでは、壮大な大統領の任務に立ち向かうには経験不足だった。彼は不屈の精神以外に、戦時経済を平時に戻すという大仕事に立ち向かう用意はできていなかった(用意ができている者などいなかっただろうが)」といった心許《もと》無い状態だった。

しかも、「大統領は自分がなりたいと思った公職に立候補したことは一度もない、と付け加えた。それよりは大統領自身がいうところの『楽な仕事』―収税吏―になりたかった。そして大統領は、連邦議員になってしまえばそれからが楽なのではないかと考え、ミズーリ州第四地区から下院に立候補したいと思ったが、その夢が破れたので、上院に挑んで当選した。そして最後に、副大統領にも立候補したくなかったといった。それで結局、大統領になったのだと…」といった皮肉な回り合わせだった。

しかし、次第に自信を付けて、入念に準備された原稿を即興のスピーチであるかのように行うことで演説も好評を博するようになる。人事も掌握し、ふてぶてしさを言動に加えてくる赤裸々な姿からは、地位は人を作るといった感を深くする。特に地位が安定してからは、アイゼンハワーやネルー首相を容赦なく批判し、国務省のスタッフや上院議員をこき下ろす辺りは、コンプレックスがないまぜとなったもう一つの素顔を見る思いがする。また、**非凡な地位を全うできた背景には、幸福な結婚生活が与《あず》かって力となっていたように思われる。息の合った二人三脚は現代の政治家には不可欠だ。**そんなトルーマンからすれば、離婚と不貞は憎んでも余りあるもので、愛人の存在が発覚した閣僚は首を切られたが、当時のアメリカの良心でもあった。

ケネディより六つ年上のレーガンは、離婚を経験した初の大統領となったが、ナンシー夫人との二人三脚での栄光の道程を記した『わがアメリカン・ドリーム　レーガン回想録』（尾崎浩訳）は九百頁を超え、六千円もするとあっては手が届かない。ざっと目を通してつかんだ要点は次の通りだ。

（一）母の教えによると、神の計画の中には全ての人の人生が組み込まれていて、運命のよじれのように思えるものでも、神の計らいによるものだから、失敗したからといって落胆するには及ばない。最後は良き方向へ向かうように神の計画は作られている。

（二）十三、四歳頃に自分が強度の近視であることを悟り、メガネをかけることになった。近所の者にからかわれたが、よく見えることの魅力が勝り、かけ続けた。

（三）就職に失敗し、大不況の中、スポーツ・アナウンサーとして何とかもぐり込んだ。

（四）ハリウッドの生活を続けるうちに、二人の子供（一人は養子）をなしたものの離婚し、俳優組合の委員長としてマッカーシズムに対抗している最中に、「アカ」呼ばわりされたことが縁となって、ナンシーとの再婚となり、二人の子供を儲《もう》けた。
（五）五十四歳の時、党員から「カリフォルニア州知事選挙に出馬するように」との声が出た。ナンシーの父親も反対だと言い、自分は俳優なのだから、出馬することなどありえないと固辞し続けたが、ナンシーと二人、眠れぬ夜が続いた。自分が出馬しないと、共和党が割れてしまうというのが本当ならば、その時自分たちは眠れる夜を送ることができるだろうかと思い直して、決断した。
（六）知事就任後、ナンシーに対する中傷などに苦しめられ、胃に強い痛みがあり、潰瘍と診断されて、薬を飲み始めた。知事選の頃の心労あたりから以降に原因があったのだろうが、弱さの証明ではないかと恥ずかしい思いがした。ある日、薬に手をのばすと、もう飲む必要はないという内心の声がして、診断を受けると、潰瘍はすっかり消えていた。同時に知事の仕事も上向いてきた。
（七）共和党の大統領候補指名争いでフォードに惜敗したが、副大統領には全く関心がなかった。次期大統領選挙を迎えて、年齢からくる体力的なハンデを感じることもなかった。
かくして、「強いアメリカ」を旗印にして七十歳直前に最年長の大統領に当選し、暗殺にもガンにも打ち克って、二期八年の任期を務め上げたレーガン大統領は、退任後自らアルツハイマー病にかかっていることを告白して静かに余生を送り、九十三歳の天寿を全うした。

一方、東洋の二十世紀の巨人である毛沢東は、担当医がその二十年以上にも及ぶ忍従の日々を回顧した、李志綏《リチスイ》の『毛沢東の私生活』（新庄哲夫訳）から、窺《うかが》い知ることができる。

毛沢東は、現代に生きた皇帝と言ってよい。権力掌握後の変貌ぶりからは、共産主義とて世に出るための方便にすぎなかったのかと思わされるほどだ。人民公社といい、文化大革命といい、皇帝の思いつく改革に振り回される人民こそ大変な話で、餓死する者や、政争に巻き込まれ悲劇を迎える者も、後を断たなかった。それでも、膨大な中国の人口を前にして、何千万人が餓死したとて何ほどのことか、とうそぶくのだ。その皇帝たるや、毎夜ダンスに興じては若い娘たちをベッドに招く。無論権力闘争には長けていて、興奮して眠れぬ夜を過ごしながらも、毛沢東は倒れない。相手が追放される結果になるばかりで、周恩来ですら執事のごとき有様なのだ。当の毛沢東は、現代医学を奉ずる医師を信用せず、注射や薬は積極的に受け付けようとしないときている。医療行為そのものが、江青一派など権謀渦巻く政争の道具にされかねないのだった。

薄氷を踏む思いで、毛沢東を死出《しで》の旅に送った担当医は、やがて強制労働に付され、病院長に復職したものの、その後願い出て閑職に就くが、最終的に待ち受けていたのは、アパートの引き渡し命令だった。その間、最愛の妻も病気で亡くして、中国では歓迎されざる人物になっていた。彼は全てを失ってしまったのだ。

こうした毛沢東的人物像は、バーナード・ハットンの著す『スターリン』(木村浩訳)にも共通し、洋の東西を問わず、器の大小にかかわらず、枚挙に暇《いとま》がない。

コロナ禍に思う

新型コロナウイルスが蔓延《まんえん》し、新しい生活様式が模索されている中、グローバリゼーションが当然の常識であるかのようにして、国境の垣根を超えて人と物と金が空前の勢いで動くことが前提とされた経済のあり方や、開発最優先で自然との共生を半ば軽視してきた経済成長を至上とした諸々の制度設計の考え方も、経済社会と人間との関わり合い方にも、根本的なパラダイムの転換が世界的に求められているように思われる。特にわが国では、東日本大震災後も自然災害が多発し、直下型地震の蓋然性《がいぜんせい》も高まっていたところへ、コロナ禍が加わり、自分の身は自分で守っていくしかないのだという、自衛・自立・自尊の思いを一層深めさせているように思う。とはいえ、その導き手となる指針のようなものを誰しも切望しているのだが、お釈迦様が末期《まつご》に弟子に向かって、「自灯明《じとうみょう》、法灯明」を説いたように、堂々巡りながら、自恃《じじ》を最後のよりどころにする他なかろう。

さて、そのコロナ禍である。政府の緊急事態宣言が出された後、第一波も収まりかけて経済活動も本格化し始めた矢先、危惧されたように第二波、そしてさらに高波の第三波が襲いかかり、止まるところがない。一九一八年夏から日本でも三年間流行したスペイン風邪の場合、第一波で二千万人を超えていた感染者が第二波では十分の一強に減少し、死者も二十五万人から半減したが、致死率は四倍強となり、若年成人に犠牲者が多く高齢者は少なかった。今回は、軽症者や無症状者も多く、子供たちからは、幸いなことに一貫して殆ど重症者が出ていない。一番弱そうなのに意外な感じを受ける。一斉休校などしなくて良かったのではといった思いに駆られていたが、再度の緊急事態宣言の対策には盛り込まれなかった。欧米との違いは、感染者数や死者数からも顕著で、ウイルスの型が異なるのかと思えるほどだ。学童の頃に接種したＢＣＧ効果が働いているのではないかと推察する向きもあるが、ワクチンが実用化されるのに抗するかのように、ウイルスには変異型も現れて予断を許さないところもある。

ともあれ、目に見えないものとの闘いであるだけに、対策は困難を極める。これならば大丈夫といった安心感はどこまで行っても生まれようがない。だから、裸の王様にもなりかねず、緩《ゆる》過ぎる対応や過剰反応といった事態は常に伴いがちだ。そもそも、どこまでが程よく、どこまでが過剰だといった物差しなどないのだから。想定外の異常事態に立ち向かう場合の宿命なのである。東日本大震災で原発が被害を受けて電力事情が逼迫《ひっぱく》して計画停電を行ったことがあるが、コロナ禍ではそんな人為的なコントロールも困難だ。見える化が全くできない。どこまでもウイルスと個々の人間が対峙していくことの結果の集積でしかない。今後の対策の鍵を握るのは、重症者数の動向であろう。

恐るべき死病であると恐怖されていても、他にも死病は山ほどある。コロナに罹《かか》らないことが何も無病息災を意味しないのである。ともあれ、ウイルスは人間に取り入って生きていくものである以上、人間の存在は不可欠であり、この闘いは必ず人間の勝利に終わるはずだ。これまでの人類の歴史も、そうした感染症との闘いの歴史であり、中世のペスト禍で欧州では人口の三分の一ほど犠牲になっても旧以上に復している。人類の未来に絶望はないのだ。新型という命名にもあるように、ウイルスは絶滅させることが困難ならば、その共生を図っていかなければならない。共生が可能な形で経済活動との両立を求めていかなければならないのだ。それが次なる人類社会の生きるべき姿であり価値観だと、結果としてウイルスが認めるような経済社会を構築していかなければならないのであろう。ほどほどの腹八分目の文化と行動様式、大都市集中ではない国土の均衡ある発展、わが国で言えばかつての藩文化へ回帰するような多様性の復権が求められているのではなかろうか。

テレワークやリモートやメールによる新しい接触方式なども、ますます加速化して、ヴァーチャルな

一種のゲーム感覚に人は慣らされていく。それにしても、リモートによるテレビ番組など隔靴掻痒《かっかそうよう》の感があって、実につまらなく思えたものだ。リモートばかりで謦咳《けいがい》に接し得ない懇談や会食のない世界では、果たして人は確信を持って人と分かり合えるのか疑問なしとはしない。そうではあるけれども、メールによるやりとりや書面決議が一般化すれば、ともすると複数が連れ立って面談する、昔ながらの芝居仕立ての陳情や話し合いも無用の長物となりかねず、全ては文書主義の怜悧《れいり》な対応で問題を処理していく場面も多くなろう。コロナといった国難に政治が無力だといった意識が形成されていくと、一挙に議会改革を求める動きに繋がる可能性もある。中央集権から地方分権の流れも、掛け声ではなく今度こそ本格化し、間接民主主義に直接民主主義の要素が一層加味されていくことだろう。また、コロナ禍で絶大な威力を発揮しているデジタル化は、容易にこれらのことに対応し得るツールなのだ。そうしたギリシャの昔への淵源回帰とＡＩの活用が、各国の政治のあり方にも変革をもたらしていくことだろう。

そして**最後は、人による分析と総合といった問題に行き着く。**

わが国は、明治維新以来積極的に国を開き、一貫して進化や進歩を理想とする西洋文明を模範として、高度な産業国家と機械文明を作り上げてきた。その拠って立つ精神と基盤は、理性を万能とする「分析」、すなわち二分法にあった。そのようにして、ひたすら細分化、専門化、精緻なるものを求める方向に邁進してきたのだが、そうした趨勢が極限まで推し進められていく中で、必要以上に無菌国家へと傾斜してしまっているのではないかとの思いを抱かされることもしばしばである。コロナ禍以前から、冬になると、白や黒のマスクをする者も飛躍的に多くなっていた。抗菌グッズが花盛りなのも同じ流れだろう。国内の衛生状態が飛躍的に改善する状況になると、海外に出て初めておたふく風邪のような病原体に接する羽目になり、免疫がないために、子供の頃にかかっていれば軽く済んだはずの病気に思いがけない年齢で思いがけない場所でかかってしまうこともある。

かつて環境ホルモンといった言葉が頻繁に使われたことがある。環境ホルモンの正確な名称もバラバラのようで、拡散する一途にある化学物質を暗示しているかのようだが、その影響とみられる現象として自然のメス化が進行しているとのことだ。半世紀ほど前に比べて若者の精子の数が半減しているという報告もあって、こんなところにも少子化の遠因があるのかもしれない。こうした流れと無菌国家の流れが、どこか繋がっているようにも思われる。人間にとって、本来あるべき自然な状態とは何なのか。理想的な衛生とはどういう状態であるのか。限りなくゼロを目指して無菌化していけばいいのか。グローバリゼーションが進行する中、千差万別な衛生状態や風習に置かれている国々や大自然と、どう折り合いをつけて共生していくべきかが、問われてきている。

ところが、今や西洋文明の拠《よ》って立つ精神である「分析」を通じて細分化・専門化が究極まで推し進められていった結果、誰一人科学文明全体を掌握できなくなり、確信を持って警鐘を鳴らせる者がいなくなっているのではなかろうか。どの程度の二酸化炭素の削減を目指し、環境破壊はどの段階までに押しとどめるべきなのか。地球温暖化とウイルスを含む微生物との関係はどうなのか。エネルギー資源として最適な物質は何なのか。かつて地上には存在しなかった合成化合物も、増える一方だ。専門分化が進めば進むほど、全体の制御が困難な状態を増幅させているのではといった危惧の念を禁じ得ない面もある。特に地球環境は深刻で、二〇三〇年までが勝負と言われる。

レイチェル・カーソンの『沈黙の春』（青樹簗一訳）は、害虫を駆除しようとすれば、多くの益虫だけでなく、動物、さらには人間まで巻き添えにするばかりか、その害虫は、勢いを吹き返し、ついに撲滅することもできないのに、さらに強力な殺虫剤や農薬の開発に執念を燃やす、これまでのやり方を続けるより、自然の力を借りる方法、つまり天敵を利用して害虫駆除を行って大きな成果を収めた事例を挙げ、人間が勝手に得意になっているだけで、やがては大きなしっぺ返しを食らうのが関の山の「自然の征服」といった思い上がりの方向ではない別の道に曙光を見いだそうとする。

その発想を推し広げてみるならば、多少の菌とも共存できるだけの免疫力を高めていく、逞しい生き方を模索してみるのも一つの方法であろう。敗戦直後から高度経済成長を歩み始める頃までの日本は、期せずしてそんな状態だったのではないだろうか。角《つの》を矯《た》めることに熱中するあまり、肝心の牛を殺してはいけないような気がする。**だいたい周囲の無菌化をいかに進めたとして、人間そのものが無菌状態になれるはずもない。**子供を産み育てることからして、おしめ一つ取っても、大腸菌その他無菌とは縁遠い世界の毎日となる。犬や猫のペットの世話にしても然りである。

いずれにしても、専門分化は進む一方である。各分野には一家言を持つ専門家がいて、素人の介入を許そうとはせず、また、とんでもない世界にまで評論家がいるご時世である。ただそのようにして、彼らに全てを委ねることは、専門分化したものが様々な角度から総合的に吟味されることなく、天上天下《てんじょうてんげ》唯我独尊《ゆいがどくそん》が一人歩きすることを許すことを意味し、その分を自覚できず、またわきまえることもないまま、過大評価と過小評価の狭間で、バランスを失った状態で漂いかねない。それればかりか、そうした諸々の事象の集積として、あるいは間隙《かんげき》を縫う形で、降って湧いたような疫病や、環境ホルモン、想定外の震災や原発事故といった問題となって跳ね返ってこないとも限らない。

スペシャリストよりもゼネラリストが重視されて、後者が志向される時代があった。また、そのために必要とされるのが哲学も含めた「教養」であると位置付けられていた面もあった。ある意味では、効率性とは対極にある「無駄」の効用である。今こそ総合性が顧みられなければならない。そして、専門的な領域を突出させて利便性を追求し、それのみで事足りるとはせず、物事にはプラスがあれば同程度のマイナスが伴うのが通常であることに留意して、いかにして全体との関連において総合化し、譲るべき所を譲り、補うべき所を補い、収まるべき所に収めていくかを腐心し、そうした過程を通じて、各人なりに専門性を己の中で止揚させて、職業的な直観力や判断力にまで高めていくことが肝要である。そうした手順を踏むことなくしては、全体としても個としても、安全と安心が得られる本当の意味での成果は生まれまい。**経済活動も、人生も、最後のところは、相互のそうした信頼と強みを結集したバランスのとれた総合力がものをいうのだ。**それは、世界的な仏教学者鈴木大拙風に表現すれば、一即多、多即一、有限即無限、無限即有限と達観し、その絶対矛盾すら超越し得る、東洋的英知であるように思われる。神は細部に宿っているという。**その一を多に、有限を無限に発展させ得る慧眼《けいがん》に人類の未来がかかっている。**そして、時代が真に求めているのは、アインシュタインの言葉に「The world will not be destroyed by those who do evil, but by those who watch them without doing anything.」とあるように、人任せではない一人一人の実践力だ。

あとがき

文筆家の最高峰で、凡百の者とは「覚悟が違う」小林秀雄が、自分が書くのは随筆で、筋立てなど前もって考えていないが、筆任《まか》せに動かしているうちに考えが浮かんできて自然と文章ができあがってしまうといった趣旨のことを述べている。凡百の者とて、調子のいい時は似たような感触を持つこともある。もっとも、筆任せと言ってもパソコンのキーのほうだ。その昔は、一念発起して原稿用紙に向かい、威儀を正したつもりでも、あまりの悪筆のなせる業《わざ》か、字が乱れてくれば、悪文としか信じられなくなり、筆を投げ出すのがお定まりのパターンだった。文明の利器の力を借りて書けそうな錯覚を起こしている状態でいいのかどうかは、よく分からない。その結果としての産物は、とっつきが悪く硬い感じの表現を羅列した長めの文章群の連続である。ここまで辿り着くのはさぞかし容易ではなかっただろうと拝察する。完走していただいたことに、先ずもって深く感謝申し上げたい。

本は四部構成とした。最近になって誤読覚悟で一念発起した英語だが、恩師や知人に敬意を表し、寺崎美紀の『人生に前向きになる英語の名言101』や菊間ひろみの『名言だけで英語は話せる!』からも箴言を探し当てた。**一冊で何冊分か読書をしたようで得した気分になってもらえたら嬉しい。**Ⅰは映画を巡る大人の旅を本格化させた感慨と教訓、Ⅱはゼロ災運動の元責任者並びに経営リーダーとしての考え方と随想、Ⅲは世界の大都市の空の下で巡らした想念とその情景、Ⅳはコロナ禍の時代における人間と社会の在り方について、いずれも様々な経験の恵みから紡ぎ出したある種の思いである。

膨む一方の紙幅との関係が深刻で取捨選択を繰り返し、文章も相当に削り込んで、大きめの活字はあ

きらめる替わり、太字を用いてアクセントを施して読みやすくなるよう心がけてみた。敬称並びに本の出版元や映画の製作年等は省略を原則とした。前作では「人間到る処青山あり」の「処」が抜け、イングマール・ベルイマン監督や芭蕉の名句「夏草や兵共がゆめの跡」を、「ベイルマン」「兵どもの」と表記してしまったように、誤記等があればご海容願いたい。公的な内容に関する記述は個人的見解に止まる。また、修辞の指南役として新語が豊富な三省堂国語辞典（第七版）を多く参照した。

発行部数はわずか八百部程度にすぎない。前作と同様に納本ができれば、あとは「天知る、地知る、我知る」だけでも十分で、店頭で手にする機会も殆ど得られまいが、縁のあった方には、選択した本の装丁も含め、読書意欲をそそられるような魅力を有してくれていればいいがと願っている。

無事の効用などと銘打ってはみても、作家マーク・トウェインが「Twenty years from now, you will be more disappointed by the things you didn't do than by the ones you did do.」と喝破するように、後生無事ばかりの鳴かず飛ばずの人生では後悔との道連れとなろう。ダイアナ妃の言葉に「Being a princess isn't all it's cracked up to be.」（プリンセスなんて、とてももてはやされるようなものではない）とあるように、完璧で幸福一色の人生などあろうはずもなく、**誰もが四苦八苦の人生行路だが、古今東西の警句をヒントにしながら、たとえわずか一行でも励まし力づけてくれそうなフレーズを見いだして、道中の支えの一つとしていただけるようなら、これに過ぎる喜びはない。**

今回もまた、家族に感謝し、亡き両親と妹の霊前に拙作を捧げたい。合掌。

令和三年六月

茂木 繁

【著者略歴】

茂木 繁（もき・しげる）

山形県酒田市生まれ。一九七二年東京大学法学部卒業。旧労働省に入り、旧労働福祉事業団総務部総務課長、大臣官房総務課行政改革実施準備室長、職業安定局高齢・障害者対策部高齢者雇用対策課長、中央労働委員会事務局審査第二課長、中央労働災害防止協会ゼロ災推進部長、千葉労働基準局長、勤労者退職金共済機構総務部長、厚生労働省北海道労働局長、勤労者退職金共済機構理事、中央職業能力開発協会常務理事、損害保険ジャパン顧問などを経て、公益財団法人建設業福祉共済団理事長。
著書に『ゼロ災運動の新たなる展開 茂木繁講義集』（中央労働災害防止協会）、『母の歌心 親心』（文芸社・編著）、『生き方のスケッチ 55の小宇宙』（ブイツーソリューション）などがある。

無事の効用

二〇二一年十月二十日 初版第一刷発行

著　者　茂木 繁
発行者　谷村勇輔
発行所　ブイツーソリューション
〒四六六・〇八四八
名古屋市昭和区長戸町四・四〇
電　話 〇五二・七九九・七三九一
FAX 〇五二・七九九・七九八四
発売元　星雲社（共同出版社・流通責任出版社）
〒一一二・〇〇〇五
東京都文京区水道一・三・三〇
電　話 〇三・三八六八・三二七五
FAX 〇三・三八六八・六五八八
印刷所　藤原印刷

ISBN978-4-434-29151-7